ROMANZI E RACCONTI

Tullio Avoledo

Chiedi alla luce

Marsilio

Prima edizione: settembre 2016
ISBN 978-88-317-2530-9
www.marsilioeditori.it

CHIEDI ALLA LUCE

Devi scegliere i posti da cui non te ne vai.
Joan Didion

C'ero soltanto.
C'ero. Intorno
Cadeva la neve.
Kobayashi Issa

A Giorgio
piuma
nel respiro di Dio

Prologo

Sabine

Impiegammo sei mesi a fare il giro del mondo. Per un po' inseguimmo l'estate, ma poi ci lasciammo raggiungere dall'inverno, in posti come Sils Maria e Hokkaidō.

Arrivavamo in una città, io tiravo fuori il mio tablet, l'accendevo e le chiedevo di scegliere un libro.

Funzionava sempre. In qualsiasi parte del mondo ci trovassimo. Miracoli della connessione satellitare.

Leggevamo insieme una poesia, o qualche pagina di un romanzo classico. Lei amava Vasilij Grossman e Platonov. Io avrei riletto un milione di volte Un posto pulito, illuminato bene *di Hemingway, o le poesie di Kavafis. Poi scendevamo alla spiaggia e passeggiavamo alla luce delle stelle dell'emisfero australe o, quando scegliemmo l'inverno, camminavamo nella neve fino alle sorgenti termali in cui scimmie ridicole facevano il bagno e ci guardavano con la spocchia di miliardari a mollo nella sauna di un club esclusivo.*

Il mondo sembrava nostro, e lo era. Facemmo l'amore in trentadue luoghi diversi. Eravamo due gocce di pioggia, che si posano al suolo soltanto per svaporare e tornare alle nuvole. Non avevamo pace, ed era bellissimo. Lavoravo al progetto di un'intera città. Una commissione che avrebbe gelato il sangue a uno meno stupido e arrogante di me. Il mio staff lavorava dall'altra parte del pianeta, ci tenevamo in contatto grazie alla tecnologia come se ci fossimo trovati nello stesso studio, gomito a gomito.

Nuda, Sabine si muoveva in silenzio dietro di me. La vedevo riflessa nello schermo del computer portatile, nei vetri della stanza, ma fingevo di non essermi accorto della sua presenza. Arrivava alle mie spalle e mi abbracciava. Mi baciava il collo. Le sue dita scivolavano sotto la mia camicia, cercando i peli del petto, arricciandoli, accarezzandoli.

«Un attimo e sono da te» dicevo.

Ma lei con una risatina scappava via. Io spegnevo il computer e la seguivo, fino alla stanza o alla spiaggia su cui aveva deciso di farsi possedere, quel mattino.

Ovviamente non durano per sempre i giorni del vino e delle rose.

Una sera la trovai intenta a studiare i voli in partenza per Berlino.

«C'è qualcosa che devi dirmi?» le avevo chiesto, sfiorandole i capelli.

Aveva fatto segno di no con la testa.

Il giorno prima, accendendo il tablet, non era apparsa alcuna icona di collegamento. L'apparecchio non agganciava il segnale del satellite.

CONSIDERALO UN SEGNO DEL DESTINO *trovai scritto col rossetto sullo schermo del mio computer quando lo aprii, il mattino dopo.*

Mi precipitai all'aeroporto, ma il suo volo – il primo dei tre che avrebbe preso da quell'isola nell'Oceano Indiano per raggiungere la sua città – stava già decollando.

Rimasi sulla terrazza del terminal a guardare il piccolo aereo da turismo prendere quota, finché non diventò solo un puntino nero nell'azzurro, e poi neppure questo.

1.

Non c'era altro da dire, pensai, riagganciando il telefono.

Le nuvole si erano aperte. La pioggia aveva smesso di cadere.

La strada ricominciava ad animarsi di suoni, svegliandosi dalla breve paralisi del temporale. Le auto riprendevano a scorrere, sollevando schizzi d'acqua che i raggi di sole trasformavano in altrettanti arcobaleni. La Boğazkesen Caddesi, fino a pochi attimi prima annegata in un buio apocalittico, si popolava nuovamente di voci, di presenze. I commercianti liberavano le vetrine dalle saracinesche, con un gioioso frastuono di ferraglia. Il gatto tigrato che aveva trovato rifugio sotto il tetto di un negozio uscì dal suo riparo, sporgendosi sul bordo della grondaia.

Scostai ancora un po' le tende della finestra. Guardai le gocce rimaste sul vetro che scendevano e scivolavano, inglobando altre gocce, cambiando direzione e cadendo sulla strada.

Mi chiesi quanta pioggia avesse conosciuto quella casa, in un secolo di vita.

La storia di quell'edificio mi aveva convinto a comprare l'appartamento, nonostante il prezzo e la posizione infelice, incagliato com'era in quel quartiere popolato da immigrati anatolici.

Era stato il lusso di certi dettagli sepolti sotto uno strato di miseria. Ricordo la mia prima visita al cantiere, fra gli operai che scrostavano strati di vernice e lurida carta da parati, riportando alla luce una modanatura classica o un caminetto murato, restituendo alla sua originaria bellezza un *bow window* affacciato sulla strada come la prua di una nave. Da quelle finestre si vedeva il mare, oltre le cupole della Tophâne-i Âmire e quelle poco più lontane della moschea di Kılıç Ali Paşa.

Era stata Sabine a portarmi in quella moschea, durante il nostro primo viaggio a Istanbul, vent'anni prima. Si era ripromessa di farmi conoscere tutte le opere del grande architetto Sinān, e l'aveva quasi mantenuta, quella promessa.

La moschea era splendida, per quanto bisognosa di un restauro che sarebbe venuto solo molti anni dopo. Avevamo visitato con un rispetto reso muto dallo stupore gli spazi perfettamente equilibrati, che lei mi descriveva con l'alito che sapeva deliziosamente d'aglio e di menta. Io non potevo far altro che annuire, incantato da quello che vedevo e dalla prossimità delle sue labbra.

Kılıç Ali Paşa era un calabrese, aveva sussurrato Sabine. *Catturato durante una scorreria, era diventato il più potente ammiraglio della flotta ottomana.*

Stavamo girando attorno alla fontana per le abluzioni a sinistra della moschea, un edificio settecentesco che mi sembrò sgraziato come un chiosco per le bibite, quando i miei occhi si erano alzati, posandosi per la prima volta su questa casa.

Il palazzo Yazıcızâde, al numero 1 di Defterdar Yokuşu, sembrava la torre di una fortezza dopo un'invasione barbarica. L'elegante facciata era sporca, scrostata. Il bianco del marmo si era mutato nel grigiore di un saio penitenziale, rigato dal nero di un secolo d'inquinamento.

Il fumo di carbone è il principale nemico della bellezza di Istanbul. Un giorno, in Italia, avevo visto un'auto con uno straccio grigio appeso all'antenna. Era un fiocco di quelli che si usano per i matrimoni, ma ormai logoro e sporco come l'abito da sposa di Miss Havisham. Il palazzo Yazıcızâde mi ricordava quel personaggio di Dickens, la donna abbandonata alla vigilia delle nozze che per tutta la vita rimane al buio nella sua casa deserta, indossando l'abito bianco, mentre la torta e il resto del banchetto nuziale si decompongono sulle tavole imbandite.

Stracci multicolori pendevano dai fili del bucato. Le finestre dei cinque piani erano scrostate, alcuni vetri erano stati sostituiti con pezzi di cartone. Eppure la bellezza dell'edificio mozzava il fiato. Era un frammento di Vienna o di Parigi piombato dal cielo a incastonarsi in quell'angolo del Corno d'Oro, al confluire di due ripide strade che scendevano dall'alto di Beyoğlu.

Sabine si accorse del mio repentino cambio d'umore. Era come se una terza presenza si fosse insinuata tra noi due. Le spiegai cosa volevo sapere, e lei lo chiese alla nostra guida, che ci rispose in modo stranamente sorvegliato, diversissimo dallo stile istrionico con cui sino ad allora ci aveva illustrato le bellezze della sua città. Sembrava a disagio.

Sabine traduceva dal tedesco, l'unica lingua straniera che la guida conoscesse. Era una storia confusa, più simile a una fiaba. Popoli che si muovevano, si spostavano, e i gesti della guida intanto mimavano qualcosa come una danza di nuvole, ma con le braccia rivolte in basso, e allora forse aveva piuttosto in mente un terremoto, qualcosa che inghiottiva i greci e gli armeni che avevano popolato quel quartiere, ora abitato da gente povera venuta lì dall'Anatolia. *Brutta gente, che fa brutto il quartiere. Non buono per gli stranieri*, aveva concluso la guida. Non si era rifiutata di accompagnarci, ma aveva percorso le poche centinaia di metri che ci separavano dall'edificio cadente con evidente disagio. Sembrava la guida di colore che, in certi film di Hollywood, prima si rifiuta di accompagnare gli esploratori nella Giungla Proibita, ma poi lo fa, per quanto a malincuore. Nove volte su dieci quella guida cade col petto trafitto da una freccia, o muore strangolata dalle liane. Ma nulla di questo accadde mentre ci avvicinavamo alla casa. C'era solo la sensazione di qualcosa di sbagliato, di un'energia sommersa, di urla soffocate nel terreno, incapaci di farsi strada se non nelle nostre anime. I miei due compagni sembravano trattenuti da pesi legati alle gambe. I loro passi si facevano più lenti. Il mio invece diventava più leggero a mano a mano che mi avvicinavo al portone, malandato come tutto l'edificio. Il primo dei quattro scalini per arrivarci era a quasi mezzo metro d'altezza. Era come se il terreno sotto la lastra di pietra fosse franato, durante una delle piogge monsoniche che col tempo avrei imparato a conoscere, piogge che trasformavano le vie che chiudevano a triangolo lo Yazıcızâde in due torrenti in piena. Qualcuno si era ingegnato a organizzare con materiale di recupero una struttura in legno, incastrata in modo da sostituire lo scalino mancante.

Su quel supporto provvisorio mi ero fermato ad ammirare i *bow window* aggettanti, una gioia per gli occhi, che richiamava la ricchezza di dettagli liberty di casa Botter su İstiklâl Caddesi, il capolavoro dell'architetto D'Aronco.

Avevo aperto il portone con la mano che tremava. Eravamo entrati assieme, Sabine e io, nell'atrio del palazzo, fresco e in penombra. La scalinata interna era come l'avevo immaginata, e poco importava che il corrimano fosse rotto: la sua eleganza la faceva spiccare come una Rolls-Royce in un campo profughi. Sabine, sussurrando come in chiesa, m'indicò le piastrelle di ceramica che decoravano il pavimento e le scale. Erano chiare e contrastavano meravigliosamente con il legno scuro del portone esterno e del secondo portone, di gusto asburgico, che si apriva due metri più all'interno. Disegnavano sul pavimento un elegante tappeto, con motivi geometrici in grigio e nero. La bicicletta rotta e le masserizie accatastate negli angoli non riuscivano a togliere bellezza a quell'ingresso, e nemmeno le voci sgraziate e gli odori che scendevano dall'alto, assieme a un raggio di sole quasi verticale.

Ho provato spesso l'amore a prima vista, l'innamoramento che nasce improvviso da un gesto, da un incontro di sguardi, dall'azzurro di occhi giovani o dalla curva di un seno. La bellezza è il passaporto di Dio per il Paradiso. Ma ci si può innamorare anche di un posto, e per questa casa, per me, fu così.

Ogni volta che tornavo a Istanbul, per piacere o per lavoro, venivo ad ammirare da lontano la facciata dello Yazıcızâde che rimaneva uguale, come uno scoglio nel mare del tempo: le auto cambiavano, e così le mode, le persone, l'arredamento e le insegne dei locali pubblici e dei negozi. Ma anno dopo anno il palazzo manteneva la sua arrogante bellezza ferita. I suoi inquilini si avvicendavano, ma lui rimaneva saldo, attraversando sicuro le stagioni. E io continuavo ad ammirarlo come un uomo invaghito di una donna impossibile.

Nel novembre del 2007 un amico architetto mi mandò un'e-mail da Istanbul. Diceva che il palazzo era stato acquistato in blocco da una società immobiliare e stava per essere restaurato. Allegava una foto del cartello esposto sul portone sbarrato. C'era passato davanti per caso e, siccome ricordava la mia infatuazione, mi aveva scritto. M'indicava anche il nome e il telefono dell'impresa incaricata dei lavori. Provai a chiamarli, inutilmente. Inviai due mail, ugualmente senza risposta. Solo alla terza mail riuscii a fissare un appuntamento.

Riuscii a partire solo a metà dicembre. Il volo della Turkish Airlines era praticamente vuoto. All'aeroporto Atatürk mi accolse un fragoroso temporale. Il cielo aveva un colore luttuoso. Vista attraverso il finestrino del taxi, la città sembrava scorrere come un fiume triste: grigie le cupole delle moschee e nere quelle più piccole degli ombrelli, grappoli di ombrelli neri raccolti a ogni incrocio. La pioggia era fredda, a tratti si rapprendeva in nevischio. La vecchia Audi con le catene slittò un paio di volte sull'asfalto, e quando mi apparve davanti, alta sulla collina oltre il ponte, l'antica Torre di Galata sembrò qualcosa uscito da un romanzo di Tolkien. Per un momento mi chiesi cosa stessi facendo, se avevo davvero intenzione di comprarmi casa a Mordor. Ma poi il taxi sfrecciò lungo Kemeraltı Caddesi sollevando schizzi come un motoscafo, e all'altezza di Tophane ogni dubbio mi abbandonò, alla vista del palazzo incastellato nelle impalcature.

Il tassista mi lasciò davanti agli uffici dell'immobiliare, vicino a Taksim Meydanı. Ebbe la premura di accompagnarmi fino al portone con il suo ombrello.

La pioggia scrosciava così forte che sembrava salire anche dal basso, rimbalzando sul selciato.

Entrai. L'eco di un tuono rimbombò a lungo nell'atrio di marmo, come in una gola di montagna.

Le formalità non richiesero molto tempo. L'impiegato dell'immobiliare, un ragazzo che indossava un completo di Hugo Boss e che tentava di assomigliare a Steve Jobs, si scusò in inglese per non aver risposto alle mie mail.

«*Lot of business. Lot of work.*»

Nonostante avessi fissato l'appuntamento, sembrava stupito di vedermi.

«Le interessa così tanto, quell'appartamento?»

«Sennò non sarei qui.»

«In effetti è un edificio notevole. Davvero bello. Guardi, ci hanno appena consegnato le brochure.»

Sfogliai le pagine patinate dell'opuscolo. Il *render* al computer mostrava come sarebbe diventato il palazzo dopo il restauro.

Era magnifico.

Ci sarebbero stati appartamenti di varie metrature, arredati da un architetto locale davvero bravo.

Il mio sguardo cadde su una vecchia foto color seppia, e sulla didascalia sottostante.

> *The building Yazidjizade is one of the architectural trademarks of Istanbul. It was constructed in 1905 as one of the first luxury apartment buildings of the Ottoman Empire. Its residents used to be highly-reputed tradesmen of Istanbul. Zenovitch, Kalbourdji and Hekimian are some of the families who were housed in the building until 1950s.*

Famiglie che avevano abitato la casa fino agli anni Cinquanta...

Una frase del genere era l'essenza stessa del Tempo, l'eco di quella grande forza che è la Storia, l'eterno rullo compressore che da millenni macina fatti e persone e ricordi, pavimentando di cenere e d'ossa il domani.

Zenovitch, Kalbourdji and Hekimian.

Quei nomi armeni evocavano il primo genocidio del Secolo Breve. Il peccato originale della Repubblica Turca.

Compresi di colpo la strana sensazione provata da Sabine mentre ci avvicinavamo a quell'edificio per la prima volta. Me l'aveva confidata all'orecchio, mentre riposavamo nel nostro letto d'hotel, quel pomeriggio. La sua voce arrivava dal buio. Righe di luce, filtrando attraverso le veneziane, le screziavano i fianchi nudi. Le voci dei passanti arrivavano dal nulla là fuori.

«Sembravi posseduto. Mi hai fatto quasi paura.»

«Posseduto?»

«Era come se ti fossi dimenticato di me. Anzi, di *tutto*. Avevi occhi solo per quel palazzo.»

Posai la brochure.

Risposi a un paio di messaggi dal mio studio.

L'impiegato tornò poco dopo, con una cartellina sottile.

«Ha visto? Le piace? Verrà una cosa *very supercool.* Il quartiere, poi, è incredibilmente *trendy.* Vicinissimo a Cihangir. Non passerà molto che diventerà la zona più alla moda della città.»

«È un quartiere tranquillo?»

L'espressione del ragazzo si raffreddò leggermente. Il suo inglese si fece più cauto.

«C'è un grande movimento, e questo è molto, davvero molto positivo. Stanno aprendo un sacco di bar e di gallerie d'arte, che attirano nel quartiere cittadini agiati, gente alla moda. I residenti locali, soprattutto gli anziani, non vedono benissimo la cosa. Quindi faranno il muso, protesteranno un po', ma alla fine lasceranno perdere. Magari è meglio muoversi lungo le vie principali e non addentrarsi nei vicoli, ecco, piuttosto. Ma per il resto non ci sono problemi. È un quartiere conservatore. Non c'è delinquenza. Non più che in altre parti della città, voglio dire.»

La sua onestà era encomiabile, gli dissi.

Il ragazzo alzò le spalle.

«Questi appartamenti si venderanno come il pane. Che senso avrebbe non essere onesti?»

Entrai nel mio appartamento solo più di un anno dopo, nel marzo del 2009. C'erano stati ritardi, com'era prevedibile. Le modifiche che avevo proposto alla planimetria dei locali erano state fraintese dal capomastro. Negli ultimi tre mesi di cantiere dovetti recarmi a Istanbul sei volte, per seguire di persona i lavori. Ma lo facevo con l'entusiasmo di un ragazzino.

Il taxi mi lasciò davanti al palazzo illuminato. L'autista mi aiutò a portare i bagagli nell'androne. Il poliziotto privato di guardia controllò i miei documenti e mi disse qualcosa in turco.

Risposi con una delle poche parole che avevo memorizzato nel corso delle mie visite a questa città: *İyi geceler*, «buonanotte».

Mi persi un po' con le mie chiavi nuove. L'interruttore della luce era in una posizione diversa da quella che mi aspettavo. E comunque l'allacciamento alla rete elettrica non era ancora stato fatto.

La guardia mi aiutò a portar dentro i bagagli, e mi offrì la sua torcia. Rifiutai, mostrandogli lo smartphone con lo schermo illuminato.

La porta blindata si chiuse con un tonfo definitivo, amplificato dal vuoto delle stanze.

Dalle grandi finestre ancora senza tende entrava la luce della luna piena. Andai a sedermi al centro della stanza più grande, quella che sarebbe diventata il salotto. Da lì lo sguardo spaziava su una fuga di edifici e di strade che scendevano al mare, calmo e screziato di riflessi argentei. Sedevo per terra a gambe incrociate, come un bambino, e mi godevo la sensazione di essere a casa.

L'edificio era completamente silenzioso, come le strade che lo fiancheggiavano. Rimasi a lungo così, seduto a guardare fuori dalla finestra, assorbendo l'energia del posto come se dovessi addomesticarlo. A un certo punto mi addormentai, stendendomi per terra e usando come cuscino la mia borsa da viaggio e come coperta il cappotto.

Il pavimento in listoni di tek era tiepido, l'aria non troppo fredda.

Verso l'alba feci un sogno.

Camminavo nell'acqua. Il fondo del mare era basso, sabbioso. Vedevo nitidamente ogni cosa, per quanto i colori fossero sbiaditi, con una predominanza del marrone, come in certe vecchie Polaroid rimaste troppo a lungo in un cassetto.

C'era mio padre, nel sogno.

Indossava un costume da bagno antiquato, a righe nere e blu. Era giovane. Forse più giovane di me. M'indicò un punto nell'acqua. Chinai la testa. Un pesce argenteo guizzava, seguito da molti altri, una pioggia di frecce luminose nell'acqua bassa.

Altri pesci nuotavano più lenti fra le nostre gambe. Uno, in particolare, sembrava accarezzare la gamba destra di papà, come un gatto che facesse le fusa.

Risi come un bambino, e fu la mia stessa risata a svegliarmi.

La luce appena prima dell'alba era limpida e fredda. Le cupole e le mura degli edifici più antichi sembravano d'acciaio.

Mi alzai, mi sgranchii le braccia. Il sogno di mio padre mi faceva ancora star bene.

Usai il bagno. Per fortuna l'acqua c'era. Non avevo fatto modifiche alle proposte dell'architetto, che per il pavimento e le pareti di uno dei due bagni aveva deciso di usare un prodotto locale, una pietra calcarea grigia che includeva fossili di conchiglie.

Mi asciugai usando una delle magliette che avevo infilato in valigia. Pensai, con una punta di meraviglia, che non avevo bisogno di portare via la maglietta e di lavarla a casa. Ora anche *questa* era casa mia.

Mi resi conto che non avevo chiamato la mia compagna per dirle che ero arrivato a Istanbul. E ora era troppo presto per svegliarla. Le scrissi un sms.

Indossai un giubbino imbottito e uscii sul pianerottolo. L'uomo di guardia era diverso da quello che mi aveva accolto all'arrivo. Mi chiese qualcosa. Io gli feci segno che non capivo. Ma lui parlava un po' d'inglese. Mi domandò, aiutandosi coi gesti, se volevo un caffè. M'indicò il thermos accanto al minuscolo televisore portatile.

Lo ringraziai. Lui aprì un cassetto della sua scrivania e tirò fuori due bicchieri di plastica. Versò il caffè per entrambi. Era buono. Caldo e dolce, e meno denso di quanto mi aspettassi. Chiesi all'uomo se era possibile trovare un bar aperto per fare colazione. Mi rispose che avrei dovuto salire verso Cihangir. Mi spiegò, sempre a gesti, la strada.

Fuori l'aria sapeva di nuovo. Un senso ancora incerto di luce cominciava a schiarire il grigio degli edifici, ai piani più alti.

La strada a destra dello Yazıcızâde era la Defterdar Yokuşu, una ripida e stretta strada in salita che mi ricordò certe vecchie vie di Trieste intorno a Piazza Cavana. Non l'avevo mai percorsa prima. Costeggiai la recinzione della vecchia fonderia di cannoni ottomana, diventata un museo o una scuola, non si capiva bene dalle scritte in turco, e salii lungo quella strada ripida come un sentiero di montagna. Un edificio giallo dietro una cancellata chiusa recava la scritta OSPEDALE ITALIANO GIOVANNI ALBERTO AGNELLI. Continuai a salire. D'un tratto, da una stradina laterale, apparve a una ventina di passi di distanza, scendendo verso di me, un uomo anziano, che reggeva in equilibrio sulla testa un enorme vassoio di pane.

Indossava una giacchettina striminzita, completamente abbottonata, con un motivo *pied de poule* che forse l'aveva resa elegante trent'anni prima. Calzava sandali con le suole malandate, e pesanti calzettoni di lana grigia.

Gli feci cenno di fermarsi, con un gesto e un sorriso.

Lui mi fissò, con espressione neutra. Frenò la sua discesa e si arrestò di fronte a me.

Io guardavo il vassoio in vimini intrecciati.

I panini piatti, spolverati di semi di sesamo, erano disposti come mattoni di un edificio, in un ordine così perfetto da assicurare che non ne cadesse nemmeno uno durante il trasporto.

L'odore di lievito e di crosta fragrante del pane quasi stordiva.

Il vecchio, senza che gli chiedessi nulla, allungò la mano verso l'alto e prese dal vassoio un panino. Me lo offrì, sul palmo della sua mano scura.

Io mi frugai le tasche, in cerca di qualche moneta. Trovai un euro, e glielo diedi. Lui lo guardò perplesso, non so se perché non ne avesse mai visti o perché si rendeva conto che quella moneta valeva molto di più del prezzo del suo pane. In ogni caso l'intascò e riprese il suo cammino in discesa.

Andai a sedermi su uno degli scalini del marciapiede. Erano così alti che mi chiedevo che utilità pratica avessero, se non per sedersi.

Un giovane gatto tigrato, magro e curioso, mi guardava dall'altra parte della strada.

I gatti di Istanbul mi sono sempre sembrati gli animali più intelligenti e riflessivi della terra.

Spezzai un angolo del pane e me lo portai alle labbra.

Era ancora caldo. Col tempo avrei scoperto il forno da cui veniva, che sarebbe diventato il mio forno in città. Il sapore era fantastico. Era il sapore del pane vero, del pane di prima dell'età industriale e dei regolamenti in materia di produzione alimentare. Masticai all'inizio con avidità e poi lentamente, assaporando quel pane antico appena sfornato.

Ne salvai l'ultimo pezzo, che deposi per terra, sullo scalino. Il gatto mi guardò, ma non fece la mossa di avvicinarsi. Rimase lì immobile, indifferente.

Mi alzai, spolverandomi i calzoni. Non c'era più motivo di salire ancora. Quel pane mi aveva saziato l'anima. Cominciai a scendere lungo la strada. Fatti pochi passi mi voltai. Il pane non c'era più. E nemmeno il gatto.

Sorrisi.

Poco dopo l'Ospedale Italiano, dove la strada curvava a destra, mi sorprese il canto del muezzin.

La voce amplificata da un altoparlante arrivava dal basso, nitida e forte attraverso la distanza. Quelle parole incomprensibili, cantate da una voce giovane e intonata, trasmettevano un senso d'urgenza, un richiamo a doveri dimenticati.

Mossi altri due, forse tre passi, e a uno slargo della strada mi apparve una vista simile a un miracolo. Oltre i tetti di Tophane, oltre il Corno d'Oro, le cupole di Ayasofya e i palazzi del Topkapı parevano scogli e isole diafane che i raggi del sole cominciavano appena a lambire, timide pennellate di luce che facevano emergere i dettagli di quegli edifici lontani.

Allahu Akbar
Allahu Akbar
Allahu Akbar
Allahu Akbar
Dio è grande...

Ash'hadu anla ilaha illallah
Ash'hadu anla ilaha illallah
Attesto che non vi è dio se non Iddio...

Ash'hadu anla Muhammadan rasulullaah
Ash'hadu anla Muhammadan rasulullaah
Attesto che Maometto è l'Inviato di Dio...

Hayya 'alas-salah
Hayya 'alas-salah
Orsù, alla preghiera...

Hayya 'alal falah
Hayya 'alal falah
Orsù, alla salvezza...

Allahu Akbar
Allahu Akbar
Dio è grande...

Laa ilaha illallah
Non vi è dio se non Iddio.

Sentii le lacrime scorrermi lungo le guance, calde e salate quando raggiunsero le labbra. Anche se allora non capivo il senso di quello che sentivo, quella voce accorata mi aveva commosso.

Questo è il posto, ricordo di aver pensato.

2.

E questa è la casa, mi dico per l'ultima volta, otto anni dopo, muovendomi in questi spazi imparati a memoria, in cui posso spostarmi a occhi chiusi.

Anche stavolta, come la prima volta, manca la luce. L'acqua e il telefono cesseranno anch'essi di funzionare appena le compagnie che li gestiscono prenderanno atto delle istruzioni impartite dal mio ufficio.

Passo la mano a pochi millimetri dagli oggetti che ho intorno, senza toccarli, semplicemente ricordandoli, come immagino facciano i fantasmi.

I soprammobili.

I quadri.

I tre magnifici *goti de fornasa* regalatimi da Sabine. Un tempo i maestri vetrai li realizzavano per il loro piacere. Dovrebbero essere grezzi, fatti alla buona con gli scarti della lavorazione, con quel po' di vetro colorato che rimane dopo aver creato un oggetto commercialmente valido. In realtà sono dei pezzi di bravura. Sabine ne aveva collezionati a centinaia. Una parete del bagno di casa sua alla Giudecca è fatta con *goti de fornasa* sovrapposti, centinaia di *goti*, che formano un mosaico simile a una tela di Pollock.

Mi mancheranno.

Come mi mancherà la brocca di Lunardon, quella al cui interno c'è una leggerissima stella marina di vetro soffiato.

Sta sul pensile della cucina, e chissà se i nuovi proprietari si renderanno conto di quanto sia bella e fragile, e preziosa.

Un tempo, sul pontile assolato di un lungolago, una ragazza di cui non ricordo il nome mi chiese se secondo me erano più numerose le persone vive in quel momento o le persone morte dagli albori dell'umanità.

Le risposi che secondo me erano di più i morti.

«Va bene. Giusto. Ma *quanti*, secondo te? *Quanti morti*, dalla preistoria a oggi?»

«Ad oggi, o va bene anche ieri?» cercai di scherzare.

Quando vide che non sapevo rispondere alla sua domanda sorrise.

«*Centosette miliardi di morti.*»

Stavo riflettendo sull'enormità di quel dato, quando lei aggiunse: «Il 6,5 per cento delle persone nate sulla Terra dall'inizio della storia umana a oggi è viva in questo momento.»

Quello, secondo lei, era il dato *davvero* incredibile.

«Da qui a qualche secolo non ci sarà più spazio per i morti» disse.

Guardammo la scia di un aereo che passava sul lago a dieci chilometri d'altezza, nell'azzurro perfetto del cielo.

In un romanzo di Gene Wolfe, la Terra del lontano futuro era un enorme cimitero a misura di pianeta. C'erano immense spiagge fatte di frammenti d'ossa che brillavano sotto la luna.

Ricordai che le ceneri dei crematori di Auschwitz avevano fatto deviare il corso della Vistola. Glielo dissi. Lei annuì distrattamente. Posò la testa sulla mia spalla. La sua pelle era calda, i capelli rossi accesi di mille riflessi dal sole.

Mettiamo un argine ai ricordi.

È tempo di partire.

Tempo di dire addio a questo posto in cui ho passato in tutto forse quattro, al massimo cinque settimane della mia vita. Brevi periodi inframmezzati da lunghe assenze. Eppure non rimpiango di averlo fatto mio, per un po'. Ci sarà anche dopo che me ne sarò andato, e i nuovi inquilini non sapranno niente di me. E anche in questo c'è una specie di malinconica magia.

È il momento di separarsi dalle cose. E di farlo con stile.

Nascosto nella tasca interna del mio nécessaire da viaggio c'è l'oggetto che ho scelto come regalo d'addio per questa casa. Una precauzione forse inutile, perché nessuna legge vieta di importare antichità in Turchia. Solo il viaggio di ritorno in Italia sarebbe un rischio, per questa monetina d'argento piccola come l'unghia del mio pollice. È stata coniata a Roma intorno al 140 dopo Cristo. Raffigura su un lato l'imperatore Antonino Pio e sull'altro suo figlio adottivo, il giovane Marco Aurelio. È una moneta bellissima, degna di questa casa. Ci ho messo anni per trovarla. Ne avevo già altri esemplari, ma questa che tengo tra le dita è quasi un fior di conio. Non mi stancherei mai di ammirarne la perfezione, il modo in cui lo schiavo che ha realizzato le matrici è riuscito a rendere l'espressione dei due personaggi, i riccioli sulla testa dell'imberbe imperatore adottivo e la solennità del volto di Antonino.

Ho posseduto molte monete rare. Ma a nessuna mi sono affezionato come a questa, con i suoi due volti e nessun motto roboante, nessun proclama: solo il viso di due uomini, uno vecchio e uno giovane, e nessun simbolo del potere: né corone né scettri né aureole. Il trionfo dell'Umanità.

Mi porto il piccolo *denarius* davanti agli occhi. L'occhio nudo non può distinguere i dettagli che solo una lente d'ingrandimento permetterebbe di cogliere. Ma io li conosco, quei dettagli. Li ho visti. So che ci sono, e questo è ciò che conta.

È la prima volta che la tocco, questa moneta.

Fino a oggi, per maneggiarla, avevo usato dei guanti sottili di garza.

Al tatto ha una consistenza calda. È come accarezzare la pelle di una guancia.

Al tempo stesso è dura come pietra.

Mi tornano alla mente i versi di Pasolini su Ilaria del Carretto:

Nessuno
Scalpello potrà scalzare la mole
Tenue di queste palpebre.

Premo le dita sulla moneta. Voglio imprimermi nella carne le figure, le lettere. Le mie dita ricorderanno la forma. Saranno come l'argilla che ha assorbito i corpi dei due imperatori, l'argilla rossa e densa del tempo.

Usando un coltellino, ieri sera, ho scavato un foro nella parete della camera più piccola, quella che chiamo *la camera dei bambini*. Non l'ho mai arredata. È vuota. Una lampadina elettrica pende nuda dal soffitto. Qui dormiva una bambina morta a undici anni. Lo so dai sogni, dalle voci che mi hanno parlato nelle notti di luna, quando la luce argentea trasformava la casa in un teatro delle ombre e alcune di quelle presenze mi sussurravano, voci nascoste dietro gli angoli, volti di cui coglievo a volte un riflesso negli specchi.

Questa casa era piena di voci. Le richiamavo io. La stessa ossessione che mi aveva spinto a desiderare e a comprare l'appartamento mi aveva reso curioso della sua storia.

Così avevo saccheggiato le librerie antiquarie di Istanbul e quelle online per trovare libri che mostrassero il quartiere com'era negli anni dal 1905 al 1960. I mobili e il pavimento del salotto erano coperti da grandi volumi fotografici o da modeste pubblicazioni locali. Su tutte quelle pagine appariva lo Yazıcızâde. Usando una lente d'ingrandimento esploravo le foto alla ricerca di un dettaglio, di un volto. Eppure le finestre erano sempre vuote, specchi che riflettevano un cielo grigio. Se ingrandivi le foto al massimo, i dettagli si sgranavano in file di puntini, come un codice segreto. Lentamente, faticosamente, giorno dopo giorno arrivai a conoscere il quartiere e i suoi abitanti. Ma non riuscivo a trovare nessun segno di chi viveva nel palazzo. Il portone, in quelle foto, non era mai aperto, e nulla alterava la gioiosa perfezione della facciata. Mi ricordava le tombe degli Achemenidi incise nella roccia a Naqsh-i Rustam, alte sulla parete della collina.

In un certo senso questo palazzo è stato davvero una tomba, per me.

Ogni volta che ci tornavo facevo in modo, con una serie di e-mail, che l'appartamento fosse pulito, il frigo pieno, le scorte di capsule Nespresso ricostituite, la cassetta delle lettere svuotata di ogni cosa inutile. Arrivato, per prima cosa staccavo il telefono, isolandomi da tutti e da tutto. Mi seppellivo tra le confortevoli pareti riprendendo la mia ricerca, cercando di capire chi fossero stati i precedenti ospiti del palazzo, e che fine avessero fatto.

Le risposte mi vennero dagli archivi catastali e dai libri di storia, non dalle foto. Le foto omettevano il dramma. Lo Yazıcızâde avrebbe potuto trovarsi sulla Luna, o su Marte. Il marmo bianco soffriva le offese del tempo e degli agenti atmosferici, ma il sangue non lo macchiava. Nessuna violenza era stata commessa tra le sue mura. I suoi abitanti erano semplicemente *andati altrove*. Erano spariti, come in un trucco di magia. Forse il grande Houdini aveva addestrato le squadre della morte, insegnando a far scomparire la gente, a cancellare ogni traccia delle loro vite.

I lavori di restauro avevano grattato i muri fino alla giusta profondità per rimuovere il passato.

Una volta, a Parigi, avevo scattato un'infinità di foto alla parete di un edificio.

La casa più piccola che un tempo gli stava a fianco era stata demolita. Ne rimaneva solo un muro, incollato a quello del palazzo superstite. I tre piani della casa abbattuta erano scomparsi, ma sulle pareti del palazzo più alto era rimasta la loro impronta, come quella di un fossile: carte da parati di colore diverso, strati su strati, squarciati dalla pala meccanica. Era domenica. Il cantiere era deserto. Mi arrampicai sul cumulo di macerie alto tre metri e scattai foto su foto con la mia Canon, cambiando pellicola in continuazione. Centinaia di scatti. Strappavo via gli strati più recenti della tappezzeria per portare alla luce quelli sottostanti: porpora, oro, azzurro, verde, e un susseguirsi di motivi: geometrico, floreale, araldico... A ogni strato c'erano una storia, dei volti, dei nomi, speranze e paure. Famiglie o uomini soli, vissuti all'epoca delle carrozze e dei primi treni a vapore, dell'assedio prussiano e della Belle Époque.

Qui, invece, non è rimasto più nulla. Il palazzo è stato scarnificato come uno scheletro, su cui poi hanno steso una copertura nuova, pulita. Senza memoria. Se cerchi il passato dello Yazıcızâde devi guardare altrove: in una discarica, in una fossa comune, in un rapporto segretato della polizia.

Col mio coltellino ho scavato un foro nel muro, raggiungendo lo strato più duro che è lo scheletro dell'edificio. Ho avvolto la moneta antica di quasi duemila anni in un ritaglio di stoffa e l'ho spinta dentro, in fondo, verso il punto in cui la materia confina con la memoria. Poi ho sigillato il foro con dello stucco. Quando lo stucco si è asciugato l'ho lisciato con la carta vetrata. Infine ho steso una mano della vernice che mi ero fatto lasciare dagli imbianchini otto anni prima, nell'eventualità di un ritocco.

Pulisco il pavimento dalla polvere di stucco e la stanza sembra esattamente come prima. Solo io e le ombre sappiamo della moneta, dell'obolo necessario a traghettare il palazzo dall'altra parte della vita, dove lo abiterò ancora e le pietre saranno finalmente in pace coi morti.

*

Lascio la casa verso l'alba, prima che il giovane muezzin intoni il suo canto.

L'aria è fresca: il giorno appartiene ancora all'estate, ma le notti odorano già d'autunno, e l'alba è triste e come pensierosa.

La città si rimette in moto lentamente.

Entro nel taxi che puzza di sigarette e dopobarba. È una vecchia Mercedes, nera e lucida come uno scarabeo, con gli interni di cuoio. Avrà almeno trent'anni, eppure sembra nuova. Scandisco l'indirizzo all'autista. Lui annuisce e ingrana la marcia, staccandosi dal marciapiede senza mettere la freccia.

Non mi volto a guardare lo Yazıcızâde. Pochi metri lungo la strada e già non si vede più. Saliamo verso la Torre di Galata lungo strade ripide e malandate, sotto gli sguardi indifferenti dei vecchi seduti ai tavolini di un caffè e dei pedoni davanti ai quali l'auto si ferma, aspettando paziente che si facciano da parte. Il tassista brontola sotto i baffi, ma non accelera né suona il clacson. Guardo le scritte sui muri, i dettagli di una finestra, di una pergola di glicine. Dall'autoradio sul cruscotto esce la voce di Billie Holiday, un'incisione gracchiante di *Pennies from Heaven*. Le facce della gente, i loro abiti grigi, paiono usciti da una vecchia foto in bianco e nero degli anni Cinquanta. I loro volti sembrano tutti uguali. Un bambino appare a tratti tra le gambe degli adulti. Mi guarda di sottecchi e sorride. Indossa pantaloni corti e una giacca antiquata, una cravatta sottile. Mentre il taxi gli passa accanto cerco di vederlo meglio, ma è già sparito in mezzo alla folla che sale in una lenta processione verso la cima della collina, verso İstiklâl Caddesi.

3.

«Oggi è chiuso» mi avverte il tassista, fermandosi davanti al monastero dei dervisci mevlevi, in fondo al viale. Sorrido e lo pago, mettendomi in spalla lo zainetto che è il mio solo bagaglio in questo viaggio. La Mercedes nera sparisce dietro l'angolo, lasciandosi dietro una nuvola di fumo bianco.

La strada è ancora buia, i negozi chiusi. A quest'ora i turisti dormono nei loro letti d'albergo. In giro c'è solo gente del posto che si prepara a una giornata di lavoro, scaricando merce, pulendo gli scalini di un negozio, portando dall'altra parte della strada un vassoio enorme con sopra due minuscole tazzine di caffè.

Mi affaccio al cancello del monastero, che dopo la rivoluzione del 1923 è diventato un museo.

Rimango lì in piedi, in attesa, finché una figura piccola e curva non appare in distanza, uscendo da una dépendance del museo. Muove le braccia, venendomi incontro. Mi dice a gesti che il museo è chiuso. Indica il cartello alla mia destra. Io lascio che si avvicini. Quando è a quattro o cinque passi da me mi riconosce.

Ho fatto amicizia col vecchio Selim nel corso degli anni. A quanto ho capito non ha un ruolo ufficiale all'interno del museo. L'ho visto curare i fiori, pulire gli scalini, ma quando ho chiesto di lui ad altri guardiani, un paio di volte, mi hanno risposto con una scrollata di spalle.

Me lo ricordo sempre vestito allo stesso modo, con uno zuccotto di panno nero, pantaloni larghi, un gilet di velluto molto liso e un paio di ciabattacce sformate che sembrano due animali pelosi aggrappati ai suoi piedi.

Selim ha un'età imprecisabile, forse settant'anni, gli occhi azzurrissimi e vispi e una barba grigia di due giorni sulle guance incavate.

Parla un francese ricercato, imparato non so come, perché qui a Istanbul l'ignoranza delle lingue straniere mi sembra la regola.

Gli spiego che sto partendo, e che vorrei visitare un'ultima volta il giardino.

«Impossibile. È giorno di chiusura.»

«Ma il mio volo parte tra poche ore.»

«Mi dispiace. Allora la prossima volta.»

Sono stato lì molte volte, in tutti questi anni.

Nel breve corso delle nostre vite ci viziamo con l'idea che "molte volte" voglia dire "sempre".

Non è così.

«Ma io non tornerò» gli dico.

«Mai più?»

«Mai più.»

Il vecchio scuote la testa. Mi guarda a lungo.

Poi mi fa segno di attendere un attimo e sparisce a destra, dalla parte della biglietteria.

Quando ritorna, ha in mano un mazzo di chiavi.

Apre il cancello e si affretta a chiuderlo alle mie spalle.

4.

Avrei voluto ringraziarlo, ma il vecchio Selim è già lontano, con la sua camminata stramba, i piedi che puntano all'infuori. Ha sempre qualcosa da fare, un lavoro da finire o da cominciare, nel suo mondo racchiuso in poche centinaia di metri quadrati.

Ed è davvero un mondo a parte, questa enclave di pace e silenzio nel cuore della città. Ogni volta che l'ho visitata ho avuto la fortuna di essere solo. Un gruppo di turisti chiassosi avrebbe rovinato tutto.

Mi dirigo come sempre al piccolo cimitero. Le tombe non hanno nulla di macabro, sono semplici steli di marmo bianco coperte di scritte in turco. Sopra alcune c'è un turbante o un cappello di marmo, a indicare il rango del defunto.

Viottoli ben tenuti passano tra le tombe. Mi siedo, come ho fatto ogni volta, all'ombra di un cespuglio. È un posto buono, soprattutto d'estate, quando quest'angolo diventa un'isola di frescura nella canicola.

Guardo i gatti del cimitero venirmi incontro, con le loro strategie oblique e intelligenti. Non si muovono direttamente verso di me; sembrano piuttosto intenti a distrarmi, mentre il loro portavoce si fa lentamente più vicino.

È un gatto magrissimo, gli occhi verdi, un corto pelo marrone.

Muove un ultimo passo e si siede sull'erba sotto una stele, in una posa da statua egizia.

In attesa.

Sorridendo, recito la poesia che ho imparato a memoria ieri sera. L'ho scritta su un foglietto, ma recitarla a memoria è per me un punto d'orgoglio.

È di Baudelaire.

Les amoureux fervents et les savants austères
Aiment également, dans leur mûre saison,
Les chats puissants et doux, orgueil de la maison,
Qui comme eux sont frileux et comme eux sédentaires.

Amis de la science et de la volupté,
Ils cherchent le silence et l'horreur des ténèbres;
L'Erèbe les eût pris pour ses coursiers funèbres,
S'ils pouvaient au servage incliner leur fierté.

Il gatto non batte ciglio mentre ascolta i versi.

Non dimostra se li ha graditi o meno.

Ho avuto più successo con una poesia di Neruda, e con l'inno al gatto composto da Sant'Adelmo.

Ogni volta che sono venuto qui ho recitato una poesia sui gatti, a questo scelto pubblico felino, senza mai sapere se la mia recita piacesse.

«La nostra approvazione era implicita.»

Fisso il gatto negli occhi.

«Tu parli?»

Non annuisce. Annuire non appartiene al suo modo di esprimersi. Mi guarda più intensamente, sempre immobile come una statua. La sua bocca non si muove, eppure le parole mi giungono nitidamente.

«A te *tutto* parla. Una pietra, una foglia. Persino una tomba. Perché non un gatto?»

Già. Perché no, mi dico, appoggiando la schiena alla pietra.

«Abbiamo sentito che te ne vai.»
«Sicché Baudelaire vi piace?»
«Non cambiare discorso, creatura senza peli. È vero che te ne vai?»
«Sì.»
«Non ti piace questa città?»
«Mi piace molto. E in particolare questo posto. E di questo posto mi piacete soprattutto voi.»
«Anche tu hai un buon odore.»
«Grazie.»
«Prima di andartene, ci dici ancora quella cosa che hai detto la prima volta? Quella del guardiano fedele?»
L'inno di Sant'Adelmo. Dovevo immaginarmelo.
«Non lo so a memoria.»
«Sì che lo conosci.»
Scuoto la testa, ma le parole arrivano, una dopo l'altra, come scritte sul nastro di una vecchia telescrivente. Le recito a voce alta.

Guardiano fedele,
Protettore della casa,
Su cui veglio tutta la notte,
Io purgherò
I nascondigli ciechi
Dell'oscurità della notte
Senza perdere nei meandri bui
L'acutezza del mio sguardo.

«Vedi che la ricordavi?»
«Chi sei?»
«Sono un gatto.»
«Lo vedo. Ma chi sei veramente?»
«Non capisco cosa vuoi dire. Guarda: è un ragno, quello?»
«Ora sei tu che cambi discorso.»
«È un ragno enorme. Mi piacerebbe schiacciarlo sotto

la zampa. O meglio ancora tra i denti. Dev'essere croccante. Mi piace il rumore che farebbe.»

Il gatto si alza, la coda dritta come un'antenna. Si allontana di lato. Altri due gatti, una femmina e un cucciolo, mi distraggono muovendosi verso di me.

Il gatto dagli occhi verdi è sparito.

«Torna qui» grido, sentendomi uno stupido quando la mia voce risuona nel cimitero deserto.

Tutte le tombe sono ammantate d'ombra. Presto il sole spunterà oltre il tetto del museo, e il marmo delle steli tornerà a parlare la sua lingua per me inconoscibile, a dire a chi può capirla chi fossero gli uomini sepolti in questo recinto sacro. A raccontarne le storie.

Come se questo avesse importanza.

Un tempo leggevo l'arabo. Lo scrivevo. Almeno così mi dicono. Ora non ne ricordo una parola. La storia della mia vita è una pergamena cancellata, una sinopia. Sono una lavagna su cui ogni giorno scrive una storia, e il giorno successivo la cancella.

Chiudo gli occhi, assorbendo e lasciandomi assorbire dalla pace del posto, dal modo in cui l'eternità vi viene distillata in vuoto, in silenzio. I corpi sepolti sotto il velo dell'erba sono diventati insieme il tempo e il suo contrario. Li immagino come diafane crisalidi, come la creatura per metà verme e per metà umana dell'incisione di William Blake *I have said to the Worm: thou art my mother & my sister*.

Ho passato tante ore in questo rettangolo di terra che per me ormai contiene tutto il mondo: la luce e l'ombra, la presenza e l'assenza. La morte unita e contrapposta alle cose che crescono. La pietra e l'erba.

A svegliarmi è un raggio di sole che accende una finestra e si riflette sul mio volto.

Mi alzo, sgranchendomi le braccia.

Ogni ora passata in questo luogo di pace è una pausa per l'anima. Curioso, come gli uomini cerchino in tutti i modi di inserirsi nella vita, di ricavarsi un proprio posto nell'universo e poi, giunti al successo, anelino solo al silenzio, alla pace.

A volte mi sono portato qui un libro di poesia. Keats, Coleridge. Yeats. In questo posto le parole sembravano diventare in qualche modo più nitide. Ma oggi non ho portato niente: solo me stesso. Entriamo nudi nel mondo, e nudi ne usciamo. Quale luogo migliore di questo, per affermare questa semplice verità?

Mi volto verso destra. I gatti sono raccolti in fila sul marciapiede. Cinque. No, sei. Vorrei avere qualcosa da dargli. Del cibo. *Pâté de foie gras*, magari. Qualcosa che non hanno mai assaggiato, e che dopo di me non gusteranno più. Sarebbe un bel modo per farmi ricordare.

«Ti ricorderemo lo stesso. Non sei uno che si dimentica.»

Il gatto dagli occhi verdi mi osserva dall'alto, appollaiato sul turbante di marmo che corona una lapide.

«Cosa sapete di me?»

«Tutto. E niente. Tutto quello che ci serve sapere. Siamo gatti. Non filosofi, o poeti. Quelle sono cose di voi umani. Però la poesia ci piace. Così come ci piacciono le sardine, che nessun gatto saprebbe pescare da solo. Gli umani sono davvero utili.»

«Ci avete addomesticato, insomma.»

«Non è stato necessario. Basta sapervi prendere. Dove andrai, adesso?»

«T'interessa davvero?»

«No, te lo chiedo solo per cortesia.»

«Allora non ti rispondo.»

La lunga coda del gatto sferza il marmo. Colpi lenti ma energici.

«Sono curioso.»

Sorrido. Penso a quanti di questi animali ho avuto, nella mia vita. E poi mi dico che nessuno ha mai davvero *avuto* un gatto.

«Andrò a Venezia, credo.»

«La città dei gatti.»

«Non lo sapevo.»

«C'è un gatto anche nel suo stemma. E sulla piazza più grande della città c'è la statua di un gatto alato.»

«Credevo fosse un leone.»

«Ti sbagliavi. Salutaci il gatto alato, quando sarai a Venezia. È una città dove molte storie iniziano e finiscono. Noi lo sappiamo. Forse anche la tua finirà lì.»

«Non credo. Mi piacerebbe, ma non credo.»

«Salutaci il gatto alato. Non dimenticartelo.»

«Lo farò. Ma prima devo andare a Budapest, a trovare un amico, anche se non si ricorda più di me. Si chiama János e costruisce violini.»

«I violini ci piacciono. Puoi portarci un violino, da Budapest?»

«Forse. Se tornassi qui. Ma non tornerò. E poi, cosa te ne faresti?»

«Nulla. Tu sai suonare il violino?»

«No.»

«Allora dovremmo trovare qualcuno che lo sa suonare. Non è facile.»

«Ma voi ne sareste capaci.»

«Certamente.»

«Ci sono tanti negozi di strumenti musicali anche qui vicino. In Galip Dede Caddesi. Potreste trovarlo lì, il vostro violino.»

«Può darsi. Ma non sarebbe la stessa cosa.»

Il gatto si lecca le unghie. Poi si passa la zampa sulle lunghe ciglia.

«Non mi hai chiesto dov'è Budapest» gli dico.

«Non ha importanza. Sappiamo che è una città. Un tempo la gente di qui regnava su quella città. Ora non più. La palla rotola.»

«Dici bene, gatto. *La palla rotola*. Devo proprio andare, adesso.»

«Vai, allora.»
«Vorrei salutare Selim. Sai dove posso trovarlo?»
Il gatto non risponde. Poi si stiracchia lungo il bordo superiore della lapide.
«Qui sotto.»
Scuoto la testa.
«Qui sotto» ripete. «Selim è un'ombra. Vedi l'ombra di questa pietra? Quello è Selim.»
Raccolgo il mio zaino.
«Non hai bisogno di Selim. Il portone è aperto.»
«Sei sicuro?»
Con un balzo agile che non fa rumore, il gatto scende dalla lapide e si allontana sdegnoso. I suoi compagni lo seguono in corteo.
Sono rimasto solo, nel cimitero che il sole trasforma in una cartolina. Se l'umanità sparisse, questo diventerebbe un posto come tutti gli altri. Siamo noi, sono le nostre anime, a rendere speciale un luogo, a dargli un significato. Se l'umanità finisse, questo posto si trasformerebbe di colpo in terra e pietre, ed erba, in una congerie di materiali senza senso.
Mi sembra di cogliere l'eco di una risata felina, la pressione di occhi infinitamente saggi sulla mia nuca, mentre spingo il cancello del monastero dei dervisci mevlevi e sì, il portone non era chiuso, il lucchetto è per terra e io mi scuoto di dosso i pensieri e i ricordi come un orso che esce dal letargo, e m'immergo nel rumore e nel traffico della strada che intanto si è riempita di turisti e di luce.
In un negozio di souvenir compro l'oggetto che cercavo.
Non so perché lo cercavo. Era come un ordine impartito da una parte non razionale del mio cervello.
Una cosa che devo fare.
L'oggetto non è né raro né prezioso. È una piccola melagrana di ceramica, decorata con un motivo di fiori azzurri, verdi e rossi. Ne ho una uguale sulla scrivania del mio

studio. Solo che la mia è rovinata. Tre punte del frutto sono spezzate. La vernice è sbiadita.

È un souvenir comune: sul bancone del negozio ce ne sono almeno due dozzine. Ma il mio sembra passato attraverso il tempo.

C'è una storia, dietro quell'oggetto. Un giorno, qualche settimana fa, il portiere dello Yazıcızâde mi ha consegnato un pacchettino. Non c'era il mio indirizzo, e nessuna traccia di chi l'avesse spedito. A gesti, il portiere mi aveva spiegato che a portarlo era stata una donna molto anziana.

«*Bir yabanci kadın.*»

Una donna straniera.

Il pacchetto era avvolto in una carta oleata a motivi giapponesi: delle piccole gru stilizzate su uno sfondo di nuvole. Lo spago che legava il pacchetto era stretto in un nodo di un tipo che non avevo mai visto prima. Avevo sollevato le due ali di cartone. Dentro c'era una protezione di fogli di giornale. Un giornale ungherese di due settimane prima.

Avvolto in quei fogli, un oggetto di ceramica che mi aveva mozzato il fiato per la sorpresa.

Lo stesso oggetto che tengo in mano adesso, portandolo alla cassa per pagarlo, nel negozio di souvenir in İstiklâl Caddesi. Che sia lo stesso non è una sensazione. È una certezza.

Conosco questo oggetto a memoria.

È una parte di me.

Toccandolo, quel mattino d'inverno, togliendolo dal pacco, avevo avvertito qualcosa. Una sensazione intensa e indefinibile. Avevo sfiorato con le dita la levigata superficie di ceramica. C'era una storia, nascosta in quell'oggetto, che mai più avrei pensato di vedere. Una storia che in qualche modo riuscivo a leggere. Una donna, e prima una ragazza, e prima ancora una bambina che corre in un paesaggio di rovine, la bocca spalancata in una risata o in un urlo, impossibile dirlo da qui, le falde del cappotto troppo largo che accompagnano la sua corsa come ali d'uccello sferzate dal vento.

Prendo un taxi sotto la Torre di Galata. La sequenza quasi filmata in cui alzo il braccio, il taxi si ferma e io ci salgo al volo è fluida come la scena di un balletto provato per mesi.

Mi sento carico di energia mentre mi accomodo sul sedile e guardo la vita scorrere ai lati dell'auto. Prima lo slalom tra i turisti e i carretti e i vicoli, e poi il traffico intenso, la cacofonia di suoni e di voci. I pescatori sul lungo ponte, isolati o a gruppi, concentrati nel lancio delle lenze. Colgo un guizzo d'argento, un pesce viene sollevato dall'acqua in un lungo arco, vola in alto e poi cade nelle mani di un pescatore.

Chiudo gli occhi.

Lancio come una lenza il mio pensiero verso il pesce morto.

Il taxi passa loro accanto. Al vecchio e al pesce, e al bambino che li guarda, il bambino con la giacchetta antiquata. Il tempo sembra fermarsi.

Un mio gesto, appena un leggero spostamento delle dita.

Un fremito, fra le mani ruvide del pescatore.

Occhi sbarrati dallo stupore.

Il pesce, tornato in vita, sfugge alle dita ruvide. Ricade in acqua, scomparendo in uno spruzzo vivace come una risata.

Le cupole delle moschee, i minareti, i tetti degli edifici avanti a me.

Tutto questo non è che illusione, apparenza.

La verità è quel guizzo argenteo, la scintilla di vita. La verità è la luce del giorno in cui si perdono i miei occhi.

Il bambino sorride, come se mi conoscesse.

Con un gesto di saluto che potrei anche aver solo immaginato scompare tra la folla.

5.

Prendo il volo della Turkish Airlines per Budapest delle 12.15.

Non ho bagaglio, a parte il mio zaino leggero.

Arrivo tardi all'aeroporto, e la fila ai controlli per i voli internazionali è scoraggiante, un serpente nervoso di almeno trecento metri che si snoda lungo le transenne. Ma un attimo prima che mi metta in fila, un poliziotto apre inaspettatamente un altro varco, facendo segno di passare a me e agli altri viaggiatori arrivati dopo. Un piccolo miracolo.

Il volo è quasi vuoto. Durerà due ore, e durante il viaggio guadagnerò un'ora. Mi ha sempre affascinato, questa cosa dei fusi orari.

«Certo che sei strano» mi disse una volta un'amica. «È solo una convenzione. Il tempo che passi in volo è sempre di cinque, o di sette ore, per dire. Non è che se rimani sempre per aria non invecchi.»

«Gli angeli non invecchiano. E loro volano.»

«Che argomento stupido. Anche le papere volano. Eppure invecchiano.»

«Ne sei sicura? Hai mai visto una papera vecchia? Con le piume bianche, e gli occhiali, e il bastone...»

«*Stupido...*»

Tolgo dal cellophane le cuffiette per ascoltare i programmi musicali. I piccoli schermi televisivi apparsi da sotto i vani portabagagli mostrano l'aereo sulla pista di decollo, e la rotta che seguirà. La presa della cuffietta è strana, due jack paralleli che impediscono l'uso degli auricolari al di fuori di questo aereo. Nella tasca del giubbotto ne ho un paio Harman Kardon per queste evenienze, ma non c'è modo di usarli, con queste prese. Così m'infilo nelle orecchie questa roba di plastica da poco della Turkish Airlines. Premendo i tasti sul bracciolo passo in sequenza i vari canali, fino a trovarne uno di musica classica turca.

Mi rilasso sul sedile. Ho la fila tutta per me, ma preferisco sedermi accanto al corridoio, al contrario degli altri nella mia stessa condizione, che appena chiusi i portelloni si sono spostati dal loro posto a quelli liberi accanto ai finestrini.

La musica che esce dalle cuffiette è dissonante, aliena. Dove ti aspetteresti un crescendo drammatico arriva invece una specie di marcetta. Tutto al mio orecchio suona infantile, poco serio. Il canale successivo offre qualcosa che sembra musica sacra islamica.

Immerso in un crescendo di voci e di armonie, non bado alle manovre di decollo finché la forza di accelerazione non mi preme contro il sedile e l'aereo s'inclina drammaticamente verso l'alto, puntando verso il blu profondo del cielo.

6.

Non torno a Budapest da molto tempo. La città è cambiata, nel corso delle mie visite, ma non ha perso il suo fascino *d'antan*. Il comunismo e la miseria del dopoguerra hanno preservato gli edifici storici dalla distruzione e dall'essere sostituiti con tristi palazzoni in stile sovietico, com'è avvenuto in altre capitali di stati satelliti dell'Urss. Quei palazzi magnifici, come il Klotild – che ora ospita un hotel di lusso – e il gemello ancora da restaurare che lo fronteggia, o il Párisi Udvar vicino al ponte Elisabetta, con la sua galleria che sembra uscita per magia dalla Parigi degli anni Trenta, sono come altrettante Cenerentole che aspettano il bacio dell'euro per risvegliarsi. Lungo il trafficato Rákóczi Út, edifici magnificamente restaurati convivono spalla a spalla con palazzi un tempo splendidi e ora fatiscenti. Entrambe queste situazioni – il rimesso a nuovo e il degradato – hanno il loro fascino. Ma io amo la decadenza, i segni della storia: i fori delle pallottole del 1944, o del 1956, sulla stessa facciata su cui campeggia il logo rosso e oro di McDonald's.

Passo al tassista un biglietto su cui ho scritto l'indirizzo che devo raggiungere. Lui scuote la testa, poi fa segno di sì, quando gli infilo in mano un paio di banconote. Brontolando, mette la freccia a sinistra ed esce dal traffico e dal sole pomeridiano, lasciandosi alle spalle la folla di turisti che sciama intorno all'imbocco della Váci Utka.

Muoversi per certi quartieri, addentrarsi in certe vie dimenticate, vuol dire viaggiare nel tempo. Questo in cui mi faccio lasciare dal tassista è uno di quei posti. Il centro della città è vicinissimo in linea d'aria, ma nessun turista si sognerebbe di addentrarsi per queste viuzze strette e scure, su cui si affacciano caseggiati dalle finestre chiuse e vecchi negozi con le vetrine sbarrate. Nessun edificio memorabile, neppure un minimo dettaglio architettonico degno di nota, o qualcosa che t'invogli a fotografarlo. Il selciato è sconnesso, rappezzato in più punti con asfalto a sua volta bisognoso di riparazioni. Un'insegna in ceramica sul muro della casa d'angolo reca il nome della via: Keresztül Régi Mágany. La prima volta che sono venuto qui, János mi ha raccontato, nel suo inglese compunto dal pastoso accento magiaro, la storia di questa strada dimenticata.

«Nel Medioevo era una strada di alchimisti. O almeno così si vociferava. Come lei sa, signore, un tempo il confine tra scienza e magia era estremamente labile. Probabilmente si trattava solo di artigiani che usavano prodotti chimici per il loro lavoro. Chissà. Vede quell'edificio a due piani? Si dice che chi entra lì dentro scopre che ci sono molti altri piani, sopra e sotto. Che la casa è enorme, grande come una città.»

«Lei c'è mai entrato?»

«Che domande. No. Altrimenti non avrei detto *si dice*. Le avrei detto con precisione cos'hanno visto i miei occhi.»

Scuotendo la testa, János mi aveva afferrato la destra con la sua mano grossa e pelosa come quella di un orso, animale a cui del resto somigliava, col suo vocione e il corpo tozzo e lento. Mi aveva posato la mano sulla porta sprangata di un negozio.

«Sente?»

«È fredda.»

«Sì, è fredda. Fredda come la morte. E sa perché?»

«Non ne ho idea.»

«È fredda perché la cantina di quella casa è molto profonda. Così profonda da arrivare giù giù sino all'Inferno.»

«Ma l'Inferno non dovrebbe essere caldo?»

«Oh no, signore. L'Inferno è gelido.»

Camminava lentamente, zoppicando. Si appoggiava a un bastone antico, col pomolo d'argento a forma di testa d'ariete.

«A proposito d'Inferno, signore. Lei sa qual è il contrario dell'odio?»

Avevo alzato le spalle. «L'amore?»

János aveva fatto un risolino chioccio.

«Oh no. No, no. Si sbaglia, signore. Il contrario dell'odio è l'indifferenza. Odio e amore sono come due *egypetéjű ikrek*, due gemelli *om*... Come si dice...»

«Omozigoti...?»

«*Omozigoti*, sì. Ecco la parola. Sono sentimenti. Uno buono, l'altro cattivo. Ma comunque sentimenti. È l'indifferenza il contrario dell'odio. Ed è brutta, signore. È fredda come ghiaccio. Per questo l'Inferno è gelido.»

Ero abituato alle bizzarrie di quella strana guida, suggeritami da un amico, funzionario dell'ambasciata italiana in città.

«Se c'è qualcuno che può farti trovare quello che cerchi, è il vecchio János.»

L'aggettivo *vecchio* si adattava male a un uomo che non dimostrava più di sessant'anni. Del resto erano davvero pochi gli ungheresi anziani che avevo incontrato per le vie della città. Il mio amico dell'ambasciata mi aveva spiegato che gli ungheresi morivano giovani, solitamente d'infarto, a causa della dieta troppo ricca di grassi.

«Senti quell'ambulanza?»

Come potevo non sentirla?

La sua sirena lacerava l'aria dell'Andrássy Út.

«Cosa scommetti che trasporta un infartuato?»

La sirena si era azzittita.

«Uno che *aveva avuto* un infarto...» si era corretto il mio amico, finendo il suo caffè corretto con amaro Unicum.

Era stato allora, al tavolino del bar, che gli avevo detto quello che cercavo a Budapest. Michele aveva annuito. «Conosco l'uomo che fa per te.»

Aveva scribacchiato sul retro del suo biglietto da visita un nome e un cognome, quest'ultimo pieno di esse e di zeta e di strani accenti.

Poi aveva aperto Google Maps sul suo smartphone e aveva puntato l'indice su una zona della mappa di Budapest, un paio di chilometri a est del pallino azzurro che mostrava la nostra posizione. Aveva tracciato con la Montblanc uno schizzo, riproducendo su un tovagliolo di carta l'immagine satellitare.

«Non facevi prima a scrivere l'indirizzo?» gli avevo chiesto.

«Nessun tassista saprebbe portarti lì. O accetterebbe di portartici, se è per questo. Dovrai pagarlo bene, per entrare in quel quartiere. Comunque guarda, fatti lasciare su questa strada qui, te la segno con una freccia, e poi prosegui a piedi, seguendo la mappa.»

E così avevo fatto, ed era stata la prima volta che János mi aveva rivelato alcuni dei segreti della strana strada in cui abitava. Non avevamo incontrato nessuno, quella volta.

E nemmeno questa.

I miei passi risuonano sul selciato umido, perché ha appena smesso di piovere. Un arcobaleno attraversa lo stretto rettangolo di cielo tra i tetti, percorso da nuvole grigie come stracci bagnati. Passo accanto al negozio la cui cantina si apre sull'Inferno, trattenendomi dal toccarne la porta. Da qui devo svoltare a destra, per una stradina così stretta che un uomo, incrociandone un altro, dovrebbe mettersi con la schiena contro il muro per lasciarlo passare. Non ci sono né porte né finestre, affacciate su questo vicolo lungo e strettissimo. È come se qualcuno avesse scostato di forza due edifici adiacenti, ricavandone questo passaggio senza nome.

La luce alla fine del vicolo è quella di una piccola piazza spoglia, su cui si affacciano edifici bassi, in una congerie di stili che copre almeno tre secoli. Il luogo è deserto, le case sembrano abbandonate. Solo un negozio dà l'aria di essere ancora in attività.

Spingo la porta ed entro.

Un campanello suona sopra la mia testa.

Il soffitto del negozio è basso, sorretto da antiche travi nere. L'unica luce è quella che entra dalla vetrina polverosa, svelando violini e archetti appesi alla parete di fondo e un bugigattolo che János chiama «laboratorio». È lì che se ne sta seduto, un'ombra nell'ombra. Urlo il suo nome. La sagoma, all'inizio, rimane immobile. Poi si riscuote, come un mucchio di terra smosso da sotto.

«Buongiorno, signore» mi fa una voce roca. Un volto emerge lentamente alla luce, nel pulviscolo acceso da un raggio di sole.

«Buongiorno, János.»

«Ero stato preavvisato della sua visita. L'aspettavo, pur tuttavia, per ieri.»

«Mi spiace. Ho avuto dei problemi.»

«*Problemi, problemi...* La vita è tutta un problema e poi, *puf*! Tutti i problemi si risolvono.»

Il corpo prende forma nella luce. È un corpo enorme, come un palazzo crollato, una sacca di pelle che contiene a fatica le rovine. Come se, dall'ultima volta che ci siamo visti, János fosse invecchiato di cent'anni. Anche la voce gli esce fioca, polverosa.

«Il suo amico mi ha detto cosa vuole. Non è una cosa facile.»

«Se fosse stato facile non avrei chiesto a lei.»

«Giusto. Allora mi sa che dovrò lavorare. Pazienza.»

Mi guardo intorno. Il laboratorio sembra esattamente uguale a com'era un anno fa: potrei giurare che anche i violini e gli altri oggetti appesi alle pareti sono gli stessi, nella stessa, identica posizione. Solo più polverosi. János si sgranchisce le braccia. Indossa una camicia a scacchi col colletto incredibilmente consunto, e un grembiule da lavoro incrostato di colla e vernice. I calzoni sformati finiscono su un paio di zoccoli artigianali, in legno e feltro.

«Di solito chi viene a farmi visita mi chiede qualcosa. Come vanno gli affari, per esempio. È solo un atto di cortesia, ma invero gradito.»

«Come vanno gli affari, János?»

«Discretamente. Non mi lamento. Non vendo un violino da secoli, ma i miei talenti di guida sono molto richiesti. E senza che mi faccia nessuna pubblicità.»

«Non ne ha bisogno.»

«La ringrazio. Posso offrirle qualcosa?»

«Un bicchiere d'acqua, magari.»

«No, niente acqua. Un bicchiere di Egri Bikavér, invece. Vuol dire *sangue di toro*.»

Il liutaio si china ad aprire un armadietto basso. Tira fuori una bottiglia di vino impolverata, e due splendidi calici di cristallo. Prende uno straccio dal tavolo da lavoro e lo passa sui calici. Poi si toglie di tasca un coltellino multiuso, e con quello stappa la bottiglia.

«Lei sa perché lo chiamano *sangue di toro*, questo vino? È una leggenda che risale all'assedio della città di Eger, vero la metà del Cinquecento. I difensori ungheresi, per sostenersi, bevevano questo vino. I turchi, vedendo le loro barbe tinte di rosso, credettero che fosse sangue di toro. Pensavano che gli assediati lo prendessero per acquistare la forza di quell'animale. Inutile dire che l'assedio fu respinto.»

«Lei perché vuole vedere quest'altro assedio?» mi chiede poi, sottovoce.

Intanto versa il vino nei calici. La consistenza e il colore sono magnifici. Il vino rotola lentamente sulle pareti di cristallo, quasi obbedisse a una diversa forza di gravità.

«Devo consegnare una cosa. Chiudere un cerchio. Saldare un debito.»

János mi porge il calice con la solennità di un celebrante.

«Beva.»

Mi porto il vino alle labbra.

Il colore è davvero sanguigno, la consistenza calda sulle labbra confonde.

János attende la mia reazione.

Sorseggio, poi annuisco lentamente, più volte. Finisco di bere e poso il bicchiere sul tavolo. Sembra incredibilmente pesante, come se fosse di piombo. Mi rendo conto solo adesso che tutto in questo negozio sembra alterare le percezioni. Quella del tempo, ad esempio. Mi sembra che i minuti scorrano lenti come melassa. È una sensazione che ho provato anche in certe anguste vie di Praga. Camminavo per quelle che mi sembravano ore e poi, guardando l'orologio, scoprivo che erano passati solo quindici o venti minuti...

L'ungherese sorride.

«Meglio prepararsi, per quello che ci aspetta, signore. Il viaggio è breve, ma non agevole.»

Apre una cassapanca, dopo averla liberata con un colpo del braccio di tutto il ciarpame che vi stava sopra. Pesca da lì dentro due cappotti di panno grigio, del tutto assurdi in quel caldo pomeriggio. E poi due cappelli flosci, e scarponi pesanti.

«Indossi questi. Sono della sua misura. O almeno dovrebbero. Conosce la storia dell'assedio sovietico, vero? Intendo il primo.»

«Non molto.»
«Allora gliene parlerò strada facendo. Le guide servono a questo.»
Indosso gli abiti. Già solo guardarli mi fa sudare. Per fortuna non ci sono specchi. Devo sembrare uno di quegli zampognari che sotto Natale visitano le città suonando le loro cornamuse. O uno spazzacamino.
Mi chiedo cosa stiamo aspettando per uscire. Ma il liutaio tiene lo sguardo fisso sul quadrante di un orologio a pendolo, sulla parete di fondo del negozio. La lancetta dei minuti si avvicina lentamente a mezzogiorno. Poi la pendola batte il primo dei dodici colpi.
Osservo l'ungherese. Il suo volto è pallido, come se fosse coperto da uno strato di vernice bianca, o di cipria.
«Andiamo, allora» fa, calcandosi sulla testa il cappello e aprendo la porta del negozio.
Usciamo.
Il fiato mi esce di bocca condensandosi in una nuvoletta di vapore.
Fa freddo. Ed è quasi buio. Nell'aria c'è un acre odore di cenere e di carta bruciata.
Sul battere del dodicesimo rintocco, János chiude la porta del negozio alle nostre spalle.
Il silenzio della strada è rotto da una serie di lunghi sibili, cui fa subito seguito un suono come di carta strappata. Nel rettangolo di cielo sopra la piazza sfrecciano dieci, dodici scie rumorose.
«Razzi *katiuscia*» urla János, per farsi sentire in quel frastuono.
Pochi attimi dopo rimbombano altrettante esplosioni.
Gli alberi della piazza non ci sono più: al loro posto stanno i tronchi mozzi di alberi più grandi, più vecchi. Le case sembrano intatte, con le loro finestre sprangate. Ma basta spostarsi e osservarle di lato per accorgersi che sono solo facciate, dietro le quali c'è il vuoto.

«Andiamo» m'incita János.

Cammina tenendosi chino, rasente i muri.

Guardo l'insegna bianca e verde con il nome della strada.

Keresztül Nicholaus Olahus.

«Ma questa non è la via Keresztül Régi Mágany?»

János avvicina la bocca al mio orecchio, per sovrastare il rumore dei razzi e dei crolli. Sembra che un'orchestra sinfonica di giganti suoni una sarabanda usando come strumenti le case e le strade della città.

«*Keresztül* vuol dire già *via.* Quello scritto lassù è un vecchio nome. La strada l'ha cambiato molte volte, nel corso dei secoli. Sotto il regime comunista l'avevano intitolata a un generale russo. E adesso ha un altro nome ancora, non ricordo quale. Ma prima ne ha avuti altri. Molti, mi creda, signore. Molti, molti altri.»

«Ma il nome *Régi Mágany*, cosa significa?» gli chiedo.

«*Antica Solitudine.* Questa è la strada dell'Antica Solitudine. Andiamo, signore, si sbrighi.»

L'aria è densa, satura di un lezzo insopportabile. Banchi di nebbia e fumo vengono trasportati dal vento, o dallo spostamento d'aria. Al suono dei *katiuscia* si unisce il rombo dei pezzi d'artiglieria pesante. Ho visto cose del genere solo nei film: il terremoto che distrugge Los Angeles, Godzilla che fa crollare i grattacieli di Tōkyō.

Scavalchiamo cumuli di macerie, percorrendo vicoli e vie abbandonate. Alcune porte sono scardinate, ma la gran parte delle case sembra intatta, come se i loro abitanti fossero solo usciti a fare la spesa. Una neve leggera cade dal cielo basso. Ma non è solo neve: sono fiocchi di cenere bianca gelata.

Ci muoviamo lentamente verso sud. Di tanto in tanto un edificio sussulta per un'onda d'urto: la polvere si solleva e ricade giù, la pietra stride, grida. Un palazzo crolla nella distanza, prima con un rumore di pannocchia sgranata e poi con un rombo sordo. D'un tratto, in fondo alla strada, appare il fiume, un nastro grigio dietro i cavalli di Frisia. Ci arriviamo muovendoci cautamente. Di tanto in tanto János mi fa segno di chinarmi, di restare immobile.

Il Danubio sembra danzare, sotto i colpi d'artiglieria che sollevano geyser d'acqua come bianche ballerine di un musical sull'Apocalisse. Il tuono di quelle masse d'acqua, quando ricadono, è assordante. Un pilone del Széchenyi Lánchid sembra essersi arreso: le lunghe catene che davano il nome al ponte giacciono, immerse nell'acqua come braccia spezzate. Al di là del ponte, sulla riva destra del fiume, il castello di Buda è una rovina fumante, accesa solo dal lampeggiare delle bocche da fuoco annidate tra le macerie.

«Non è la prima volta che succede» mi urla János all'orecchio, per farsi sentire nel delirio di rumori che ci circonda. «Si dice che in un altro assedio, nel 1686, un singolo colpo di cannone sparato dalle forze cristiane abbatté la Torre di Stefano che i turchi usavano come polveriera. L'esplosione uccise millecinquecento soldati ottomani. L'ondata di marea del Danubio causata dall'esplosione distrusse le batterie d'artiglieria turche piazzate a Pest. La liberazione della città fu dovuta, secondo la leggenda, a quel solo colpo di cannone sparato da un frate di nome Gábor. Gabriele, in italiano. Come lei, signore.»

Cadaveri mutilati giacciono sparsi sulla riva, fra le rovine di edifici un tempo maestosi. Quasi tutti i morti indossano una divisa. Un camion brucia, nuvole di fumo nero salgono verso il cielo, perdendosi nelle nubi gravide di neve.

«I russi stanno lentamente, metodicamente occupando Pest. I tedeschi resistono casa per casa, strada per strada. È una lotta tra due giganti bambini, indifferenti agli esseri umani.»

János indica un punto con il braccio teso. Come per magia, un palazzo in stile liberty viene raggiunto da una salva di cannonate e si abbatte al suolo in una densa nube di polvere.

«I sovietici usano cannoni pesanti da 132, 152 e 203 millimetri. Colpiscono i piani bassi dei palazzi, ad alzo zero, facendoli crollare. Budapest è completamente accerchiata. I russi hanno occupato l'aeroporto. I pochi aerei con i rifornimenti possono atterrare solo sul prato dell'ippodromo e nel parco del castello.»

Alza le braccia verso il castello di Buda, come se sollevasse qualcosa di pesante.

«Ottocentomila civili sono bloccati a Budapest. La città è difesa da cinquantamila soldati tedeschi e centomila ungheresi, tra soldati e membri delle Croci Frecciate. Hanno scavato una rete di gallerie e rifugi sotterranei, e dalle colline di Buda possono coprire con l'artiglieria tutta quest'area di Pest. Le forze tedesche accerchiate comprendono due divisioni di cavalleria delle Waffen-SS, la Florian Geyer e la Maria Theresia, più quel che resta di due Panzer-Divisionen e di un battaglione corazzato pesante con carri Tiger II. Il comandante incaricato di dirigere la difesa della città, il generale delle SS Pfeffer-Wildenbruch, è del tutto inesperto. La peggior scelta possibile. In compenso gli ufficiali al comando delle Waffen-SS sono preparati e determinati a resistere, almeno finché contano sull'arrivo di soccorsi dall'esterno, che rompano l'accerchiamento. Gli ungheresi... Gli ungheresi *aspettano*... Ferenc Szálasi, il capo delle Croci Frecciate, si dedica alle sedute spiritiche...»

János sputa per terra con disprezzo. Alza il braccio in direzione di Pest, senza guardare.

«Il *Budapeštskaja gruppa* sovietico è formato al momento dal 30° Corpo di fucilieri, dal 18° Corpo di fucilieri della Guardia e dal 7° Corpo d'armata romeno. Forze del tutto inadeguate a conquistare la città. La situazione perciò è in fase di stallo. Ma non vi resterà a lungo.»

«Che giorno è oggi?» urlo, per sovrastare il rombo delle esplosioni.

«Il 12 gennaio. Budapest è accerchiata dal 26 dicembre, e cadrà il 13 febbraio 1945, con la resa degli ultimi tedeschi.»

János pronuncia queste parole come se ripetesse una lezione di storia.

«Dov'è il posto?» mi chiede. Intanto tira fuori dalla tasca del cappotto un bracciale rosso a strisce bianche. Al centro c'è una croce verde a quattro punte, con una H bianca in mezzo. Sembra un assurdo segnale stradale.

János s'infila il bracciale, che lo identifica come membro delle Croci Frecciate, il partito fascista ungherese.

Sputa ancora una volta per terra.

«È quasi uguale a quello di Jobbik» sibila, riferendosi all'odierno partito ungherese dell'estrema destra.

È vero. Solo la figura verde al centro è diversa: nel 2016 le quattro frecce sono state ricomposte in una diversa figura geometrica, una specie di losanga.

Un proiettile di fucile sferza l'aria, distruggendo la targa di ceramica con il numero civico dello stabile dietro di noi. Mi concentro, chiudendo gli occhi.

Poi addito un palazzo di sei piani, massacrato dalle schegge d'artiglieria, il tetto scoperchiato.

«Ne è sicuro, signore?» chiede János.

Dentro di me comparo il palazzo con la foto che ho nella mia memoria.

«Sì. È quello!»

Grido, per sovrastare il rombo dei cannoni tedeschi che hanno cominciato a reagire al fuoco degli assedianti, facendo fiorire la sagoma nera del castello di brevi lampi rossastri.

Accanto all'ingresso del palazzo c'è una parola scritta a mano in ungherese – «*Óvóhelyen*» – e sopra quelle tre grandi lettere bianche a caratteri gotici: «*LSK*.»

Luftschutzkeller.

Rifugio antiaereo.

L'atrio d'ingresso è ingombro di calcinacci caduti dal soffitto e dai piani superiori. Una carrozzina per bambini rovesciata sul fianco è bianca come se fosse di marmo. Seguendo i cartelli arriviamo alla porta di legno della cantina, sbarrata.

Un'esplosione lungo la strada fa cadere rivoli di polvere sui nostri cappotti.

János bussa alla porta, sempre più forte.

Una voce alterata da dentro grida in ungherese.

János replica in tono ancora più rabbioso.

Pochi attimi e la porta si apre, anche se solo di uno spiraglio. Un'altra esplosione sulla strada squassa il palazzo.

Dal buio spuntano delle braccia, come in un film dell'orrore. Ci tirano dentro a forza.

La prima cosa che mi aggredisce i sensi è l'odore: un puzzo acre di corpi mal lavati.

Volti magri e ostili mi scrutano dal basso, uomini e donne seduti per terra contro le pareti. La cantina è illuminata da poche candele. Un bambino piange, la madre cerca inutilmente di calmarlo. Le esplosioni da fuori si susseguono sempre più forti, sempre più vicine.

Un vecchio con una fascia bianca al braccio – penso sia il caporifugio – urla contro di noi. Strattona per il braccio János.

Poi vede l'insegna delle Croci Frecciate.

Sbianca. Fa un passo indietro, balbettando una scusa.

János si spolvera il bracciale come se volesse mondarlo dal contatto con un essere inferiore.

Apostrofa il vecchio in modo secco e duro.

Punta l'indice verso di me, dicendogli qualcosa in ungherese, e poi ripetendolo in tedesco.

«*Das ist SS-Untersturmführer Dorfmann. Wir haben gehört, dass hier liegt ein jüdisches Kind. Wenn ja, alle sind Sie in Schwierigkeiten. Wo ist die kleine Jüdin*?»

Senza il minimo segnale di preavviso, colpisce con uno schiaffo il vecchio in piena faccia.

«*Hol van a lány zsidó?*» insiste.

Il vecchio barcolla. Trema. Scuote la testa, terrorizzato.

Lo chiamo vecchio, ma potrebbe avere la mia età. Le guance sono così emaciate che il volto sembra quasi un teschio.

János m'interroga con lo sguardo. Gli faccio segno di smettere quell'inutile interrogatorio.

Mi giro intorno. Cerco nella penombra, scruto i volti sporchi, gli occhi sgranati. Sollevo con le dita il mento di una ragazza bionda. È molto bella, ma non è quella che cerco. Questa è più grande, avrà almeno diciott'anni. Di colpo, con un senso di vertigine, ricordo dove l'ho già vista. Le mie dita si allontanano dalla sua pelle come se scottasse.

Cercando di ritrovare la calma mi muovo lentamente lungo la fila di disperati ammucchiata contro le pareti umide della cantina. Sono almeno un centinaio, in quello spazio così esiguo. Uomini, donne, famiglie, accomunati da un'espressione di assoluta disperazione. Un ragazzo di quindici anni, senza che nessuno gli chieda nulla, alza di scatto un documento, tenendolo alto come un crocifisso. János gli colpisce la mano, facendola abbassare. Ha tirato fuori dalla tasca del cappotto una torcia elettrica, e con quella debole luce giallastra perlustra il groviglio di corpi, evidenziando i volti pallidi, le dita che sgranano rosari o accarezzano nevroticamente una piega di stoffa, un braccio, un viso.

Il vecchio a capo del rifugio arranca col suo passo claudicante dietro di noi, biascicando e implorando in ungherese. Immagino stia dicendo che non ci sono ebrei, in questa cantina che esito a definire rifugio.

La ragazzina su cui János punta la torcia è rannicchiata in fondo alla stanza, in mezzo a un gruppo di bambini più piccoli. I suoi capelli biondi sono avvolti in un foulard. Le braccia magre piegate a proteggere il corpo, gli occhi chiusi con tanta forza da imprimere sul suo viso una smorfia dolorosa.

János scosta via il vecchio e si china. Con un gesto brusco afferra la ragazzina per un braccio e la solleva da terra. Gli occhi della piccola rimangono ostinatamente chiusi. È così leggera che sembra volare, quando János la spinge verso di me.

L'afferro prima che cada. Poi mi dico che un ufficiale delle SS non agirebbe a quel modo. Così mi tiro indietro di un passo e le poso una mano sulla spalla. Il vecchio caporifugio mi fissa, ansioso. Immagino tema un atto di violenza: la pistola sguainata dal fodero e un colpo alla nuca della ragazzina. Sono certo che dentro di sé prega per non subire conseguenze. O forse si preoccupa solo di dover ripulire il suo rifugio dal sangue. O delle conseguenze burocratiche.

Potrei dirgli di non preoccuparsi. Il suo rifugio verrà colpito alle 8.37 di domani mattina. Nessun superstite. Un fotografo russo, il 7 maggio del 1945, scatterà alcune foto che io sfoglierò settant'anni dopo, trovandole nel dossier commissionato a un detective privato ungherese.

In quelle foto la gente è ancora ammassata contro le pareti, ma priva di vita. Sacchi sgonfi, coperti di macerie. La bomba incendiaria toglierà l'aria al rifugio, soffocando tutti i suoi occupanti. E poi il palazzo crollerà come un castello di carte, seppellendo le vittime per più di tre mesi, dimenticate laggiù nel buio, sigillate nel tempo. In una di quelle foto in bianco e nero la bella diciottenne da cui mi sono appena allontanato fissa nel vuoto le orbite cave, le braccia strette intorno alle ginocchia. I capelli biondi brillano alla luce, ma incorniciano il volto di una mummia all'apparenza antica come quelle d'Egitto o del deserto peruviano.

Afferro per la collottola la ragazzina che sono venuto a prendere. È leggera come un uccellino. La trascino via, strappandole una smorfia di dolore. Tutti distolgono lo sguardo, fingendo di non guardare. Ognuno si rifugia nella sua grotta d'ignavia, rendendosi complice di quel momento. La ragazzina mi segue docilmente. Io la guido tenendola con le due dita che le premono il collo sottile. Sento le vertebre sotto le mie dita, che mi sembrano oscenamente grasse, e sane. Sento lo scheletro sotto la pelle, sotto la poca carne.

La porto via dalle stanze della morte.

La sto salvando.

E allora perché mi sento colpevole?

Sento l'energia vibrare sotto la malta delle pareti, scuotere i mattoni, e non è l'effetto delle bombe. Dietro di me i corpi si trasformano all'istante in scheletri, le cose arrugginiscono, gli abiti cadono in pezzi sfilacciati. Il tempo si contorce come un serpente.

Non devo voltarmi.

Seguo la schiena tarchiata di János, che fende la sporca umanità dolente della cantina come un rompighiaccio. Lento e pesante, e poderoso.

Sono Orfeo, e questa macilenta ragazzina ebrea è la mia Euridice. Qualunque cosa accada, non devo mai voltarmi.

L'oscurità sembra rapprendersi in dense pozze lungo le pareti, sussurra storie che solo io riesco a sentire. Sussurra che fra pochi giorni le SS e le Croci Frecciate irromperanno nell'ospedale ebraico di Bethlen Gábor Tér. Rapiranno ventotto adolescenti, che uccideranno due giorni dopo. Il fratello gemello di questa ragazza che salvo è uno di loro. E allora perché non lui? Perché proprio lei?

Non lo so.

A decidere tra la vita e la morte è la melagrana di ceramica che ho lasciato al posto della ragazza, in fondo al rifugio, la ceramica dozzinale comprata ieri al mercato di

Istanbul. L'ho infilata dietro una trave, nascondendola alla vista. Ritornerà nelle mie mani tra settant'anni, portata alla mia casa di Istanbul da una *vecchia donna straniera*, come la descriverà il portiere...

La melagrana sarà la stessa e al tempo stesso non lo sarà: scheggiata, invecchiata, ruvida di cicatrici...

János spalanca la porta del rifugio. Il frastuono delle bombe è cessato. Un attimo di tregua nella strage.

Salgo la scala di legno, e per fare gli ultimi scalini stacco le dita dal collo della ragazzina ebrea e la guido per la mano. Saliamo verso la luce, usciamo dalla tomba, con un passo leggero.

Dietro di noi il silenzio, l'umido e il freddo delle epoche passate. Un'argilla primordiale.

Usciamo e chiudiamo la porta senza guardarci indietro.

Fuori dal palazzo il tempo non scorre più. Tutto sembra immobile: il fiume, le nuvole, la sagoma martoriata del castello di fronte a noi.

Ci siamo portati dietro il silenzio e l'immobilità di morte della cantina.

Ora posso voltarmi.

La ragazzina mi fissa stupita. I suoi grandi occhi azzurri sono splendidi. Due gioielli.

Mentre János si toglie rabbiosamente di dosso il bracciale del partito, sputandoci sopra, io mi chino davanti alla creatura che ho salvato.

«Come ti chiami?» le chiedo.

«Erzsébet.»

Elisabetta.

Non è il nome che mi aspettavo. Il nome è un altro, ma non riesco a ricordarlo. Perché continua a sfuggirmi?

Che nome è?

«Devi fare una cosa per me, Erzsébet. *Non ora.* Quando sarà il momento.»

E poi le dico cosa.

In quel momento la sua anima scintilla, esplode di luce di fronte a me. Sento un volo di farfalle muoversi nel mio stomaco, come per un vuoto d'aria.

Non ci sono parole per descrivere quello che sento.

Le mie gambe si piegano. M'inginocchio davanti a lei.

Tra poco fuggirà.

Lo so.

L'ho già visto accadere.

Correrà via, la bocca spalancata in un grido o forse in una risata, le falde del cappotto troppo largo che sbattono dietro di lei.

L'espressione che ha nello sguardo è di assoluta meraviglia.

Sembra una principessa stupita davanti a un animale leggendario: un ippogrifo, un centauro.

Le sue dita diafane e magre si muovono. Toccano la mia fronte, la sottile corona d'oro che la cinge. Poi si alzano a sfiorare le mie ali.

Chiudo gli occhi, sotto quella carezza.

Quando li riapro lei è già lontana. Corre fra le rovine, corre come se l'abitasse il vento, come se *fosse* vento. Corre ignara di tutto, le braccia spalancate, le falde del cappotto sollevate dietro di sé come ali.

Chiudo gli occhi e volo con lei, mi alzo con lei nel vento, perdendomi nell'aria che sa di cenere e di luce.

7.

Dormo da János, su un vecchio sofà sfondato nel retrobottega del negozio. L'odore persistente di segatura e di vino non mi disturba più di tanto. Abbiamo bevuto per buona parte della notte. Vino ungherese, e poi roba più forte, perfetta per dimenticare il lezzo degli incendi e la presenza opprimente della morte.

Mi sveglio alle sei del mattino, dopo un breve sonno, e il vecchio liutaio è seduto di fronte a me, sulla poltrona verde nella quale ha vegliato. Non tutti sono a loro agio, con quelli come me.

Mi passa, brontolando qualcosa, una tazza di caffè. La ceramica è antica, sbreccata. Un disegno di uccelli e di fiori. Il vapore esce dalla tazza caldo e invitante.

«Perché proprio quella bambina, signore?»

Gli occhi di János sono gonfi, arrossati.

Le parole gli escono rabbiose di bocca.

«Perché lei e non un'altra? Sa che sono morti tutti, in quel rifugio? Tutti.»

«Lo so.»

«E allora *perché* lei?»

Mi strofino gli occhi con le dita. Cancello la stanchezza dalle palpebre, l'amarezza dal cuore. È un vecchio trucco che ho imparato tanto tempo fa.

«Non posso dirtelo, János.»

«Pensavo che tra di noi non ci fossero più segreti» ribatte lui.

Sorrido, alzando le spalle. «Hai ragione.»

La luce che entra dalla vetrata del negozio è la luce giusta, quella di un tiepido mattino di settembre, e non del crudele inverno di settant'anni fa. Solo i luoghi sono rimasti gli stessi. Case e strade, pietre e pavé su cui l'umanità scorre leggera e trasparente come l'acqua.

János sbuffa, esasperato.

«Non vuole proprio dirmelo, per l'amor di Dio?»

Lo fisso. Lui ricambia il mio sguardo quasi con spavalderia.

«Va bene» sospiro.

Rimane in attesa, come un cane che aspetta un osso.

«Io sono l'ultimo.»

Mi guarda senza capire.

«O forse sono solo il primo che si è svegliato. Non è rimasto nessun altro tra questo mondo e la sua fine. Sono l'ultimo a sapere cosa sta per succedere.»

«E cosa sta per succedere, signore?»

«La fine del mondo.»

Scuote la testa. «Tutto qui? Se n'è parlato tante volte, della fine del mondo.»

«Questa volta è vero.»

«Sarà. Ma cosa c'entra con la fine del mondo quella bambina?»

Col dito, senza rendermene conto, disegno una riga nell'aria. Un gesto che un tempo deve aver avuto un senso.

«Non lo so. C'è come una linea, che a volte vedo e a volte sparisce, un filo d'Arianna che collega persone e posti, e oggetti. Lo sto seguendo. Sperando che non si spezzi e che mi porti a qualcosa.»

Infilo la mano nella tasca del cappotto appeso al muro. Svolgo la melagrana di ceramica dal fazzoletto in cui l'ho protetta.

«L'ho lasciata ieri nel tempo. L'ho nascosta in quella cantina, perché venisse ritrovata molti anni dopo. Una donna, una vecchia, l'ha consegnata al portiere della mia casa di Istanbul, qualche settimana fa.»

«Non è la stessa. L'ho vista. Quella che ha lasciato nel rifugio era nuova.»

«*È la stessa.* Solo che sono passati settant'anni. Ieri la melagrana che avevo in tasca era nuova. Ora è vecchia.»

Gliela porgo, sul palmo della mano. János la prende nelle sue dita tozze, toccandola con delicatezza insospettabile. Accarezza con l'indice tremante la superficie dell'oggetto.

«La vecchia era...»

«Penso di sì. Sì.»

Rimaniamo a lungo in silenzio.

Bevo il caffè. È buono, è forte. Una volta ho conosciuto una ragazza che sosteneva di saper leggere il destino, nei fondi di caffè. E sul palmo della mano. Ma quando ha cercato di leggere il mio non c'è riuscita.

«*Sorry. Your hand is so... weird.*»

Mi guardo intorno. La bottega di János è squallida, cupa. Ricorda un tempo prima del tempo. La fucina di un dio zoppo. La fabbrica di mondi senza gioia.

«Da quanto tempo non vendi un violino?»

Lui ride. È la prima volta che lo vedo ridere.

«Secoli, signore.»

«E non hai mai pensato di cambiare mestiere?»

«Mai.»

Mi alzo. Mi sgranchisco le gambe, le spalle.

«Non offenderti, János, ma ho bisogno di una colazione vera. Vieni, ti offro un brunch al New York.»

«No, signore. La ringrazio ma no. È un posto per borghesi, quello. Borghesi e turisti. Mi sentirei a disagio.»

«Sicché non vuoi farmi compagnia.»

«No, ma lei vada. Ho tante di quelle cose da fare. Vada.»

«Non ti offendi mica?»

«Perché? No. E poi non mi farebbero mai entrare, vestito così. Vada, le dico.»

Il New York è il mio caffè preferito. Non solo a Budapest. In assoluto. Se mi chiedessero perché mi piace potrei mentire in molti modi. Potrei dire che è per la scelta dei dolci, che comprende cose che non sarebbero stonate sul menu di bordo del *Titanic*. Torte dell'Ottocento che nel nome e nella varietà degli ingredienti ricordano imperi scomparsi da tempo. Oppure potrei parlare della qualità del servizio: dei camerieri solerti ma mai invadenti, della loro ammaestrata attenzione ai bisogni degli ospiti, di gente sconosciuta che può pagare per un pranzo quello che la gente normale di qui guadagna in un mese di lavoro.

Potrei dire che adoro questo posto per le colonne ritorte che sorreggono il soffitto decorato, meraviglie barocche degne di una cattedrale. O per il brusio sommesso del salone dagli specchi dorati, simile allo stormire di foglie in un bosco magico. Non c'è bisogno che il pianista produca la sua musica, Beethoven decaffeinato o Schubert *light*. Il mormorio delle conversazioni a bassa voce ai tavoli e delle scarpe dei camerieri che scivolano sui pavimenti tirati a cera è già una musica.

Se accelerassi questa scena, tutto questo movimento si rivelerebbe per quello che è: un'inutile, patetica fuga dal tempo. Prendi lo studente a quel tavolo d'angolo, con la sua Moleskine col logo di un festival letterario e la Montblanc di papà. Venuto dall'America per inseguire un sogno di fama artistica. Guardalo mentre cerca di descrivere quello che ha intorno, ignaro che qualcuno lo sta osservando a sua volta. Guardalo succhiarsi la guancia, mentre calcola e ricalcola il cambio delle valute, e se può permettersi un'altra tazza di tè, e quanto sia lecito attardarsi al tavolo senza ordinare un'altra consumazione, artista o non artista. Il *lei non sa chi sarò io* non è un'opzione, almeno per il momento. Hemingway o Fitzgerald si sarebbero trovati nella stessa situazione. La fama, la gloria, prima di realizzarsi non sono che assegni postdatati, che spesso poi risultano scoperti.

E quella famiglia italiana all'altro tavolo, proprio sotto lo specchio d'angolo, così che il loro riflesso li moltiplica all'infinito? Con la loro Nikon rossa da poco, e lei che chiede al marito di fare una foto del locale e della porzione di *somlói galuska* che ha davanti e lui che nicchia, si vergogna. Il cucchiaino accarezza timido il dessert servito in un vasetto di vetro. «Non vorrai che mi comporti da provinciale?»

Tra poco lei gli chiederà la macchina fotografica e si alzerà con la scusa di andare al bagno. Salirà al mezzanino e da lì scatterà le foto che voleva, al locale e ai due figli, e al marito che sta pensando a quanto gli costerà questa colazione, al volo di domani e alle valigie pesanti per via dei troppi souvenir.

Mi rattrista, tutta questa vita. Mi addolora la sua transitorietà. Al tempo stesso vorrei essere uno degli angeli di una volta, quelli che distruggevano una città con colonne di fuoco, che trasformavano le persone in statue di sale.

Il fatto è che sono stanco dell'umanità.

Mi piacciono i luoghi, gli edifici. Il legno e la pietra. Ma la carne – *ogni* carne – mi ha irrimediabilmente stancato. Ci ho provato a innamorarmi della vita, a immergermi nel fiume caldo di sangue e respiri e passioni e sconnessi desideri che animano e fanno muovere queste marionette. Non ci riesco più.

Potrei spazzare col fuoco questa sala, ridurre in polvere le ottantasette persone che in questo momento la occupano, e sentirmi meno colpevole che se avessi schiacciato tra le dita un moscerino.

Chiudo gli occhi.

Respiro a fondo.

Nessuno t'insegna a respirare. Nessuno dice al tuo cuore di battere, ai tuoi occhi di vedere.

Anche l'amore non s'impara. È un regalo. Se sei fortunato, te ne capita una vagonata, tanto di quell'amore che potresti aprirci un negozio, o distribuirlo gratis agli sfigati di tutta la terra. Se invece non hai fortuna, l'amore devi raschiarlo dagli angoli più impossibili, metterne assieme a fatica quanto basta per passare la notte, per arrivare a domani.

Alzo un bicchiere immaginario, per sorseggiare un liquore invisibile.

Guardo lo specchio alla mia destra.

Gli specchi mi hanno sempre affascinato.

La vertigine di quelle prospettive replicate, mondi che si aprono su mondi.

Amo la fredda perfezione degli specchi, che un tempo, quando gli uomini hanno cominciato a pronunciare il mio nome, erano dischi di bronzo levigati, buoni appena a riflettere gli oggetti più vicini. E così sono rimasti per millenni. Oggi la loro immagine è vera come il vero, e la scheggia d'illusione e magia che infilano nella realtà è un cuneo che spacca il mondo, aprendo universi inimmaginabili. Nessuno, che io sappia, ha mai verificato che l'immagine nello specchio corrisponda esattamente a ciò che vi si riflette. Lo si dà per scontato. Ma se così non fosse? Se la mia immagine, ad esempio, non vi apparisse? O se nella foto scattata da quella donna giapponese accanto all'ingresso la mia figura apparisse come un'ombra, o deformata come in un quadro di Francis Bacon?

Gli specchi ci suggeriscono che la realtà è meno stabile di quanto vorremmo. Che una cosa, a volte, *è e non è* al tempo stesso.

Sorrido, guardandomi intorno. Nessuno, in tutto il caffè, si chiede come mai il mio posto resti vuoto, e nessun cameriere lo proponga alla lunga fila di clienti in attesa. È come se il mio tavolo fosse diventato invisibile, o se, al contrario, lo vedessero occupato.

Ci sono e non ci sono.

Che maghi straordinari sarebbero gli angeli, se la magia non li annoiasse.

Una volta ho conosciuto un prestigiatore. Davanti ai miei occhi aveva fatto apparire una colomba da un fazzoletto. Eravamo in treno, non su un palcoscenico, e non c'era alcuna possibilità che avesse usato qualche trucco di scena, perché era estate, e lui indossava una camicia leggera, a maniche corte. C'era solo il fazzoletto. E, un attimo dopo, la colomba.

Quando gli avevo chiesto dov'era il trucco, lui mi aveva risposto che non c'era nessun trucco.

È questo che mi chiedeva János, fuori dal rifugio. Dov'era il trucco, con la ragazzina che avevamo salvato. Lo deluderei se gli dicessi, con assoluta sincerità, che non lo so. Non conosco il ruolo di quella ragazzina nel dramma che sto recitando. Può darsi non sia altro che un segnale, una sveglia che ho puntato nel 1944 per attivarsi settant'anni dopo, portandomi la melagrana che mi ha costretto a ricordare chi sono.

Non so tutto, della fine del mondo.

Conosco la mia parte, le mie battute, per così dire. Forse questa ragazzina ha un ruolo importante, come il bambino sul ponte a Istanbul, o una qualsiasi delle persone che ho incontrato e incontrerò. Ma io l'ignoro. Non si può sapere tutto. Non è la prerogativa degli angeli.

Mi piacerebbe restare qui per un anno, o meglio ancora per un secolo. Invisibile, in quest'angolo dorato. Poi potrei far riavvolgere il nastro del tempo e accelerarlo, guardare i corpi trasformarsi in brevi flash di luce. Osservare la decadenza delle cose: l'ossidarsi degli specchi, le dorature che si scrostano o perdono lucentezza, i parquet che si gonfiano. Ho visto i fiumi di Babilonia prosciugarsi, per poi tornare a crescere impetuosi. Ho guardato l'Islanda e la Groenlandia farsi verdi, per poi venir coperte nuovamente dai ghiacci. Lo spettacolo della vita e dei suoi cicli non è una novità, per me. Mi ha stancato.

Spiego le ali invisibili.

Mi alzo dalla mia sedia, senza spostarla.

Subito il posto che ho lasciato viene assalito da veloci camerieri che spazzolano, riassettano, puliscono coi loro tovaglioli, per far accomodare due clienti americani.

Io non mi volto indietro.

Fendo la gente come la prua di una nave.

Tre passi, un gesto della mano per spalancare le porte, e sono finalmente fuori, sulla trafficata Erzsébet Körút. Il puzzo di benzina e le sirene di un'ambulanza rompono l'incantesimo.

Stanotte dormirò all'Hotel Nemzeti, in una stanza al quarto piano che dà su Blaha Lujza Tér, senza nessun motivo se non che la sua facciata mi ricorda quella del palazzo di Istanbul che ho appena lasciato.

Il distacco dal mondo richiede dei gradi, un metodo.

Dormirò in una stanza che la direzione dell'hotel crede vuota. L'ultimo ospite che l'ha occupata, un regista inglese, è morto due notti fa, mentre faceva l'amore con una ragazza conosciuta a una festa. La ragazza era minorenne, e questo ha complicato le cose.

Ci sono i sigilli della polizia sulla porta, ma i sigilli non contano, per noi.

L'uomo c'è ancora, nella stanza buia. Un'ombra grigia, seduta sul letto. Guarda fuori dalle finestre, la brutta piazza, i fili del tram, il cielo illuminato dai neon pubblicitari. Ascolta il rumore dei tacchi di donna sul selciato e il tuono di temporale che si avvicina da ovest, dal Balaton, e poi, qualche minuto dopo, lo scrosciare della pioggia, rulli ovattati di tamburo sulle grondaie e sui binari.

Posso sentire il vuoto che ha dentro. I dubbi, il rimpianto per i progetti che non potrà più realizzare. Non vuol saperne, di staccarsi dalla vita. Resta lì e guarda il vuoto con occhi che non vedono, il cuore freddo che ancora ricorda i battiti della corsa, l'illusione della felicità perduta.

Lascio che scocchi la mezzanotte, e poi con un sorriso mi mostro a lui, gli tendo la mano. L'uomo dapprima mi fissa perplesso. Poi le sue dita s'intrecciano alle mie, con la fiducia di un bambino.

«Andiamo» faccio.

«Dove?»

«A fare una passeggiata.»

«A quest'ora?»

«Certo.»

«Ma piove.»

«Non più.»

«Scusi, ma io la conosco?»

«No, ma che importanza ha? Forza, usciamo.»

Non fa parte del piano, quest'uomo.

È quello che in un videogame sarebbe una missione secondaria. A volte lo facciamo. È nel nostro genoma celeste. Non serve a nulla, non è previsto, ma lo facciamo perché ci sembra giusto farlo. Vi chiederete che senso abbia salvare un'anima, una sola, quando miliardi stanno per morire, stanno morendo anche adesso. Potrei ricordarvi che uno dei simboli cristiani più antichi era il Buon Pastore. Quello che lascia il gregge per salvare una sola pecora smarrita.

E comunque c'è poesia, in quello che faccio. Nessuno legge poesie, di questi tempi, ma non è un buon motivo per non scriverne.

8.

Le strade che attraversiamo sono lucide di pioggia. Il temporale improvviso, durato meno di mezz'ora, ha lavato la città. Ma i sottoportici e gli androni dei palazzi mantengono il loro odore. E l'odore di Budapest è un incanto. È un misto di tante cose. Non tutte gradevoli, però è l'odore di questa città, come quello di una creatura viva. Piscio di cane, tabacco, peperoni, polvere. Leggermente diverso a seconda delle ore e delle stagioni, ma inconfondibile.

Il lungofiume è deserto. Di tanto in tanto un taxi sfreccia, bruciando i semafori gialli. Qualche insegna di locale è ancora accesa, e fuori dagli hotel di lusso i portieri in livrea attendono composti e annoiati il rientro degli ultimi ospiti. Ma il tratto di strada che ho scelto è solo per noi due.

Camminiamo fianco a fianco, le mani in tasca. Il fiume è un nastro nero, pacifico. Pochi mesi fa una sua piena ha minacciato di travolgere la città, che ora ha un'aria ingannevolmente domestica. Le sue masse d'acqua capaci d'immani devastazioni scorrono con apparente tranquillità.

Il regista non parla. Potrei leggere i suoi pensieri, ma non lo farò. Ci sediamo su una panchina. Il castello di Buda scintilla di luce. Il Bastione dei Pescatori sembra un disegno pop-up da un libro di fiabe.

«Bello» sussurra.

«Cosa?»

«Quell'angelo, in cima alla collina.»
«Non è un angelo. È la Vittoria.»
«Sul serio? Cos'è che ha in mano?»
«Una fronda di palma. Credo che un tempo impugnasse falce e martello.»
«Pensavo di vedere l'ala di un angelo.»
Poi mi guarda, come se si accorgesse di me per la prima volta.
«Scusi, ma non ha niente di meglio da fare che portare a passeggio un vecchio?»
«Al momento no.»
«Non è che...»
Scuoto la testa. «No. Se si era fatto delle idee su di me, mi dispiace deluderla.»
«Ma no. No. Lei non è il mio tipo.»
Di colpo, come una tenda rotta, un velo di tristezza gli scivola sullo sguardo.
Il ricordo di un corpo nudo, esile come un giunco.
Labbra piene e mature su un viso adolescente.
Un seno piccolo, da accarezzare con le dita che tremano...
«Non dovrebbe pensarci» sussurro. Ma nel silenzio e nel buio sembra un urlo.
Lui abbozza un gesto infastidito, come per scacciare via una mosca.
«La ragazzina starà bene» gli dico. «Come si chiama?»
L'uomo sembra confuso. Aggrotta le sopracciglia. «Non ricordo.»
«Forse non gliel'ha mai detto, come si chiama.»
«Forse...»
I suoi occhi vagano. Si fissano sulle luci della riva di fronte.
Apro la mano, come se quello che vede fosse mio, e io glielo offrissi in dono. «Quello lassù è il castello di Buda. Oggi lo vede così, come una bomboniera di marmo, ma nel 1945 era ridotto a una rovina.»

«Davvero?»

«L'ottanta per cento della città era distrutta. Un po' meglio che a Varsavia, dove la distruzione è stata quasi al cento per cento.»

Lui guarda in silenzio il castello, il ponte Elisabetta alla nostra sinistra.

«Sembra incredibile» sussurra. «Voglio dire, si ha un'impressione di pace così totale.»

«Lo so. Succede su tutti i campi di battaglia.»

Mi torna in mente la poesia di Wisława Szymborska *La realtà esige*.

Forse non ci sono campi se non di battaglia,
Quelli ancora ricordati,
Quelli già dimenticati...

Mi stringo nel bavero del giubbino. Comincia a fare freddo. Lui non lo sente, ma io sì.

Alzo il viso, sentendo che sta ricominciando a piovere.

Le gocce cadono da così in alto. Come da un abisso.

Riabbasso il capo.

«Sta piangendo» sorride il regista.

Scuoto la testa. La pioggia ha smesso. Quasi le nubi si fossero concentrate a produrre quelle poche gocce che mi hanno bagnato il viso e adesso rigano le mie guance come se davvero avessi pianto.

«Non mi prenda in giro. Lei ha pianto.»

«Se le dico di no.»

L'inglese scuote la testa. Stringe i pugni, battendoseli sulle gambe. Frustrato.

«Non mi ricordo il suo nome.»

Alzo le spalle. «*What's in a name...?*»

«Non mi prenda in giro.»

«Non la sto prendendo in giro. Ho visto il suo *Romeo e Giulietta* al Barbican, a Londra. Grandioso.»

«Ho fatto quella regia nel ’66. Lei probabilmente non era ancora nato. Dove l’ha visto, su YouTube?»

Alzo ancora una volta le spalle.

Il regista si arrabbia. Scatta su dalla panchina, puntandomi contro l’indice.

«Chi è, lei? Cosa ci faceva, in camera mia? Non dovrei essere qui. Con uno sconosciuto. A quest’ora di notte. Tutto questo è semplicemente assurdo.»

«È vero.»

«Tutto qui, quello che ha da dire? Che *è vero*?»

«Venga, voglio mostrarle una cosa. E metta giù quel dito. Non vorrei fosse carico e le partisse un colpo.»

L’inglese scuote la testa. «*I must be totally crazy*...»

La vista dalla collina della cittadella copre tutta la città. Da quassù, Budapest sembra quasi Parigi. I grandi boulevard, i ponti illuminati. Il castello e il Parlamento, sui due lati opposti del fiume.

«Bello, vero?»

Lui annuisce. «Bello. Però è un po’ roba da turisti.»

«Lo so. Ma si goda lo stesso questa vista. Poi torniamo in città.»

Per un attimo sembra uno che si è perso.

«Come ci siamo arrivati, quassù? È molto lontano da dov’eravamo prima. Non ricordo di aver camminato. Abbiamo preso un taxi?»

Fingo di non averlo sentito.

Indico un punto, sotto di noi, oltre il ponte Elisabetta.

«Quello laggiù è il Párisi Udvar. È il posto che volevo mostrarle.»

«Va bene. Sbrighiamoci, però. È tardi, e vorrei dormire qualche ora. Domani mattina ho un volo per Londra.»

Mentre pronuncia quelle parole, un’espressione strana gli attraversa il volto.

«Almeno *credo* sia domani...» sussurra.

Lo rassicuro, posandogli una mano sulla spalla. Lui non la ritrae.

«Non si preoccupi. La notte non finirà così presto. Una volta si diceva *la notte è ancora giovane*.»

«Sì. Lo diceva sempre Marcello.»

Rimaniamo a lungo appoggiati al parapetto di legno, perdendoci nel paesaggio luminoso della città. A quest'ora il traffico per strada è pressoché inesistente. La città sembra disabitata. Nuvole nere attraversano maestose il cielo, da est a ovest. Le luci dal basso colorano di giallo il loro ventre gonfio.

«Sta ricominciando a piovere» faccio, tirandomi su il bavero.

«Deve spiegarmi come fa.»

«Cosa?»

«Quel trucco. Un attimo fa eravamo sulla collina, e adesso siamo tornati in centro. Cos'è lei, una specie d'ipnotista?»

«Assolutamente no.»

«*Assolutamente no...*» ripete lui, facendomi il verso. «Sa una cosa? Sono convinto che tra poco mi sveglierò nel mio letto al Nemzeti e...»

«E...?»

La luce che per un attimo si è accesa nelle sue iridi grigie svanisce.

«Non ricordo. Andiamo, mi porti dove vuole portarmi e poi mi lasci andare.»

«Come vuole. Ma prima può dirmi una cosa?»

«Penso di sì. Mi sta facendo fare gratis il giro turistico della città. Qualcosa in cambio posso dargliela. A patto che sia davvero gratis, il giro.»

«Niente è davvero gratis. Alla sua età dovrebbe saperlo.»

«Mi faccia questa domanda.»

Respiro a lungo, prima di pronunciare le parole che non vorrei dire.

Gli egizi, un tempo, molti secoli fa, pensavano che dopo la morte l'anima venisse pesata su una bilancia, assieme ai suoi peccati.

Io non saprei usarla, quella bilancia.

Ricorro ad altri metodi.

A volte preferirei servirmi di quelli vecchi. La bilancia, la spada.

«C'era una ragazzina con lei, ieri notte.»

I suoi occhi guizzano di qua e di là. Come se cercassero una via di fuga.

Sospiro. «Entrando a Budapest. Lungo l'autostrada, venendo dall'aeroporto. Il suo taxi ha dovuto inchiodare di colpo, perché una Škoda ha fatto un cambio di corsia improvviso. Questo se lo ricorda?»

«Sì.»

«La ragazza, adesso.»

Scuote la testa.

«Si sforzi di ricordare.»

L'uomo deglutisce. Chiude gli occhi.

«Sembrava giovane. Ma non *così* giovane. Mi ha adescato fuori dal Kempinski. Mi pare si dica così, no? *Adescato*... Come se parlassimo di un pesce preso all'amo... Mi ha chiesto: *sei straniero? Da dove vieni?* E io ho capito subito cosa voleva. Ma era così bella. Così... fresca.»

«Può descrivermela?»

«Non ricordo com'era. Solo che era giovane. E bella. Alla mia età...»

«Quanti anni ha?»

«Io?»

«Sì.»

«Sono nato nel 1940. E lei...»

La bocca del regista si spalanca, inebetita. «Quanti anni aveva?» balbetta.

«Diciassette.»

L'uomo sembra incassare il colpo. Poi scuote lentamente la testa. «Che differenza fa?»

Finalmente ha detto qualcosa di accettabile. Qualcosa di buono per lui. Qualcosa che mi fa sorridere.

«Esatto» rispondo. «Che differenza fa? In una prospettiva abbastanza lunga, dodici anni, o quattordici, o diciotto, non fanno nessuna differenza. Mi dica cosa l'ha attirato, in quella ragazza.»

La pioggia riga i vetri di un negozio chiuso.

Le vetrine non sono del tutto vuote. Al centro di una di esse, in mezzo alla polvere, c'è un calice di vetro. Un oggetto semplice, la cui bellezza, però, grida. Letteralmente. Una forma così perfetta, *commovente*. Non c'è altro modo di definirla.

Vorrei mostrarla all'uomo che sto tormentando.

Ma questa visione, questa bellezza, sono solo per me.

Un messaggio.

La vetrina spoglia. Il degrado. La polvere.

L'oggetto luminoso.

«Cos'ha visto, in quella ragazza? Cosa voleva, da lei?»

«Mi sembra evidente.»

«No. Non lo è.»

Mi rendo conto che la mia voce si è alzata di tono, che le ultime parole le ho quasi gridate.

L'uomo scoppia a piangere.

Si suppone che a questo punto io mi cali nel ruolo del giudice. E poi, a volte, del boia. Ma io non sento su di me l'autorità necessaria per assumere questi ruoli. Vorrei essere invece un sovrano benevolo, qualcuno dotato del potere di concedere la grazia.

«È pentito?» gli chiedo, vergognandomi.

Mi guarda con occhi stupiti.

«*Pentito?* Di cosa? Di aver amato la gioventù di quella ragazza? Di averla desiderata? *No*, che non sono pentito. Vorrei solo ci fosse stato il tempo di conoscerla.»

«Era una prostituta.»

Lui non mi ascolta. Segue un pensiero rotto, come il nastro di una vecchia musicassetta.

«Non ricordo più il suo viso. Non ricordo come si chiamava. Com'è possibile?»

Potrei rispondergli che fa tutto parte di un processo. Che è normale. Preferisco allungare la mano e stringere la sua. All'inizio si ritrae. Gli anglosassoni non amano il contatto fisico, l'intimità tra maschi. Ma poi le sue dita si rilassano, e io posso stringere la sua destra nella mia, e tracciare col pollice sul suo palmo i simboli che preparano un'altra parte di questa lunga e formale cerimonia dell'addio.

«Andiamo» dico, quando finalmente la sua mano si è rilassata e riposa nella mia. «Le faccio vedere un altro posto.»

«Sono davvero stanco. Vorrei andare in albergo, se non le spiace.»

«Ci torneremo presto. Mi creda, non manca molto.»

Párisi Udvar dovrebbe essere al buio, i cancelli chiusi. Invece basta spingere leggermente e malgrado i lucchetti e la ruggine la grata in ferro battuto si apre in silenzio, e la galleria in stile parigino dietro quella grata si svela illuminata da lampade elettriche a forma di globo che spargono una luce calda, amica.

I nostri passi risuonano sotto le volte sormontate da una cupola. La galleria si è conservata perfettamente, con decorazioni in diversi stili che vanno dal 1910 agli anni Trenta. Le piastrelle che adornano il pavimento sono una gioia per gli occhi, come i capolavori di ebanisteria Biedermeier delle vetrine.

Il regista si volta tutto intorno, gli occhi levati al soffitto.

«Dio, che meraviglia» sussurra. «Ma è tutto abbandonato?»

«Credo che il governo ungherese abbia cercato di vendere l'edificio in blocco, però la società che l'ha comprato all'asta dev'essere fallita.»

«Che peccato.»

«In realtà no. Come vede, così è una specie di macchina del tempo. Benvenuto nel 1930. Più o meno.»

Indico le altissime grate in ferro battuto che chiudono il passaggio alle estremità della galleria.

«Già solo quelle grate sono un tesoro, agli occhi di un architetto. Vede come sembrano leggere, quasi un merletto? Eppure pesano parecchie tonnellate.»

«Lei è architetto?»

«Sì.»

L'inglese si gratta la testa, perplesso.

«Come abbiamo fatto a entrare? Le grate sono chiuse.»

«Non si preoccupi. Guardi quella vetrina. Accarezzi la curva di quella modanatura di legno.»

«È...»

«Lo dica.»

«Sembra di accarezzare il fianco di una donna. Una giovane donna.»

Annuisco, sorridendo.

«Quando dice *una giovane donna* le viene in mente qualcuno?»

Mi guarda senza rispondere.

«Chiuda gli occhi» faccio. «Pensi alle parole *una giovane donna*. Che cosa vede?»

Scuote la testa.

«Mi dica, le piace, questo posto?»

«Molto. È un posto pieno di...»

«*Di...?*»

«Di pace.»

«Vero. In fondo è quello che cerchiamo tutti, prima o poi. Che sia un luogo, o una donna, o qualsiasi altra cosa, in realtà cerchiamo solo un po' di pace. Un posto tranquillo, da poter dire nostro. Un luogo in cui restare.»

Mi accomodo a un tavolino in ferro battuto. Gli indico la sedia di fronte alla mia, con un gesto d'invito.

«Non ho voglia di sedermi.»

«Si sieda.»

Obbedisce. Si guarda intorno.

Dopo un po' vedo che tende l'orecchio.

«Non sente niente? Cos'è questo rumore?»

Potrei dirgli che è il mormorio del passato. Dell'acqua che scorre da sempre sotto i ponti della città, e delle voci che sono come l'acqua. Voci di belle donne e di ragazzi intraprendenti, di vecchi intenti a contare denaro e vantarsi di un affare, e di lustrascarpe e strilloni con titoli urlati sull'assassinio di Sarajevo e sull'11 settembre del 2001...

«No. Mi dispiace, non sento niente» rispondo.

Il regista mi guarda come un bambino che si fida di un adulto. Sorseggia un po' del suo Talisker senza chiedersi come sia finito nella sua mano il bicchiere e chi, e quando, e come, gli abbia versato il whisky.

Ricambio il suo sorriso. Sollevo in aria il tumbler per un brindisi.

«Alla vita. Incantevole e perversa.»

Scuote la testa. «No. Alla vita e basta.»

Più la notte si avvicina all'alba e meno nitido si fa il suo contorno. I capelli bianchi e folti sembrano un'aureola traslucida attorno al volto segnato da rughe profonde. Un volto sempre più indistinto, come se la materia si stesse trasformando in luce, e in ombra.

«Sa che è curioso» fa. «Non l'ho mai incontrata prima, eppure mi sembra di conoscerla da sempre. Di dov'è, lei?»

«Ho viaggiato molto. La mia casa è a Milano. La casa che ho costruito io, voglio dire. Però ho altri luoghi che considero casa mia, in giro per il mondo.»

Un raggio di luce accende di un bianco freddo la cupola vetrata della galleria. La luce scivola giù sinuosa come un serpente d'acqua, illuminando le finestre, e poi le vetrine. Quella del caffè al cui tavolino siamo seduti si accende di colori e di vita: vassoi di paste, bottiglie, piramidi di bicchieri, camerieri baffuti con grembiule e tovagliolo al braccio, e la babele di lingue che esplode: ungherese, tedesco, francese.

Una donna giovane e deliziosamente paffuta, dagli occhi color fiordaliso, solleva la veletta per bere il suo tè.

Lo sciogliersi del colore nell'acqua bollente, per qualche motivo, mi turba.

È come un ricordo, senza esserlo.

Una cosa che forse è stata mia e che però mi sfugge.

La donna mi lancia un sorriso intrigante, obliquo, muovendo appena le labbra.

«Dobbiamo andare» faccio, alzandomi.

«È già ora?»

La voce dell'inglese è flebile, ma non triste. La tristezza è volata via come polvere.

«Venga» gli dico. «Ho ancora un ultimo posto da mostrarle.»

«Poi basta, però.»

«Poi basta, giuro.»

La chiesa è piccola e spoglia, in un quartiere di periferia. Il prete è vecchio e grigio come la sua chiesa, così come gran parte dei fedeli che si sono riuniti all'alba per la funzione mattutina. L'unica presenza giovane sui banchi è una ragazza Down, con spessi occhiali e un golfino rosa d'angora, stretta in mezzo a una coppia di adulti dall'aria severa.

Tutto intorno a noi, alte sulle navate, ci sono brutte statue che paiono fatte di cemento. Sembra che l'artista le abbia realizzate partendo dalle istruzioni di un manuale di scultura sovietica. Più che santi sembrano operai. Le vergini martirizzate impugnano le tenaglie e la ruota, strumenti della loro tortura, con l'orgoglio di chi mostra i propri attrezzi di lavoro.

La statua di San Paolo, a destra dell'altare, è bizzarra. Impugna uno spadone, e l'aspetto è quello di un feroce re barbaro, più che di un padre della Chiesa. Nella mano destra dovrebbe stringere un libro. Invece c'è una cosa che sembra una borsa di denaro.

O i testicoli di un pagano, mi sussurra all'orecchio la voce di Sabine.

Il regista sta per chiedermi qualcosa, ma io, facendogli segno di star zitto, gli indico il coro maschile di sei elementi. Uno di loro, un uomo di colore, fa un passo avanti e intona con poderosa voce di basso il *Libera me, Domine* di Palestrina.

Libera me, Domine, de morte æterna,
In die illa tremenda,
Quando coeli movendi sunt et terra.
Dum veneris iudicare sæculum per ignem...

Mi chino sul regista.

Sussurro al suo orecchio la traduzione dal latino.

«Liberami, o Signore, dalla morte eterna, in quel giorno tremendo quando la terra e il cielo si muoveranno, quando tu verrai a giudicare il mondo con il fuoco. Pieno di timore, tremo, pensando al giudizio che verrà. Quel giorno è un giorno d'ira, di calamità e miseria, un giorno triste. Dona loro l'eterno riposo, Signore: li illumini la luce perpetua.»

Gli occhi del regista sono gonfi di lacrime. Lacrime incorporee, su un viso che sta scomparendo.

Poso i pollici delle mie mani sulle palpebre avvizzite.

Gli chiudo gli occhi, che troppo hanno visto.

«Dona loro l'eterno riposo, Signore: li illumini la luce perpetua.»

Un sorriso illumina il viso del vecchio. Perché è *vecchio*, quest'uomo. Eppure i film che faceva erano così giovani, così pieni di energia. Da qualche parte, in questo corpo piegato dagli anni, è nascosto un bambino dallo sguardo vivace, l'intelligenza pronta e una grande curiosità per il mondo. È a quel bambino che cerco di indirizzare il mio pensiero, è quel bambino che cerco di contattare, attraverso la pelle cadente e i muscoli flaccidi, e i polmoni dannati dal fumo e il cuore logorato dalle troppe bevute. È quel bambino che cerco dentro gli occhi annacquati, torpidi, impoveriti.

La voce del corista nero sale verso l'apice di un'intensità quasi intollerabile e poi si quieta, lentamente, ripetendo in latino le parole «*Requiem æternam dona eis, Domine: et lux perpetua luceat eis.*»

Un sorriso affiora sulle labbra del regista.

Fa segno di sì col capo.

Lascia libero il bambino.

Lo vedo risalire, quel bambino, come dal fondo di un pozzo. Lo vedo tendere le braccia, ansioso, cercando la luce, la superficie, la vita. Lo vedo emergere dall'acqua nera. È qui.

I suoi occhi incontrano i miei.

La mia lingua di fuoco pronuncia parole che possono marchiare la carne o rompere le catene.

Un sigillo si spezza, da qualche parte. Un'antica pergamena si squaderna, e i suoi simboli bruciano all'aria, formano vortici di parole e di polvere.

Il bambino mi guarda.

Mi riconosce.

Pronuncia il mio nome nella lingua delle Creature.

Io annuisco, solenne.

Con un gesto lo libero, lanciandolo nel nulla.

La sua risata brucia come lame di luce su pelle morta.

Rido anch'io, sentendomi vivo.

Rido, e i palazzi del sogno crollano intorno a me, e la luce del giorno brulica e si consolida, diventa strada, e traffico, e la stanchezza di chi ha viaggiato troppo e non ricorda più la sua meta.

Cammino, come un comune mortale. Attraverso le strade ancora semivuote, percorse dalle ultime auto della polizia e dai primi camion della nettezza urbana. Muovo la mano e sollevo un mulinello di carta e polvere.

Disegno parole sul muro con la forza del pensiero.

Le parole che possono distruggere le città.

Con altrettanta facilità le cancello, una sillaba prima che la formula sia completa.

Una sirena ulula e poi tace, scavando distanze, tracciando linee che posso seguire con un dito, e volendo potrei mutare, ma che non cambierò. Un miracolo mi dovrà bastare, per questa notte, per questa città.

Prima di andarmene ho un'ultima cosa da fare.

Poi rientrerò al Nemzeti, dove il portiere, che non mi ha mai visto, guarderà nella cassetta delle lettere di una camera che non è la mia e troverà una busta del consolato russo, con il mio passaporto vistato.

Ma questo sarà poi.

Questo e la mancia generosa, e il mio nome che sparisce dalla memoria del *concierge* e di chiunque mi abbia visto entrare e uscire dall'hotel.

Ora mi resta un'ultima cosa da fare.

Il lungofiume è ancora deserto. Niente turisti, niente gente del posto. È solo per me.

Cammino con il passo di chi non ha appuntamenti, o impegni. Al mio volo mancano solo tre ore, ma so già che non lo perderò.

Volerò all'indietro, muovendomi verso est. Recuperando ore passate, tirando indietro l'orologio.

Cammino fino al negozio chiuso.

Guardo la vetrina, dietro la quale il calice azzurro scintilla come una cosa preziosa.

Sul tavolino di un bar, lì accanto, un posacenere è sfuggito alla pulizia dei camerieri.
Il posacenere è pieno d'acqua.
Nell'acqua galleggia un mozzicone di sigaretta.
La pioggia ha tracciato una costellazione di gocce tutto intorno.
Mi chino.
L'odore della sigaretta mi stupisce.
È un odore vitale. Pungente, umido.
Oltre il mozzicone vedo la città nella luce fresca del mattino. Com'era, com'è, come sarà. Posso sentire la folla dei mercati, come se salisse scalpitando da sottoterra, e posso sentirne la fame, il desiderio, l'assoluta incapacità di saziarsi. E posso leggere come su un rotolo antico percorso dal mio dito la vita e la morte di ognuno dei suoi abitanti, e un minimo movimento del mio indice può spostare isolati o distruggerne altri, o crearne di nuovi e far sorgere palazzi e cattedrali dal nulla, e spegnere come si fa con la fiamma di una candela migliaia e milioni di vite. Pulci, signori, lombrichi, re, mendicanti, poeti, sognatori e mercanti: tutto ubbidisce al mio dito che passa.
E il mozzicone stagna, immobile. La nicotina si scioglie nell'acqua, macchiandola.
L'acqua che fino a poco fa era pioggia. Il mozzicone che era gusto, e fiamma, fumo che sale verso il cielo in una vertigine di niente.
L'acqua di questo posacenere è la stessa che scorre accanto a me, portata dal Danubio nel suo lento viaggio verso un mare lontano.
Ma quanto più domestica. Quanto vicina a me.
Osservo con tenerezza il mozzicone. Ne aspiro il lezzo stantio. L'aggiungo agli odori di questa città. Un giorno, quando niente di tutto questo sarà più, evocherò questo odore, assieme a quello del pane ancora caldo e della pelle sudata della ragazza bionda uscita spossata dal set di un

film porno, e all'odore pungente di paura delle lenzuola nella stanza sigillata del Nemzeti dov'è morto un uomo, e del carburante per aerei e delle banconote troppo usate e del pelo di cane sul vagabondo addormentato sopra una panchina dell'Isola Margherita.

Quando evocherò questa città, e lentamente muri e uomini e storie riemergeranno dall'ombra, sarà grazie al potere di odori come questo.

Così penso, rallegrandomi della luce del mattino e di una musica che sento solo dentro di me, mentre fermo al volo un tassista stanco che mi accompagni al mio albergo, nella pienezza del traffico feriale.

9.

Gli angeli, per loro natura, sono dei vagabondi. Dei Charlot con le ali, anche se gli umani non li vedono così. Gli angeli amano viaggiare, conoscere posti e gente. Sono irrequieti, affabili, curiosi. Parlano tutte le lingue, anche se fingono di no.

L'autista che mi aspetta all'aeroporto di Šeremet'evo all'alba ne parla sei, di lingue, in modo fluente, e conosce quanto basta di altre ventuno per accogliere in modo adeguato viaggiatori di tutto il mondo. Come lo so? Non perché me l'ha detto lui. Lo so, punto e basta.

Leonid – stando alla targhetta appesa al taschino della giacca – regge tra le mani il cartello con il mio nome, e non ha difficoltà a identificarmi. Sono l'unico non russo sceso dal volo Aeroflot.

L'auto nera nel cui bagagliaio grande come un appartamento carica il mio zainetto è una mostruosa Zil dalla linee squadratissime e austere: sei metri e trenta di lunghezza, tre tonnellate e mezzo di peso, spinta da un motore V8 di 7,7 litri. Sembra un incrocio mal riuscito tra una Rolls-Royce e una *limo* Cadillac degli anni Sessanta.

«Prima volta a Mosca?» s'informa Leonid in italiano, immettendosi nel traffico.

«No. Pensavo venisse a prendermi Josip.»

«Josip non lavora più con noi. Le altre volte è venuto a prenderla Josip?»

Gli rispondo di sì nel tono giusto per escludere altre domande. Lui infatti non chiede più nulla. Conosce le regole.

Ci lasciamo alle spalle l'aeroporto.

Mi rilasso sul sedile di cuoio della Zil, chiedendomi quali personalità del regime sovietico si siano sedute in quest'auto.

Se a un ipotetico talk show sul soprannaturale partecipasse un angelo, la prima domanda che gli farei sarebbe perché prende gli aerei, invece di volare con le sue ali.

Se lo chiedessero a me, risponderei che i voli aerei sono l'unico modo in cui l'umanità, al momento, può viaggiare nel tempo. Ma non sarebbe del tutto vero. Anche viaggiare su questa vecchia auto di stato è un'esperienza paratemporale. All'interno della mastodontica Zil tutto parla del tardo impero sovietico, metà anni Ottanta, mentre il paesaggio che scorre all'esterno è dominato da nomi e sigle di grandi compagnie multinazionali, che sovrastano la brutta periferia di Mosca come stendardi piantati dal Capitale nel cuore della *Rodina**. Cerco di vedere con gli occhi di un membro dell'estinto Politburo: il monumento alla vittoria di quella che i russi chiamano Grande guerra patriottica, sulla collina Poklonnaja, è circondato da magazzini Leroy Merlin e da supermercati Auchan, coi marchi ovviamente riconoscibili malgrado i nomi siano scritti in cirillico. Le auto intorno alla nostra sono coloratissime Renault e Opel, e in mezzo a esse, come leoni e lupi che s'infilano in mezzo a una mandria, ruggiscono enormi e aggressivi fuoristrada neri, Mercedes, Land Rover e Toyota.

Percorriamo a velocità sostenuta l'anello esterno alla capitale, diretti a ovest, e poi a sud. Il traffico è congestionato, in gran parte da camion e furgoncini con loghi di

* «Madrepatria», in russo.

compagnie europee, con gli autisti distratti dai cellulari tenuti tra guancia e spalla, la testa piegata a sinistra per parlare.

Ma in qualche modo Leonid riesce a sfrecciare nel traffico, a dribblare ogni coda. È come se quest'auto conservasse l'orgoglio e l'arroganza di un tempo, quando bastava un suo colpo di clacson per mandare le altre vetture fuori strada, e i grandi boulevard del centro che portano dritti al Cremlino erano solo per lei. O forse sono le altre macchine a conservare un rispetto primordiale per questa creatura giurassica venuta da un tempo in cui i burocrati e il Partito dominavano il Paese.

Qualunque sia la spiegazione, viaggiare su questa Zil vecchia di quarant'anni è come volare su un tappeto magico.

Lasciate alle spalle le concentrazioni commerciali intorno all'aeroporto entriamo, con mia sorpresa, in una zona fitta di boschi. Betulle e larici, pini. Quando mi aspettavo che l'auto svoltasse a sinistra, portandoci nel cuore della capitale, l'autista ha tirato dritto, imboccando una strada senza traffico, sorvegliata a ogni incrocio da auto della polizia e blindati militari.

Ci allontaniamo da Mosca, questo mi dice la mia bussola interna, una cosa che mi accomuna ai piccioni viaggiatori. È come un piccolo nucleo di ferro magnetizzato, sepolto nella corteccia cerebrale, che mi dà il senso assoluto della profondità, dell'altezza e, soprattutto, della direzione. Così ora so che ci stiamo allontanando da Mosca, addentrandoci in zone ignote.

Fisso la nuca dell'autista, ma non riesco a carpire nemmeno un pensiero. Neppure un'*ombra* di pensiero. Avrei più successo con una calcolatrice rotta, o con un triciclo a pedali. E intanto l'auto procede, imprevedibilmente, implacabilmente, chilometro dopo chilometro, in *Terra Incognita*. A un certo punto, senza mettere la freccia, svolta a destra e imbocca una strada a una corsia, quasi un tunnel nella scuraglia di foglie e rami, alcuni dei quali grattano i fianchi e il tetto della Zil come dita scheletriche. Costeggiamo i binari arrugginiti della ferrovia, e tre vagoni abbandonati, e un negozio che è una baracca di legno colorata ed espone casse di frutta e verdura e un frigo con la scritta Coca-Cola in cirillico.

La Zil si ferma, l'autista scende per parlare al cellulare.

Non riesco a sentire cosa stia dicendo. Sono completamente in balia degli eventi, e di questo sconosciuto. Potrei finire in una fossa. Non dev'essere difficile scavare questo suolo sabbioso. Arrivando in aereo, dall'alto la terra sembrava un'enorme palude, in fondo alla quale Mosca era un nodo ferrigno, un ristagno di luce rossastra.

Leonid risale, e non si degna nemmeno di dire qualcosa o sorridere. Rimette in moto, tornando indietro. La strada che dovevamo prendere è la prossima. Un cenno di saluto alle guardie all'incrocio e imbocchiamo una via a due corsie, perfettamente mantenuta. La riga di mezzeria sembra tracciata da un artista.

Ho uno strano, potente senso di *déjà vu* mentre fisso lo sguardo sui boschi scuri ai lati della strada. Non sono mai stato qui, eppure è come se questi luoghi mi fossero famigliari.

Abbasso il finestrino.

L'odore di foglie marce e di funghi, un sentore umido e pungente, pervade l'abitacolo. L'aria fredda penetra nel mio giubbotto di cuoio da aviatore. Tiro su il finestrino girando la manovella. Un gesto un tempo normale, ora diventato bizzarro, fuori dall'ordinario, nell'era degli alzacristalli elettrici. Il vetro è spesso, antiproiettile. Mi chiedo che genere di clienti utilizzi il servizio di limousine di Leonid.

«Siamo quasi arrivati» fa in italiano, quasi senza accento. Ha una voce profonda e asciutta, non spiacevole. Mi chiedo se abbia sempre fatto l'autista.

La Zil attraversa il bosco, costeggiando un laghetto dall'acqua scura e immobile. A un certo punto, tra gli alberi, sull'altra riva del lago, appare la visione da fiaba di un castello francese, con tetti azzurri e torri coniche a punta. Uno stormo d'anatre si leva in volo, battendo freneticamente le ali, al rumore dell'auto.

«Quella è la residenza estiva del Presidente» fa Leonid, voltando appena la testa verso il castello. Ma l'edificio è già sparito di nuovo tra gli alberi.

Ci addentriamo sempre di più fra i boschi. Reticolati e torrette di guardia appaiono a tratti fra i rami, a guardia di ville bianche immerse nella vegetazione. Su uno spiazzo asfaltato che appare all'improvviso dopo una curva si affacciano un centro commerciale, un complesso sportivo che potrebbe essere una piscina, e quello che ha l'aria di essere un hotel di lusso, dal design sofisticato.

Барвиха, dice il cartello stradale.

Barvicha.

«Shopping center di lusso» spiega l'autista. «Albergo cinque stelle, spa, saloni di bellezza. Ferrari, Bentley, Harley Davidson. Gucci, Armani.»

Per un attimo penso si riferisca alle auto di lusso parcheggiate davanti agli edifici. Poi vedo la scritta «Bentley» sulla vetrina di una concessionaria. E subito dopo l'insegna della Ferrari.

Venticinque anni fa Leonid avrebbe guidato la stessa auto, ma la concessionaria di auto di lusso più vicina sarebbe stata a migliaia di chilometri di distanza. Lo stesso dicasi per i McDonald's. Non che ci sia un McDonald's, in questo posto. Più probabile una succursale di Nobu, o un Gordon Ramsay.

«Siamo quasi arrivati» mi rassicura Leonid. Io mi accomodo meglio nel sedile lussuoso e mi guardo attorno: le belle ragazze che scendono da fuoriserie rosse o da transatlantici su ruote marcati Cadillac e Lexus, le vetrine che luccicano come se fossero fatte di diamanti. Gli sguardi sprezzanti che i più giovani lanciano verso la Zil e i sorrisi di compatimento degli uomini corpulenti a braccetto con ragazze di superba bellezza: gli stessi sorrisi che riserverebbero a un'anziana zia che si è lasciata sfuggire un peto in pubblico. La vecchia auto della nomenklatura li imbarazza per la sua sovietica bruttezza, e al tempo stesso li inorgoglisce, perché rappresenta la misura del loro successo dopo il collasso del regime. L'auto è come un'antica tigre dai denti a sciabola tenuta al guinzaglio e sedata: un animale un tempo terribile, ora ridotto a trofeo.

Passiamo oltre, tornando a immergerci nei boschi. Ci fermiamo qualche chilometro più avanti a un posto di blocco, una sbarra bianca e rossa custodita da due uomini in divisa, armati di mitra. Non dei kalashnikov, qualcosa di molto più piccolo, ma immagino altrettanto letale.

Quello dei due che chiede a Leonid di esibire i documenti indossa un giubbotto blu di due misure troppo grande. La sua faccia da ragazzo, sotto l'enorme colbacco, sembra una di quelle teste rimpicciolite dagli indios. Ha gli occhi color del ghiaccio vecchio, la pelle butterata dall'acne. Sfoglia il mio passaporto con la stessa solerzia automatica dell'ispettrice della dogana all'aeroporto. Guarda la mia foto, poi guarda me. Ripete l'operazione due volte prima di restituire i documenti all'autista con la mano guantata. Fa un cenno al suo collega e la sbarra si solleva, lasciandoci passare.

La strada dopo il posto di blocco è una sterrata, con limitatori di velocità ogni cento metri. Ci sono due recinzioni in filo spinato, barriere alte più di tre metri. La più esterna sembra elettrificata.

La sterrata è tenuta in buone condizioni, ma qualche buca scavata dalla pioggia è inevitabile. La vecchia Zil beccheggia e oscilla, con qualche occasionale scricchiolio della carrozzeria e altrettante imprecazioni sottovoce dell'autista.

La villa ci appare dapprima dietro un folto di alberi, e sembra un fantasma grigio nella nebbia che sale dall'acqua, qualcosa tornato dal regno dei morti a infestare questi boschi. Poi le gomme dell'auto si muovono rumorosamente su un fondo di ghiaia, entrando in uno spiazzo in fondo al quale c'è la villa.

È bassa, a due piani, interamente in legno, a parte un gazebo e una serra in vetro e ferro battuto. La vernice un tempo color avorio è scrostata, sotto si vede la trama del legno, come se la foresta reclamasse le spoglie degli alberi con cui la casa è stata costruita.

La Zil si ferma di fronte alla porta d'ingresso. Leonid scende ad aprirmi la portiera, ma io lo precedo. Non sono uno di quei decrepiti membri del Politburo i cui ultimi capitoli delle biografie erano fatti di bollettini medici e cartelle cliniche. Posso scendere da solo.

Oleg mi aspetta sulla soglia, mi fa *ciao* con la mano. Indossa un cardigan beige dall'aria costosa. Cachemire. Me ne accorgo mentre lo abbraccio. Sorrido. Lui fa lo stesso, accarezzando la pelle del mio giubbotto.

«Benvenuto a Barvicha, Gabriel. Bel giubbotto. Pelle molto morbida. Hai fatto un buon viaggio?»

Mi fa strada lungo il corridoio. Leonid lo segue con il mio zainetto.

«Sì, grazie. Solo che non mi aspettavo di trovarti qui. Non abiti più sul Kutuzovskij Prospekt?»

«Ci abito ancora. Con tutto quello che l'ho pagato. Ma da quando è arrivata la bambina preferisco vivere qui. Aria buona. A Mosca c'è troppo inquinamento. E poi la sicurezza. Ti avevo detto della bambina, vero?»

Così dicendo mi mostra il salotto. Per un attimo mi chiedo a chi si riferisse con le parole *la mia bambina*.

La donna seduta sul divano non dimostra nemmeno diciott'anni. È bionda, con grandi occhi verdi. I capelli tagliati corti e le forme minute del suo corpo accentuano l'equivoco. Ma la bambina di cui parla Oleg è quella che la donna tiene in braccio. Ho l'impressione di essere davanti a un quadro di Botticelli. Un'Annunciazione. Uno dei miei soggetti preferiti, ovviamente.

«Gabriel, ti presento Darja, mia moglie. E quella più piccola è Eudocia. Un nome bizantino. Antico.»

«Quando ti sei sposato?» gli chiedo, andando a stringere la mano alla ragazza. Le sue dita sembrano così fragili tra le mie. Calde e morbide, ma incredibilmente fragili.

«Qualche mese fa. Darja ha deciso di fare di me un uomo onesto.»

«Mi fa piacere» dico, passando dall'inglese al russo.

Lei sorride. «Parla russo.»

«Appena un po'.»

«Può parlare inglese. Io parlo inglese.»

«Darja ha studiato all'Actors Studio. Non ti dico quanto mi è costato. Ma ne è valsa la pena.»

«Ha recitato in qualche film?»

«No, ma in America ha imparato a fare i pompini come si deve.»

Mi aspetto che lei protesti, o che arrossisca. La ragazza, invece, si limita a chinare il capo sulla bambina.

«Ma vieni, amico mio. Sarai stanco. Ti accompagno in camera.»

«Grazie, non è necessario.»

«Non fare storie, su. Cos'hai mangiato in aereo? Mammut? Mi pare che la servano ancora, la carne di mammut, sui voli dell'Aeroflot.»

«Di questi tempi forse è più carne ucraina.»

«Ah, già. Già, hai ragione. Hai sentito le ultime notizie?»

«Non ho seguito molto i notiziari. Sono in viaggio da un po'.»

Oleg si ferma a metà della scala. Si volta a guardarmi.

«La presidente americana ci ha lanciato un ultimatum.»

«Per l'Ucraina?»

Scuote la testa. «No. Per la *Lituania*. Non ne sai nulla?»
«No.»
«Beato te. Sai, uno dei motivi per cui ho scelto questo *buen retiro* fra i boschi è anche la lontananza dal Cremlino. È vero che il mio palazzo sul Prospekt ha un rifugio antiatomico, ma mi sento comunque più sicuro qui.»
«In effetti siete ben sorvegliati.»
Oleg fa una smorfia. «Sai, il problema dei cani da guardia è che non sai mai quando possono rivoltarsi e morderti la mano. Soprattutto quando sono più lupi che cani. Ma Leonid è fidato.»
«Lavora per te?»
«Ufficialmente no. In teoria dipende dall'agenzia di limousine per cui lavorava Josip. Ma in pratica sì, possiamo dire che lavora per me. Sono il solo cliente che serve.»
«Sa l'italiano.»
«Uh, sa un sacco di lingue. Penso fosse nel Kgb, ai vecchi tempi.»
Trova l'interruttore sulla parete. Accende la luce.
La stanza è arredata con mobili d'epoca, anche se in uno stile che non riconosco. Un *Bauhaus russo*, mi verrebbe da definirlo.
Oleg anticipa la mia domanda. «Sono mobili sovietici degli anni Trenta. *Comme ci, comme ça*. È l'arredamento originale della casa. Come hai visto anche dall'esterno, cerco di non alterare nemmeno un dettaglio di questa dacia.»
«Molto bella. Ma non mi serve una camera. Non mi fermo per la notte. Ho un volo per Parigi in serata.»
Oleg non sembra avermi sentito. Continua a mostrarmi la stanza.
«È un po' fredda. Di notte la temperatura cala parecchio, e non c'è il riscaldamento centralizzato. Usiamo delle stufe. In alcune stanze siamo più fortunati, in altre meno. Però è la più bella. Se hai freddo c'è abbondanza di

coperte in quella cassapanca. E una *boule* per l'acqua calda. Il bollitore è sempre in funzione.»

M'indica un samovar elettrico poco più piccolo di uno scaldabagno.

«Ne ho visti di più grandi solo sulla Transiberiana» faccio, scherzando.

«Ah, sì. I *Titan*. Be', questo è più piccolo, ma molto più efficiente. Vedrai.»

Un'espressione triste passa sul suo volto, come una nuvola su un giorno azzurro. Oleg ha cinquant'anni, ma la vitalità e l'allegria scomposta di un ragazzino. Sinora non mi era mai capitato di vederlo triste. Arrabbiato sì, molte volte. Ma mai triste.

«Titan era il nome di un razzo americano» sussurra.

Ora capisco quell'ombra sul suo volto.

«Anche Prometeo era un titano» osservo. «Zeus gli affidò il compito di creare gli uomini dal fango. Non è sempre stata una parola brutta.»

«Già. Ma lo è adesso. Sono tempi davvero terribili. Terribili, amico mio.»

«Sono *sempre* stati tempi terribili, Oleg.»

Il mio amico mi guarda a lungo. Poi sorride, scuotendo la testa. Ma è un sorriso amaro. Un sorriso che non arriva agli occhi.

«Forse hai ragione. Beviamoci su.»

Un nonno di Oleg ha combattuto contro i tedeschi a Stalingrado. Ufficiale dei cosacchi, ha condotto i suoi uomini fino a Berlino. Sono molti i trofei di guerra che decorano lo studio del mio amico. La *boiserie* scura alle pareti è interrotta da quadri che ritraggono atti eroici, in uno stile bizzarro, tra il naïf e l'espressionista.

«Li ha dipinti uno degli uomini di mio nonno, il soldato Isaac Levin. Usava materiali di fortuna, ma il talento non gli mancava.»

Sediamo comodamente in due Frau imbottite. Anch'esse preda di guerra, ammette Oleg. M'indica uno dei quadri: un soldato sovietico si arrampica su un carro Tigre e infila una bomba a mano nello sportello.

«Un autoritratto dell'artista. Era completamente pazzo. Gli antichi vichinghi l'avrebbero definito un *berserker*. La sua famiglia era stata sterminata da un'*Einsatzgruppe* a Minsk, nel settembre del 1941. Da quel giorno non gli era più interessato vivere. Compì gesti eroici, ma non venne mai ricordato nei bollettini militari. In parte perché era ebreo, ma soprattutto perché sarebbe stato un eroe piuttosto anomalo. Piccolo, miope, con un gran naso a becco. I nazisti l'avrebbero usato come soggetto per un manifesto denigratorio della razza ebraica. Ma fece cose straordinarie. E quadri ancora più straordinari.»

Dipinti sui supporti più vari – da una tela normale a un pezzo di stoffa da tenda – i quadri sono animati da una forza incredibile. Le proporzioni sbagliate (un soldato enorme avvinghiato al metallo di un tank grande come un'automobilina per bambini, aerei minuscoli come mosche, che una mano afferra e schiaccia al volo) accentuano il simbolismo delle scene raffigurate, che ricordano episodi della Bibbia più che di una guerra moderna: un Sansone russo che si fa esplodere in mezzo a una compagnia di tedeschi, un commissario politico che decide la sorte di tre prigionieri come un re di Israele, assiso su un trono fatto con cassette di munizioni rovesciate.

I colori, i gesti dei personaggi ritratti sono di un'espressività fantastica.

«Isaac non arrivò mai a Berlino. Il 7 luglio 1944 il reparto di mio nonno entrò a Minsk, che era stata appena liberata nel corso dell'operazione Bagration. Isaac, minacciandoli con le armi, si fece portare da due poliziotti sulla fossa comune in fondo alla quale giacevano i suoi. Cominciò a scavare la terra a mani nude, come un animale, fino a scarnificarsi le dita. Non aveva più unghie, quando lo tirarono via di lì a forza. Sbavava, si contorceva. Dovettero colpirlo in testa col calcio di un fucile. Quella notte stessa fuggì dall'infermeria. Dall'armeria mancavano un coltello e un fucile. Nelle foreste a est di Minsk c'erano decine di migliaia di tedeschi allo sbando. Qualcuno dice più di centomila. Penso che Isaac sia andato a caccia. Nessuno lo rivide più. Come nessuno rivide più i due poliziotti che avevano assistito e forse collaborato al massacro degli ebrei di Minsk. Evitarono la forca, ma chissà che non se la siano augurata, negli ultimi momenti di vita. Fatto sta che Isaac sparì nel nulla.»

Oleg sorseggia il suo Zacapa. L'aroma del sigaro, un Partagás Mareva, aleggia azzurrino attorno a lui. Mi studia in modo strano, osservandomi come non ha mai fatto prima. Come se non mi conoscesse. C'è diffidenza, nel suo sguardo, oltre a qualcosa d'altro, che non so interpretare.

«Ma c'è un finale imprevisto» aggiunge, alzando l'indice della sinistra.

«Come in ogni buona storia.»

«Il finale imprevisto è che due anni fa è stato pubblicato un volume fotografico, un reportage sui campi di lavoro della Siberia, con molte foto originali, mai apparse prima. Un bel libro. Lo stavo sfogliando, quando mi sono imbattuto in una foto.»

Solleva dal tavolino accanto a sé un librone illustrato, uno di quei *coffee table book* che di solito servono più come complementi d'arredo che per il loro contenuto.

«*Questa* foto.»

Oleg apre la pagina sul ritratto di tre uomini a torso nudo, indolentemente appoggiati al muro della baracca di un gulag a Magadan, all'estremità orientale della Siberia, secondo la didascalia in tre lingue.

Batte col dito sull'uomo a sinistra.

Sul petto del galeotto c'è un tatuaggio: un uomo nudo

che lotta contro una tigre. La scena è intrisa da una sessualità selvaggia, feroce. Sembra un amplesso, più che una lotta.

Guardo la foto, e poi alzo lo sguardo sui quadri appesi alle pareti.

«Quando è stata fatta, questa foto?»

«Nel 1970. E questa...»

Sfoglia alcune pagine.

La fotografia in bianco e nero ritrae un altro tatuaggio. Sulla schiena di un prigioniero nudo e dallo sguardo diffidente, intento a lavarsi in un ruscello.

«Questa è stata scattata nel 1980.»

La tigre, in questo disegno, è inginocchiata in una posa umana davanti a un trono su cui è assiso un maiale incoronato, circondato da altri maiali grassi, armati o coperti di gioielli, gli occhi truccati. Troie, burocrati, generali.

Rimaniamo in silenzio. Io sorseggio il mio rum. Penso al gelo e alla vastità della taiga siberiana. A un uomo che si muove nella neve, confondendosi nel nulla. Nel silenzio.

10.

La tenuta si estende fino al lago.

C'è un pontile, in fondo alla tenuta, e una barchetta ormeggiata. Con le mani infilate nelle tasche del cardigan, Oleg mi racconta la storia della proprietà. Non è una bella storia. Ci sono morti, e violenze, e la violenza forse più cupa di tutte: il silenzio del tempo che si richiude come un mare di notte.

Ma niente di tutto questo, neppure il dettaglio più feroce della storia di questo posto può avvicinarsi alla storia dell'*altro* posto, quello di cui sono venuto a parlare col mio amico.

Oleg scioglie l'ormeggio della barca.

Si accende una sigaretta, facendomi segno di mettermi ai remi.

Dopo qualche tentativo incerto trovo il ritmo. Piegandomi sui remi spingo la barca verso il centro del laghetto.

Oleg consuma la sua sigaretta in poche tirate. Lancia il mozzicone nell'acqua.

«Se tu sei qui, la fine non può essere lontana» sussurra, le labbra che tremano.

Continuo a remare, voltandomi di tanto in tanto in avanti per vedere se sto tenendo la direzione giusta.

«La fine del mondo è stata spesso rinviata» gli dico.

«Non prendermi in giro. Siamo sufficientemente grandi,

e ci conosciamo da abbastanza tempo, per sapere chi siamo e qual è il nostro ruolo nel mondo. E nel gioco della creazione. Tu sei Shiva, il distruttore di mondi.»

Scoppio a ridere, mio malgrado.

Lui ha un gesto di frustrazione. Batte un pugno sulla fiancata della barca.

I remi, ricadendo, disegnano cerchi sull'acqua. Un uccello, nero come il peccato, attraversa il cielo da destra a sinistra.

Le labbra di Oleg tremano.

«Sei nel posto giusto, distruttore di mondi. Là a sinistra c'è la casa di Viktor Stepanov, generale dell'esercito, responsabile della morte di migliaia di civili nella guerra in Cecenia, e poi nell'invasione della Georgia dell'agosto del 2008. A destra puoi ammirare la dacia di Igor Fedeev, fedelissimo del Presidente, oligarca, trafficante d'armi, assassino.»

Muove il braccio a destra e sinistra, come se volesse spazzare via le rive del lago.

«Questo posto è un covo di assassini, di ladri, di nemici dell'umanità. Se gli angeli dovessero cercare dieci uomini giusti sulle sponde di questo lago se ne tornerebbero a casa a mani vuote. Neanche uno, ne troverebbero.»

«Gli angeli non hanno casa. È *questa*, la loro casa. E sai, col tempo sono cresciuti. Non sono più dei bambini. Sanno che il Bene e il Male allo stato puro non esistono.»

«Quindi vi accontentate di meno? Vi basta un buono mediocre? Uno che fa il bene per caso? Magari per sbaglio?»

«Dovresti chiederlo a un angelo.»

«Lo sto facendo.»

Alzo le spalle. «A volte è sufficiente trovare un minimo di buono. Un segno di pentimento, magari. Ci accontentiamo di poco. Hai notizie di Il'ja?»

«È un sacco che non lo sento. Quel ragazzo è matto. Sai che per disintossicarsi ha fatto il giro dell'Islanda in bici?»

«Ho sentito che si è sposato.»

«Due volte. In un anno. Con la stessa donna.»

Smetto di remare. Tiro i remi in barca.

«Ce l'hai una sigaretta anche per me?» chiedo.

«Credevo che non fumassi.»

«Ho voglia di provare. Dammi una sigaretta.»

Non fumo davvero da tanto tempo. Non che la cosa sia un problema. Il fumo non può farmi nulla. E Oleg ha ragione. La fine del mondo è davvero vicina.

Mi allunga il pacchetto.

Sfilo una sigaretta. Non riconosco la marca.

Stringo la mano di Oleg nelle mie perché riesca ad accendermi la sigaretta nonostante il tremito.

Aspiro la prima boccata.

«Dovrebbe essere proibito per legge» sorrido.

«Cosa?»

«Che le cose buone facciano male.»

Tiro un'altra boccata.

«Certo, c'è da tenere in conto il Paradiso» dico. «Se la rinuncia a una sigaretta, o alla donna degli altri, ti facesse guadagnare quella figata assoluta che dicono sia il Paradiso, allora sarebbe un affare.»

Oleg mi fissa.

«Naturalmente il Paradiso potrebbe essere diverso da come ce lo dipingono» aggiungo, sorridendo.

«Vuoi dire i cori, le arpe, tutti seduti sulle nuvole vestiti di bianco?»

«Quello è il *vecchio* Paradiso. Non ci crede più nessuno. Non *interessa* più a nessuno. Forse in Africa, okay, ma fuori da quel mercato quel Paradiso è come un Club Med diroccato, senza nessun appeal. Adesso il Paradiso è una cosa più spirituale, tipo un piano dell'esistenza in cui sei in armonia con il cosmo, aleggi nell'universo e non provi più desideri, o passioni. Un nirvana decaffeinato.»

Raccolgo un filo di fieno dal fondo della barca. Giallastro, secco, irrevocabilmente morto.

Fisso Oleg negli occhi.

«Ascoltami. Se ora facessi un miracolo. Diciamo, tipo se solo guardando questo stelo d'erba secco lo facessi tornare verde. Ti farebbe sentire meglio?»

Oleg annuisce. «Mi darebbe la prova che c'è qualcosa di più di questa vita. E della morte.»

«Non ti basta la mia parola? E la parola di Cristo, e di Maometto, e degli altri profeti? Hai bisogno di una cosa volgare come un miracolo? Che differenza fa, un filo d'erba?»

Con un gesto brusco lancio il fuscello nel lago.

Si dice che l'arcangelo Gabriele abbia il potere di far maturare le cose.

D'altra parte si dicono un sacco di cose, sugli angeli. La maggior parte inventate.

«Perché mi hai portato in mezzo al lago?» chiedo al mio amico.

«Perché qui nessuno può sentirci.»

«Cos'hai da dirmi, di così importante? Perché mi hai fatto venire in Russia?»

Oleg rimane in silenzio.

Scuote la testa.

Poi butta fuori le parole come se gli pesassero in bocca.

«Ho un amico, uno che conosco, insomma, con cui ho combinato qualche affare. Questa persona conosce un'altra persona che è molto intima del Presidente.»

Lo sguardo di Oleg è fisso nel vuoto. Non mi guarda. In questo momento non sta guardando nulla.

«Continua.»

«Se l'America insisterà nella pretesa di un ritiro delle nostre truppe dalle frontiere lituane, il Presidente ordinerà un attacco con tutti i mezzi. Occuperemo i Paesi Baltici in meno di quarantott'ore. E poi...»

Non dico niente. Osservo l'acqua nera. Una bolla sale in superficie. Un guizzo argenteo. Un *plop*. Cerchi concentrici s'irradiano da quel punto, spezzandosi contro la fiancata della barca.

«Hai sentito cosa ti ho detto? Invaderemo i Paesi Baltici.»

«Ti ho sentito.»

«E allora?»

Alzo le spalle. «E allora niente.»

«*Niente?*»

«Niente» confermo, e quella parola sembra risuonare nel vuoto tra di noi, nel *ma*, come direbbe un giapponese.

Il silenzio amplifica la nostra distanza.

«Il mondo potrebbe finire» sussurra.

Scuoto la testa. «Il mondo non finirà.»

«La mia bambina...»

Alzo la mano. O meglio, la mano si alza di sua volontà. La punta del mio indice disegna nell'aria un simbolo, un fiore alfabetico.

«Ieri ho salvato una bambina, a Budapest. Ieri, ma in realtà è accaduto settant'anni fa.»

«Non capisco.»

«Ho salvato una bambina che qualche settimana fa mi ha portato in regalo una melagrana di ceramica, la stessa che ho comprato su una bancarella a Istanbul due giorni fa. Riesci a seguirmi? No? Non importa. Ascoltami, anche se può sembrarti assurdo quello che ti dico. Ho fatto quello che ho fatto perché *dovevo* farlo. Come rispondere alla tua chiamata. Anche quello dovevo farlo. Ma salvare tua figlia non fa parte dei miei compiti. Posso farlo, se me lo chiedi come un favore, ma dovrai darmi qualcosa in cambio. Queste sono le regole. Non le ho fatte io, ma le rispetto.»

«Tutto quello che vuoi.»

«Non dirlo così. Non promettere cose che non puoi mantenere.»

«Qualsiasi cosa, ti dico. Mia figlia sarà al sicuro?»

«Non sai nemmeno se ci sarà davvero un pericolo.

Potrebbe essere tutto nella tua testa. O in quella del tuo informatore al Cremlino. Magari stai comprando qualcosa che non ti servirà. E non mi hai neanche chiesto il prezzo.»

Oleg alza le spalle. «È come quando fai l'assicurazione, no? La fai perché se ti succede qualcosa sei protetto. Ma se non ti succede niente non è che ci resti male.»

«La mia protezione costa più di un'assicurazione.»

«Dimmi il tuo prezzo.»

Mi chino verso di lui. Gli sussurro all'orecchio cinque parole.

Oleg chiude gli occhi.

China la testa.

«Ti avevo detto che il prezzo era alto.»

«Prendi me.»

«No.»

«*Prendi me*» insiste.

Il tono di supplica nella sua voce mi dà la nausea.

«Ti credevi un re, e invece non sei che un mendicante. L'amore ti ha reso debole.»

«Non m'importa.»

«Non sei nemmeno intelligente come credi. Perché non mi hai chiesto la salvezza per tutta la tua famiglia?»

«Non ci ho pensato.»

«Hai pensato alla persona che amavi di più. Hai scelto. E se questo può farti sentire bene, se ti fidi di me, ti prometto che tua figlia si salverà. Consideralo un regalo. Nessun prezzo da pagare. In cambio ti chiedo solo un favore.»

«Quello che vuoi.»

Le tre parole cadono nel silenzio dei boschi.

Si leva all'improvviso un vento freddo, leggero. Trasporta un banco di nebbia lungo la riva, cancellando le cose.

Manovrando col remo volto la prua della barca verso il pontile.

Dall'acqua scura, non visto da nessuno, risale in superficie un filo d'erba verde.

11.

Conoscendo il mio amico mi aspettavo un elicottero. Invece è con la stessa Zil guidata da Leonid che lasciamo la dacia di Barvicha. Oleg indossa un completo di sartoria, senza cravatta. Ha l'aria sofferente. Attraverso la finestra della mia camera, qualche ora fa ho guardato lui e la sua giovane moglie discutere animatamente, in giardino. La bocca di Darja era spalancata come quella di una gatta infuriata. Non sentivo quello che urlava, attraverso i tripli vetri della dacia, che non era l'edificio malmesso che voleva sembrare. Oleg per un po' aveva incassato senza replicare. Poi la sua mano era scattata in avanti, e lo schiaffo aveva fatto barcollare all'indietro la ragazza. Darja l'aveva fissato con occhi sbigottiti. Poi era corsa via, lontano da lui e dalla casa.

Quando siamo partiti, lei stava per uscire sulla sua Range Rover. Ha caricato la culla portatile con la bambina sul sedile posteriore dell'Evoque bianca ed è salita senza salutare. La sua sgommata ha fatto schizzare lontano la ghiaia, con un rumore come uno schiaffo.

Oleg ci ha messo davvero poco a trovare l'informazione che gli ho chiesto. Meno di tre ore.

Mi passa una cartellina di plastica blu. All'interno c'è un dossier personale, con un nome e un cognome e un patronimico in cima all'elenco di date e di fatti. Ci sono anche diverse foto dello stesso uomo in varie fasi della sua vita. La prima e la seconda lo ritraggono con una divisa, impossibile dire di che colore, perché le foto sono in bianco e nero.

«Nkvd» sussurra Oleg, interpretando il mio sguardo.

Il dossier è in russo, ovviamente. La mia conoscenza di quella lingua è abbastanza buona da consentirmi di decifrare le aride annotazioni del documento trasmesso via fax. Solo alcune sigle e abbreviazioni mi sfuggono.

Leggo in silenzio, mentre le ruote della vecchia auto di stato macinano i chilometri, in direzione del centro di Mosca.

«Possiamo fare una deviazione?» chiedo a Oleg.

«Sicuro. Abbiamo tutto il tempo del mondo. Non esce mai di casa. Lo troveremo lì. Dove vuoi andare, prima?»

12.

La Zil, alla prima traversa del viale, svolta a destra, per imboccare l'autostrada E105 in direzione sud. È un viaggio breve, poco più di mezz'ora. Ma è un viaggio che per me è durato più di vent'anni. Mentre il paesaggio cambia, e la strada scorre sotto le ruote dell'auto, ricordo la mia prima visita a Butovo, nel 1989.

Era autunno.

La strada era poco più di una carrareccia abbandonata, che attraversava un paesaggio di boschi squallidi. Di tanto in tanto si scorgeva tra gli alberi qualche vecchio edificio in rovina, una fattoria collettiva in stato di completo abbandono, grandi discariche a cielo aperto. Un cielo grigio pesava sulla terra. Viaggiavo sulla jeep Uaz malandata di Grigorij, un giovane seminarista ortodosso. L'avevo incontrato un'ora prima, clandestinamente, nella hall del Rossija, una mostruosità architettonica più simile a una gigantesca prigione che a un albergo, a due passi dal Cremlino.

Il Rossija sarebbe stato demolito otto anni dopo, ma all'epoca era una delle pochissime scelte offerte dalla capitale ai turisti occidentali. Oggi quando vengo a Mosca alloggio al Radisson Royal Hotel, ospitato in uno dei grattacieli staliniani chiamati Sette Sorelle, l'Ukraina. Il Radisson è sul Kutuzovskij Prospekt, non lontano dall'appartamento di Oleg.

La hall del Rossija non aveva niente a che fare con lo sfarzo da Grande Restaurazione Imperiale del Radisson. Dal punto di vista architettonico era un imbarazzante tentativo di rendere piacevole il socialismo reale a un turismo capitalista, con l'uso di colori teoricamente allegri e di un arredamento in stile scandinavo.

Il risultato era gelido come la temperatura della hall. L'albergo, costruito da maestranze e con materiali sovietici, stava collassando.

Il ragazzo, vestito all'occidentale ma con un maglione grigio a collo alto che aveva conosciuto anni migliori, teneva sottobraccio la *Pravda* del giorno prima, aperta alla pagina sportiva. Era il segnale convenuto. Mi passò davanti senza guardarmi e uscì dalla hall. Aspettai tre minuti, come mi avevano detto, prima di seguirlo sulla strada.

Il percorso della mastodontica Zil è lo stesso di quel giorno, ma il paesaggio è completamente diverso. Caseggiati bianchi sorgono ai fianchi dell'autostrada e del fiume.

Campi da calcio e da tennis, concessionarie d'auto, stazioni di rifornimento.

Tutto è così diverso da quel giorno d'autunno del 1989.

Era un altro mondo.

La staccionata che delimitava il vecchio poligono di Butovo era in più punti sbilenca, in altri completamente marcia. Mucchi d'immondizia ingombravano il bordo della strada. A un certo punto Grigorij rallentò quasi a passo d'uomo. Pensai, in un primo momento, che lo facesse per evitare le bottiglie rotte che punteggiavano il percorso. Cercava invece un segnale, una macchia bianca di vernice sul tronco di un pino. La Uaz svoltò sul primo sentiero a destra dopo quel segno.

«Perché tutto questo segreto?» gli avevo chiesto appena salito sulla jeep, parcheggiata in una strada laterale sul lungofiume, a quasi un chilometro dal Rossija.

«Il Patriarcato sta ancora trattando con lo Stato. Non vogliamo che si arrabbino. E lo farebbero, se sapessero che mostriamo quel posto agli stranieri.»

L'inglese del ragazzo era eccellente. Sul lobo dell'orecchio destro aveva il foro di un orecchino. Niente poteva rivelare che studiava per diventare un sacerdote.

«I seminari si stanno riempiendo» aveva detto, orgoglioso come un contadino di un buon raccolto. «C'è ansia di luce divina, dopo troppi anni di tenebre.»

Eppure il luogo in cui mi stava portando era proprio questo, un luogo di tenebre.

«Stiamo ancora cercando di calcolare il numero. C'è chi dice venti o trentamila, e chi pensa siano più di centomila.»

«È comunque un numero enorme.»

«Sì.»

Scendemmo e ci avviammo in silenzio lungo una strada sterrata che si addentrava nel bosco. A un certo punto, all'improvviso, Grigorij mi fece segno di chinarmi.

Per un po' non vidi niente. Poi apparvero nel nostro campo visivo due uomini sulla quarantina, due civili, con giubbotti pesanti e berretti neri. Camminarono in linea retta, paralleli alla strada, muovendosi su un sentiero appena visibile in mezzo ai cespugli e ai rovi.

Restammo immobili finché Grigorij non mi fece segno che potevo rialzarmi.

Il fango mi aveva macchiato i calzoni.

Il seminarista si mosse verso il sentiero, che imboccammo nella direzione opposta a quella presa dai due uomini.

«Siamo fortunati. A volte hanno i cani. E quelli ci avrebbero scoperto.»

«Chi erano? Cosa ci fanno, se ci prendono? È proibito, stare qui?»

Il ragazzo non rispose.

Il sottobosco odorava di funghi e di frutta selvatica. Un odore buono. Dovevamo essere ormai ben dentro lo spazio recintato. Il sentiero costeggiava filari di meli. I frutti marcivano ai piedi degli alberi.

Stavo per raccogliere dal ramo una mela, quando Grigorij mi fermò.

Puntò il dito a terra.

«Piantavano dei meli, sopra le fosse.»

Mi ritrassi dall'albero come se bruciasse.

Gli occhi di Grigorij luccicavano, la voce gli usciva spezzata.

«Gli assassini mandavano in regalo ogni anno cassette di mele alle famiglie delle loro vittime. Dicendo loro da dove venivano.»

Allora avevo provato un senso di vertigine, nel trovarmi al centro di quel buco nero della storia.

Oggi provo una vertigine diversa, nel constatare cos'è stato fatto di questo luogo sacro.

Un tempo le enormi fosse comuni non si vedevano, erano allo stesso livello del terreno circostante. Ora sono state evidenziate, sono rettangoli di terra rialzati di una ventina di centimetri rispetto al livello del suolo. Su uno di essi, proprio dietro i cancelli in ferro battuto che portano al sacrario, è stata piantata una croce fatta con pezzi di legno provenienti da tutti i campi di prigionia dell'Unione Sovietica.

Dietro la croce c'è la costruzione più strampalata che potessi immaginare.

È una chiesa ortodossa, ma sembra uscita da un cartone animato di Walt Disney. Proporzioni sgraziate, e un bianco aggressivo che non ha nulla di sacro. Sembra di essere a Las Vegas, anziché a Butovo.

Il mio progetto per questo posto era molto diverso.

Avevo cominciato a schizzarlo sul retro della copertina di un libro, tornando da Butovo sul malridotto fuoristrada di Grigorij. Le linee che tracciavo, linee rabbiose, dense, che quasi strappavano la carta, disegnavano un lungo piano inclinato come quello che la giovanissima Maya Lin aveva progettato per il Vietnam Veterans Memorial a Washington. Ma le pareti sarebbero state di vetro. I morti sarebbero stati visibili, come nel giorno in cui li avevo visti per la prima volta. Non ci sarebbe stato nulla di poetico, in quel monumento. Nessuna facile assoluzione, nessuna patina artistica. Ci sarebbe stato anche un luogo di culto, nel mio progetto. Niente di simile, però, a quell'oscenità disneyana. Mi sarei invece ispirato alle antiche *stavkirke* norvegesi in legno, con le loro figure mostruose e l'architettura tagliente e austera come un'antica lama.

Ma naturalmente non è stato così.

Basta guardarsi intorno.

Il mondo non è fatto di progetti. È fatto di quello che c'è, di quello che è successo. Le cose solo immaginate non pesano, non gettano ombra.

Grigorij mi aveva fatto da guida nel boschetto di betulle.

Il silenzio stordiva. Era così profondo che il fruscio delle foglie sembrava un rumore intollerabile. Avevo i nervi scoperti mentre il ragazzo toglieva un telo da quello che si rivelò l'ingresso di una stretta galleria che scendeva nella terra.

«Non ho intenzione di entrare lì dentro» protestai.

«Non dovrà farlo. Volevo solo che vedesse come abbiamo fatto a scoprire cosa c'è lì sotto.»

Si tolse di tasca una busta grigia. L'aprì, mettendomene in mano il contenuto.

Erano una ventina di foto in bianco e nero.

Sul momento non capii cosa vedevo.

Sembrava un mucchio di rifiuti.

Poi misi a fuoco.

La voce di Grigorij mi giungeva come da un'enorme distanza.

«Li portavano qui verso l'una o le due di notte, coi camion. Ogni camion trasportava una cinquantina di prigionieri. Li chiudevano in una baracca di legno. Stava laggiù. Accanto c'era una casa di pietra che ospitava i boia dell'Nkvd. Trascinavano fuori i prigionieri uno a uno fino sul bordo di una fossa. Inizialmente erano relativamente piccole e poco profonde. Ma dall'agosto del 1937, quando le condanne a morte cominciarono a farsi massicce, utilizzavano un bulldozer per scavare fosse lunghe cento metri, larghe da tre a cinque e profonde tre metri e mezzo. Ce ne sono tredici, di queste fosse, qui a Butovo. Scavate senza nessun ordine comprensibile, a volte da nord a sud, altre da est a ovest. Altre ancora in diagonale... Nessuno sa quanta gente c'è sepolta.»

La prima foto mostrava l'ingresso del tunnel, che scendeva fino a tre metri di profondità.

Nella seconda si vedevano i corpi.

Sembravano sacchi vuoti, da cui spuntavano le ossa.

«Venivano fucilate non meno di cento persone al giorno. Ma non era raro che durante la stessa giornata venissero assassinate anche più di cinquecento persone. Le sentenze capitali erano emesse nel giro di pochi minuti da tribunali segreti composti da due o tre ufficiali della Nkvd, che si limitavano a prendere atto delle confessioni estorte con la tortura e a firmare un elenco dei condannati. Venivano fucilati preti, seminaristi, *kulaki*, stranieri la cui unica colpa era di essere lituani, o di origine tedesca, o anche italiana... O di aver letto una poesia di Esenin... Ogni pretesto poteva portare alla morte. Anche solo aver riso di una barzelletta, o essersi lamentati dell'orario di lavoro. Almeno cento pittori non graditi al regime sono stati uccisi qui. La vittima più giovane aveva tredici anni. Era un ladruncolo di strada. La più vecchia ottanta.»

La foto di dieci crani allineati su un tavolo. Sporchi di terra, alcuni spezzati.

«La vittima veniva fatta denudare sul bordo della fossa. Lì veniva assassinata, generalmente con un colpo di pistola alla nuca. I corpi si ammucchiavano l'uno sull'altro. Sopra i corpi buttavano i vestiti e le scarpe. Come in una discarica. Sui morti e le loro povere cose abbiamo trovato cinque paia di guanti di gomma rivoltati, e pezzi di vetro. Pensavamo fossero i resti di bottiglie di vodka, ma le testimonianze che stiamo raccogliendo dicono che a ogni fucilazione gli esecutori avevano a disposizione una mastella colma di vodka, da cui potevano attingere a piacere. D'altra parte quale uomo sano di mente potrebbe fare una cosa del genere senza ubriacarsi? Crediamo quindi che siano bottiglie di colonia. Gli esecutori si profumavano, dopo l'esecuzione, per togliersi di dosso l'odore del sangue e della polvere da sparo.»

Usava questa parola, *esecutori*.

Guardai la foto di una galoscia di gomma. C'era un marchio di fabbrica, in cirillico. «Krasnyj Bogatir, 1935.»

«Dai vestiti pesanti trovati in questa fossa siamo riusciti a dedurre che questa specifica esecuzione è avvenuta in autunno avanzato, o in inverno. Dalla densità dei corpi e dalle dimensioni dello scavo pensiamo possa ospitare centocinquanta corpi.»

Passai tra le dita le altre foto.

«Deve capire che stiamo ancora scavando. Non sul terreno. Questo è proibito. Ha visto le guardie. Non si faccia ingannare dal fatto che non erano in divisa. Sono militari. Nessuno sa a che corpo appartengono, o cosa farebbero a chi dovessero sorprendere qui. Portare alla luce questa fossa ha comportato rischi terribili. Lo scavo vero che stiamo conducendo è negli archivi di stato. È da lì che emergerà la verità, se mai dovesse venire quel giorno. Identificare tutti i morti è impossibile. Troppo lungo, e troppo costoso. Ma il Patriarcato intende acquistare il terreno e farne un memoriale.»

«Ci riuscirete?»

Il seminarista aveva sorriso. «Chissà. Per il momento stiamo lottando per impedire la costruzione di un complesso abitativo che dovrebbe sorgere a dieci metri dalle tombe, il Novo Drozhino-2. Il Patriarca sta facendo pressioni sul sindaco di Mosca, ma la nostra autorità ritrovata è ancora giovane, instabile. Così preghiamo. Studiamo. Cerchiamo. Sottoterra e nei meandri degli archivi. Altro, per il momento, non possiamo fare. Vorremmo costruire un monumento su questi luoghi. Per questo abbiamo pensato a lei. Ma *quando* verrà realizzato, questo è nelle mani di Dio.»

Ci sarebbero voluti cinque anni di pressioni e di battaglie burocratiche perché il progetto edilizio Novo Drozhino-2 venisse bloccato e il comune di Mosca stanziasse le somme necessarie per fare del poligono di Butovo un monumento nazionale.

Grigorij non aveva più voglia di parlare. Gli restituii la busta, le foto. Quella più in alto mostrava i cinque guanti di gomma di cui aveva parlato. Sembravano meduse deformi, mostruosità emerse dall'immonda profondità della storia.

Una foglia cadde da un faggio. Volteggiò nel vento e poi scivolò nell'ombra dello scavo.

«Voglio scendere laggiù. Voglio vedere» avevo detto, con un sospiro.

È stato in quel giorno che ho sentito parlare per la prima volta dell'uomo che sto cercando.

Era uno dei comandanti responsabili delle esecuzioni a Butovo. L'ultimo comandante, poco prima dello scoppio della guerra. Ufficialmente nessuno di loro era ancora vivo. A quei tempi, ogni pochi mesi i giudici che avevano emesso le condanne a morte e i boia che le avevano eseguite venivano a loro volta condannati e uccisi a Butovo.

Se c'era un minimo di giustizia, in questo, non soddisfaceva le mie aspettative.

Nel tempo che ho passato in questo mondo ho visto la mia parte di cose orribili. Alcune, forse, persino più di questa. Certe le ho dimenticate, o sono solo nomi persi nella memoria, come insetti nell'ambra: Sodoma. Gomorra.

Gerico.

A Gerico, se scavavi il terreno, trovavi strati su strati di cadaveri, come un'orrenda torta. Un archeologo inglese mi mostrò la ricostruzione di quel cimitero verticale che aveva disegnato. Era una visione d'incubo, che né Goya né Hieronymus Bosch avrebbero mai potuto concepire. E ancora peggio era il pozzo del bordello di epoca romana ad Atene, quello in cui le prostitute, o più probabilmente i padroni della casa, buttavano i corpi dei neonati maschi, soppressi alla nascita.

L'orrore era ovunque, intorno a noi.

È ovunque.

Come dice la poesia di Wisława Szymborska che ho imparato a memoria:

Forse non ci sono campi se non di battaglia,
Quelli ancora ricordati,
Quelli già dimenticati,
Boschi di betulle e boschi di cedri,
Nevi e sabbie, paludi iridescenti
E forre di nera sconfitta,
Dove per un bisogno impellente
Ci si accuccia oggi dietro un cespuglio.

Qual è la morale? – forse nessuna.
Di certo c'è solo il sangue che scorre e si rapprende
E, come sempre, fiumi, nuvole.

Sui valichi tragici
Il vento porta via i cappelli
E non c'è niente da fare –
Lo spettacolo ci diverte.

L'avevo letta in pubblico, una volta, al funerale di una ragazza del mio studio morta di leucemia a ventisei anni.

La rileggo dentro di me, a memoria, dopo aver detto a Oleg e Leonid di aspettarmi in auto.

I miei passi mi portano lentamente lungo i sentieri di ghiaia, attraverso gli alberi che ora hanno un aspetto ordinato. Niente più rovi, niente cespugli che trattengono la falda del cappotto come mani scheletriche. Niente più cumuli di neve e mucchi di sporcizia, né staccionate cadenti.

Cammino a lungo, in quello spazio ristretto che è in realtà un luogo immenso, un pozzo dalla profondità insondabile.

Le tombe risaltano sul terreno come grandi cicatrici. Le croci, le lapidi, la brutta chiesa bianca che domina il posto, rivendicano per i cristiani la proprietà di un luogo in cui in realtà sono morti più atei che credenti. Un senso d'ordine apparente, artificiale. Tentativi di addomesticare l'orrore e i suoi messaggi. Di smorzare il rumore di fondo della Storia.

L'aria settembrina è frizzante; quasi allegra, non fosse per il lugubre grido d'uccello che a tratti risuona dalle profondità del bosco. Cammino fra i rilievi, immaginando il caos e l'orrore nascosti sotto la terra e l'erba.

Di certo c'è solo il sangue che scorre e si rapprende
E, come sempre, fiumi, nuvole.

Allungo la mano e chiedo alla terra quando avrà finito di consumare ogni traccia.

Molto dopo che te ne sarai andato, risponde.
Ma alla fine tutto sparirà?, chiedo all'erba, e al vento.
Oh, sì, ridono, *alla fine tutto sparirà.*

«Possiamo andare» dico a Oleg, salendo in auto.
Leonid spegne la sigaretta appena accesa e si rimette al volante.

13.

Non è certo un bel quartiere, quello in cui vive l'uomo che cerco. Per la verità non ci sono molti bei quartieri, a Mosca. Questo è all'interno della terza circonvallazione, in una zona che mi sembra di conoscere. I cartelli stradali che indicano la direzione del monastero di Novodevičij mi confermano che sono già stato qui, molti anni fa. Però i luoghi sono irriconoscibili. Condomini nuovi, e cantieri a ogni passo. A tratti, mentre la Zil incede maestosa sull'asfalto rabberciato, credo di riconoscere una casa, o un incrocio. Ma sono sensazioni di un momento.

Gli edifici nuovi sono decorosi, anche se spogli. Ma i palazzi più vecchi dimostrano irrefutabilmente il teorema della mancanza di grazia e perizia costruttiva dell'era sovietica. Sono cupi, privi di qualsiasi dettaglio gradevole. Le imposte sono scrostate, e in certi casi addirittura mancano, sostituite alla meglio con pannelli di legno.

La Zil si ferma davanti a un fatiscente palazzo degli anni Trenta. Sei piani, in origine dipinti di un giallo sbiadito che resiste ormai solo negli angoli. Lo stabile sembra completamente abbandonato.

«È qui?» chiedo sottovoce.

Oleg annuisce. «Vuoi che salga con te?»

«No.»

M'infila in mano un biglietto piegato in quattro.

C'è scritto un nome, il piano, l'interno.

Avere queste informazioni dev'essere costato parecchio al mio amico. Deve aver mosso un sacco di pedine sulla scacchiera del potere. Pedine che forse potevano fare una sola mossa per lui. Oleg ha consumato in un solo giorno il credito di una vita.

Il nome sul foglio non è quello dell'uomo che cerco. È un nome diverso, presumo inventato. A meno che gli assassini non rubassero anche i nomi alle loro vittime, assieme alla vita e alla dignità. Il nome vero è un segreto di stato. Lo era nell'Unione Sovietica e lo è ancora in questo strano paese cresciuto sulle sue rovine.

Il portone dello stabile è aperto. A giudicare dai segni di cacciavite e dalla ruggine sulla serratura, è così da un bel pezzo. Il citofono è divelto e bruciato, i nomi sui campanelli sono illeggibili.

Entro nell'atrio in penombra.

Il silenzio mi cinge con le sue mani fredde.

Sento solo il fruscio dei miei passi sulle scale.

Odore di polvere e di legno vecchio.

Le porte degli appartamenti sono tutte spalancate.

In alcuni casi mancano.

Da lungo tempo nessuno abita qui. Eppure, a parte il citofono, l'edificio non è stato vandalizzato, come sarebbe naturale aspettarsi. Nessuno sembra essersi intrufolato abusivamente. Mosso dalla curiosità, oltrepasso la soglia di uno di quegli appartamenti deserti, al secondo piano.

Le stanze sono vuote. Le finestre sbarrate con assi inchiodate. Un po' di luce entra attraverso le fessure.

Un rumore in un'altra stanza mi mette in allarme.

È un ticchettio sommesso, furtivo.

Viene dal bagno.

Mi avvicino a quella stanza in punta di piedi.

Un verso gutturale, un'esplosione di rumore, e qualcosa si leva di colpo in volo di fronte a me.

Un piccione, disturbato dalla mia presenza, scappa attraverso un foro nella parete, dove un tempo c'era la finestra, sopra la vasca da bagno incrostata di ruggine.

La sagoma alata disturba la luce, generando false immagini negli angoli della stanza. Frammenti di passato si agitano, riformandosi di continuo prima di tornare a essere solo ombra e luce.

Quando mi volto, la stanza è in ordine, arredata con mobili semplici ma dall'aria reale. Ci sono tende verdi alle finestre, e una pentola d'acqua che bolle in cucina, e un giradischi o una radio che suona una vecchia canzone, in un'altra stanza. Non conosco il titolo o la cantante, ma lo stile è quello degli anni Venti.

Cammino attraverso un'aria densa, elastica. È come nuotare sott'acqua, forzando una resistenza. E poi gli oggetti appaiono leggermente distorti, la prospettiva è falsata. A tratti, mentre mi muovo verso l'uscita, il presente si sovrappone al passato e i mobili si fanno trasparenti, la tappezzeria alle pareti si scrosta, cade a pezzi.

Esco dall'appartamento. Salgo le scale.

Sagome indistinte si muovono intorno a me, ora accelerate, ora rallentate, mai del tutto a fuoco. Sagome umane ridotte a ombre grigie in continuo movimento. Le loro voci si fondono e si ricompongono in un'unica voce collettiva, un brusio fatto di mille sussurri. È una voce che sembra il canto delle balene captato da un sonar. La voce di un palazzo abitato da fantasmi.

Salire le scale è incredibilmente faticoso. Ogni passo che muovo mi costa uno sforzo. Le gambe e le braccia cominciano a farmi male. Ci metto un tempo infinito a raggiungere la porta dell'uomo che cerco.

Dovrei bussare.

Loro facevano così, durante gli anni del terrore. Non suonavano il citofono. Sentivi l'auto muoversi lungo la strada, e a quell'ora di notte c'erano pochi dubbi su chi potesse essere, e tu restavi in ascolto, il cuore che accelera i battiti, la voce che bisbiglia una preghiera proibita, che supplica l'auto di proseguire lungo la strada, di non fermarsi davanti al tuo palazzo.

Invece è lì che si ferma, e tu che non hai nessuna colpa cominci a chiederti cosa puoi aver fatto, perché ora i passi sono sulle scale, in qualche modo hanno aperto la porta d'ingresso e adesso stanno salendo, e tu ti affanni a cercare un motivo, a cercare qualcosa in quello che hai fatto, o detto, e intanto i passi risalgono in fretta le scale, senza curarsi di non far rumore, e a ogni rampa di scale qualcuno ai piani inferiori tira un respiro di sollievo. Ma non tu: tu non puoi.

Perché i passi si fermano davanti alla tua porta, e tra un istante qualcuno busserà.

Busso tre volte.

Un'energica voce maschile, da dentro, mi grida in russo di entrare.

La prima cosa che avverto, mettendo piede nell'appartamento, è il tanfo stantio di alcool, fumo di sigaretta e acqua di colonia.

La stanza è quasi al buio. La poca luce che entra dalle finestre attraverso le tende tirate sembra quella del tardo pomeriggio. Fa freddo.

L'arredamento non è quello che mi aspettavo. L'appartamento è letteralmente stipato di enormi mobili ottocenteschi che soffocano l'ambiente. Le pareti sono coperte di quadri: piccoli, raffinati acquerelli con paesaggi marini che contendono lo spazio ad articoli di giornale incorniciati e a un grande ritratto a olio di Stalin.

L'uomo che mi fissa dal lato opposto della stanza è alto poco più di un metro e sessanta. I capelli tagliati quasi a zero fanno risaltare la potenza del collo taurino. Indossa una canottiera e i pantaloni di una divisa, tenuti su da un paio di bretelle nere. Ha in mano uno stivale infangato. Un altro luccica ai suoi piedi. I fogli della *Pravda* disposti sul pavimento sono coperti da frammenti di fango secco.

«Chi cazzo sei, tu?» ringhia.

Indico i fogli di giornale sul pavimento.

«Tratti così la *Pravda*, compagno? Hai liquidato uomini per molto meno.»

La lingua russa riesce a esprimere l'autorità sia con il tono che attraverso la scelta dei vocaboli.

L'ombra del dubbio appanna il ghiaccio del suo sguardo.

«Se lo faccio vuol dire che posso permettermelo» replica, ritrovando la sua arroganza.

Appoggia lo stivale mezzo ripulito per terra. Avanza verso di me con un passo pesante.

Una sigaretta pende dall'angolo della sua bocca. Tabacco americano. Una rarità, nella Mosca del 1938.

«Non muoverti» gli ordino.

La mia voce è secca come una fucilata.

Lui si blocca di colpo, come per un corto circuito.

«Siediti.»

Obbedisce. Si siede – o, meglio, si lascia cadere – in una poltrona rivestita di seta damascata.

In quell'attimo l'uomo di fronte a me si trasforma in un vecchio. La poltrona assume un colore scuro di sudiciume, perde l'imbottitura da due lunghi tagli sullo schienale. Il vecchio sembra annegare in quella stoffa decrepita.

Non ha quasi capelli. La pelle rinsecchita incornicia liquidi occhi da rettile.

È avvolto in una vestaglia che un tempo dev'esser stata color cammello, consumata sui gomiti, lercia. Sotto la vestaglia indossa un maglione grigio.

Ha lo sguardo perso nel vuoto. Di tanto in tanto i suoi occhi incrociano i miei, ma senza mai mettermi del tutto a fuoco.

Gli stivali sono spariti, così come i quadri dalle pareti. Sono rimasti solo i segni più chiari sulla tappezzeria. Anche il ritratto di Stalin non c'è più.

Il vecchio segue il mio sguardo mentre osservo le pareti spoglie.

Le sue labbra si aprono.

Pronuncia alcune sillabe con una voce che sembra il grattare di un pennino su carta ruvida.

«No, grazie» gli rispondo. «Ma se lo vuole lei glielo preparo.»

Annuisce.

La cucina è in uno stato di abbandono anche peggiore del salotto. Pile di piatti e bicchieri sporchi nell'acquaio. Dal rubinetto esce appena un filo d'acqua. L'assaggio. Sa di ruggine. L'acqua di certi quartieri di Mosca è assolutamente non potabile. Ma bollita andrà bene. Ne riempio un pentolino. Non so come far funzionare il samovar, che comunque sembra non essere stato usato da anni.

Trovo la scatola del tè dietro l'anta sbilenca di un pensile. E accanto al tè lo zucchero, in una tazzina sbreccata avvolta nella stagnola.

Il gas funziona.

Mentre l'acqua bolle, di tanto in tanto mi affaccio in sala e guardo il vecchio, perso dentro l'abbraccio della sua poltrona. È piccolo, rattrappito. Triste. Non sembra affatto l'uomo che cercavo. Eppure non ci sono dubbi. L'anima è un marker indelebile.

Le sue dita si sollevano, ballando una piccola danza sul bracciolo della poltrona, come se il vecchio seguisse una musica solo sua, nella sua testa.

Verso il tè in due tazzine eleganti, porcellane raffinate di prima della Rivoluzione.

Il vecchio alza lo sguardo, segue i miei passi come un cane. Il volto completamente inespressivo.

Gli porgo la tazzina.

Lui la osserva per un tempo infinito.

Poi allunga la mano rugosa e tremante.

La tazzina vola per aria, spazzata via da una sberla che la fa esplodere in briciole di ceramica sul muro.

Il giovane in canottiera mi punta un dito al petto.

«Non pensare di corrompermi con queste smancerie borghesi! Io non appartengo alla tua cricca. Si vede lontano un miglio che non sei un čekista. Che cazzo vuoi da me? Chi sei?»

Accenna a rialzarsi. Ma il vecchio di cui muove il corpo è troppo fragile per questo. Lo blocco con una pressione minima. Lo spingo giù, seduto.

«Le domande le faccio io» ribatto, con un tono da poliziotto. «Nome e cognome, compagno.»

Con alterigia, il mento orgogliosamente alzato, l'uomo elenca il suo nome, cognome e grado, per finire col numero di tessera del Partito.

«So chi sei» fa, con aria di sfida. «Sei un controrivoluzionario. Uno spregevole trozkista. Un traditore. Sappiamo bene come trattare quelli come te.»

Mi porto la tazzina alle labbra, sorbendo tranquillamente il mio tè. Quel gesto, la mia calma, sembrano esasperarlo.

«Dimmi come ti chiami!» urla.

«Gabriel.»

«Gabriel e poi? Cosa saresti, un cane, che hai solo un nome?»

Lo guardo fisso. Poi abbaio. E abbaio ancora, e la mia faccia, il mio *muso*, cala verso il suo volto, e per la prima volta colgo l'impronta del terrore nei suoi occhi.

«Posso essere *molte cose*» rispondo.

La sua canottiera è madida. Il sudore gli scorre a rivoli lungo le tempie, nonostante il freddo della stanza.

«Cosa vuoi da me?»

«Voglio che tu ricordi.»

«*Ricordi?* Ricordi *cosa?*»

Apro il mio zaino. Tiro fuori un libro. Glielo passo in silenzio sul piano del tavolino.

L'uomo socchiude gli occhi. Un lampo di furbizia li attraversa.

«Aprilo» gli ordino.

Lui fa una smorfia vedendo il titolo russo.

«Dove hai trovato una simile sconcezza reazionaria? Non ho voglia di guardarlo.»

«Aprilo» ringhia il cane dentro di me, con uno scintillio di zanne bianchissime e bavose.

Il libro raccoglie le foto dei condannati a morte uccisi a Butovo.

Migliaia di foto in bianco e nero.

Una di fronte e una di profilo.

Un attrezzo al quale devono appoggiare la nuca li tiene fermi in posa. Metallo contro i capelli e le ossa, metallo che anticipa il piombo della pallottola.

Le foto venivano fatte in carcere, subito dopo il processo, poche ore prima dell'esecuzione.

Il vecchio che non è un vecchio le guarda con occhi liquidi e totalmente inespressivi, a mano a mano che io sfoglio il libro, interrogandolo.

Questo ragazzo. Come si chiamava?

Questa donna. Cosa aveva fatto?

Di cosa era accusato questo bambino?

«Aveva diciassette anni. Non era un bambino. Era un ladruncolo e un vagabondo. Un soggetto antisociale.»

«Come si chiamava?»

«Michail qualcosa. No, aspetta: *Ivan*. Ivan Belokaškin.»

«Fucilato il 14 marzo 1938. Ti ricordi di lui?»

Il vecchio scuote la testa. Lo sguardo perso, la bocca tremante.

Gli metto la pagina sotto gli occhi. Nella foto, il ragazzo ha un'espressione dolce, remissiva. Pare non capire cosa gli è accaduto, cosa sta per succedergli. La sua bocca sembra sussurrare una domanda.

«Ti ricordi di lui?» ringhia il cane.

Il boia annuisce.

Volto la pagina.

«Darja Zajceva» sussurra il vecchio, senza bisogno che gli faccia la domanda. «Era una suora, o qualcosa del genere.»

«Una novizia» leggo dal libro.

«Come vuoi tu.»

«Cosa aveva fatto, per venire fucilata?»

Il boia ridacchia. «Aveva previsto la caduta del regime sovietico. Povera pazza.»

Ma gli occhi del vecchio dentro quelli del giovane arrogante non sorridono. Lui *sa*.

Un soffio di vento venuto dal nulla sfoglia le pagine dei morti fino al 28 maggio del 1938.

«Riconosci quest'uomo?»

Il vecchio allunga la testa per vedere meglio.

«No.»

«Val'ter Rejter. E questo è suo fratello Chorst. Ventiquattro e ventitré anni. Fucilati a Butovo il 28 maggio. Di cos'erano colpevoli?»

«Il 28 maggio? Era giornata di tedeschi. La madrepatria era piena di questi parassiti venuti dall'estero. Il Partito pensò bene di purgarcene. Dai processi emerse chiaramente che erano membri di un'organizzazione nazista chiamata Hitlerjugend.»

«Anche questo ragazzo faceva parte della Hitlerjugend?»

Erich Nejman, ventotto anni.

«Certo.»

«E questo?»

Rejngol'd Lissauer, venticinque anni. Uno sguardo fiero, intelligente.

«Sì.»

Punto il dito sulla foto di un anziano.

«Anche quest'uomo era nella Hitlerjugend? Mi sembra un po' in là con gli anni.»

«No. Lui... lui faceva parte di un'associazione alpinistica controrivoluzionaria.»

«*Alpinistica*?»

«Certo.»

Fa un gesto infastidito. «Te l'ho detto: era giornata di tedeschi. Come ce n'erano altre per i polacchi, o per i cinesi.»

«Per i *cinesi*?»

«Certo. I cinesi. Aspiranti borghesi, lacchè del capitalismo. Gestivano il giro delle lavanderie.»

Sfogliamo insieme l'album. I corpi gettati a decomporsi come immondizia in una fossa riacquistano un nome, un volto. Chiedono dignità. L'uomo guarda le foto con apparente indifferenza, ma c'è un sogghigno malevolo in fondo ai suoi occhi. Per quanto sembri incredibile, prova ancora orgoglio per quello che ha fatto, per i crimini di cui si è macchiato.

Ma poi appare la foto di un uomo con un solo occhio aperto, una stampella da invalido appoggiata al petto, e sul volto del boia passa un guizzo strano.

La vecchia mano grinzosa si muove verso la pagina, per chiuderla. La fermo.

«Chi è?» chiedo.

«Non lo so. Nessuno.»

Konstantin Rakul'cev, leggo. *Nato nel 1901 nella regione di Jaroslavl'. Istruzione elementare, senza lavoro perché privo delle gambe e di un occhio. Senza fissa dimora. Condannato a tre anni di reclusione per vagabondaggio nel 1937. Il 23 febbraio 1938 viene preso dalla prigione e condannato a morte in quanto appartenente a un gruppo controrivoluzionario.*

«Perché è stato ucciso?»

«Chiedilo ai giudici, non a me. Io eseguivo soltanto le sentenze.»

«Guarda. C'è scritto qui. Le prigioni di Mosca erano piene d'invalidi mandati dai campi di lavoro. Ottocentotrenta invalidi. Troppe bocche inutili da sfamare. Così rividero tutte le loro sentenze e li condannarono a morte. Bocche inutili. Come te, vecchio.»

Lo stupore attraversa il volto dell'uomo in canottiera.

«Vecchio? Che diavolo stai dicendo? Cos'è questa sciocchezza? Io non sono vecchio!»

Lo sollevo di forza. È pesante, massiccio come un armadio.

Lo trascino di peso nel corridoio, immobilizzandogli la testa davanti allo specchio ossidato sulla parete.

«Guardati.»

I suoi occhi cercano di volgersi altrove. Si agita nella mia stretta come se volesse scappare.

«Guardati!» gli ordino.

Fissa l'immagine davanti a sé. L'uomo che tengo fermo con le mani è ancora giovane, ma il suo riflesso nel vetro è quello di un novantenne.

Crolla di peso, come un sacco. Non lo lascio cadere. Reggendolo sotto le ascelle lo trascino di nuovo verso la sua poltrona, dove lo appoggio con delicatezza.

«Sei *vecchio*. E l'Unione Sovietica è morta da più di vent'anni. Gli uomini e le donne che hai ucciso sono stati riabilitati. Alcuni sono diventati santi. La Chiesa ortodossa li ha canonizzati come martiri. E tu, cosa ne è stato di te? Tu sei un peso morto, una cosa inutile. Sei un relitto del passato. Un relitto orrendo.»

Le lacrime scorrono sulle guance dell'aguzzino.

«Dov'è tua moglie? Dove sono i tuoi figli?» gli chiedo crudelmente.

Scuote la testa.

Lo incalzo, senza dargli tregua.

«Tua moglie ti ha lasciato. Non posso darle torto. Accogliere tutte le notti nel letto un orco ubriaco, con gli stivali sporchi di fango e sangue, deve averla logorata. E visto che ti ha lasciato per un ufficiale di grado più alto del tuo, hai dovuto startene buono e accettare il suo tradimento. Be', ora ti dirò una cosa. Tra meno di un anno quell'ufficiale cadrà in disgrazia. Verrà fucilato per attività controrivoluzionaria, e tua moglie con lui. Vadim e Olga, i tuoi figli, saranno inviati in Siberia, a Kolyma. Nessuno dei due tornerà a casa. Ma tu non subirai nessuna conseguenza. Tu sarai l'unico assassino di Butovo sopravvissuto sino a oggi. E sai perché? Perché Dio ti protegge.»

Il vecchio ha una smorfia d'orrore.

«*Dio...?*»

Fa un gesto con la mano, come a spazzare via quella parola.

«Ho ucciso tanti di quei preti e suore che il tuo Dio, se esiste, deve odiarmi. Altro che proteggermi.»

«L'odio è un sentimento umano. In Dio non c'è odio.»

«E in te?»

C'è un'espressione di furbizia, celata in fondo allo sguardo del vecchio. Cerca di nasconderla ma c'è, non può sfuggire ai miei occhi.

«Io sono umano» sospiro.

Il vecchio scuote il capo. A tratti, nel movimento, il suo volto diventa quello bestiale che aveva da giovane.

«Il tuo Dio non protegge nessuno. Tantomeno me. Solo lo Stato mi protegge. Perché l'ho servito bene.»

Lo fisso dritto negli occhi.

«Perché la foto di Rakul'cev ti ha turbato? Perché proprio quella e non le altre?»

Chiude gli occhi, come un bambino che ha paura.

«Perché proprio *quella* foto?» ripeto.

Li riapre. Ogni traccia di cattiveria è sparita dal suo sguardo. Sembra stupito, scosso. Ha appena scavato dalla memoria un ricordo che credeva di aver sepolto per sempre.

«E va bene» sospira. «Quel giorno...»

14.

Quel giorno i camion dalla prigione di Lefortovo sono in ritardo.

Nella casetta di pietra ai margini del poligono i boia sono nervosi, arrabbiati. C'è un sacco di lavoro in programma, per oggi. Ogni minuto di ritardo rende più difficile portarlo a termine in tempo.

Fa freddo, nella casetta. Il bulldozer ha faticato a scavare la fossa nella terra gelata. È venuta meno profonda del solito, e anche questo è un problema. Il plotone discute, litiga. Due stanno quasi per venire alle mani.

Il tenente ordina di smetterla ed esce dalla casa, sbattendo la porta. Si accende una sigaretta fetente, di tabacco *machorka*. Cammina a passi pesanti fino allo scavo. L'odore di gas di scarico permea ancora l'aria. Una nebbia azzurrina aleggia sulla fossa.

Il tenente non riesce a togliersi dalla testa un'immagine.

C'è un quadro, sulla parete del suo salotto. L'ha portato a casa sei mesi fa, assieme ad altri dipinti dalla stessa mano. Sono tutti belli, ma quello ha qualcosa di speciale. Li ha dipinti un artista decadente, un parassita borghese, forse addirittura un nobile. Adesso è sepolto anche lui in una fossa a cento metri da lì, assieme ai suoi compari. È stato il tenente a ucciderlo. Era la sua prima uccisione di un nemico del popolo. Il capitano si era complimentato per come aveva condotto l'esecuzione, e dopo quella altre cinque.

«Non dobbiamo temere di sporcarci le mani. E dobbiamo dare l'esempio. È un lavoro duro, ma il Partito e la Rivoluzione si aspettano che lo portiamo a termine con efficienza e rapidità. Noi purghiamo il corpo dello Stato dagli influssi maligni del capitalismo, del kulakismo e del trozkismo, per la costruzione del nostro radioso futuro.»

Era ubriaco, il capitano, mentre pronunciava queste parole. Ma lo erano tutti, al poligono di Butovo.

Quella sera, finito il lavoro, il capitano aveva accompagnato il giovane tenente nell'atelier del pittore che avevano appena giustiziato.

«Scegli» gli aveva detto, indicando i quadri appesi e quelli accatastati contro le pareti.

Vedendo che il suo subalterno esitava, l'aveva incoraggiato, con la sua voce da sbronzo. «Non è un trucco. Prendi quelli che ti piacciono di più. Quelli che vuoi. Sono tuoi. Bottino di guerra.»

Dopo una lunga esitazione, il tenente aveva staccato dalla parete un paesaggio marino, con una barchetta a vela persa dentro l'azzurro. E poi un altro paesaggio, con scogliere bianche che dovevano per forza essere frutto dell'immaginazione dell'artista, perché tanta bellezza non poteva esistere davvero.

Aveva scelto altri quadri, finché il capitano non aveva alzato la mano, ridendo.

«Sei. Basta così. Uno per ogni colpo che hai sparato. Sono il tuo premio.»

Il giovane tenente finisce la sigaretta. Lancia il mozzicone nella fossa.

Una vibrazione sommessa annuncia l'arrivo dei tre camion.

Li guarda arrivare, lentamente, arrancando coi loro pneumatici lisi sulla strada gelata.

Va dentro a dire agli uomini di prepararsi.

I prigionieri sono stati scaricati nella casupola di legno. Sessantaquattro *pezzi*, come li chiamano. Cinquantanove uomini e cinque donne. Ha firmato la bolla di consegna e gli altri documenti. I tre camion sono ripartiti verso la prigione. Tra un'ora ne arriveranno altri tre, e così via, fino alla fine della giornata.

Ordina alle guardie di portar fuori dalla casupola il primo condannato.

È un uomo sulla cinquantina, la barba grigia di due giorni sul volto. È nudo, trema all'aria gelida. Entrando nella baracca i prigionieri hanno dovuto spogliarsi e deporre le loro cose a terra. La pelle dell'uomo è bluastra per il freddo. Il tenente gli posa una mano sulla spalla e lo guida sul sentiero, verso gli alberi. L'uomo non si ribella. Precede l'ufficiale che lo guida, con una fiducia canina. Solo quando vede la fossa in fondo al sentiero ha un attimo di esitazione, manca un passo. Ma il tenente lo spinge in avanti. Lo fa fermare sul bordo dello scavo.

La fondina è già slacciata. La mano sinistra aumenta la pressione sulla spalla dell'uomo, perché questo è il momento in cui potrebbe ribellarsi, rovinando tutto. La destra va alla fondina, estrae la Tokarev.

Blam!

La pallottola da 7.62 mm penetra la nuca del condannato, facendogli esplodere il viso. Frammenti d'osso, di sangue e di cervello spruzzano la terra nera della fossa. Basta una spinta per far cadere dentro il corpo. Il tenente ritorna sui suoi passi, verso la baracca di legno. A metà strada incontra il sergente Bondarenko, che guida verso la fossa la prossima vittima. Il prigioniero non alza lo sguardo. Cammina verso la morte tremando, senza ribellarsi. Il sergente, che lo spinge avanti come un pastore farebbe con una pecora, ha la faccia seria, non sorride spavaldo come fa di solito. Quando arriva alla baracca e gli consegnano il prossimo prigioniero, il tenente capisce perché.

L'uomo tenuto per le braccia dalle due guardie è cieco.

«E adesso cosa faccio?» si chiede il tenente. Non gli è mai capitato nulla del genere. Vorrebbe consultarsi col capitano, lui sì che saprebbe cosa fare, ma Fëdor Ivanovič è stato giustiziato la settimana prima, per simpatia verso i nemici del popolo e propaganda antisovietica.

Gli uomini del plotone sono sconvolti.

«Sono tutti così. Anche dei paralitici.»

«Ci vorrà un sacco di tempo.»

«Non ce la faremo mai.»

Il tenente suda sotto il berretto.

Riflette.

Alla fine trova una soluzione.

I prigionieri vengono tirati fuori uno dopo l'altro, una ventina di loro. Li trascinano lungo il sentiero, poco lontano dalla baracca, li fanno stendere a terra. Strisciano come vermi sulla terra grassa e nera, i prigionieri. Strisciano, si contorcono. Alcuni implorano, altri pregano. Il tenente si fa passare la pistola da un soldato. Poi comincia a muoversi lungo la fila dei prigionieri, sparando un colpo alla testa di ognuno di loro. Quando la pistola è scarica la passa al soldato, che gliene porge un'altra carica.

Il tenente si muove con passo lento e metodico, da sinistra verso destra.

Al cinegiornale ha visto le scene della presa di Nanchino da parte dei giapponesi. I prigionieri cinesi uccisi a baionettate o usati come bersagli per esercitazione. Ha visto centinaia di uomini allineati a terra, e una mietitrebbia passare lungo la fila decapitandoli uno dopo l'altro.

Quando i venti condannati sono morti, i soldati li tra-

scinano per i piedi o per le braccia, li lanciano nella fossa. Palate di calce viva vengono sparse sui corpi.
Tornano indietro, a prenderne altri venti.

È con la terza e ultima ventina che qualcosa dentro il tenente si rompe.
Ha già ucciso i primi tre prigionieri della fila, quando la Tokarev s'inceppa. Non gli era mai successo prima. Prova a sbloccarla, inutilmente. Con un gesto imperioso chiede al soldato di passargli l'altra pistola. La punta alla nuca dell'uomo steso ai suoi piedi. Sta per sparare, quando il prigioniero, puntellandosi sui gomiti, si volta a guardarlo.
L'unico occhio dell'uomo è profondamente triste. L'altro non esiste più: al suo posto un cratere deforme. Le gambe del condannato sono monche all'altezza del ginocchio.
Il suo sguardo non è quello che il tenente si aspettava. È uno sguardo di pietà. L'uomo sta per morire eppure sembra provare pietà per il suo boia.
«Voltati» gli ordina il tenente. Ma è come se l'altro non lo avesse sentito.
«Voltati» urla di nuovo. E quando vede che il prigioniero non obbedisce, gli punta la pistola in faccia e preme il grilletto.
Anche questa pistola s'inceppa.
Il tenente è incredulo.
«Sergente, se ne occupi lei» ordina, spostandosi verso destra e armeggiando con il caricatore.
Bondarenko si piazza al suo fianco. Ha un puzzo terribile, di vodka e sangue e terra, perché è scivolato nel fango due volte. Punta la sua pistola e tira il grilletto.
Niente.
Anche la sua pistola si è bloccata e, per quanto il sergente si sforzi, non riesce nemmeno a spostare il carrello di caricamento, o a estrarre il caricatore.
Assurdo.

In quel momento tutti i prigionieri cominciano a voltarsi. Rotolano sulla terra, rivolgendo lo sguardo in alto, verso le nuvole che sono una coperta grigia così bassa che sembra quasi di poterla toccare, solo allungando una mano.

Non tutti i prigionieri sono invalidi.

La giovane donna a destra del guercio fissa i suoi occhi verdi in quelli del tenente. Da quello che gli ha detto ridendo Bondarenko, la ragazza ha chiesto di essere uccisa con gli ultimi. «Non ci crederai, compagno tenente, ma quella lì è una suora. Pensa che spreco, una così che la dà solo a Dio. Per fortuna in prigione hanno corretto l'errore, dando al popolo quello che è del popolo. E almeno così si è goduta anche lei la sua razione di salsiccia.»

«Perché ha voluto restare per ultima? Così soffre solo di più» aveva replicato il tenente, rivolgendo la domanda a se stesso prima ancora che all'altro.

«È rimasta a pregare con loro. A confessare chi glielo chiedeva.»

«La superstizione è dura da estirpare» aveva concluso il tenente. Per poi aggiungere, in tono ipocritamente entusiasta: «Questo conferma l'importanza del nostro compito, sergente.»

La giovane non si è fatta trascinare come gli altri prigionieri. È sana. Ha camminato da sola verso la morte.

Nuda, si è stesa a fianco degli altri con una dignità regale.

E adesso tocca a lei. È il suo turno.

È bellissima. Il corpo pallido è di una perfezione dolorosa. Il sesso tra le sue gambe è chiuso, quasi virginale. Eppure il tenente sa che non può essere così. Glielo dicono i lividi sulla pelle della giovane, i segni delle corde e delle bruciature. Il corpo è la tavolozza di un maestro del dolore. Dev'essere stata torturata per settimane.

Gli tornano di colpo in mente le chiese oggi proibite della sua infanzia, con le icone della Madonna e delle sante vergini martirizzate. Questa donna ha subito violenze e soprusi indicibili. Eppure è uscita pura dalla sua ordalia. Pura e nuova come la luce del mattino.

Cerca di reagire a quei pensieri. Ma i suoi occhi sono incatenati a quelli della ragazza, le cui labbra mormorano parole incomprensibili, parole in un'altra lingua.

Quando ha finito, la donna chiude gli occhi. Il suo volto, così, sembra già quello di una morta. All'ultimo momento le sue labbra si piegano in un sorriso che le illumina il volto.

Il sergente Bondarenko solleva rabbiosamente il braccio che impugna la pistola TT-33, poi lo abbassa di scatto. Spara due colpi a bruciapelo in faccia alla donna. Il viso esplode. Il corpo sussulta. Il sangue forma un'aureola scarlatta intorno a ciò che resta del cranio.

Come se quello fosse un segnale, i soldati si avvicinano alla fila di prigionieri stesi per terra. Aprono il fuoco con pistole, fucili e armi automatiche. Il frastuono è assordante, il puzzo acre di polvere da sparo si mescola a quello di sangue e merda e vodka.

Anche il tenente punta la sua pistola verso l'invalido senza un occhio e senza gambe. Implora con lo sguardo la sua vittima di voltarsi. Come obbedendo a un ordine, con uno sforzo che gli deforma ancora di più i lineamenti, il guercio si rigira sulla pancia. Affonda il viso nella terra gelata come se volesse nascondervisi dentro.

Il colpo da meno di un metro gli disintegra la nuca. Le orecchie del tenente ronzano per il fragore dello sparo.

È furioso.

Lo scempio che ha davanti agli occhi lo disgusta.

Si sfila dalle mani i guanti di gomma come se bruciassero.

«Pulite questo schifo» ordina secco ai soldati, allontanandosi poi con passo rabbioso verso la casetta di pietra e la sua bottiglia di vodka. Oggi non ha voglia di bere con gli altri, pescando con la gamella dal secchio metallico schizzato di sangue. Non oggi.

Quando è già sulla soglia della casetta, il tenente si volta a guardare la baracca di legno, con la porta spalancata. Dalla fossa dove stanno gettando i corpi, i soldati non possono vederlo.

Appena fuori dall'ingresso della baracca c'è un mucchio alto più di un metro di vestiti e di scarpe. Cappelli e berretti stanno in un altro mucchio.

Il tenente non ha mai capito perché facciano spogliare i condannati, se poi i vestiti vengono buttati nella fossa assieme ai corpi. Non capisce che senso abbia. Ma qualcuno più in alto lo saprà di sicuro. La cosa non può essere casuale.

Suda. Si toglie il berretto. La mano puzza di gomma.

Senza sapere perché lo fa, apre la porta della baracca.

Appena mette piede oltre la soglia, nello stanzone vuoto col pavimento di terra battuta, il puzzo di urina e di sudore gli mozza il fiato.

Una sghignazzata da ubriaco e uno sparo, da fuori.

Il tenente muove un passo nella penombra, addentrandosi nello stanzone dove migliaia di persone hanno atteso la morte. Il silenzio, lì dentro, è così forte che quasi si può respirare, toccare.

Non c'è niente da vedere. Nessun segno di chi è passato di qui se non i graffi lasciati dalle unghie sul legno delle pareti. Dentro di sé, da qualche parte, c'è ancora l'abilità del poliziotto in grado di cogliere i segnali, di interpretarli. Ma ha passato troppo tempo a uccidere e a stordirsi. Da troppo tempo non è più un poliziotto, è diventato un boia. Non è quindi il mestiere, o l'istinto, a guidarlo verso l'angolo più lontano dalla porta. È qualcosa di diverso, a cui non saprebbe dare un nome. Si muove come se qualcosa lo attirasse laggiù, nel buio. I suoi passi si fanno lenti, strascicati.

«Chi è là?» chiede una voce tremante. *La sua.*

Si rende conto dell'assurdità di quella domanda, rivolta al nulla.

Eppure i suoi passi continuano a muoversi lentamente

verso quell'angolo in ombra, lo trascinano laggiù. Il tempo sembra rallentare, sino a fermarsi del tutto.

Il tenente respira con fatica. Il fiato gli esce di bocca condensandosi in un'umidità viscida, schifosa. Quell'aria che esce dalle sue labbra lo disgusta.

All'inizio non distingue niente. La terra compressa da tanti piedi, densa di liquidi corporei seccati, è dura come cemento.

Senza sapere perché, si china in ginocchio. Quasi fosse uno stupido elefante ammaestrato. Le sue mani, guidate da una volontà autonoma, sfiorano le assi della parete, rese lisce dallo strofinio di tanti corpi. Il legno è incredibilmente caldo, come se avesse trattenuto un po' del calore dei corpi che là fuori si stanno già raffreddando e irrigidendo nella fossa comune.

Quando le sue mani toccano il legno, un odore di resina fresca gli arriva alle narici. L'odore del pino appena piallato. Copre il puzzo di orina e sudore, copre l'odore pungente della polvere. È l'odore di un bosco vergine dopo la pioggia. Un odore che sa d'infanzia, di corse e giochi sui prati del villaggio di Borec. E l'aroma d'incenso che avverte subito dopo, un aroma che si fa lentamente nitido come un volto che emerge dalla folla, gli ricorda le messe ascoltate accanto alla nonna, le interminabili litanie per pregare Dio che faccia tornare vivo il padre dalla guerra. Ma Ivan Fëdorovič era morto a Tannenberg, e al suo posto erano entrate in casa la miseria e la fame.

Che cosa guida le sue mani lungo il muro che odora di bosco? Cosa lo spinge a toccare la fessura tra le due assi, a trovare il pezzo di carta nascosto?

Le sue dita si chiudono intorno al cartoncino rigido, lo sfilano dal nascondiglio.

Rimane a lungo in ginocchio, immobile, il cartoncino in mano.

Poi finalmente lo guarda.

È un'immagine logora e sbiadita della Madonna di Kazan, un'icona bizantina dell'XI secolo.

Le parole di sua nonna emergono dall'acqua scura del passato.

«Era scomparsa durante l'invasione dei Tartari. Poi, più di trecento anni dopo, ai tempi dello zar Ivan il Terribile, è stata ritrovata tra le rovine di Kazan. È stata la stessa Madre di Dio a dire a una fanciulla di cercare sotto le macerie della sua casa, dopo che un incendio aveva distrutto la città.»

L'immagine era diventata una delle icone più venerate nell'Impero Russo. Nel 1904 era stata trafugata dalla cattedrale di Kazan, per ricomparire fuori dalla Russia dopo la Rivoluzione di Ottobre. Questo è ciò che il tenente sa, di quell'immagine.

Sul retro è riprodotta una preghiera.

Venite a questa festa, folla devota,
Venite e formiamo dei cori;
Facciamo risuonare la Chiesa dei nostri canti
Per onorare la morte dell'Arca di Dio.
Oggi, infatti, il Cielo si apre
Per ricevere Colei che ha partorito
Colui che tutto l'universo non può contenere;
E la terra, che ha dato la fonte di vita,
Si adorna di benedizione e di splendore.
Gli angeli formano un coro insieme agli apostoli,
Contemplando con timore Colei
Che era trasportata dalla vita alla vita.
Veneriamola, tutti, e preghiamola:
O Sovrana, non dimenticare la tua famiglia, noi,
Che celebriamo con fede la tua santissima Dormizione.

Il tenente stringe tra l'indice e il pollice l'immagine, senza decidersi. Vorrebbe strapparla, ma dove potrebbe nascondere i frammenti?

Stringe i denti.
Stritola tra le mani l'immagine.
La strappa.
Ingoia i pezzi di carta.
La carta sporca, toccata da tante mani.
Inghiotte la Madre di Dio, la manda giù, con un rantolo e un singulto. Inghiotte e manda giù aria, facendola diventare saliva, acqua che affoga l'immagine sacrilega, maledetta da Lenin e Stalin. Sua nonna grida, alza le mani al cielo. La sua bocca muta urla preghiere, maledizioni.
Il tenente si rialza, si spolvera i pantaloni dell'uniforme.
Un altro sparo, da fuori, da mille anni lontano, sembra annunciare la partenza di una gara.

Guardo quest'uomo e provo pietà per lui.
Guardo questo relitto di un mondo scomparso, di un'epoca lontana più di Atlantide e dell'Impero Persiano.
«Sei pronto?» gli chiedo.
Annuisce.
«Ti ascolto.»
Il vecchio scuote la testa. Sembra una tartaruga, in quel movimento. Un animale torpido, racchiuso nel sigillo di una prigione sotterranea da cui solo le mie parole hanno saputo farlo uscire.
«Io credo» sussurra.
«Che cosa credi?»
«Credo di aver visto qualcosa che non dovevo vedere.»
«Che *avevi ordine* di non vedere.»
«Ho sentito qualcosa.»
«Nella prigione.»
«Non era una prigione. Era *un posto*... Un posto dove *aspettavano*...»
«Aspettavano *cosa*?»
«La morte.»
Il volto dell'uomo che ho davanti muta continuamente,

dal vecchio al giovane assassino che è stato settant'anni fa, in un mondo completamente diverso da questo, un mondo talmente lontano da riuscire incomprensibile a chi non ci abbia vissuto.

«Dimmi che cosa non dovevi vedere.»

L'uomo chiude gli occhi. Li stringe come se volesse spingerli fino in fondo al suo cranio.

«Lei. Non dovevo vedere lei.»

«Lei *chi*?»

«La ragazza.»

«È stata fatta santa. Lo sai? Era una suora.»

«Fanculo.»

«Avete prodotto più santi voi in quel poligono che il Colosseo al tempo degli antichi romani.»

«*Fanculo!*»

«Cosa si prova, ad aver ucciso una santa?»

«Non l'ho uccisa io! È stato... È stato...»

Il nome non gli torna in mente.

Lo aiuto. «Il sergente Bondarenko. Ma solo per caso. Se tu fossi stato un passo avanti, o indietro, non sarebbe cambiato nulla. È stato un lavoro di squadra. Qualcosa di cui eravate fieri allora e potete continuare a essere fieri. Avete generato schiere di martiri. Avete trasformato persone qualunque in santi. Il Paradiso è più ricco, grazie a voi.»

«Il Paradiso non esiste!»

«Non ne sarei così certo, al posto tuo. Esiste un certo margine d'indeterminatezza in tutte le cose. In fondo anche le vostre teorie economiche e sociali hanno fallito. *Qualsiasi* teoria fallisce, alla prova dei fatti.»

«Noi *non abbiamo fallito!*»

Sorrido.

«Guardati intorno. Dov'è finito, il tuo mondo? Dov'è finito, il *Paradiso dei Lavoratori*?»

Il tenente si alza di scatto dalla poltrona, facendo scricchiolare le ossa del vecchio.

Attraversa lo spazio che ci separa. Si piazza di fronte a me, mi scruta.

«Potrei farti fucilare.»

Faccio segno di no con la testa.

Rimane sbigottito. Mi fissa a bocca aperta.

L'inflessibile esecutore degli ordini del Partito, l'ultimo sopravvissuto dei boia di Butovo, si fonde col vecchio che ha visto cadere il Muro, con l'uomo che si è addormentato come cittadino di una potenza planetaria e si è svegliato suddito di una repubblica del Terzo Mondo. L'orgoglio si confonde con l'umiliazione, con il peso delle infinite code per ritirare un cartone di latte o cento grammi di pane, e con l'umiliazione più grande di vedere le insegne dorate di McDonald's levarsi sulla Piazza Rossa, oscurare il Mausoleo di Lenin.

«Chi sei?» balbetta.

«Continui a sbagliare. La domanda giusta è *chi sei tu*.»

Il vecchio che non è un vecchio e il boia che ha visto il futuro chinano il capo all'unisono, con una sincronia quasi perfetta.

«Eseguo gli ordini» sussurrano, dopo un lungo silenzio.

«Non basta.»

«Che diavolo vuoi da me?»

«*La verità*.»

«Mi è stato detto che era per la liberazione dell'uomo. Per l'affrancamento dell'umanità dalle catene della superstizione e dello sfruttamento.»

«Voglio quello che senti, non quello che ti hanno detto. Voglio sentire la tua voce. Perché hai mangiato l'immagine? Perché non l'hai distrutta e basta?»

Gli occhi del vecchio s'inceppano. Scartano, come un cavallo portato al macello. Rifiutano di farsi ingannare.

«Tu *non vuoi* la verità» ribatte con disprezzo. «Tu la conosci già. O *credi* di conoscerla. Cosa vuoi da me?»

Devo ammettere che è una buona domanda. Un tempo

ho cancellato civiltà intere perché non avevano saputo formulare una domanda così semplice. Sarebbe bastato così poco. Uno straccione che sollevasse la testa dalla polvere a chiedermi: *Che cazzo vuole il tuo dio? Chi lo conosce?*

Perché a quei tempi il dio degli ebrei non era quello degli egizi, o dei romani, uno dei tanti dei che si dividevano le attenzioni degli umani come puttane, elargendo servigi in cambio di preghiere e offerte.

«Voglio capire se vuoi salvarti» rispondo, prima ancora che le mie labbra sappiano cosa sto per dire.

«*Salvarmi?*»

Il vecchio ride. Una risata catarrosa, che si confonde nella sua bocca con quella sarcastica del giovane assassino.

«Salvare *me*? Io che sono passato attraverso tanti di quei cambi di governo da non ricordarmi nemmeno più quanti sono stati? Io che ho seppellito tre comandanti e dodici leader del Partito? Sai come funzionano le cose, qui? Tu fucili la gente, esegui gli ordini, e a un certo punto qualcuno arresta te e i tuoi uomini, ti processano e fucilano *te*. È così che vanno le cose, testa di cazzo. Ma io sono ancora qui.»

Sono ancora qui, ripete come un'eco la voce flebile del vecchio.

«Li ho seppelliti tutti... Tutti...»

La luce che entra attraverso le tende polverose illumina i riquadri più chiari sulle pareti, dove un tempo stavano i dipinti e i diplomi e le medaglie, vendute da tempo in qualche mercatino per turisti occidentali. Posso ancora vederle, queste cose. A tratti, in dissolvenza. È un gioco di prestigio fatto dalla memoria del vecchio, che richiama dall'abisso del passato le immagini, i nomi, le cose.

Impossibile dire quanto tempo è passato, da quando ho messo piede in questa stanza. La luce cambia continuamente: da quella di un pomeriggio estivo a un crepuscolo invernale. Fuori da queste mura, mentre il vecchio ricorda e rievoca, i petali dei ciliegi cadono mille volte, la luna sorge e tramonta, le nuvole affondano nel buio, milioni di persone nascono e muoiono.

L'immagine che mi viene in mente, l'immagine che la mia carne d'uomo mi suggerisce, è quella di un campo di spighe mature. Una mano armata di falce passa su quelle spighe e di tanto in tanto si abbassa, a mieterle.

Non posso più aspettare. Non ho più tempo da perdere.

Mi alzo in piedi.

Il vecchio sgrana gli occhi. Vedo, riflesse nelle sue pupille dilatate, le mie ali spiegarsi, riempire la stanza.

Poso le mani sulle sue spalle. Il mio corpo cambia. Sento i muscoli premere contro la pelle, la temperatura salire. Il fremito delle remiganti, perfettamente inutili, solo decorative. Ma è così che mi vogliono, è così che hanno imparato a immaginarmi. Un tempo ho avuto molte più ali, colorate come quelle di un pappagallo, sedici, e addirittura trentadue, e una corona da re assiro anziché questo cerchietto simbolico d'oro e di luce, una cosa che sembra presa da un romanzo fantasy. Agli occhi di alcuni illuminati sono stato un vortice luminoso, per altri un animale composito, una splendente chimera.

Ammirami, sembrano dire le mie ali spiegate fino al soffitto, la mia veste bianca.

La luce spiana le rughe del vecchio, rincolora gli occhi. La bocca aperta in una *O* di stupore si riempie di bianco.

Poso le mani sulle sue spalle.

Mi chino a sfiorargli la fronte con le labbra.

Sussurro.

«*Non c'è niente di cui pentirsi*» gli dico.

Niente di cui chiedere perdono.

Il mondo è ormai al di là di questo.

Il mondo sta per finire.

Ha gli occhi chiusi.

Passo il pollice sulle due palpebre, dolcemente.

Prima una, poi l'altra.

«*Prima che il mondo finisca devo purificarlo della tua presenza*» mormoro.

Il respiro del vecchio, da affannoso, si è fatto calmo. Non c'è più traccia, dentro di lui, del giovane assassino sicuro di sé. Questo corpo è una rovina, ma più in rovina ancora è la sua anima. Non c'è più nulla che si possa aggiustare, qui. Conosci niente di più triste di un giocattolo rotto? Quest'uomo è un giocattolo di cui Dio si è stancato. E io non sono capace di ripararlo. Posso solo dire: «*Non servi più.*» Devo pulirlo via da questo mondo, spazzarlo da parte per far posto al Tribunale, così come si disinfesta un palazzo dai topi o da altri animali inferiori, prima di ospitarvi una cerimonia.

Poi un lampo di luce mi attraversa la mente.

I dottori dicono che è un sintomo del male che assedia la carne d'uomo che indosso.

Io però non credo sia così. Non credo sia solo questo.

Le mie dita si staccano dalla testa del vecchio.

Vedo le rughe sul suo volto come dune sulla superficie di un deserto. Le macchie scure sulla pelle grinzosa, i lineamenti flaccidi come un sacchetto di carta spiegazzato, un palloncino sgonfio. L'uomo più giovane, il boia del Partito, se n'è andato per sempre. L'acqua degli occhi azzurri sembra quella di un bicchiere in cui cadono le gocce di una medicina. Un'acqua torbida, amara. C'è una preghiera, in quegli occhi. Ma io non sono in grado di esaudirla.

«Dov'è l'immagine?» chiedono le mie labbra.

La mano del vecchio scivola nella tasca interna della vestaglia di velluto che deve avere almeno trent'anni, un indumento sporco e liso in cui il suo corpo affonda. Le dita tremanti tirano fuori qualcosa, la sollevano davanti al mio sguardo.

Dell'immagine vecchia di ottant'anni è rimasto solo un

lembo, grande meno di tre centimetri. Un frammento consumato, che mostra il volto della Vergine.

Le dita del vecchio mi porgono quel frammento reso sottile dal tempo, me lo offrono come un'ostia per la Comunione.

La voce che esce dalle labbra secche e pallide dell'anziano assassino è rauca, tremula.

«La Madre... di Dio... Ma esiste davvero... *Dio*?»

«Perché hai conservato questa immagine? Sapevi di rischiare la morte, tenendola con te.»

L'ombra di un sorriso passa sul suo volto.

«Credo invece che mi abbia... protetto... dalla morte.»

Un gesto stanco del braccio, a indicare la stanza.

«Sono passati tante volte... Di nascosto, ma anche quando c'ero... Hanno perquisito da cima a fondo... Ma *questa* non l'hanno mai trovata. Eppure era sempre lì, posata su quel tavolino... Ma loro non l'hanno mai vista... Come se solo io potessi vederla...»

«Come lo spieghi?»

«Speravo potessi dirmelo tu.»

Gli umani, a volte, mi sorprendono. Non capita spesso. Sono i bambini, di solito. Pozzi senza fondo di verità terribili e meravigliose. Ma in questi ultimi giorni poche cose mi sorprendono.

Questo vecchio è una di quelle.

Mi rendo conto di non aver ancora risposto alla sua domanda.

Perché sei qui? Cosa vuoi da me?

È il momento di farlo. Di rispondergli.

«Ero venuto per fare pulizia. Ma ora sono confuso.»

Il vecchio annuisce.

Raccolgo l'immagine dalle sue dita protese.

Sembra davvero una Comunione.

La carta è fragile, quasi inconsistente. Le parole stampate sul retro appaiono in trasparenza. Solo tre righe della preghiera si sono salvate.

Che tutto l'universo non può contenere;
E la terra, che ha dato la fonte di vita,
Si adorna di benedizione e di splendore.

Penso a una cameriera che entra per fare le pulizie in una camera d'albergo. La trova indicibilmente sporca. Prova un senso di disgusto. In tanti anni non ha mai visto una stanza ridotta così.

Poi però, in mezzo alla polvere, scopre una pietra grezza, un diamante di rara purezza. Un gioielliere, guardandola, sarebbe in grado di coglierne tutte le potenzialità. Vedrebbe le mille sfaccettature che un tagliatore esperto potrebbe ricavarne. Riuscirebbe persino a immaginarne la luce. Ma cosa ne sa una cameriera, di un diamante grezzo?

«Sei *confuso*, dici. Non sai cosa fare, di me? Posso aiutarti *io*» rantola il vecchio.

I nostri sguardi finalmente s'incontrano. Non sono più io che osservo lui, o lui che osserva me. Ci stiamo *guardando*. L'umanità che c'è in me e quella che c'è in lui si confrontano.

«*Uccidimi*» sussurrano le labbra rinsecchite.

Scuoto la testa.

«Non posso.»

Il vecchio sospira, deluso.

«Vattene, allora. Lasciami solo. Se non puoi fare niente per me, lasciami stare.»

«È quello che farò.»

Delirio d'onnipotenza, dicono i medici. *Fantasie a occhi aperti. Confusione tra l'immaginazione e la realtà.*

Ma sembra tutto perfettamente reale.

Vede, mi ha detto l'ultimo che ho consultato, indicandomi le lastre appese alla lavagna luminosa. *È qui che nasce la sensazione che un'esperienza è vera. La mente umana è in grado di compiere miracoli. È capace di simulare perfettamente la realtà. Può riprodurre colori, rumori, odori, costruendo dal niente un'esperienza perfettamente credibile. La realtà virtuale ha sempre fatto parte dell'esperienza umana. Solo che nel suo caso questa brutta cosa che è nel suo cervello preme gli interruttori sbagliati, e lei ha la falsa impressione che il film che vede, il film che il suo cervello le proietta, sia la realtà.*

Eppure è tutto così vero.

Perfetto fino all'ultimo dettaglio.

Ogni minuscola pagliuzza di polvere che brilla in un raggio di sole.

La venatura della radica di quel mobile.

Le rughe sul viso del vecchio.

Potrei descrivere ogni centimetro della sua pelle, ogni dettaglio dei suoi occhi.

Mi volto.

Il mio sguardo percorre la stanza, lentamente, come se volessi imprimermela nella memoria. Da dove mi viene l'idea che se sono in grado di ricordare la realtà un giorno potrò riprodurla, il giorno in cui quella realtà non esisterà più? Da qualche film di fantascienza? Da un libro? Da dove viene quell'idea che si è piantata nel mio cervello come una scheggia luminosa?

«Addio» dico.

Il vecchio non risponde.

Mi volto e non c'è più.

La poltrona è vuota.

La stanza è vuota, come il resto del palazzo.

La polvere danza, mossa dal mio respiro, da ogni mio

gesto. Danza come un fantasma nelle strisce di luce che entrano attraverso le fessure delle imposte sprangate.

Non c'è più nulla, qui.

Solo un minuscolo frammento di carta, sulle assi nude del pavimento. Un frammento appena meno leggero di un granello di polvere, di un filo di luce.

Lo porto alle labbra.

Lo inghiotto.

Non sa di niente.

«*Amen*» pronuncio dentro di me.

15.

Alle mie spalle, mentre scendo le scale, il vecchio condominio collassa, implode come il rifugio antiaereo di Budapest.

Il silenzio sommerge le voci dei fantasmi, la luce si sfianca, l'ombra risucchia le pareti.

Le lampadine sul muro si coprono di polvere, le ragnatele invadono la soglia di appartamenti deserti.

La strada, chiuso il portone alle mie spalle, è un'esplosione di luce.

Oleg scende dall'auto.

«Hai fatto in fretta.»

Non ho bisogno di guardare l'orologio per capire che il tempo si è piegato.

«Non c'era più nessuno.»

Leonid mi apre la portiera della Zil.

Saliamo.

«Dove vuoi andare, adesso?»

«All'aeroporto.»

«Devi già partire?»

«Te l'ho detto.»

La Zil imbocca il Komsomolskij Prospekt per uscire dalla città. Ma io chiedo a Leonid di accostare a destra.

Gli occhi dell'autista cercano i miei nello specchietto retrovisore. Poi quelli di Oleg.

«Puoi passare accanto al monastero di Novodevičij, per favore?» chiedo.

Oleg fa segno di sì col capo.

La grande auto nera svolta a destra.

«Sei deluso?» mi chiede il mio amico.

«Per niente.»

«Il nostro accordo...»

«Vale sempre. Fermati qui, per favore» dico in russo a Leonid.

Lui frena e lascia la limousine in sosta vietata sotto il muro di mattoni rossi del monastero delle Nuove Vergini, poche decine di metri prima dell'ingresso del cimitero monumentale che lo affianca su un lato.

Abbasso il finestrino. Respiro l'aria fresca, che comincia a odorare d'autunno.

Ricordo la mia prima visita a quel cimitero.

Lo sportello delle informazioni era vuoto. Impossibile comprare una mappa. La guardia era un militare dalla pancia sporgente, con uno di quegli enormi cappelli da ufficiale che renderebbero ridicolo chiunque. Gli avevo chiesto dov'era finito l'impiegato e lui aveva fatto un gesto irridente, indicandomi il cimitero come se me l'offrisse, dicendo *it's free*.

Era una calda giornata di maggio.

La tomba di El'cin era un obbrobrio, una fiamma in cemento e mosaico, con i colori della bandiera nazionale russa: rosso, bianco e blu.

Era attorno a quella tomba che si concentravano i visitatori. Un mucchio inverosimilmente alto di corone e mazzi di fiori, non lontano da lì, nascondeva il cumulo di terra della recente sepoltura di un'attrice teatrale famosa negli anni Settanta.

Per trovare la tomba che cercavo avevo dovuto attraversare una macchia di vegetazione incolta, e leggere sulle lapidi i nomi di astronauti, scienziati, militari. Majakovskij era lì. La sua tomba in granito, con la fiera e spavalda testa di bronzo che sembra uscire da una bandiera rossa. Solo il nome e due date sulla lapide: 1893 e 1930.

Mi sentivo emozionato, camminando verso quella tomba. E piansi, quando mi chinai in ginocchio per posare sulla pietra il volumetto squinternato delle sue poesie, consumato a furia di leggerlo. C'erano più parole mie che del poeta, scritte lì dentro, appuntate a penna o a matita nel corso di tanti anni. Era su quelle pagine che avevo imparato a leggere il russo, da autodidatta, ed era per quelle poesie che l'avevo fatto. Per lui e per Bulgakov, anch'egli sepolto lì.

Non so per quanto tempo io sia rimasto in quel posto in silenzio, mentre intorno a me non si muoveva una foglia, e sembrava che fossi l'unica creatura vivente nel cimitero. Toccavo la pietra cercando un contatto con la persona sepolta lì sotto. Non con il corpo che si disfaceva nella terra, ma con la mente che aveva concepito poesie così potenti, così incredibilmente vive anche a distanza di tanti anni dalla sua morte.

Ma non sentivo nulla, se non la mia emozione. Se Majakovskij era vivo, lo era solo dentro di me.

Allora non sapevo chi ero.

Non conoscevo i miei poteri.

Oggi potrei parlare con lui. Evocarlo dalla tomba.

Ma non lo farò.

Ricorderò quel giorno di sole, e come d'improvviso, al culmine della mia tristezza, le campane di Novodevičij cominciarono a suonare una sorta di gigantesco carillon. Fu come se l'aria si riempisse di musica, come se l'azzurro fosse diventato un nido di note gioiose, un coro di richiami che invitavano a Dio.

«Andiamo» faccio a Oleg.

«Se aspettiamo qualche minuto possiamo sentire le campane del monastero.»

Scuoto la testa.
«No. Andiamo.»

Mentre la Zil percorre i grandi viali di Mosca dico in silenzio addio alla città. Saluto gli edifici, le strade, la gente che solleva stupita lo sguardo verso questa reliquia del passato. Sento scorrere il tempo come scorrono le cose fuori dal finestrino, cose che si ritengono immobili, eterne, e invece sono scritte sull'acqua.

Davanti al terminal delle partenze internazionali ci abbracciamo senza dire nulla. Nella forza che Oleg mette nella sua stretta capisco quanto impaurito sia da quello che sta per succedere, che è già attorno a noi, per quanto tutti fingano di ignorarlo. I segnali sono chiaramente visibili: i blindati di guardia all'ingresso dell'aeroporto, i velivoli militari nascosti da teli mimetici in fondo alle piste, la concentrazione quasi meccanica con cui il poliziotto controlla due e poi tre volte i miei documenti prima di farmi segno di passare. Ci sono pochi passeggeri, nel terminal. I loro bagagli vengono ispezionati con scrupolo maniacale. Io col mio zaino passo la dogana con relativa velocità, ma qualcuno perderà sicuramente il suo volo, stasera.

16.

L'Aeroflot per Parigi delle 17.55 è un volo senza scalo. Quattro ore e sarò allo Charles de Gaulle. Il sole è tramontato. Dal mio posto in prima classe accanto al finestrino guardo il traffico sulla pista, i carrelli che vanno e vengono, l'autobotte che rifornisce l'aereo. Un po' di odore di carburante filtra in cabina attraverso l'impianto d'aria condizionata.

Prima di accomiatarsi da me, Oleg mi ha consegnato un pacchetto, confezionato in carta da regalo.

«Non credo che la dogana lo farà passare così» gli ho detto.

Lui ha sorriso. «Scommetto che non avrai problemi. Non tu.»

«Cos'è?»

«È una sorpresa. Aprilo quando me ne sarò andato.»

Ci siamo stretti la mano a lungo. Ha esitato, prima di lasciarmela.

«Così è l'ultima volta che ci vediamo» ha sussurrato, la voce roca. Non sapeva più dove mettere le mani. Le ha infilate nelle tasche del cardigan, come per nasconderle.

«Ehi, ehi. Non sono ancora... be', sai cosa intendo. Di' anche solo che mi vuoi bene e mi fai contento.»

La sua faccia in un attimo si fa brutta. Gli passa sullo schermo degli occhi una pellicola di furbizia.

«*Ti faccio contento*... E *tu*? *Tu*, mi farai contento? Voglio dire... siamo in affari, vero?»

Quella parola, *business*, sulle sue labbra, in quel momento, mi sembra oscena.

Non gli rispondo.

La voce di Oleg diventa un piagnucolio infantile.

Allora allungo l'indice verso la sua guancia.

Raccolgo una lacrima sulla punta del dito.

Mi porto il dito alle labbra.

Il gusto delle lacrime è il sapore più esotico che si possa gustare, a est dell'Eden.

«Sì» sospiro. «Avrai quello che hai chiesto.»

Ho guardato attentamente l'orologio. C'era ancora un po' di tempo prima dell'imbarco, ma ho preferito fargli credere che avevo fretta, e anche lui ha finto di crederci.

Ci siamo lasciati senza darci la mano, senza dirci più nulla.

Ho aperto il pacchetto appena fuori dalla sua vista.

Quando ho notato la copertina del libro non credevo ai miei occhi.

Una prima edizione limitata del poema *150.000.000*.

Stampato a Praga nel 1925, con la copertina disegnata da Mašek e la firma autografa di Majakovskij in alto sul frontespizio, la lunga lettera finale che scende a formare una coda serpentina fin quasi a mezza pagina.

Un libro introvabile.

In quelle condizioni valeva almeno tremila euro.

Per un attimo lo stupore mi ha lasciato letteralmente senza fiato.

Poi mi è scesa dentro la tristezza.

Ho accarezzato la firma del poeta, seguito la linea della calligrafia. Ho pensato che tra me e Majakovskij c'era una distanza minima, quasi un punto di contatto fisico. E al tempo stesso la distanza era infinita. La distanza che separa il mondo dei vivi da quello dei morti.

La tristezza che mi ha preso era la nostalgia per le cose che ho raccolto con fatica nel corso della mia vita. Cose rare, oggetti unici, che dopo di me non avranno più senso, perché era il mio desiderio a dar loro valore, la mia conoscenza a renderli vivi, e unici. Dopo di me saranno solo libri vecchi, vecchie monete, vecchie lettere senza valore, agli occhi dei più.

La prima edizione autografata da Bruce Chatwin di *The Songlines*.

Un biglietto di auguri scritto di proprio pugno da Ezra Pound.

In quel momento, in mezzo a quell'asettico e grigio corridoio di aeroporto, mi sono sentito solo come mai prima in vita mia. Ho provato il dolore e la paura della perdita, il senso di quanto fragile sia il mondo che costruiamo intorno ai nostri desideri.

Ma quello che si è sovrapposto alle immagini di tante cose, alla ridda confusa di oggetti e momenti, quello che più mi ha fatto soffrire è stato un nome di donna.

L'ho pronunciato in silenzio, dentro di me. L'ho rigirato a lungo nei miei pensieri, come un ciottolo levigato dal mare, prima di lanciarlo via, con un gesto teso della mente che ha infranto il muro della tristezza.

Il mio regalo, quello che ho lasciato a questa città, è il libro di Oleg.

Non potevo permettermi di portarlo con me. Mi faceva troppo soffrire. E poi era il regalo più adatto alla tragica grandezza di Mosca, una città in cui non sono mai stato felice, in cui non ho amato nessuno eppure mi sono sentito pieno d'amore e libertà come un aquilone è pieno di vento.

Ho cercato a lungo un punto in cui nascondere il libro.

Non è facile, sotto gli occhi di così tanta gente, d'infinite telecamere.

Alla fine ho fatto la cosa più logica.

L'ho gettato in un cestino della spazzatura. Un gesto rapido. L'ho infilato nello scomparto della carta e mi sono allontanato con la naturalezza di chi butta qualcosa d'inutile e senza valore.

Sono stato tormentato dal rimorso per un po', mentre le scale mobili mi allontanavano e il mio volo veniva chiamato dagli altoparlanti. Ma in fondo, che quel libro stia nella cassaforte di un antiquario o in fondo a un cestino non cambia molto. Il mondo non ci guadagna e non ci rimette nulla. Di quelli che mi camminavano accanto, forse uno su mille sapeva chi fosse Majakovskij.

Meglio così, ho pensato, presentando i documenti al gate d'imbarco. La giovane hostess dell'Aeroflot mi ha sorriso, vedendo il biglietto di prima classe. Ovviamente non mi ha riconosciuto. C'è stato un tempo in cui la mia foto da umano era famosa, in cui la gente mi riconosceva per strada. Ero una di quelle che chiamano archistar. Un architetto di punta, alla moda. I miei progetti erano stati adottati dal gusto medio mondiale, dalle copertine dei *magazine*.

Ora sono ripiombato con gioia nell'anonimato. Sono come quel libro finito in fondo a un cestino tra giornali inutili e dépliant di cose già vecchie il giorno dopo. A volte qualcuno mi riconosce ancora. Ma quasi invariabilmente sbaglia il nome. Sono stato sostituito da altri miti, altrettanto effimeri.

È bello, venire dimenticati. È grandioso poter attraversare una folla come se ti avvolgesse una *Tarnkappe*, il mantello dell'invisibilità. Un tempo, per provare questo piacere, dovevo viaggiare nel Terzo Mondo, in qualche luogo dove non arrivassero riviste e Internet.

Solo la morte non ti dimentica.

Da qualche parte sulla Polonia orientale l'hostess mi chiede se desidero qualcosa. Faccio segno di no con la testa. Chiudo gli occhi. Il sorriso che m'increspa le labbra può voler dire tante cose, è un vuoto che ognuno può liberamente riempire. La giovane hostess bionda può pensare che il mio diniego celi educatamente il rimpianto, e che ciò che vorrei davvero risponderle in realtà sia *sì, vorrei il tuo corpo. Vorrei scoparti qui, adesso. Vorrei sentirmi vivo, dentro di te, con te.*

Undicimila metri d'altezza. Cinquanta gradi sottozero la temperatura esterna.

Questo dice, in sei lingue, lo schermo che ho davanti.

Ho dovuto imparare molte lingue, nella mia vita quaggiù, sulla superficie nera e a tratti screziata di luce che è la Terra. Alcune mi piacevano, altre no. Ho amato il polacco e il cinese, molto meno il tedesco. Non c'è un motivo preciso. Più che le lingue m'interessano le cose che esprimono. Amo la concretezza, amo l'esperienza. Non ho mai visto né conosciuto nazioni, religioni, o razze. Io vedo *persone*. Brutte o belle, odiose o amabili. Interessanti o noiose.

L'airbus A320 Andrej Rublëv segue la sua rotta, tracciando una linea verde sui radar e una linea gialla sullo schermo incassato nel sedile davanti, nel *render* animato che mostra la nostra traiettoria attraverso i cieli d'Europa. Sembra quella di un missile balistico, il cui bersaglio, in fondo e a sinistra dello schermo, è Parigi. Un tempo una linea così avrebbe fatto paura. E non è detto che, presto o tardi, non torni a terrorizzarci.

Più tardi, mentre gli altri passeggeri dormono, mi alzo, come in un sogno. Sono il vampiro di un brutto film.

Raggiungo l'hostess nella cambusa riparata dagli sguardi dei passeggeri grazie a una tenda. Sta ridendo con una sua collega, per uno scherzo appena sussurrato.

Quando mi vede, il suo sguardo si blocca, come quello

di una cerbiatta che coglie il pericolo. Ma poi sorride. Tra lei e la sua amica corre un'occhiata complice. L'altra fa per allontanarsi con una scusa. Io la trattengo, sfiorandole il gomito con l'indice e il medio della destra. Quasi non c'è contatto, ma la ragazza si ferma di colpo. Le mie mani si posano sulle spalle delle due giovani. Non so spiegarmi perché lo faccio, e loro sicuramente non capiscono come riesca a farlo, ma le guido davanti a me come se spingessi due barchette sulla superficie calma di un laghetto, con un minimo sforzo delle dita, e forse non servirebbe nemmeno quello.

Il bagno dell'aereo è minuscolo. Tre persone lo occupano in un modo che sembrerebbe rendere impossibile anche il minimo movimento. Eppure...

L'hostess ha avuto la sua risposta.

Sì, certo che desidero qualcosa. Vorrei il tuo corpo per farti impazzire di piacere. Vorrei scoparti qui, adesso, possederti come nessuno ti ha mai posseduta prima.

È la sua mano a chiudere la serratura della porta.

E la mano dell'altra a slacciarmi la cintura.

Si spogliano.

Le uniformi cadono sul pavimento immacolato.

Nello specchio a parete assomigliamo a una dea Kālī dalle molte braccia. La mia pelle più scura, la pelle chiara delle due ragazze, quella della più giovane è quasi diafana, gli occhi verdi come smeraldi, spalancati e grandi come quelli di una bambina. I capezzoli appuntiti che accarezzo con la lingua, che stuzzico con i denti. Mani che salgono lungo la mia schiena, che apprezzano i miei muscoli. Sento il mio corpo reagire, lo stomaco appiattirsi, farsi duro. Accarezzo a mia volta. Con le dita, le labbra. Assaggio il miele dorato dei loro sessi chiusi, frugo col naso i peli biondi, ricci. Introduco la lingua, le dita, e non distinguo più tra i nostri corpi. Le loro bocche mi cercano, lingue dardeggiano, si trovano, esplorano. Ci stringiamo con forza, come temendo di poter cadere, e quando entro in loro, una dopo l'altra, è un rifugio che cerco, è l'ancorarmi al momento, mentre l'onda del nostro piacere si trasforma in marea, colpo dopo colpo, un contrarsi e ritrarsi e affondare, in un coro di gemiti.

È gloriosa, la pelle. Madida di sudore, liscia e magnifica, i fianchi che si sollevano, i seni premuti sul vetro dello specchio. Stringo i loro capelli di seta, fruscianti, accosto le loro teste. Infilo un dito umido dei loro succhi nella bocca dell'una, e poi dell'altra, come una comunione. Gli occhi si chiudono. Affondo il pene nella donna più giovane, prendendola da dietro, le natiche fresche si aprono e si chiudono, tendendosi verso il mio corpo per farsi penetrare più a fondo. Entro in loro alternandomi dall'una all'altra, e il sospiro e poi il fremito che accompagnano il mio uscire ed entrare si fanno sempre più rapidi, più ansanti, finché accelero il ritmo, aumentando la pressione delle mani sui fianchi, e il mio sesso entra ed esce, entra ed esce. I movimenti dei loro corpi giovani si fanno più intensi, mi avvolgono, impedendomi di uscire. Per non far torto né all'una né all'altra eiaculo fuori da loro, lo sperma che esplode in un geyser, spruzzando le loro schiene lisce e perfette, i corti capelli biondi.

Riflessi nello specchio i loro occhi sono chiusi in un'estasi interiore. Le bocche ansimano, gemono, mentre completo con le dita e le labbra il loro percorso verso il piacere. Quando vengono, quasi all'unisono, sento che il loro orgasmo percorre le fibre dell'aereo, metallo e plastica e vetro.

La gloria perfetta di questo momento mi rende triste, cupo. Mi appoggio su di loro, accarezzo la pelle fresca e tonica. Basta questo contatto per far rialzare subito il mio pene.

Quando scendo dall'aereo non mi guardano negli occhi. Ma il loro sorriso, anche se non rivolto a me, è complice.

Le nostre mani, nascoste dal giubbotto piegato sul mio avambraccio, si sfiorano. Prima l'una. Poi l'altra. Un bigliettino s'infila tra le mie dita. Chino la testa due volte, annuendo impercettibilmente. Poi le due giovani hostess sono alle mie spalle.

Grazie per aver volato con noi.

Il tunnel estensibile m'inghiotte. Assorbe il rumore dei miei passi, la mia tristezza per la brevità di questo incontro.

Alcuni pensano che nella Bibbia siano descritti accoppiamenti tra femmine umane e angeli. Dalle loro unioni sarebbero nati i Nephilim, una razza di giganti. Personalmente non mi fiderei di queste chiacchiere. La Bibbia è piena di sciocchezze. Il fatto è che niente può nascere dal nostro accoppiarci se non piacere, e nostalgia. Mentre ero dentro di loro ho visto il futuro delle due ragazze. Tanti futuri possibili. Ho visto la loro carne perdere tonicità, la pelle avvizzirsi. Amori e tradimenti, alcool, la perdita del lavoro. I figli. Ho visto la tristezza di una camera d'albergo a Tōkyō nell'ora che precede l'alba, quando le luci colorate al neon sfidano il cielo. Ho letto messaggi sullo schermo di cellulari sempre diversi, li ho visti trasformarsi in apparecchi stranissimi, in pietre luminose che parlano, in schermi leggeri e pieghevoli come kleenex. Ho conosciuto momenti la cui intimità mi ha ferito. Ho visto i loro figli, e non erano dei giganti. Erano adolescenti magri, nervosi, persi e confusi nel disordine mondiale seguito all'impatto della cometa Lévinas 35.

La pioggia riga i vetri dei corridoi, trasformati dalla notte in cupi specchi. Il tuono a tratti rimbomba lungo le pareti. Cammino assieme ai pochi passeggeri del mio volo. Grigi e silenziosi, sembriamo anime in viaggio per l'Ade. I messaggi dagli altoparlanti arrivano confusi, spezzati. Paiono pronunciati in una lingua che non conosco.

A tratti incrociamo altre anime vaganti nella notte, in attesa d'imbarcarsi su un volo per destinazioni i cui nomi mi avrebbero incantato, da bambino: Bangkok, Pechino, Manila, Singapore...

Certo che sono stato un bambino.

Non lo siamo tutti?

Bambini d'ogni età, sepolti in corpi che non riconosciamo più, diretti in posti in cui non vogliamo andare. Nessuna delle persone che incontri lungo questi corridoi ha l'aria allegra, o felice. Musi lunghi, pelle ingrigita dalla fatica o dal sonno. Le braccia pendono inerti lungo i fianchi. Le scale mobili e i nastri trasportatori ci smistano come bagagli nel ventre dell'aeroporto, cullati da musiche sommesse o da annunci, entrambi generati da computer. M'imbatto in una famiglia giovane, padre, madre e tre bimbi biondi. Siedono sulle loro valigie, l'aria stremata. L'incrocio è reso velocissimo dai due tapis roulant che scorrono in direzioni opposte. È una sensazione strana, restare immobili e al tempo stesso muoversi. Se combini questo con il movimento della Terra e del sistema solare, e con quello della galassia, se consideri tutte le forze che contribuiscono al tuo essere qui, in questo momento, non puoi non essere preso da una vertigine. La nostra vita è magica, magico ogni momento, ogni movimento è una danza estatica. Potrei aprire le braccia e benedire il mondo, questo liquido e strano e insopportabile mondo in cui viviamo come ospiti invece che come padroni. Potrei santificare questo momento, questo luogo.

Chiudo gli occhi.

Assaporo il gusto dell'attimo: la leggera vertigine dello spostamento passivo, l'odore di disinfettante, il fruscio dei corpi che mi scorrono accanto. Molte volte, in passato, ho gustato così il silenzio dopo una battaglia, lo scorrere di un ruscello in cui mi lavavo dal sangue, il brillare del sole sulle piastre della mia armatura. Vivere è sopravvivere, guardare avanti. Vivere è riconoscere ogni attimo come il posto in cui sei, e la tua ragione per esserci.

I ricordi si sovrappongono a questo momento, ma aggiungendovi spessore anziché toglierlo. Mi riempio della perfezione assoluta di quest'attimo uguale a tanti altri e al tempo stesso unico, l'attimo in cui sono vivo, in cui sono *io*.

Prendo il nastro trasportatore successivo, e m'incammino a passo veloce. Quando incrocio qualcuno che viene nella direzione opposta, quello mi guarda stupito, perché nessuno si muove così, in un terminal d'aeroporto. Sembra quasi che io stia correndo. Immagino che in questo momento, in qualche sala di sorveglianza nascosta agli occhi del pubblico, il mio comportamento venga studiato, analizzato, valutato. A me interessa solo allontanarmi da questo posto, da questi sconosciuti la cui nullità mi offende, mi angoscia.

Un tempo li avrei trasformati in statue di sale.

Ma non siamo più quelli che eravamo un tempo.

O almeno non lo sono io.

La nostra potenza si è diluita.

Siamo diventati vecchi.

Certe cose non sappiamo più farle, o non vogliamo più. A volte, mentre guardo un film con Iron Man, o con qualche altro supereroe, il mio corpo ricorda e sogna. I muscoli si tendono, ritrovando l'impronta dell'antica forza. Ma il mondo è cambiato, e così le sue paure. È su quelle che si fondava il nostro potere.

Alcune cose le so ancora fare, mi vengono ancora facili. Come il trucco di sparire alla vista di tutti. Non alle telecamere, naturalmente, ma allo sguardo di chi dovrebbe visionarne le immagini. A loro, ai guardiani nascosti di questo aeroporto, sembrerò un difetto di ripresa, una spolverata di pixel che attraversa gli schermi e sparisce.

Un tempo la nostra abilità si mostrava nel saperci esibire, nello stupire gli umani con effetti speciali: il roveto ardente, la pioggia di rane, i fulmini a ciel sereno.

Le statue di sale.

Ora la nostra arte è nel nasconderci, nel far sì che la gente al tempo stesso si convinca e dubiti della nostra esistenza. Così i miracoli avvengono ancora, ma in modo che qualcuno possa sempre metterli in discussione, citando ipotesi scientifiche o precedenti storici. Non vogliamo che la gente creda per forza, per delle esibizioni da circo come radere al suolo una città o resuscitare un morto. A parte il fatto che gli umani sono diventati talmente abili con le armi di distruzione di massa che le città sanno distruggerle da soli e non ci vedono più niente di miracoloso, siamo noi a esserci evoluti, ad aver messo da parte certi mezzucci. Un giorno, molto presto, la vostra scienza sarà capace di ridare la vita ai morti. Allora qualcuno dovrà pensare a nuovi miracoli, a nuovi assi nella manica per stupirvi, incantarvi, convertirvi...

Ma convertirvi *a cosa*?

A chi?

Dopo la morte di Dio siamo diventati *rōnin*: samurai senza padrone.

Esco dal terminal come una folata di vento.

Mi disperdo nel cielo, nella pioggia.

Con un battito d'ali sdegnoso punto verso la città, ragnatela di luce in fondo all'orizzonte.

17.

Mi sveglio sul sedile posteriore di un taxi, lungo un'autostrada nella luce livida del mattino. I fari rossi e arancione delle auto, i lampioni e le insegne sui bordi della strada si riflettono deformati nelle gocce che rigano il finestrino.

«*Comment ça va, monsieur?*»

«*Je vais bien. Où sommes-nous?*»

«*On est presque à Paris. Mais vous vous sentez bien?*»

«*Oui. Pas de problème.*»

«*Eh bien donc.*»

L'autista non sembra del tutto convinto, ma i suoi occhi lasciano lo specchietto retrovisore per concentrarsi sulla strada. A quest'ora del mattino il traffico è scorrevole, veloce. Non ho memoria di come sono salito su questa berlina Peugeot con i sedili che sanno di nuovo. Né ho idea di dove siamo diretti. A volte mi capitano dei momenti così, in cui mi sveglio in un posto diverso da quello in cui mi sono addormentato.

Cerco di riconoscere il quartiere che stiamo attraversando, ma non ho punti di riferimento. Per qualche motivo non riesco a leggere i cartelli stradali. Sono come tavoli da biliardo verdi su cui dei segni bianchi appaiono e scompaiono troppo velocemente nella pioggia perché riesca a capire cosa dicono.

Qualcuno, credo un poeta elisabettiano, ha detto che siamo le palle da tennis degli dei.

È esattamente così che mi sento.

Controllo le tasche. Il passaporto c'è, e così il portafogli. Lo apro. Tutto a posto, a parte il fatto che l'unica cartamoneta che contiene è russa e indubbiamente fuori corso. Il volto austero dello zar Nicola II mi fissa da banconote così grandi che sono state piegate in quattro perché stessero dentro il portafoglio. Per fortuna le carte di credito ci sono tutte, e non mi sembrano strane, o diverse, anche se non riesco a leggere cosa c'è scritto.

Quando appaiono in distanza le guglie della basilica di Saint-Denis capisco finalmente dove ci troviamo. Anche se ancora non ho idea di dove siamo diretti. Immagino di aver dato al tassista un indirizzo, ma non so quale. E non riesco a leggere nemmeno una lettera delle targhe stradali sui muri. Non posso far altro che aspettare, mentre l'auto percorre veloce la strada con un fruscio di gomme sull'acqua, un suono ipnotico che quasi mi fa riaddormentare.

Sono brutti, i quartieri che attraversiamo da nord a sud. Sobborghi multietnici, con palazzi degradati e un sacco di gente che si muove apparentemente senza meta. Una folla colorata come le vetrine dei negozi che scorrono al finestrino. Si riparano dalla pioggia con fogli di plastica o giornali. Non riesco a leggere nemmeno un'insegna, ma i colori della merce in vendita sono fantastici, un allegro arcobaleno.

Il tassista fa un commento che non colgo. Un brontolio a labbra chiuse, gonfio di disprezzo. Purtroppo non capisco quello che dice. Nemmeno una parola. Come se tutto il francese che conosco fosse scivolato via, o se l'uomo parlasse una lingua completamente sconosciuta.

A un certo punto, nel suo sproloquio lento e mezzo masticato tra i denti mi sembra di cogliere la domanda: *le piace?*

Gli rispondo di sì, che mi piace. Qualunque cosa sia, quella che mi piace. E ammesso che sia quella, la domanda.

I suoi occhi nello specchietto cambiano di colpo. Sembrano gli occhi di un cinghiale. Arrossati, furiosi.

«Così le piace?» mi chiede. «E a casa sua, le piacerebbe? Le piacerebbe tutto questo casino nel quartiere dove sono cresciuti i suoi vecchi, dove è stato bambino? Le piace la merda e il disordine e il casino che fanno, queste scimmie?»

Il suo francese incespica, tracce d'accento slavo salgono a galla come chiazze di petrolio.

Lo fisso senza capire. Senza rispondere. Ma il mio silenzio non gli piace lo stesso, o forse non gli piace la mia espressione, perché inchioda di colpo, facendomi sobbalzare in avanti. Come un fulmine si slaccia la cintura di sicurezza, scende e spalanca la mia portiera.

«*Descends vite, vite, merde italienne!*»

«Che cosa...»

«*Sors de ma voiture!*»

Quando vede che non mi muovo, mi afferra per il bavero del giubbino e mi trascina di peso fuori dal taxi. La gente si ferma a guardare e l'uomo, congestionato in viso, urla di farsi i cazzi loro, di andarsene, *musi neri del cazzo*, che non sono affari loro. Ogni volta che urla spruzza saliva. Per un attimo temo stia per venirgli una sincope. Ma la sua presa sul mio bavero è forte. Mi sposta sul marciapiede come se fossi un bambolotto. Mi appoggia al muro. Corre verso l'auto e tira fuori il mio zaino. Forse vorrebbe scagliarmelo contro, ma poi lo butta ai miei piedi. Fa due passi indietro e poi sputa. Manca il bersaglio dello zaino, ma non di molto. Fa un ultimo gesto mostrandomi il medio e poi se ne va imprecando, scostando in malo modo un vecchio africano che indossa una djellaba e un fez. Sale sulla sua auto e riparte sgommando.

Io resto lì, appoggiato a un muro scrostato. Vuoto come

una lavagna vuota, su cui la pioggia traccia segni che non capisco, il pentagramma triste dell'assenza.

Di colpo sento la terra mancarmi sotto i piedi.

Affondo in un vuoto scuro.

Non dovrei essere così stanco.

Non dovrei cadere come un sacco, schiantandomi sul marciapiede sporco.

Non dovrei chiudere gli occhi per non soffrire le punture minute delle gocce di pioggia che cadono fredde dall'alto.

Passi che si avvicinano.

Voci.

Una mano che mi solleva la testa, mentre un'altra mi accarezza la schiena.

La pioggia è un rumore, un fruscio, una coperta che mi avvolge.

«*M'sieur*...»

Apro gli occhi.

Il volto del vecchio africano è rugoso come la pelle di una tartaruga. Gli occhi venati di rosso, da alcolizzato.

Eppure il suo sguardo esprime saggezza. Saggezza e una tristezza infinita.

Le sue mani mi tastano la nuca.

Mi chiede quante dita vedo.

Due, rispondo.

Il vecchio sorride.

Qualcun altro lo aiuta a sollevarmi. Riesco a reggermi in piedi, appoggiandomi al cofano sporco di un'auto.

Mi chiedono se va tutto bene, se devono chiamare un'ambulanza. Un ragazzo alto e magro, con un giaccone militare, mi parla in italiano.

«Tutto bene? Sì? Come stai?»

E intanto le sue mani si muovono sul mio giubbino, lo spazzolano dalla sporcizia della strada.

«Quel matto! Non si fa così! Gente matta. Razzisti.»

Il suo italiano è elementare. L'inflessione francese è forte.

«Mi chiamo Jean-Marie. Come Le Pen. Ma non sono come lui. Tu come ti chiami, amico?»

Gli dico il mio nome.

«*Ah bon. Gabriel.* Cosa gli avevi fatto a quel fascista, Gabriel?»

«Niente.»

Niente, ripete tra sé e sé il ragazzo, sottovoce. Hai i capelli ricci, scuriti dalla pioggia, e gli occhi più buoni che io abbia mai visto.

«Sicuro che stai bene? Non vuoi bere qualcosa? Acqua, un caffè?»

Annuisco, meccanicamente. Ma poi dico: «Non ho soldi.»

«Non hai soldi? Niente soldi? Amico, ma allora come pensavi di pagare il tassista? Questo sì che lo faceva incazzare...»

Mi squadra da capo a piedi.

«Sei vestito bene. Hai un bell'orologio. Sicuro che non hai soldi?»

Faccio per infilarmi la mano nella tasca del giubbino.

Lui mi ferma bruscamente.

«Sei matto? Non tirare fuori niente, qui. Vieni, dai, offro io.»

Il bistrot puzza di disinfettante e di fogna. Un odore che sembra trasudare dai vecchi arredi del locale avvolto nella penombra. Dietro il bancone di zinco c'è una megera che potrebbe avere sessanta come novant'anni. Per i sessanta testimonierebbero i capelli neri, con sospetti riflessi blu notte; per i novanta la pelle grinzosa come quella di un'iguana.

E con quel rettile la donna condivide la freddezza dello sguardo.

Ci sediamo a un tavolo d'angolo.

Il ragazzo batte le mani sul piano metallico del tavolino, come se suonasse un tamburo.

«Cosa bevi? Un caffè?»

«Un bicchiere d'acqua.» La mia voce è strana. Bassa, flebile. Corrisponde a come mi sento, svuotato d'ogni energia.

Il ragazzo si alza e va a ordinare al banco.

Il tavolino rotondo è lurido. Incrostazioni di zucchero sul bordo, segni di bicchieri. Dà l'impressione di non essere stato pulito dai tempi della guerra d'Algeria.

Ci sono foto appese alle pareti. Vecchie foto in bianco e nero.

Jean-Marie torna al tavolo, con due bicchieri in mano. La mia acqua e un liquore verde. Intercetta il mio sguardo.

«Belle, vero? Sono di un vecchio locale di Parigi, L'Enfer.»

Bevo, senza guardare il bicchiere. L'acqua sa di cloro.

Il ragazzo sorseggia il suo liquore.

«Sei strano, tu. Sicuro di essere italiano? Perché non sembri italiano.»

«E cosa sembro, allora?»

Alza le spalle. «Non saprei. Qualcos'altro. Cosa ci fai a Parigi, Gabriel?»

Scuoto la testa.

«Non lo so.»

Guardo le foto appese alla parete scura. Una rappresenta la facciata di una casa, decorata con stucchi che trasformano l'ingresso nella bocca spalancata di un diavolo dagli occhi rabbiosi. In un'altra, un gruppo di clienti è seduto sotto la scritta L'ENFER. Fissano l'obiettivo con uno sguardo attonito, passivo. L'unico personaggio che sembra vivo è un cameriere truccato da diavolo. Gli altri avventori del locale hanno davvero l'aspetto di anime perse nelle nebbie verdi dell'assenzio.

«Dove si trova, quel posto?» chiedo a Jean-Marie.

«Quello? Non esiste più da un sacco di tempo.»

Bevo un altro sorso d'acqua.

Il ragazzo mi fissa.

«Bevi sempre così? *C'est marrant.*»

«Perché?»

«Come ti porti il bicchiere alle labbra. Come se fosse qualcosa di prezioso. E poi bevi piano. Quasi goccia per goccia.»

Potrei rispondergli che l'acqua è preziosa.

Anzi, la cosa più preziosa della Terra.

Potrei anche dirgli, più banalmente, che bevo così da quando ho visto uno scrittore italiano fare la stessa cosa che ora per me è diventata un'abitudine: sorbire un bicchiere d'acqua come se fosse il bene più buono e più sacro che esista. Lo scrittore viveva in Tunisia, quindi era normale che la sua percezione del valore dell'acqua fosse diversa, speciale. Ma quel gesto mi aveva lavorato dentro.

«Insomma non vuoi dirmi perché sei qui.»

«Non è che *non voglio* dirtelo. Proprio non lo so.»

«Sai dove sei finito, almeno? Dove ti ha mollato, il tuo fascistaxi?»

Fascistaxi, ripeto dentro di me, accarezzando la parola. Una parola nuova è come una farfalla.

«Sei a Saint-Denis, amico mio. Sei nel cuore dell'Africa Nera.»

Saint-Denis.

Sono già stato qui.

Con Anne.

Il nome lo ricordo.

Tutto il resto è vago: il suo volto, il suo corpo. Quasi non riuscissi a metterla a fuoco. Come mi succede per ogni volto di donna. Anche le due hostess sull'aereo non hanno già più un volto, nella mia memoria. Come se fossero state solo un sogno che non ricordi più al mattino.

Ricordo invece bene la basilica: le tombe profanate, le

lapidi rovesciate, i volti di marmo distrutti a colpi di piccone. L'erba cresceva fra le crepe del pavimento. Gli uccelli avevano fatto il nido in alto, nell'ombra delle colonne gotiche. I loro richiami allegri producevano un'eco nell'immenso spazio vuoto della navata.

Ricordo il cielo d'estate al posto del soffitto e il modo in cui una nuvola bianca lo percorreva, lenta come una barca su un fiume placido, attraversando la distanza azzurra tra muro e muro. Una lucertola aveva messo fuori il capo da un sarcofago, la lingua biforcuta. Ci aveva fissato con i suoi occhi freddi.

«La basilica è qui vicino?» chiedo al ragazzo.

«La basilica? Sì.»

«Vorrei andarci.»

«A far cosa?»

«Anche solo per stare in mezzo alla navata e vedere la pioggia che cade sulle tombe.»

Jean-Marie mi guarda come se fossi impazzito.

«La *pioggia*? *In mezzo alla navata*?»

«Sì.»

«Guarda che hai sbagliato chiesa.»

«No. Sono sicuro. Non c'è il tetto, a Saint-Denis. È questo che la rende così particolare.»

Il ragazzo scuote il capo.

«Se vuoi ci andiamo, ma resterai deluso. Il tetto c'è, te l'assicuro. Era stato tolto dopo la Rivoluzione, quando le tombe dei re di Francia vennero profanate. Buttarono le ossa in pasto ai cani. Distrussero le loro statue. E anche il tetto. Era rivestito di piombo. I rivoluzionari lo usarono per farci migliaia di pallottole. Ma poi Napoleone lo fece restaurare. Mi pare almeno che sia stato lui.»

Manda giù d'un fiato quello che resta del suo liquore.

Si alza.

«Vuoi provare anche tu?»

«Cos'è?»

«Assenzio. Ma non quella roba fasulla che propinano ai turisti. Questo è l'assenzio vero. È proibito, ma qui lo servono, a chi sa come chiedere.»

«No, grazie.»

«Non vuoi provare la *fata verde*? Va bene: come vuoi. Un altro giro d'acqua, allora?»

«Sono a posto così.»

Mi guardo intorno. Non c'è nessun altro, nel locale. La polvere copre i tavolini, e le vetrine sono quasi opache per la sporcizia.

Jean-Marie torna a sedersi. La barista non si vede più, è sparita da qualche parte dietro il bancone. Mi ricorda qualcuno, quella donna. Un altro bar, in un'altra città. Molto tempo fa.

«Allora, amico mio, dove vuoi che ti porti? Alla tua ambasciata? In ospedale?»

«No. Sto bene. Devo solo ricordarmi in che albergo ho prenotato.»

«E cosa ci fai a Parigi.»

«Già.»

Rimaniamo in silenzio per un po'.

Guardo il giubbotto militare del ragazzo.

Indico la piccola bandiera rossa, gialla e nera sulla spalla sinistra.

«Sei tedesco?»

«Alsaziano.»

«Mezzo tedesco, insomma.»

«Forse anche più che mezzo. Ma in questo momento siamo tutti europei, no?»

«Sei stato gentile, a occuparti di me. Vorrei sdebitarmi. Ma non ho contante. Però ho ancora le carte di credito.»

«E vuoi pagare Margot con l'American Express? Lascia stare. Un bicchiere d'acqua non mi manderà in rovina.»

«Ma c'è anche il tempo che mi stai dedicando...»

Alza le spalle.

«Tanto non avevo altro da fare.»

«Non lavori? Studi?»

«Né questo né quello. Diciamo che al momento sono impegnato in una ricerca.»

«Una ricerca scientifica?»

«No, no. Una ricerca nel senso di una *quête*. Sai, tipo la ricerca del Graal.»

L'espressione del mio volto lo fa sorridere.

«Tranquillo, non sono uno di quei matti. Niente Graal o arche perdute. Sto cercando una persona. Ed è una persona reale. Solo che è maledettamente difficile da trovare.»

«È una donna?»

«No, un uomo. Ma non pensare male. E non ti dico chi è, sennò mi prendi per pazzo.»

«Pensavo fossimo d'accordo che il pazzo sono io.»

«C'è pazzia e pazzia.»

Il ragazzo tiene il bicchiere tra le mani a coppa. Il liquido verde nasconde barbagli di luce, riflessi cangianti. Anche gli occhi azzurri di Jean-Marie sono pieni di qualcosa che non riesco a definire. Un'espressione piena, vibrante.

«Chi sarebbe, quest'uomo?» gli chiedo.

«Un cantante famoso. Cioè, lo è stato, prima di rovinare tutto. Ha ucciso, è finito in galera. Uscito di là forse ha ucciso ancora.»

«E tu lo cerchi?»

«Sì.»

«Vive in questo quartiere?»

La mano del ragazzo si solleva in un gesto impaziente.

«Credo di sì. Non ne sono sicuro, ma ci sono voci, voci attendibili, secondo cui vive qui.»

«Ma tu non l'hai mai visto.»

Alza le spalle. Alla fine risponde in tono duro.

«A volte non serve vedere qualcosa, per sapere che c'è.»

«Vero. Ora che me lo fai venire in mente, un mio amico fotografo doveva fare un servizio per il National Geographic. Doveva immortalare un leopardo delle nevi, un animale che raramente era stato fotografato prima, e mai in modo decente. Si potrebbe vincere il Pulitzer, con una buona foto di quel leopardo. Così il mio amico si apposta in mezzo ai cespugli, in un luogo dove uno di quegli animali era stato avvistato un paio di volte. Rimane lì per mesi, riducendosi come un selvaggio. Come uno di quei santoni indiani, sai? Spesso non si ricorda nemmeno di mangiare. Trascura di lavarsi. Tutto il suo essere è focalizzato su quell'ossessione di fotografare l'animale. Ma il leopardo non si vede. Finché arriva l'ultimo giorno. Il mio amico deve partire. Smonta la tenda dove ha vissuto per quattro mesi, impacchetta le sue cose, la sua attrezzatura fotografica. Quando ha finito, come ultima cosa scende al ruscello per riempire la borraccia. Quando alza gli occhi, il leopardo è lì, a due metri scarsi da lui. Si fissano negli occhi. A lungo. Poi l'animale volta la schiena e in un attimo sparisce nella boscaglia.»

«Che c'entra con me, questa storia?» domanda il ragazzo.

Sorrido.

«C'è solo la parola del mio amico per dire che ha davvero incontrato quel leopardo. La sua parola e nient'altro. Una foto avrebbe cambiato tutto, ma avrebbe reso l'incontro più vero?»

«Sembra una cosa piuttosto zen.»

«Può darsi.»

Jean-Marie scuote la testa.

«Non so se lo zen fa per me.»

Poi un sorriso gli illumina il volto. Abbassa la voce a un sussurro confidenziale.

«Sono quasi sicuro di averlo visto. Due giorni fa. So che abita in questo quartiere, capisci? Questo lo so per certo. Ma non so dove, di preciso. Ho chiesto in giro, ho pagato gente perché mi riferisse se lo vedevano, ma sinora l'unico momento in cui sono *quasi* sicuro di averlo visto è stato mentre attraversava quella strada laggiù. Vedi l'incrocio? Era proprio lì. Stava aspettando sotto il semaforo. Io ho fatto una corsa, ma un autobus si è messo di mezzo e quando sono arrivato lì lui non c'era più. Non si vedeva da nessuna parte.»

«Chi è?»

Il ragazzo ignora la domanda. Sembra perso in un sogno.

«Era uguale a come lo vedi nelle foto, o nei video. Uguale, ti dico. Anni di prigione e non è cambiato per niente. Qualcuno potrebbe dire che ha stretto un patto col diavolo.»

«Ma non tu.»

«No. Io no. Io penso che se qualcuno l'ha salvato, se qualcuno l'ha protetto, è un angelo, non un diavolo. Quell'uomo è un mito.»

Infila una mano nella tasca interna del giubbotto.

Tira fuori un ritaglio di giornale. Una pagina spiegazzata, che sembra essere rimasta in quella tasca per anni.

Apre il ritaglio. È l'articolo di un rotocalco francese a colori. La foto più grande è di una splendida donna tra i venti e i trent'anni. Le altre, più sgranate, mostrano una stanza d'albergo a soqquadro, con macchie di sangue che chiazzano le pareti e il letto dalle lenzuola aggrovigliate. E poi un uomo ammanettato, i pugni rivolti in alto, il volto contorto in una smorfia che lo fa sembrare un animale feroce. Tre poliziotti lo infilano in un'auto con la sirena sul tettuccio. Lo spingono dentro a forza di pugni.

«È lui?»

Annuisce.

«Ha ucciso quella donna?»

«L'ha massacrata a pugni e calci.»

«È molto bella.»

«Era anche lei una cantante. E sì, era molto bella.»

«Perché l'ha uccisa?»

Il ragazzo scrolla le spalle. «Non lo so. Non l'ha mai confessato.»

Riprende il foglio. Lo ripiega, con un sospiro.

Lo fisso, tentando di capire.

«Perché lo cerchi? Vuoi vendicarti? Conoscevi la donna?»

«Vendicarmi? No! Voglio incontrarlo solo per stringergli la mano e dirgli che lo considero un grande. Quell'uomo mi ha illuminato il mondo.»

Nella mia lunga esperienza sulla Terra ho incontrato spesso l'amore per gli assassini. Ma il più delle volte era una fascinazione morbosa, un'attrazione oscura verso il pericolo, la morte. Qui credo di trovarmi davanti a qualcosa di diverso.

A una forma d'amore.

«Non pensi che potrebbe essere infastidito dal fatto che lo cerchi? Se vive in questo quartiere forse non vuol essere trovato.»

«Ma io voglio solo incontrarlo per un attimo. Un attimo solo, ti dico.»

Sembra sincero. Ma forse anche Mark David Chapman amava John Lennon, mentre gli scaricava addosso quattro colpi di pistola. L'amore è strano.

Beviamo tranquilli. Ho visto vecchi alcolizzati bere così, senza parlare. Svuotando un bicchiere dietro l'altro, senza mai alzare gli occhi sull'uomo davanti a sé. Chiusi nei loro mondi paralleli, dalle pareti spesse e verdi come il vetro di una bottiglia. Mondi freddi e oscuri, buio che sgocciola.

«Immagino che prima o poi lo incontrerai.»

«Grazie. Mi fa star bene, quello che dici.»

«Ma cosa ha fatto di così grandioso?»

«Se mi fai questa domanda vuol dire che non l'hai mai ascoltato.»

«Infatti.»

«Oh, ma accidenti. Dovevi dirmelo.»

Da una delle infinite tasche che sembra avere il suo

giaccone tira fuori un iPod e un paio di cuffie. Del tipo tradizionale, non di quelle da infilare nelle orecchie.

Me le appoggio in testa. Poi seleziona una traccia sul lettore.

La musica comincia, con un giro di chitarra lento, estremamente ricco.

E poi arrivano le parole.

Quando la canzone è finita muoio dalla voglia di accendermi una sigaretta.

Ho questa voglia improvvisa di fumare, venuta dal nulla.

«Hai una cicca?» faccio a Jean-Marie.

«Come? Ah, sì. Certo.»

Mi allunga un pacchetto stropicciato di Camel. Batte con l'indice fino a far sbucare fuori il filtro di una sigaretta.

«Per caso hai anche da accendere?»

«Ma da dove vieni, tu? Non si può mica fumare, in un locale pubblico. Neanche in un cesso come questo.»

Mentre lo dice, però, tira fuori di tasca un accendino economico, di plastica. Fissa la sigaretta che ho in bocca come se fosse una visione assurda.

«Cosa mi dici della sua musica, allora? Ti è piaciuta?»

Avvicina la fiamma dell'accendino alla sigaretta.

«Sì» gli rispondo.

La prima boccata è troppo secca, dolciastra. La seconda è una specie di *madeleine* proustiana fatta di fumo. Rivedo questo caffè, o un caffè che gli assomiglia, e una ragazza con un cappotto lungo fino ai piedi e un baschetto sbarazzino sulle ventitré. La ragazza allunga una mano guantata, la appoggia sulla mia. La manica che copre il mio braccio è quella di una divisa grigioverde.

La musica nell'aria fumosa del locale è strana, gracchiante.

Viene da un giradischi invisibile a cui bisognerebbe

cambiare la puntina. E anche il vecchio settantotto giri ha più graffi che microsolchi.

Joséphine Baker canta *J'ai deux amours*.

I bombardieri americani passano su Parigi, facendo tremare le pareti del locale, vibrare i calici sugli scaffali.

Le voir un jour.
C'est mon rêve joli.
J'ai deux amours,
Mon pays et Paris...

Espello il fumo dai polmoni.

La visione passa.

Il bar è di nuovo quello in cui mi sono seduto, e davanti a me c'è questo ragazzo alsaziano dagli occhi che si riempiono di una strana febbre quando parla del mito a cui sta dando la caccia.

La voce stridula della barista mi urla se sono matto. Si batte un dito contro la tempia, gridando e muovendo la testa di qua e di là come un pupazzo a molla.

«Andiamo» fa il ragazzo, tirandomi per la manica. Mi prende la sigaretta di bocca e la schiaccia sul piattino in cui ha lasciato quattro monete da due euro.

Usciamo dal locale. La porta, sbattendo, smorza le urla della barista.

«Come si chiama, quel pezzo?» chiedo, la musica che ancora mi riempie la testa.

Il ragazzo sembra nervoso. Cammina svelto, guardandosi spesso alle spalle.

«*L'inconnu*. L'ha composta quando è uscito di galera. Non esiste un disco regolare, di questa canzone. L'ha messa sul web per poche ore, a Natale dell'anno scorso, e poi l'ha tolta. Ma in parecchi l'hanno scaricata, e poi l'hanno postata a loro volta su Internet. È diventata virale. Davvero non l'avevi mai sentita?»

«La musica francese si ascolta poco, dalle mie parti.»

«Ah, ma questa non è solo *musica francese*! Questa è politica, è filosofia, è arte. È un linguaggio universale, che si diffonde proprio come un virus. Diceva Laurie Anderson che...»

«... *Language is a Virus*. Non l'ha detto Laurie Anderson. È una citazione da Burroughs: *Language is a Virus from Outer Space*.»

«Ma la canzone ti è piaciuta?»

«È straordinaria. È incredibile che l'abbia composta un assassino.»

«Come François Villon. Cos'ha a che fare la genialità con la fedina penale?»

«Niente, a quanto pare. Si trova in commercio, la sua musica? È incredibile che non l'abbia mai sentita prima.»

Jean-Marie scuote il capo. «La casa discografica ha distrutto le matrici dei suoi dischi. Trovi ancora vinili e cd su eBay, ma a prezzi folli. Se vuoi gli originali, ovviamente. Sennò ti scarichi i Torrent e non paghi niente. E poi ci sono le leggende...»

«Leggende?»

«Due giorni dopo che era uscito dal carcere, la sua casa bruciò, con tutto il suo archivio d'incisioni e di nastri originali. La sua biblioteca, i quaderni rossi su cui scriveva i testi delle sue canzoni. Chi l'ha conosciuto dice che aveva almeno un centinaio di canzoni inedite, mai registrate e nemmeno mai suonate dal vivo. Un autentico tesoro. E poi immagina quello che deve aver composto in carcere, con tutto quel tempo a disposizione. E dall'anno scorso, da quando è uscito di galera, chissà quante altre ne ha scritte...»

«Sei un musicista anche tu?»

«No. Solo un fan. Sai, c'è chi dice che l'incendio sia stato solo una messinscena. Che la musica non sia andata persa. Che l'abbia ancora con sé.»

«Per questo lo cerchi?»

Il ragazzo mi fissa con occhi indignati.

«Vuoi scherzare? Lo cerco solo per dirgli quanto è stato importante per me. Quanto *è ancora* importante. Da lui non voglio niente!»

Passo le dita nell'aria, cogliendo la corrente leggera dei suoi pensieri.

È sincero. Ha l'anima pulita come quella di un bambino.

Allungo la mano a toccargli la spalla.

Una bottiglia esplode sul muro, due metri a destra, all'altezza della mia testa.

Mi volto di scatto.

La barista sta sulla porta del suo locale. Impugna un'altra bottiglia, e un'altra è ai suoi piedi.

Mentre la guardo solleva e sposta indietro il braccio, con la lentezza minacciosa di una catapulta medievale.

«*Scappa!*» urla il ragazzo.

Scappiamo. La barista grida come un'ossessa.

«Ma perché ce l'ha con noi?»

«Perché non abbiamo pagato le consumazioni» risponde.

«Ma ti ho visto lasciare i soldi.»

«Li ho ripresi. Dai, corri!»

Un'altra bottiglia s'infrange alle nostre spalle.

«*CORRI!*»

Ridiamo, mentre attraversiamo la strada fra i colpi di clacson e le frenate. Il semaforo è rosso. La gente fuori dai negozi ci guarda con indifferenza.

Raggiungiamo il lato opposto di Rue Gabriel Péri e ci fermiamo a riprendere fiato.

Mi accorgo che Jean-Marie mi guarda in modo strano.

Ma non è me che guarda.

I suoi occhi fissano un punto alle mie spalle.

La stanchezza, la fretta della corsa, hanno allentato il mio autocontrollo.

Ecco cos'è, mi dico.
Riesce a vedere le ali.
Tra un po' punterà il dito e griderà.
Ma il ragazzo non sta fissando me. Il suo sguardo è rivolto più in là.
Alza il braccio, indicando qualcosa.
«È lui...»
Mi volto, lentamente.
È lì, a una decina di metri da noi.
Sembra anche lui un ragazzo, il cantante. Il collo del giubbino di pelle è rialzato, i capelli sono più grigi che nelle foto, ma lo riconosco subito.
È appena uscito da un minimarket.
Regge in mano un sacchetto di carta.
Uscendo dalla porta del negozio solleva leggermente il naso, come a fiutare il vento.
È lui..., ripete Jean-Marie.
Il musicista ha il passo elastico, veloce.
Camminando, infila la mano nel sacchetto, spezza una crosta di pane e se la mette in bocca.
Jean-Marie mi guarda. Ha gli occhi enormi dallo stupore.
«E adesso...?» balbetta.
«Adesso lo seguiamo, no? Hai trovato il tuo leopardo delle nevi. Non fartelo scappare.»
«Ma tu vieni con me?»
«Certo.»
Scuote la testa. Sembra rimpicciolire nelle spalle del giaccone.
«Non so...»
«Sì che lo sai. Andiamo.»
Non piove più. Un raggio di sole fora le nubi, illuminando le torri della cattedrale verso cui ci stiamo dirigendo. Il cantante è una ventina di passi avanti a noi. Cammina in fretta. Si è infilato un paio di occhiali da sole e tiene la testa bassa. Immagino non sia facile rendersi invisibili,

quando la tua immagine è apparsa per anni alla televisione e sui giornali. Ma lui sembra riuscirci. Si confonde nella folla multietnica, nel colorato caleidoscopio di abiti tribali e vestiti occidentali da poco, come il suo giubbino.

Acceleriamo il passo per non perderlo di vista.

A un certo punto si volta, guardando nella nostra direzione. Poi torna a muoversi verso l'impressionante cattedrale in fondo alla piazza.

«Pensi che ci abbia visti?» fa Jean-Marie, ansioso.

«Non lo so.»

Pochi passi sul marciapiede sempre più affollato e vediamo che l'uomo scende la rampa di una stazione della metropolitana.

«Andiamo» faccio, vedendo Jean-Marie indeciso.

La musica di un sax lontano riverbera sulle piastrelle bianche del lungo corridoio. Un brano di Miles Davis. Note lunghe e profonde che evocano il sole di Spagna risuonano in quello spazio sotterraneo.

La frenata di un treno in arrivo copre la musica.

«Corri» grido.

Il cantante inserisce il biglietto nel tornello e passa oltre.

«Non c'è tempo» faccio, vedendo che Jean-Marie si fruga le tasche in cerca di moneta.

Saltiamo il tornello, sotto lo sguardo indignato di una matrona africana con tre bambini.

Vediamo il cantante salire su una carrozza della M13, *«diréction Châtillon Montrouge»*, leggo sul tabellone luminoso.

Saliamo sulla carrozza dopo.

«Pazzesco» sussurra Jean-Marie.

Lo ripete più volte, come un mantra.

Attraverso i vetri vediamo il cantante nell'altro vagone. Ci sono un sacco di posti a sedere ma lui rimane in piedi, come noi. Non si tiene a nessun appiglio. Sta in equilibrio, spostandosi leggermente per compensare il movimento contrario del treno, con la perizia di un marinaio che si regge dritto sul ponte di una nave in un mare in tempesta.

Riesco a trovare un angolo dal quale è possibile tenere d'occhio la nostra preda senza farci vedere.

Jean-Marie sembra in trance.

«Ti rendi conto? L'ho trovato. *È lui*.»

«Sei contento?»

Parliamo sottovoce.

Scuote la testa. «Sono *terrorizzato*. Cosa gli dico? Cosa posso dirgli?»

«In questo non posso aiutarti. Digli semplicemente perché volevi incontrarlo. Questo almeno lo saprai, no?»

Mi fissa con uno sguardo disperato.

«Non me lo ricordo più. Giuro che non so cosa dirgli.»

Nessuno dei pochi passeggeri della carrozza parla. Uomini e donne, giovani e vecchi, sono tutti intenti a trafficare con i loro telefoni cellulari. Nella luce fredda del vagone hanno un aspetto pallido, malsano. Dalle cuffiette bianche dell'iPod di un ragazzo esce un filo di musica classica. Un notturno di Chopin.

«Aspetta di potergli parlare. Puoi farlo anche adesso. Basta che alla prossima fermata saliamo sulla sua carrozza e gli puoi parlare.»

«No. Non è il posto giusto.»

«E qual è, allora, il posto giusto?»

Alza verso di me uno sguardo confuso.

«Non lo so. Non è questo, comunque. Non qui.»

Guardo il cantante, nell'altro scompartimento. Ha gli occhi fissi sul buio oltre i finestrini.

«Aspettiamo di vedere dove scende» faccio.

Jean-Marie sembra rilassarsi.

«*D'accord*.»

Esce dalla carrozza alla fermata di Place de Clichy, ma solo per prendere un altro treno della linea M2, in direzione Nation. Stavolta saliamo sul suo stesso scompartimento. Lui non ci degna di uno sguardo quando entriamo, confusi in mezzo agli altri passeggeri.

Devo dare una gomitata a Jean-Marie perché smetta di fissargli le spalle.

L'uomo scende diverse fermate dopo, a una stazione chiamata Philippe Auguste. È una stazione piccola e molto vecchia, con un'insegna in stile Art déco. Il quartiere operaio sembra uscito da un album di foto degli anni Cinquanta.

Si muove come se conoscesse i paraggi.

Lo seguiamo a distanza mentre s'incammina di buon passo verso nord, lungo un boulevard brutto e spoglio. Lo guardiamo accartocciare il sacchetto vuoto e gettarlo in un cestino dei rifiuti. Poi di colpo sparisce. È bastato che il camion di un'impresa di traslochi lo nascondesse ai nostri occhi per un attimo ed è scomparso.

Ci mettiamo a correre.

Svoltato l'angolo di un palazzo, una sagoma scura ci travolge. Una mano mi afferra, facendomi quasi cadere.

Mi volto a bocca aperta. Trattenendomi per il bavero, il cantante mi minaccia con un pugno. Jean-Marie è a terra, si tocca incredulo il naso sanguinante.

«Che cazzo volete da me? *Eh*? Che cazzo volete?»

Il pugno si avvicina e si allontana dalla mia faccia.

«Sei armato? Tira fuori quello che nascondi! Svelto!»

La gente ci passa accanto senza fermarsi. Anzi, accelera il passo.

«Non sono armato. Non vogliamo farti del male.»

«Chi vi manda? Chi siete?»

Jean-Marie balbetta: «Sono un tuo...»

«Zitto tu! Voglio sentirlo da lui!»

«Il ragazzo è un tuo fan. Ti adora.»

«Sì. Come Mark Chapman adorava Lennon...»

L'ho pensato anch'io.

«Ma no! Il ragazzo vuole solo parlarti.»

«E allora perché non l'ha fatto? È da Saint-Denis che mi state alle calcagna. Credevate che non me ne fossi accorto? Mi avete preso per un coglione? Alzati, tu! Alzati! E poi resta fermo dove ti posso vedere!»

Il ragazzo si alza goffamente, incespicando e tamponandosi il naso con una manciata di fazzoletti di carta che s'imbevono all'istante di un rosso scarlatto.

«Allora, volete dirmi chi cazzo siete?»

«Lui è Gabriel. È italiano. Non c'entra niente. Sono io che ti cercavo.»

Il cantante fissa Jean-Marie con uno sguardo sprezzante.

«Sei venuto a vedere la scimmia?»

Imita uno scimmione che si agita dentro una gabbia. Si gratta la testa, facendo smorfie da primate.

«Di', allora, sei venuto a vedere la scimmia? Ti piace, la scimmia? O sei venuto a vedere l'assassino? Eccolo qui, l'assassino!»

Con gli occhi spiritati e un ringhio feroce fa il gesto di balzare sul ragazzo, che si scosta di lato, atterrito.

«Che cazzo volete da me?» urla, con tutto il fiato che ha in corpo.

«Niente! Lo giuro! Solo parlarti!» balbetta Jean-Marie.

«Parlarmi? Parlarmi un cazzo! Siete della polizia? Siete fascisti?»

«No. Giuro! Voglio solo parlarti.»

Il cantante abbassa i pugni.

«Fanculo. Ti ascolto. Parla.»

Ma il ragazzo sembra diventato muto. Scuote la testa, arrossisce.

«Non è facile per Jean-Marie parlarti» faccio.

«Zitto, tu! Adesso voglio sentire lui.»

Il ragazzo si fa coraggio. Deglutisce, come se mandasse giù un boccone troppo grosso.

«Ti ho... Ti cercavo perché volevo dirti che le tue canzoni mi hanno cambiato la vita...»

Il cantante lo fissa senza dire una sillaba. Poi la sua faccia comincia a tremare. Dalle labbra agli occhi, come per un terremoto.

Alla fine la bocca esplode in una risata.

«Questo è troppo... È troppo... Ma che stronzata... Mi hai pedinato fin qui solo per dirmi una cazzata del genere? Ma vai a cagare!»

Si allontana, due passi furiosi. Poi si volta e torna verso di noi.

«Mi rompe il cazzo sentire merdate del genere. Mi rompe il cazzo, capito? Io con quelle cazzate ho chiuso. Finito. Basta concerti, basta dischi. Basta gente che mi perseguita rompendomi il cazzo con stronzate come questa. Ti ho *cambiato la vita*? Sai a me cosa me l'ha cambiata, la vita? Ammazzare la mia donna. Quella sì che è una cosa che ti cambia la vita. E vuoi sentirne un'altra? L'ha cambiata *anche a lei*, la vita. Da così a così. Da verticale a orizzontale. E infatti adesso è esattamente da lei che sto andando. E non voglio che nessuno mi rompa il cazzo. Lasciami in pace, ragazzino. Trovati qualcun altro che ti cambi la vita. Va' da Vincent Delerm!»

Sputa per terra. Ci volta di nuovo la schiena.

«Fermati!» grido, usando la Voce.

Lui si paralizza. Non può fare a meno di girarsi.

«Anch'io ti cerco. Solo che io non lo sapevo. Ma ora che ti ho trovato so che è così, che niente è stato per caso. Anch'io ho una cosa da chiederti.»

«Non ho tempo.»

«Trovalo.»

Vedo l'indecisione nei suoi occhi. Si guarda intorno come se cercasse una via di fuga. Poi il suo sguardo è costretto a fissarsi di nuovo nel mio. Nessuno resiste alla Voce. Fa parte del nostro kit di base. È una cosa istintiva, per noi, come respirare.

«Guarda che non ho *davvero* tempo. Devo tornare a casa entro due ore. Altrimenti mi gioco la libertà provvisoria.»

«Possiamo parlare camminando.»

«Va bene» sbotta. «Se proprio dovete rompermi i coglioni... Andiamo!»

Girato l'angolo, la meta dell'uomo si rivela. Il cimitero del Père-Lachaise.

Entriamo dall'ingresso pedonale alla fine di Rue du Repos. Un mulinello di vento solleva un mucchio di foglie morte, a salutare il nostro ingresso. Le foglie formano per un istante una figura femminile. Ma solo io sembro accorgermene.

Entriamo in quella che è un'autentica città dei morti.

Quarantaquattro ettari di superficie.

Trecentomila corpi sepolti sotto terra, più quelli che sono stati cremati.

Sembriamo i soli visitatori. A tratti, portato dall'aria senza traffico, arriva da lontano il suono di una motosega. Ma non si vede anima viva.

Penso non sia difficile perdersi, per questi viali su cui si affacciano sepolture singole e tombe di famiglia, in una congerie di stili e materiali diversi, con una predominanza del granito e del bronzo, e dello stile di fine Ottocento. Statue alate, di angeli o della Morte, o iperrealistiche raffigurazioni dei defunti, danno alla scena l'aspetto del covo di Medusa, con la sua raccolta di vittime pietrificate.

Non pronunciamo parola, mentre seguiamo la nostra guida lungo viali alberati e ombrosi sentieri. Le tombe sembrano milioni, addossate l'una all'altra. L'odore dei fiori che marciscono è leggero ma pervasivo, onnipresente.

Mi tornano in mente il cimitero dei dervisci a Istanbul, e quello di Novodevičij. Qui dentro si respira lo stesso senso di eternità. Il cielo nuvoloso sembra troppo vicino, un coperchio soffocante. Ma i monumenti funebri danno sfogo orizzontale all'anima, la concentrano sul mistero della morte.

Leggo al volo i nomi, spesso consunti. Il bronzo e le dorature stingono, arrugginiscono. Le minime storie che le lapidi raccontano, la somma delle informazioni che forniscono, sono un niente rispetto alla vita. Gran parte di ciò che sappiamo delle civiltà del passato l'abbiamo appreso dalle tombe e da ciò che contenevano. Forse anche per noi sarà così. Archeologi del futuro scaveranno nel punto in cui mi trovo, esplorando la tomba di Paul Lafargue, genero di Karl Marx, o di Adèle Blanchot, moglie del mercante di stoffe Pierre Blanchot. Di lei non c'è il ritratto, mentre l'effigie panciuta del marito domina la tomba nella posa di chi sta cercando un posto per pisciare.

C'è da perdersi, in questo oceano di lapidi che raccontano storie al vuoto, al vento.

Il cantante cammina deciso, senza guardarsi intorno. Ci guida lungo viottoli e piazze della necropoli fino a una tomba nuova, la cui semplicità contrasta con i monumenti roboanti che ha intorno. Una volta, a New York, ho visto una vecchia casetta incastrata tra due edifici altissimi. Larga poco più di tre metri, sviluppata su quattro piani, sembrava un fungo cresciuto in mezzo a due alberi.

La minuscola tomba di Elizabeth Arnaud mi fa la stessa impressione, schiacciata com'è tra il mausoleo di un banchiere morto nel 1905 e l'imponente lapide di un bambino sormontata dalla statua di un angelo che le piogge acide hanno reso cieco, sciogliendo le pupille di marmo e rendendo le ali porose come zucchero.

Nessuna foto, sul piccolo cubo di marmo immacolato. Soltanto il nome, Elizabeth, e le parole MOGLIE AMATISSIMA.

Sotto le due parole, il simbolo cristiano del pesce.

Il cantante si piega in ginocchio.

Appoggia la fronte sulla pietra fredda.

Rimane a lungo così, in silenzio. Le sue mani circondano il piccolo cubo di marmo. Lo cingono con la tenerezza con cui abbraccerebbero un bambino, o i fianchi di una donna.

Quando torna ad alzarsi in piedi, i suoi occhi sono lucidi di dolore trattenuto.

Sembra intuire la mia domanda.

«Si sono opposti in tutti i modi. La famiglia, la stampa. Dicevano che era una cosa oscena, una bestemmia, scrivere *moglie amatissima*. Ma io l'amavo davvero. Siamo stati una cosa sola, al tempo in cui ardevamo come stelle passando nel cielo della vita. Dio, che merdata che ho detto. Come sembriamo incapaci di dire cose semplici e dirette, quando parliamo dei sentimenti. Ma *io* ho detto la verità, su Elizabeth. Nessuna moglie è stata amata come *io* ho amato lei.»

«Allora perché l'ha uccisa?»

Il cantante alza le spalle.

«Ero ubriaco. Più che ubriaco. Ero fatto come una biscia. Non capivo più niente. Sono rientrato in albergo e nessuno mi capiva, nessuno parlava francese. Parlavano questa lingua strana che per me poteva essere marziano, e allora mi sono detto: *cazzo, sono passato dall'altra parte dello specchio*. Sono salito a piedi, perché mi sembrava che l'ascensore fosse una bocca aperta per ingoiarmi. Lungo le scale sono caduto tre o quattro volte. Alla fine ho trovato il piano giusto. Il corridoio si era allungato, sembrava che la mia stanza fosse lontana chilometri. Ho dovuto trascinarmi di peso, aggrappandomi alle porte e ai mobili. Era come se la forza di gravità fosse aumentata di dieci volte. Semplicemente non riuscivo a muovermi.»

Il suo sguardo è fisso su qualcosa di molto lontano, nel tempo e nello spazio. Un albergo in Islanda, la notte dopo quello che sarebbe stato il suo ultimo concerto. Ciò che è successo più tardi, lo so dal giornale che Jean-Marie mi ha mostrato nel bar di Saint-Denis. Ma sentirlo raccontare da Mathieu Cannevet è un'altra cosa.

«Il corridoio era il ventre di un serpente, l'enorme ventre di un pitone blu che m'ingoiava. Il mio corpo cercava di resistere. Per questo mi tenevo aggrappato con tutte le forze ai muri. Per non cadere, per non essere portato via.»

«Hai detto che dovevi trascinarti per arrivare in fondo al corridoio, ma che non riuscivi a muoverti. Ora stai dicendo il contrario. Che cercavi di resistere...»

Mi lancia uno sguardo furioso.

«Non lo so, cosa stavo facendo. Va bene? Non lo so! So che ogni passo, ogni singolo movimento, mi strappava frustate di dolore dai muscoli delle braccia e delle gambe. Era un supplizio come quello di Prometeo.»

Le sue mani, le sue gambe, ricordano quei momenti, imitano i gesti di quella notte.

«Sono riuscito ad arrivare alla porta della mia camera, ma non avevo le chiavi. Ho preso a pugni la porta per ore, per giorni, anche se la polizia dice che Beth mi ha aperto subito...»

Tende la mano destra. La guarda come se non la riconoscesse.

«Lei era così bella... Così dolce... Non le importava che l'avessi strappata dal sonno. Immagino non le sarebbe importato nemmeno se le avessi detto come avevo passato la notte... L'alcool, la droga... La figa... Immagino che mi avrebbe abbracciato e messo a letto come un bambino, sussurrandomi parole lievi per vincere le paure di quella notte...»

Si scopre il braccio. È inciso di ferite, cicatrici bianche che disegnano la geografia di un fondale marino su quella carne già pallida.

«L'ho colpita in faccia. Con questa mano. L'autopsia dice che quel pugno l'ha uccisa. Io non credo. Sembrava viva tra le mie braccia, mentre danzavamo in quella stanza, e lei si muoveva sotto i miei colpi, un'eternità di colpi che la tenevano in piedi, che le impedivano di cadere. Lei era viva, vi dico, mentre il suo volto si disfava sotto i miei pugni e poi i miei calci, i calci che le ho dato quando si è rifiutata di rialzarsi nonostante le gridassi di farlo... Le gridavo di farlo... *Rialzati... Rialzati, puttana...* e lei niente...»

Niente, ripete, chiudendo gli occhi.

Jean-Marie sta piangendo.

Mathieu alza la testa.

Vede le lacrime sul volto del ragazzo. Incerto, rimane lì in piedi come un pugile che non si rende ancora conto di cosa l'ha colpito.

Poi si muove in avanti e abbraccia Jean-Marie. Lo tiene stretto a sé, come si tiene qualcuno per impedirgli di scappare.

Jean-Marie appoggia la testa sulla spalla del cantante.

La stoffa del giubbino si bagna di lacrime.

Io volto loro la schiena e mi rivolgo alla tomba.

Elizabeth Arnaud, ventisei anni, è stata cremata. Per questo la sua tomba è così piccola. Sotto il marmo bianco c'è una piccola urna colma di cenere. Nella clessidra del tempo il suo passaggio è stato breve. Poco più di un mio battito di ciglia. Un giorno un attore mi ha detto: «Ho fatto una particina in quel film. Ma proprio piccola. Se lo guardi devi stare attento, perché basta che tu in quel momento batta le ciglia e mi perdi.»

Della vita di Elizabeth si potrebbe dire lo stesso. Eppure il suo passaggio ha lasciato segni profondi, e uno di quei segni è questo abbraccio tra due estranei, uniti dalla sola circostanza di essere qui in questo momento, di essere umani, e di aver forse provato gli stessi sentimenti per la stessa persona: nota all'uno e per l'altro solo un nome, ma ugualmente amata.

M'inginocchio.

Poso le dita sulla pietra. È calda. Bagnata da gocce di pioggia come da lunghe lacrime.

Ti vedo, Elizabeth. Eri bellissima.

La tua cenere ancora esulta, polvere innamorata, polvere gloriosa.

Possano le nostre lacrime accompagnarti finché il tempo dell'oblio non verrà, e della tua storia nessuno saprà più nulla. Finché il tuo nome sarà dimenticato e le radici scardineranno la pietra, e poi la pioggia e il vento la ridurranno a sua volta in polvere. Ascolta a occhi chiusi la musica lenta del tempo, le onde infinite di ore e di giorni che scivolano su di te una dopo l'altra come quelle di un oceano oscuro.

Infinito è il dolore, ma non basta a misurare i giorni che occorreranno al mondo per disfare anche quel po' che di te è rimasto, quel pugnetto di cenere, per farti scendere di nuovo nella terra da cui sei nata, per trasformarti in terra, e in erba, e in gocce di rugiada, e in luce.

Possa Dio perdonare il tuo peccato di esistenza, il tuo peccato di vita, e riportarti con amore alla matrice perenne che ti ha formata e ti riformerà in eterno, anima che sei stata e sei e per sempre sarai vita e luce, linfa vitale e nulla. Lascia serena questo mondo. Ritorna al nulla da cui sei venuta, al nulla a cui sei destinata.

Quando ho finito di pregare mi rialzo. Le mie ginocchia scricchiolano, constato con gioia.

Quale perfezione. Che precisione di dettagli, nel fare di me l'uomo che non sono, nel fabbricarmi intorno questo simulacro di carne, che può ingannare chiunque tranne me.

Mi volto.

Mathieu e Jean-Marie mi guardano.

«Credo che tu abbia amato un angelo» sussurra il ragazzo al cantante.

«Sciocchezze!» faccio, severo. «Gli angeli sono creature orribili.»

18.

Camminiamo uno accanto all'altro lungo una via del cimitero dal nome stravagante di Chemin du Dragon. Non incontriamo nessuno. Solo un occasionale mulinello di foglie secche dà una parvenza di vita al paesaggio immobile. Anche il rumore lontano della motosega non si sente più. Gli operai devono essere in pausa, o hanno finito il lavoro. Non dev'essere facile, tenere in ordine la città dei morti.

Mathieu cammina con le mani nella tasca del giubbino, la testa incassata nelle spalle. Ha l'aspetto del combattente nato: perfetto, per il mondo di periferia in cui vive. Immagino che nessuno si azzardi a infastidirlo, per strada. Il suo corpo trasmette un senso di minaccia, di forza compressa come una molla pronta a scattare.

Eppure quest'uomo ha scritto una canzone come *L'inconnu*. Versi che parlano del mondo e della vita come solo un poeta può fare.

«Sono un assassino, non un poeta» sussurra, senza rivolgersi a nessuno. Camminando in mezzo a noi due tiene lo sguardo fisso davanti a sé.

«Poeta non lo sono mai stato. Ho scritto canzoni, quelle sì. Alcune anche belle. Ma la poesia è roba per i ricchi. Non ci ho mai creduto.»

«Le tue canzoni sono splendide pure senza musica» insiste Jean-Marie.

«Può darsi. Ma io scrivevo *canzoni*, non poesie. Canzoni come armi. Le uniche armi che abbiamo. Vuoi che ti dica cos'è un capolavoro? *Le Temps des cerises* è un capolavoro. La conosci?»

Jean-Marie scuote la testa.

«Robe da matti» commenta Mathieu. «Come fai a non conoscerla?»

E comincia a cantare, a voce sempre più alta.

Quand nous chanterons le temps des cerises
Et gai rossignol et merle moqueur
Seront tous en fête

Les belles auront la folie en tête
Et les amoureux du soleil au cœur
Quand nous chanterons le temps des cerises
Sifflera bien mieux le merle moqueur!

Le note della canzone risuonano fra le vecchie pietre. La voce di Mathieu è calma e potente. Trasforma la vecchia canzone d'amore in un inno rivoluzionario. C'è qualcosa che mi riempie il cuore di tristezza, sentendola.

«Era una canzone d'amore» fa, interrompendo il canto. «Ma ai tempi della Comune divenne un inno politico. Mentre i comunardi venivano portati al muro delle fucilazioni, le loro donne cantavano questa canzone.»

Mais il est bien court le temps des cerises
Où l'on s'en va deux, cueillir en rêvant
Des pendants d'oreilles...
Cerises d'amour aux roses pareilles
Tombant sous la feuille en gouttes de sang...
Mais il est bien court le temps des cerises
Pendants de corail qu'on cueille en rêvant!

«Cantando queste parole, le donne della Comune dicevano ai loro uomini che non li avrebbero mai dimenticati.»

J'aimerai toujours le temps des cerises
C'est de ce temps-là que je garde au cœur
Une plaie ouverte!
Et dame Fortune, en m'étant offerte,
Ne pourra jamais calmer ma douleur...
J'aimerai toujours le temps des cerises
Et le souvenir que je garde au coeur!

Le ultime parole, Mathieu quasi le grida.

La sua voce echeggia contro le porte e le grate dei mausolei, sveglia una coppia di merli che si leva fragorosamente in volo da un cespuglio.

Mathieu scoppia a ridere.

«C'era un film, tanti anni fa: *Actas de Marusia*. Ci recitava un italiano, Gian Maria Volonté. Parlava di uno sciopero di minatori in Cile. Anche lì i ribelli venivano fucilati. E le loro donne, per protesta, ridevano. Ridevano come pazze. Applaudivano i boia dei plotoni d'esecuzione.»

Si mette di fronte a me.

Unisce le dita della destra e me le batte sul petto, tre volte.

«La vita è lotta. È un urlo, un verso di animale. L'ululato di un lupo messo alle corde, di un orso stretto nell'assedio dei cani. *Villon* sapeva urlare. *Rimbaud* sapeva urlare. *Céline! Pound! Majakovskij! Esenin!*»

Urla i nomi.

Le vocali esplodono sui muri delle tombe, e per un attimo ho paura che possano svegliare i morti.

«La vita è questo. Guardati attorno. Soltanto tombe. La vita è morte. Non resta niente. Cenere alla cenere. Ma *le canzoni* restano. E il coraggio. Resta *l'esempio*, e resta la forza con cui gridiamo.»

La pioggia riprende a cadere. Il cielo è grigio, basso. Sembra un coperchio di cemento. Come se la Terra fosse un immenso sarcofago.

Mathieu alza il viso, per raccogliere quante più gocce possibile. Quando raddrizza la testa, l'acqua scivola lungo le guance.

«Amico, lasciaci soli» fa a Jean-Marie.

«Vattene!» urla poi, quando gli sembra che il ragazzo esiti.

Jean-Marie obbedisce, allontanandosi lungo il viale.

A una ventina di metri da noi si volta, guardandoci.

Poi sparisce girando a destra all'intersezione con un altro viale.

Il cantante mi studia a lungo, prima di parlare.

«Che cosa hai detto a Elizabeth?»

Giurerei che c'è gelosia, nella sua voce. Un sentimento controllato ma forte, che potrebbe esplodere da un momento all'altro.

«Mi hai sentito?» mi chiede, più brusco.

«Sì. Ho pregato per lei» sussurro.

«Non ha bisogno delle tue preghiere.»

«Questo lascia che lo decida io.»

Il suo scatto è felino. Il balzo di una tigre. La destra mi afferra il collo. Lo stringe come una morsa.

«È la *mia* donna!»

Le mie mani si posano sulla sua. Una pressione leggera.

Lui lascia di colpo la presa, come scottato da un ferro rovente.

Fa un passo indietro, fissandomi.

«Ho pregato per lei» ripeto, pacato, «perché la sua anima possa lasciare questo mondo in pace, senza soffrire.»

«*Lei non soffre più!*»

«*Soffre*. Non può accettare la perdita.»

Indico il cielo, l'aria. Il verde di un ulivo.

«Le ho chiesto di accettare il ritorno al nulla.»

«Lei è già in pace. Il giorno che mi hanno lasciato vedere il suo corpo, all'obitorio, l'ho liberata. Le ho ordinato di lasciare il mondo e di essere libera. Libera da... *da tutto questo schifo*.»

«Come l'hai fatto? Che parole hai usato?»

Mathieu serra gli occhi.

Ricorda.

Per un attimo il suo volto muta. Diventa il viso di un altro. Un volto di luce.

La sua destra si stende in avanti, come su un corpo disteso. A occhi chiusi, Mathieu recita le parole del suo rito. «Nel nome dell'Amore e della Notte, del Silenzio e del Mondo che respira negli alberi e nel vento, emetto questo decreto: lascia il corpo che più non ti sostiene, lascia la Terra che più non ti sostiene. Apriti al nulla che ti ha generato, al nulla a cui ritorni.»

Spalanca gli occhi. Sono grandi e luminosi come quelli di un bambino.

Scuoto la testa.

«Non sono le parole giuste. Quello che hai detto non serve a nulla. Dovevi utilizzarne altre. Agli spiriti non puoi ordinare nulla. Funzionava ai tempi dei faraoni e dei profeti. Oggi servono altre parole.»

«E tu le hai dette alla mia donna? Ripetile. Voglio sentire cosa le hai detto.»

È l'istinto, a farmi fare una cosa che nessuno di noi ha mai fatto prima? O è la stanchezza, a farmi aprire così a quest'uomo? A furia di vivere in mezzo a loro, un po' di umanità forse ti resta dentro, si mescola ai tuoi geni, alle tue sensazioni. Fino a pochi giorni fa non sapevo nemmeno di poter piangere. Pensavo di non esserne capace. E invece guardami: ora so piangere come un uomo. Certo le mie lacrime sono diverse dalle loro. Un vecchio arabo, un tempo, mi raccontò che le gemme sono le lacrime degli angeli. A seconda dei sentimenti che le hanno ispirate assumono diversi colori: rosso per l'ira, azzurro per la speranza, verde per la compassione...

Cosa ne sai dei colori, gli chiesi, *tu che sei cieco dalla nascita?*

Ero giovane, allora, e crudele.

Il vecchio sorrise, senza rispondere. O forse quel sorriso era la risposta. Il fuoco del caravanserraglio languiva, la Via Lattea sopra di noi sembrava davvero un fiume di stelle, come credevano gli antichi greci. Le stelle hanno cambiato nome così tante volte, nel corso del tempo. Eppure sono rimaste sempre le stesse.

Se vuoi immaginare il tempo e il suo mistero, mi aveva detto un'altra creatura umana, un professore di fisica ebreo incontrato in un club di Berlino poco prima di una guerra, *devi pensare al cielo stellato. Tu credi di vederlo, ma non è così: la luce delle stelle impiega anni per arrivare sino a noi. Quindi, quando guardi il cielo, tu non vedi la realtà, ma un collage d'immagini di età diverse. Vedi il regno del Tempo. Solo la tua posizione di osservatore ti rende capace di interpretarlo come un* unicum. *Ma è una percezione fallace, una presunzione senza basi.*

Il mio mondo è così. Un mondo di tempi che s'intersecano, che si mescolano sino a confondersi.

Ci sono solo pochi momenti in cui guardando il mondo credo di avere in mano tutti i fili per dargli un senso. Attimi brevi e intensi in cui mi sembra che l'universo abbia di nuovo un ordine, una direzione.

Questo è uno di quei momenti.

Così gli racconto tutto.

Racconto al giovane assassino cosa ho sussurrato alla cenere della sua amata, della donna che ha ucciso.

Rimane a bocca aperta. Scuote la testa, incredulo.

«Lei è la mia donna. Chi ti dà il diritto di parlarle così? Chi cazzo credi di essere?»

È allora che glielo dico.

Una decisione improvvisa, contraria a ogni regola.

Gli racconto chi sono, e cosa devo fare, e cosa accadrà al mondo.

Cosa resterà, quando sarò passato.

Lui mi ascolta sbigottito, la bocca aperta. La pioggia che ha ripreso a cadere scivola giù dai suoi capelli inzuppandogli il collo. Sembra una statua di pietra, una gargolla. Una goccia d'acqua gli scivola giù dal naso, accentuando quell'impressione d'immobilità minerale.

Andiamo a ripararci dalla pioggia sotto l'architrave di una tomba di famiglia. Il rifugio offerto dalle tombe mi è stato spesso prezioso. Ora la pioggia cade come un velo pesante, grigio come le ragnatele in una casa abbandonata. Mathieu mi segue a passi lenti, come uno zombie.

Ci sediamo sul gradino più alto. Restiamo a lungo così, senza parlare. Guardiamo la pioggia cadere, stringendoci nel bavero dei nostri giubbini. Spero che anche Jean-Marie abbia avuto il buon senso di trovarsi un riparo dalla pioggia.

L'aria si è fatta buia.

Il picchiettio della pioggia sulle foglie sembra il suono di milioni di dita fredde.

«Sì» dico.

«Sì cosa?»

«La risposta a quello che vorresti chiedermi.»

«E cosa ne sai di cosa vorrei chiederti?»

«Vorresti chiedermi se credo davvero a quello che ti ho detto. La risposta è sì, ci credo davvero.»

Lui non risponde.

Continua a fissare un punto davanti a sé, nella pioggia battente.

Deve avere freddo, nel suo giubbino troppo leggero.

«Hai una sigaretta?» mi chiede.

Infilo la mano in tasca. Tiro fuori il pacchetto stropicciato delle Camel di Jean-Marie. Non dovrebbe esserci, ma le mie dita l'hanno cercato ed era lì, così come l'accendino usa e getta.

È rimasta solo una sigaretta.

«Tienila.»

«Possiamo fumarla insieme» suggerisce lui.

«Meglio di no.»

«Perché? Hai qualcosa di contagioso?»

«Non è questo. Fumala tu. Ne hai più bisogno di me.»

Mathieu alza le spalle. Si accende la Camel e aspira una boccata lenta, piena.

«Devo essere matto a bermela, la tua storia...»

Sorrido. «La stai bevendo?»

«Va giù alla grande. E non dovrebbe. È la storia più assurda che abbia mai sentito.»

«Se avessi vissuto a lungo come me, ne avresti una collezione, di storie così. Anche se ammetto che forse non sarebbero *così* strane.»

«Non ti arrabbi se il tuo nome non mi dice assolutamente nulla? Voglio dire, magari tu pensi di aver diritto a essere famoso.»

«Sono al di là di queste cose.»

«Buon per te. Così eri un architetto?»

«*Sono* un architetto.»

«Un architetto famoso. Una, come si dice, una archistar. E hai progettato una città nel deserto. Non è che ti sei inventato tutto?»

«No. Puoi cercare su Internet, se vuoi.»

Sbuffa due anelli di fumo che spariscono, disfacendosi nella pioggia.

«Quindi avevi tutto: eri famoso, ricco. Avevi un sacco di donne.»

«Diciamo che *potevo* averne. In realtà la cosa non è così semplice.»

«Non mi dire. È perché tipo ce l'hai lungo un metro? O è radioattivo? Velenoso? Se scopi, la tua partner ci lascia la pelle?»

Rido. «No, è molto più semplice.»

«Ma non ti va di parlarne.»

«Potrei anche parlartene, ma non servirebbe a nulla. Invece dobbiamo parlare di *te*. Di come ti ho trovato, quando non sapevo nemmeno di cercarti.»

«Cioè, stai dicendo che mi cercavi ma che non lo sapevi?»

«Pare di sì.»

Restiamo in silenzio a guardare la pioggia. Mi chiedo dove sia scomparso Jean-Marie.

Mathieu finisce la sua sigaretta consumandola fino in fondo. Poi lancia via il mozzicone con un colpetto dell'indice. La cicca vola in una parabola lunghissima, prima di spegnersi in una pozzanghera sull'altro lato del viale.

«Ha smesso di piovere. Andiamo a cercare il nostro amico.»

19.

Jean-Marie è seduto sugli scalini di un'altra tomba di famiglia, una mostruosità di marmo nero chiusa da battenti di bronzo in stile liberty.

«Scusaci, ma avevamo un po' di cose di cui parlare» dico.

«Non c'è problema.»

«Dobbiamo andare. Tu, Mathieu, hai il coprifuoco, no? Devi firmare il tuo registro.»

Il cantante alza le spalle.

«C'è tempo.»

«Hai detto che se non rientravi entro due ore ti giocavi la libertà provvisoria.»

«Ve l'ho detto quando ancora non vi conoscevo. Adesso siamo amici. C'è tutto il tempo del mondo. Dai, andiamo, che vi offro da bere.»

Non piove più. Le pozzanghere si stanno asciugando sotto un vento freddo e sferzante, che parla già la lingua dell'inverno. Parigi è così. I turisti non lo sanno perché ci vengono soprattutto d'estate. Un inverno, a febbraio, io e Sabine restammo tappati in albergo per due settimane, ad ascoltare il vento che s'infilava oltre i doppi vetri, fischiando come una teiera. La città era assediata da una tempesta di neve. La televisione mostrava scene di villaggi isolati e al buio, di treni deragliati, di navi alla deriva sul Canale della Manica. Sotto le coperte ci godevamo il calore e il cibo e l'ozio dei pomeriggi che declinavano in sera, l'accendersi delle luci fuori, pallidi globi alonati di bianco. Avevamo libri che parlavano delle notti bianche di San Pietroburgo, e musica da ascoltare con il walkman, una cuffietta per uno. L'albergo era piccolo, la proprietaria ci manifestava con grandi sorrisi la sua simpatia per la nostra presenza quando verso mezzogiorno ci avventuravamo in sala da pranzo. Eravamo gli unici ospiti. Io mi sentivo un po' Jack Torrance all'Overlook Hotel, ma Sabine sapeva come farmi passare le giornate. Un sabato uscimmo e andammo all'Orangerie. Le *Ninfee* di Monet a quel tempo erano ancora lì. Non c'era nessuno per strada. Nei vagoni della metropolitana faceva un caldo assurdo, ma appena fuori di lì i nostri parka imbottiti e i doposci si guadagnavano tutto il loro prezzo.

Le grandi sale del museo erano deserte, a parte i custodi. Noi due eravamo gli unici visitatori. Le stanze erano fredde, la luce che pioveva con abbondanza dall'alto esaltava i colori.

Non avevo e non avrei mai visto Sabine più bella di allora, in quei momenti di contemplazione assoluta, senza rumori o distrazioni. Giravamo intorno alle enormi tele come a volerne cogliere ogni dettaglio. In realtà miravamo all'essenza, al senso della nostra esperienza di quei capolavori.

Parole giapponesi si affacciavano alla memoria da una vecchia lezione su Bashō: *fueki ryuko*, *karumi*, *fuga*, *wabi sabi*...

Le ripetevo dentro di me come preghiere, per difendermi dalla transitorietà delle cose.

L'eleganza di quel momento era tale che ogni singolo istante brillava, ogni minimo dettaglio, dal modo in cui Sabine si muoveva come se danzasse fra le grandi tele, alla perfezione di un particolare, il ramo di un salice, colto solo perché in quel momento la luce lo evidenziava di taglio. Potrei giurare che il tempo si fermò più volte, nel corso di quella visita, anche se nessun umano se ne accorse. Che una di loro fosse capace di simili miracoli, una creatura fatta d'argilla, fu una cosa che mi riempì di stupore e d'incanto. Con i suoi passi simili a una danza, Sabine prendeva la sabbia del tempo e ne faceva diamanti, per quanto effimeri.

Prima di uscire, Mathieu vuole farci vedere quello che chiama *il suo luogo speciale*.

«Sapete» ci spiega, camminando di buona lena, «molti personaggi importanti della Comune sono sepolti qui. Sapete cos'è la Comune?»

Jean-Marie alza la mano. «I parigini si rifiutarono di accettare la sconfitta nella guerra contro i prussiani, nel 1871. L'imperatore di Francia si era arreso, ma i parigini no: proclamarono la Comune socialista, e affrontarono l'assedio prussiano.»

Mathieu sorride. «Giusto. E ovviamente sai anche come andò a finire.»

«I prussiani aiutarono l'imperatore a riprendersi il potere. Finì col massacro degli insorti.»

Mathieu indica lo spiazzo in cui siamo arrivati, al confine sudorientale del cimitero. Sul muro, una lapide dice semplicemente:

AUX MORTS DE LA COMMUNE
21-28 Mai 1871

Mazzi di fiori – alcuni freschi, la gran parte appassiti – stanno ai piedi della lapide e della sua scritta a lettere dorate.

«L'ultimo giorno della Comune, il 28 maggio, i soldati imperiali fucilarono contro questo muro gli ultimi centoquarantasette comunardi presi prigionieri. Gli ultimi colpi di fucile di quella rivoluzione vennero esplosi qui. I caduti di quel giorno finirono nella fossa comune, come migliaia di altri combattenti per la libertà prima di loro.»

Mentre pronuncia queste parole si avvicina alla lapide. La sfiora con le dita corte, rovinate. Dita da contadino.

«Qualche anno dopo, il governo reazionario fece costruire un monumento alle *vittime della Comune*. Molti, ingannati da questa messinscena, pensano che il Mur des Fédérés sia quello. In effetti è a ridosso del muro esterno, e artisticamente è molto più bello di questa semplice lapide, con tutte quelle figure umane che sembrano emergere dal muro. Ma se guardate bene, vedrete che alcune di quelle figure sono soldati. Il monumento venne voluto dal governo borghese per commemorare gli assassini, i boia di Thiers e dell'imperatore. Non gli insorti. Non i fucilati.»

Appoggia la fronte sul marmo.

«Viviamo in un mondo che dimentica troppo, e troppo in fretta. Che *perdona* troppo. Sembra non ci siano più il bene e il male, il bianco e il nero. Tutto è diventato grigio.»

Si volta verso di me.

«Tu ne sai qualcosa.»

Annuisco.

«Franz Stangl, il comandante del campo di sterminio di Treblinka, morì nel 1971» dico. «Nel suo campo sono morte assassinate col gas dalle settecentomila alle novecentomila persone in poco più di un anno. Ventimila uccisioni al giorno. Settemila nei cosiddetti *giorni di magra*. Stangl morì in un letto pulito, anche se in prigione. Veniva nutrito e curato dai suoi carcerieri. I morti di Treblinka no. Uomini, donne. Vecchi, bambini. Sono stati completamente dimenticati. Come se non fossero mai esistiti. Presto la loro storia non sarà più nulla, come se non ci fossero mai stati.»

«Questo angoscia anche te...»

«La mia parte umana. L'altra è al di là di queste cose. *Ricordo, colpa, perdono...* Sono solo parole. Non mi smuovono niente dentro. Ma ciò che di umano c'è in me soffre per il silenzio, per l'oblio. Vorrebbe ci fossero luce e tenebra, bianco e nero. Giusto e ingiusto. Premi e punizioni.»

Mi avvicino a lui.

Lo guardo direttamente negli occhi, da uomo a uomo.

«Vorrei che la vita fosse una tela del Caravaggio, non un delicato acquerello. Ma la vita non è né questo né quello. È un maledetto muro industriale la cui superficie cambia ogni giorno, imbrattata di sporco, di graffiti, di cartelloni pubblicitari.»

La mia destra tocca il muro, appena sotto la lapide.

È come se l'appoggiassi su un cuore.

Sento le voci, sottoterra. I pianti, le grida, le canzoni.

Stacco la mano dai vecchi mattoni.

«In realtà nulla viene dimenticato» dico, volgendo le spalle al muro. «C'è una contabilità precisa, del bene e del male. Tutto viene registrato, e alla fine dei tempi ne sarà chiesto conto a ogni singolo individuo.»

Jean-Marie ci fissa a bocca aperta. Il nostro dialogo deve sembrargli assurdo.

«Me lo puoi garantire?» mi supplica Mathieu. «Puoi promettermelo?»

La sua voce ha un tono di ansiosa disperazione.

«Te lo prometto» annuisco, solenne.

E poi mi allontano dal muro, incamminandomi lungo il viale. Le foglie si sollevano al mio passaggio, lasciando un tappeto vuoto sotto i miei piedi.

20.

Il bistrot in cui ci sediamo si chiama L'Argonaute, ed è decorato, abbastanza incongruamente, con vecchie illustrazioni dai romanzi di Jules Verne. Ne riconosco alcune: un razzo in orbita intorno alla Luna, un sottomarino e tre uomini in scafandro da palombaro che raccolgono nasse e arpionano enormi cernie.

Sul muro accanto al bagno c'è un vecchio poster incorniciato del film *La Via Lattea* di Luis Buñuel.

Il locale è caldo, deserto a parte noi tre, seduti a un tavolino d'angolo.

C'è un buon odore di cibo. Cose semplici: pane tostato, formaggio, prosciutto, senape. Posso distinguere ogni aroma, ma quello che mi piace è la loro combinazione.

Non mi ricordo da quanto tempo non mangio. Il mio corpo apparentemente non ne ha bisogno. Eppure l'odore del cibo mi tenta.

Tiro fuori di tasca il portafogli e lo apro, prima di ricordarmi che contiene solo quelle enormi banconote russe fuori corso.

Mathieu le guarda incuriosito.

«Cos'hai lì? *Lenzuola zariste*? È così che le chiamava mia nonna. La mamma di mia mamma. Era russa. Scappata nel '17. Sai che valgono parecchio? C'è un tizio che conosco che te le pagherebbe bene, se sono autentiche.»

«Non so come mi siano finite in tasca.»
«Sono in ottimo stato. Non dimostrano cent'anni.»
In effetti è così. Se non proprio nuove, sembrano stampate da poco.
Mathieu mi guarda con curiosità.
«Sai, ci sono dei momenti in cui mi sembri una persona normale. Con i tuoi problemi, ma una persona normale. E altri...»
Non finisce la frase.
Fa un gesto, invece. Muove la destra come se fosse l'ala di un uccello. La solleva sul tavolino e poi accenna il movimento di farla volar via.
«Cosa mangi? Scommetto che hai fame. David fa dei tramezzini all'italiana fantastici.»
«Non posso pagare.»
«Offro io. I tramezzini con gamberi e lattuga sono molto buoni.»
«Magari qualcosa di più semplice. Formaggio e prosciutto.»
«*Bon*. E una birra, magari? Alsaziana, in onore di Jean-Marie?»
«Come hai fatto a capire che sono alsaziano?»
«Hai un accento che si taglia con il coltello.»
Si alza per andare al banco.
«Grazie» mi sussurra Jean-Marie, stringendomi il braccio.
«Grazie di cosa?»
«Senza di te non l'avrei mai conosciuto. Avrei potuto restare in quel quartiere per anni senza mai incontrarlo.»
Alzo le spalle. «Oppure avresti potuto uscire per strada e trovartelo sotto il naso. È stato solo un caso.»
«Sarà, ma mi hai portato fortuna.»
«E allora brindiamo» fa Mathieu, posando sul tavolino tre bicchieri di birra. «Il mangiare arriva subito.»
«A cosa brindiamo?» chiede Jean-Marie. Gli occhi gli luccicano, all'idea di sedere accanto al suo eroe.

«Alla vita» propone il cantante.

Esito solo un attimo, prima di alzare il bicchiere per il brindisi.

«Alla vita.»

La birra è buona, pastosa. Non riconosco la marca scritta sui bicchieri.

«Ah, non guardare ai bicchieri. Quel marchio lì non c'entra mica niente. Questa la spillano qui. È roba artigianale. Ha tutta una storia dietro, sai? Penso che potrebbe interessarti, visto il tuo curriculum» ironizza.

«Racconta» sorride Jean-Marie, mandando giù un lungo sorso di quell'oro liquido.

Mathieu si china, con un tono di voce teatrale da cospiratore.

«Pare che un tempo, al posto di questo locale, ci fosse una chiesa, rasa al suolo da un incendio e mai più ricostruita. Sotto l'altare della chiesa c'era la tomba di un santo, non chiedermi come si chiamava, un martire delle persecuzioni di Diocleziano. Comunque alla fine del Cinquecento la chiesa viene buttata giù e su quel terreno costruiscono altri edifici, tra cui una locanda. L'oste produce la sua birra, filtrandola nel terreno. Una volta si faceva così.»

Sorseggia dal suo bicchiere. Lo posa giù, chiudendo gli occhi.

«Fatto sta che quella birra è semplicemente meravigliosa. Un nettare. Il locale comincia a farsi un nome. E gli affari vanno ancora meglio quando qualcuno comincia a sussurrare che dopo averla bevuta si è sentito meglio: gli è passata la gotta, o la pellagra, quelle robe che avevano una volta. E allora l'oste si chiede anche lui cos'ha di speciale, la sua birra. Insomma, per farla breve: fa scavare nel pozzo di filtraggio e scopre che contiene qualche frammento di ossa: un femore, una calotta cranica, una tibia. Gli operai incaricati di ripulire il terreno hanno lavorato male. L'hanno fregato. L'oste fa setacciare il terreno e portar via fino all'ultimo frammento d'osso. E sai cosa succede? La birra non è più la stessa. È sempre buona, ma meno di prima. Non luccica più nei bicchieri come se fosse oro liquido. Non guarisce più gli ammalati. I clienti cominciano a disertare la locanda. E allora l'oste si pone delle domande, e si dà delle risposte. Chiede a un vecchio prete del posto se c'era per caso qualche santo, sepolto in quella chiesa. E viene a sapere del martire romano. Allora chiede alla moglie dove ha buttato le ossa trovate nel pozzo di filtraggio.»

Mathieu rotea il bicchiere tra le dita. La luce della lampada sulla sua testa fa scintillare il liquido ambrato, traendone mille riflessi magici, come se fosse davvero un calice d'oro purissimo.

«Nessuno sa cosa abbia fatto l'oste, lascio a voi immaginarlo, ma qualche giorno dopo la birra torna a essere buona come prima, e i malati cominciano di nuovo a guarire.»

Jean-Marie fissa con una smorfia il suo bicchiere.

«Ma in fondo sono solo vecchie leggende» conclude Mathieu, mandando giù la sua birra in un solo sorso.

«Alla salute» brindo. Jean-Marie, dopo una lieve esitazione, fa lo stesso.

«Hai mai bevuto una birra così?» fa il cantante.

«Non sulla Terra.»

Lui scoppia a ridere.

«Sai, mi aspettavo che il mio primo incontro con un angelo sarebbe stato, come dire, un po' più drammatico. Hai presente, no? Per via del fatto che sono un assassino.»

«Che angelo...?» domanda Jean-Marie, a bocca aperta.

Mathieu alza le spalle.

«Mi aspettavo una bilancia per pesarmi il cuore e una spada per cacciarmi nel fuoco eterno.»

Scuoto la testa. «La bilancia è una cosa egizia. La Chiesa ha dovuto raccattare tanto di quel ciarpame, pur di conquistare quote di mercato. E anche la spada non si usa più da un pezzo.»

«E l'Inferno? Quello, almeno, c'è ancora?»

Rimango a lungo in silenzio, prima di rispondere.

«C'è, ma non è come lo immaginate. Niente fuoco né diavoli.»

«E com'è, allora?»

«Non posso dirtelo.»

«Allora aspetterò di vederlo di persona.»

«Perché parlate di diavoli e di angeli?»

Guardiamo il ragazzo. Lui sposta gli occhi dall'uno all'altro, nervoso.

«Scherzavo» sorride Mathieu. «Veniamo a noi, ragazzino. Allora, adesso che mi hai scovato, cosa vuoi da me?»

«Niente...»

«Sei il primo che mi cerca senza volere niente.»

«Mi basta averti conosciuto.»

«Sicché davvero non vuoi nient'altro? Che ne so, magari che ci teniamo in contatto, o che ti offra l'amicizia su Facebook...»

«Sei su Facebook?»

«Era solo per dire. Insomma, sei proprio sicuro che non posso fare niente per te, dopo tutta la fatica che hai fatto per trovarmi? Neanche un autografo? Un *selfie* insieme?»

«Non voglio niente del genere. Voglio che questi momenti vivano solo nella mia memoria. Che restino una cosa mia. Io saprò di averti incontrato. Questo mi basta.»

«Hai anche avuto due cose al prezzo di una sola. Hai incontrato me e hai incontrato un angelo.»

Chino gli occhi sul bicchiere vuoto, per nascondere il mio sguardo.

Jean-Marie è confuso. «Ancora questa storia dell'angelo. Cosa vuoi dire? Mi prendete in giro?»

Mi alzo. Lentamente, le mani posate sul tavolo.

So che impressione devo fare, l'impressione che faccio, così in piedi. Come se fossi alto cinque metri, anche se il corpo che abito non è più alto di un metro e ottanta. E pure le ali, anche se non si vedono ci sono, e *loro* le percepiscono. C'è qualcosa di minaccioso, immagino, nel mio starmene in piedi di fronte a loro come se da un momento all'altro potessi abbattere con un grido i muri che ho intorno.

Una voce sale dal basso.

«*Monsieur*, non se ne vada: eccomi qua. Mi scuso se ci abbiamo messo tanto.»

Il barista è un ometto piccolo e magro, con dei baffi all'ingiù che gli danno un po' l'aspetto di uno scottish terrier. Regge un vassoio di sandwich.

«Un altro giro di birre?» propone Mathieu.

Faccio segno di sì con la testa.

Il cantante indica il vassoio.

«Quelli alle uova e asparagi sono una delizia.»

Jean-Marie si lecca inconsciamente le labbra.

«Ma non siamo fuori stagione, per gli asparagi?»

Mathieu alza le spalle. Si serve un tramezzino al prosciutto. «Nel nostro meraviglioso mondo nuovo non esistono più le verdure di stagione. C'è un'unica, ininterrotta stagione, per chi può permetterselo. Buono?»

«Buono» sorrido.

Si sta bene, in compagnia di Mathieu. Lo osservo, mentre mangia e ride e racconta a Jean-Marie un aneddoto. Il suo volto non è quello di un assassino, ma piuttosto di un bimbo cresciuto troppo in fretta, e forse per questo non cresciuto del tutto.

«Perché mi guardi?»

«Non ti guardo.»

«Bugiardo.»

«Okay. È vero. Ti guardo. Diciamo che sto cercando di capire perché.»

Un muscolo della sua guancia ha un fremito nervoso.

«Perché l'ho uccisa? Davvero pensi che lo sappia?»

«Se non lo sai tu, non lo sa nessuno.»

«E anche ammesso che lo sappia, perché vuoi saperlo?»

«Perché *devo*.»

«Non si va lontano, con un dialogo del genere.»

«Non dobbiamo andare lontano. Dobbiamo solo incontrarci in un punto. Tu vienimi incontro.»

Mathieu chiude gli occhi. Fa una smorfia.

«Ti ho già detto che non lo so.»

«Comunque non è questo che devo dirti» faccio.

«Ah no? E allora cos'è?»

Mi limito a pronunciare sottovoce tre parole.

«Torna a casa.»

«*Cosa...?*»

Lo stupore nei suoi occhi è autentico.

Si guarda intorno.

Ogni cosa nel locale, tranne noi due, è immobile. Jean-Marie sembra una statua colorata, la mano ferma a mezz'aria, un tramezzino fra le dita. Tra me e lui una mosca è immobile, sospesa nell'aria a metà del suo volo.

«Torna a casa, Uriel.»

Scuote il capo, con una smorfia.

«Stai scherzando.»

«Non è più tempo di restare qui.»

«Non so di cosa parli. Ti ha dato di volta il cervello?»

«Sei bravo a nasconderti. Un trucco perfetto. Ma non puoi impedire alla luce di filtrare.»

Per un po' Mathieu non risponde.

Poi sorride, mettendosi a canticchiare.

Anthem, di Leonard Cohen.

Ring the bells that still can ring
Forget your perfect offering
There is a crack in everything
That's how the light gets in.

La sua voce è diversa da quella con cui ha cantato al cimitero.

È una voce perfetta. Troppo perfetta. Orecchie umane non la sopporterebbero.

È un momento solo per noi due, per il nostro riconoscerci. Tanto vale rilassarci. È tempo che sia io a raccontargli qualcosa di me.

«Sai che l'ho conosciuto, Leonard Cohen? Immagino che anche tu, con il fatto che sei dell'ambiente, l'avrai incontrato.»

«No. Non frequentavamo gli stessi giri.»

Muove la mano per prendere il bicchiere, ma le sue dita passano attraverso il vetro. Una gocciolina di condensa rimane perfettamente immobile, congelata nell'attimo in cui sta per fondersi con altra condensa e scivolare giù veloce, verso il piano del tavolino.

Uriel passa la mano di taglio attraverso il bicchiere.

Ridacchia, nervoso.

«Cazzo di birra. Mi ha proprio steso.»

«La birra non c'entra. Ti dicevo di Cohen. Avevo diciott'anni. L'anno della maturità. Con due amici eravamo andati in Grecia. Vivevamo di niente, dormivamo dove capitava. Un giorno siamo saliti su un traghetto per l'isola di Hydra. Era quello che costava meno. Eravamo stanchi di *tiropita* e di musei. E poi avevamo letto che sull'isola non c'erano auto, o telefoni, e nemmeno elettricità. In realtà la nostra guida doveva essere datata, perché i fili dell'elettricità e del telefono correvano di muro in muro. Ma le auto, quelle davvero mancavano. C'erano solo muli, per trasportare le cose. Fantastico. Allora, arriviamo sull'isola, gironzoliamo un po' informandoci sulle spiagge e sugli alloggi più a buon mercato, poi ci sediamo in un bar e beviamo un *ouzo*. Siamo seduti lì, sfiancati dal sole di mezzogiorno, contando le dracme per scegliere dove mangiare, quando vedo un uomo e una ragazza bellissima salire la stradina verso di noi. "Cazzo" ho detto ai miei amici, "ma avete visto chi è? È Leonard Cohen." Marco, senza alzare nemmeno la testa, mi ha preso in giro, chiedendomi se vedevo anche gli elefanti rosa e le zebre a pois. Lui tra l'altro era fatto dalla mattina alla sera, e una delle persone più ignoranti che abbia mai conosciuto. Figurati che chiamava le dracme *pesetas*, e si ostinava a parlare in greco antico alla gente che incontrava per strada, di qualunque nazionalità fossero. L'unico che gli abbia risposto a tono era un professore di Cambridge che ci offrì la cena e un posto per dormire, anche se poi cercò di infilarsi nel nostro letto. Ma questa è un'altra storia. Ti stavo dicendo di Leonard Cohen. Lo vedo salire lungo la strada, con una ragazza incredibile, che sembrava una fotomodella, o un'attrice, con un cappello di paglia enorme come un sombrero e dipinto con simboli a colori psichedelici. Ci passano accanto, passano a meno di un metro dal nostro tavolino, e io dico: *Mister Cohen!* E lui si volta ed era proprio lui, era Leonard Cohen. Fantastico. Era più piccolo di quanto mi aspettassi, e aveva gli occhi più veloci che abbia mai visto, nel senso che erano occhi che studiavano ogni cosa, erano gli occhi di un sarto che ti prende le misure per un abito che forse non ti cucirà mai, ma per il quale comunque si farà pagare, era il pittore che cerca di memorizzare una scena per un quadro futuro. Con la sfacciataggine dei giovani abbiamo invitato lui e la ragazza a sedersi al nostro tavolino, gli abbiamo offerto un *ouzo*, lui poi ha proposto un altro giro, e alla fine l'abbiamo seguito a casa sua, era una casa in collina, una fatica arrivarci, e non c'era corrente elettrica e ci sarebbe stato bisogno di una disinfestazione, prima ancora che di una mano di pittura. Un posto fantastico, su tre piani. *Se ascolti bene puoi sentire le voci di chi ci ha abitato prima*, mi ha detto con la sua voce roca, vedendo come fissavo una parete, segnata dal tempo come la pelle rugosa di un vecchio elefante. E un giorno si sentirà anche la mia voce. Credo sia stato in quella casa che ho deciso di studiare architettura. Lui mi spiegava come intendeva sistemarla, le modifiche che doveva fare, perché mancava persino l'acqua corrente. Ma io vedevo la casa com'era e l'amavo proprio così com'era, amavo i muri su cui infinite mani avevano lasciato uno strato d'unto che conteneva il loro dna, il dna del passato. Visualizzavo quella casa come un'entità viva, cosciente. Come la custode di quelle vite passate, dimenticate da tutti tranne che da quelle mura.»

Ricordare è come immergersi in un'acqua fredda. Al principio è fatica, timore. Poi la gioia purissima di nuotare nel mare limpido della giovinezza.

«Rimanemmo due giorni in quella casa. Scendevamo alla spiaggia a fare il bagno, compravamo il pesce dalle barche dei pescatori, e il pane da una donna che lo faceva, ruvido come lei, col fondo sporco di cenere. Cohen non ci badava. Era come se fossimo diventati parte della casa, tre pezzi del suo arredamento. Poi un giorno tornammo dalla spiaggia e i nostri zaini erano fuori dalla porta, che era chiusa a chiave. Un foglio spillato sul mio zaino diceva: *Ragazzi scusate ma devo partire, una cosa improvvisa.* E basta. Partimmo da Hydra il giorno stesso, e col tempo quell'incontro è sbiadito dai ricordi degli altri. Ma non dal mio. E poi ho questo.»

Tiro fuori il portafoglio, e da un suo scomparto una busta plastificata. Dentro, piegato in quattro, c'è il biglietto ingiallito con la scrittura di Leonard Cohen.

Mi guardo attorno, nel bistrot di Parigi, e per un attimo la memoria di quel bar di Hydra è così viva che si sovrappone, prevale. Socchiudo gli occhi per difenderli dal riverbero del sole nell'azzurro, sul bianco abbacinante delle case. Quando li riapro, ritrovo la penombra del bar, l'odore di segatura bagnata, il volto perplesso di Mathieu.

«Per un momento...» balbetta, «per un momento sono stato anch'io sulla tua isola... Dio, se eri giovane...»

«Non sapevo ancora chi ero. Non avevo consapevolezza di ciò che sono davvero. Ero giovane, sì. E ingenuo, e pieno d'amore per la vita.»

«Ci sei più tornato, su quell'isola?»

«Molte volte. Ma solo nei sogni.»

Faccio un gesto, come per dire che non importa.

«Le mura della casa di Cohen mi ricordano ancora. Le ho accarezzate, perché mi ricordassero meglio. Mi sono persino punto l'indice per versare qualche goccia di sangue negli interstizi tra le tavole del pavimento.»

«L'indice che userai per indicare agli umani dove andare, il giorno del giudizio... Il tuo indice nazi...»

Scrollo la testa. «Ti ho detto che non sarà così.»

«Mi hai detto tante di quelle cose. Meno male che poi il pazzo sono io. Oltre che assassino. E a proposito, se davvero sei chi affermi di essere, quanti morti hai *tu*, sulla coscienza? Partendo da Sodoma e Gomorra...»

Chiudo gli occhi.

«Le città erano più piccole, un tempo.»

«Comunque, immagino che un umano potrebbe muovere qualche obiezione circa il farsi giudicare da te.»

«Considera l'altro lato della medaglia: sono un esperto in materia.»

«Ti ricordi tutti quelli che hai ucciso?»

«Solo alcuni.»

Mathieu sbuffa.

«Sei fortunato. Io ho ucciso solo una volta, ma il ricordo di quella donna è inciso dentro di me. Nelle mie ossa. Le ossa dell'anima.»

«Capisco. Però vedi, io ho sempre la scusa che obbedivo agli ordini.»

«Agli ordini di chi? Del buon vecchio Dio? È proprio come quello della Bibbia, allora? Gli stiamo tanto a culo, noi umani?»

«È un po' più complicato di così. Allora, Uriel, torni a casa o devo portarti indietro con la forza?»

«*Uriel*... Che nome del cazzo... Sembra *Muriel*... Un nome da casalinga inglese...»

«In realtà è un bel nome. Vuol dire *Luce di Dio*, in ebraico.»

«*Luce di Dio*. Addirittura. E il tuo, invece?»

«*La Forza di Dio*.»

«Figo.»

Lo dice con una serietà così esagerata da far capire che è finta.

Trattiene a fatica un sorriso. «Cosa facevo, quand'ero un angelo?»

«Un sacco di cose. Ufficialmente stavi di guardia ai cancelli dell'Eden, con una spada fiammeggiante. Ma hai anche aiutato a seppellire Adamo e Abele in Paradiso.»

«Un misto di bidello e becchino...»

«Hai lottato con Giacobbe e hai distrutto un intero esercito assiro. Hai controllato che le porte degli ebrei fossero tutte segnate col sangue dell'agnello, durante le piaghe d'Egitto. Avevi un sacco di compiti. Nell'attuale contingenza, vale a dire la fine del mondo, tu sei l'angelo che custodisce le chiavi dell'Inferno.»

Scoppia a ridere. Si toglie di tasca e sbatte sul tavolo un mazzo di chiavi.

«Controlla tu stesso.»

Punta l'indice sulle varie chiavi del mazzo.

«Chiave della topaia in cui abito. Chiave d'ingresso alla topaia più grande dove si trova la mia piccola topaia. Chiave della terrazza all'ottavo piano della topaia grande. Una terrazza dalla quale, detto fra noi, ho avuto molte volte la tentazione di buttarmi, tanto per vedere se le voci la smettono di perforarmi la testa. Chiave della cantina. Chiave della porta posteriore. E questa, e questa, e questa qui, sono le chiavi della mia casa di campagna, che ho dovuto vendere per pagare l'avvocato.»

Il suo dito trema, quando si rende conto che c'è un'ultima chiave.

«Quella cos'è?» gli chiedo, sornione.

Passo la mano attraverso la mosca sospesa a mezz'aria fra di noi. Provo un leggero solletico al palmo, facendolo.

«Non lo so» sussurra.

«Ma lo immagini?»

«*No.*»

Afferro il mazzo. Stacco la chiave – una normalissima Yale, senza segni particolari – e la poso sul piano del tavolino. Poi prendo il mazzo con le altre chiavi e lo butto per terra.

Cade senza fare rumore. Come se fosse solo *il fantasma* di un mazzo di chiavi. Come se il mondo l'avesse inghiottito.

«Torna a casa, Uriel.»

Lui mi fissa, interdetto. Ha lo sguardo di un bambino abbandonato dai genitori.

Mi alzo.

«Andiamo.»

«E Jean-Marie?»

«Al suo risveglio, quando saremo usciti, non ricorderà più niente. Si sentirà bene, ma non saprà perché.»

«Non si chiederà perché sul suo tavolino ci sono tre birre?»

«Quali birre?» sorrido.

Sul tavolino c'è un unico bicchiere di birra, davanti al ragazzo. E al posto del vassoio colmo di tramezzini c'è solo un piatto con un toast al formaggio.

«Andiamo» dico.

21.

Appena fuori dal locale, il traffico della strada mi aggredisce i sensi. Una cacofonia, uno stonare di clacson, di gas di scarico, di movimenti bruschi della folla che gremisce il marciapiede all'ora di pranzo.

«Come faccio, a tornare?» chiede Mathieu, smarrito.

«Basta che pensi di farlo, e tornerai.»

«Ma poi, tornare *dove*?»

«Quando ci sarai lo saprai.»

Per uno dei repentini cambi d'umore del tempo parigino il cielo si è aperto, mostrando larghi squarci d'azzurro. In uno di quegli squarci, un aereo di linea risale lentamente, lasciandosi dietro due scie parallele di vapore.

«Ci ho provato. Ma non funziona.»

«Devi pensarlo *col cuore*. Lo so, può sembrare una stronzata new age, ma è così: *devi pensarlo col cuore*.»

Scuote la testa. E continua a scuoterla seguendomi, mentre fendo la folla per raggiungere la fermata della metropolitana.

«Devo andare a casa, ma non ho più le chiavi» si lamenta, seduto nel vagone della metropolitana. Io sto in piedi di fronte a lui. Mi bilancio per compensare il rollio della carrozza. È una specie di esercizio zen, mantenersi in equilibrio, anticipare e vincere le forze che vorrebbero sbatterti a terra o contro una parete.

«Non ti servono più, le chiavi.»

«Ma ho delle cose da recuperare.»

«Non hai niente da prendere. Devi lasciarti tutto alle spalle.»

«Sicché il mondo sta per finire.»

«Non tutto. Solo una parte.»

«La specie umana.»

«Non tutta.»

«E cosa sarà?»

«Non lo so. E non m'interessa.»

Lui mi guarda a bocca aperta.

«Come, *non t'interessa...?*»

Alzo le spalle.

«Ho avuto delle visioni. Chiamiamole così, in mancanza di un termine migliore. Ho visto delle cose, ma non è detto che siano destinate a succedere. Comincerà con una guerra nucleare, questo è sicuro. Poi verranno le malattie, la fame, la lotta dei sopravvissuti per le poche risorse rimaste. E poi il ghiaccio. In una delle mie visioni ho sorvolato per centinaia di miglia una distesa di ghiaccio sporco, dello stesso grigiore del cielo. Non si vedeva traccia di vita. Pensavo fosse la tundra artica, finché all'orizzonte non sono apparse le piramidi di Giza, coperte di ghiaccio.»

«E *noi* faremo questo? Saremo *noi* a farlo?»

«No. Un tempo l'avremmo fatto. Oggi saremo solo osservatori imparziali. Registreremo la fine dell'umanità. I registri vanno sempre aggiornati.»

«E poi divideremo i buoni dai cattivi.»

«Suppongo di sì. Non lo so. Immagino che per allora ci verranno date delle istruzioni. So che il programma prevede che scendiamo giù all'Inferno, per liberare le anime prigioniere laggiù.»

«Sarà una figata.»

«Puoi scommetterci. Danzeremo per le strade come a carnevale. Ci sarà un sacco di musica. Per questo, immagino, ci servi tu.»

Il sorriso scompare dal suo volto.

«Cosa mi succederà, per quello che ho fatto? Per la morte di Elizabeth?»

«Niente.»

«Niente?»

«Assolutamente niente. Credimi. Uno di noi era in un'*Einsatzgruppe*, in Bielorussia. Ha ucciso personalmente più di trecento persone.»

«*Uno di noi...*»

«A nessuno importa nulla, di una morte umana. Nella contabilità dell'universo non conta assolutamente nulla. Stalin era andato vicino alla verità dicendo che una morte è una tragedia mentre un milione di morti sono solo una statistica. Era solo troppo ottimista. Anche *un miliardo* di morti non è nulla, in un universo che distrugge un sistema solare con l'esplosione di una stella. Guarda, siamo arrivati.»

I passeggeri che scendono con noi a Saint-Denis sembrano usciti da un film dell'orrore. Morti viventi, dal passo strascicato, la mascella pendula, lo sguardo ebete. Molti sono carbonizzati: i loro occhi sono globi bianchi come quelli dei pesci cotti alla griglia, e dalle piaghe dei corpi spurga un liquido giallo. Camminano come possono, su arti ridotti a moncherini neri. I loro passi sembrano un fruscio di foglie, il loro alito sporca le piastrelle bianche dei corridoi.

Quando arriviamo all'uscita, i morti sembrano sciogliersi nella luce. Salendo sulle scale perdono consistenza, evaporano in un alone grigio, confondendosi con l'aria dell'esterno.

*

La spianata davanti alla basilica è deserta. Non c'è anima viva. Il silenzio è irreale. Il fruscio delle foglie negli androni dei palazzi è minaccioso, alieno.

«Dunque è così che sarà» sussurra Mathieu.

«No. Sarà *così*.»

Il ghiaccio ora copre ogni cosa. La gloriosa basilica è scoperchiata, un angolo crollato come se l'avesse calpestata il piede di un gigante. Mucchi grigi di neve coprono come un drappo funebre auto e corpi, carcasse arrugginite o spolpate. Un vento rabbioso ulula contro i muri dei palazzi superstiti, si accanisce sui monconi carbonizzati degli alberi.

Mathieu si lascia cadere in ginocchio, le braccia inerti.

La neve si posa su di lui, sporca come uno sputo. Indifferente a dove cade.

Poso una mano sulla sua spalla.

«Non devi piangere. Le cose sono come sono.»

Respinge la mia mano con un gesto rabbioso.

«Mathilde, la figlia dei miei vicini. Ha dodici anni, e gli occhi più vivi che abbia mai visto. Mi fa sempre domande sul cielo, sulle stelle, e i pianeti. È una creatura magnifica. Perché deve morire?»

«Forse non morirà.»

Lui fa una smorfia. Indica la piazza.

«*Certo che morirà*. Guarda cosa li aspetta.»

Visualizzo il ruggito dei missili balistici intercontinentali. Le loro scie nel cielo, minuscole come fiammiferi. E poi il lampo di luce all'orizzonte, il montare della tempesta, il rombo come quello di una mandria di bufali ciclopici. E dopo il rumore l'urto dell'aria bollente che trasporta una tempesta orizzontale di detriti in fiamme, frammenti micidiali come lance e frecce, sparati a velocità supersonica contro ogni cosa ostacoli il loro passaggio.

«Forse non morirà» ripeto.

Sappiamo entrambi che è una menzogna.

Camminiamo, trascinando i piedi nella neve sporca, verso la basilica, quel triste monumento alla vittoria dell'inanimato sull'animato, alla sopravvivenza della pietra e alla caducità della carne. Mathieu mi viene dietro come un bambino.

Vorrei, davvero *vorrei* conoscere il segreto delle lacrime.

Il portone d'ingresso è spalancato.

Invece del buio ci accoglie un'esplosione di luce.

Il soffitto è sparito.

La basilica è di nuovo un enorme spazio aperto al cielo, retto da sorde mura costruite mille anni fa.

Il pavimento è ingombro di detriti, ma non di macerie. È come se il tetto fosse stato portato via dalla mano di un bambino gigantesco. Quello che ricopre il marmo della navata medievale è un tappeto d'ossa e di oggetti abbandonati. Sembrano i resti di un naufragio. Centinaia di corpi si sono disfatti dentro i loro abiti, ridotti dal tempo e dalle intemperie al grigio di una foresta pietrificata. A qualcosa di minerale.

Mathieu si china in ginocchio.

Raccoglie nella mano a coppa un piccolo cranio perfetto.

«Potrebbe essere lei...» sussurra.

Cosa posso rispondergli?

Quale risposta è quella giusta?

Potrei dirgli che sì, che quel piccolo cranio è tutto ciò che rimane della sua amica Mathilde.

Perché è così.

Potrei raccontargli nei minimi dettagli com'è morta. *Come morirà*. Fargli rivivere la desolazione e il terrore dei suoi ultimi istanti.

Ma è più semplice mentire.

«Non è lei. Andiamo.»

Mi segue attraverso la distesa d'ossa che scricchiola e si

spezza sotto i nostri piedi. Mathieu continua a reggere in mano il cranio della bambina. Tiene gli occhi bassi. Vorrebbe evitare di calpestare i morti, ma non può. Non c'è spazio per camminare se non sulle ossa.

Ai piedi dell'altare mi genufletto, per un riflesso automatico.

Ovviamente non c'è mai stato nessun Dio, in questo luogo, e nemmeno la sua impronta. Dio è estraneo a questa chiesa come lo è a qualunque altro posto del pianeta. Ma l'adorazione degli umani ha lasciato fra queste mura una patina di sacro che si è appiccicata alle cose come il fumo delle candele su un'antica tela. Forse Dio non è mai stato in questo posto, ma ora c'è. *Lo sento.* È una specie di vibrazione sospesa nell'aria, un canto senza parole.

«Lo senti?» chiedo a Mathieu. A *Uriel.*

Annuisce. S'inginocchia accanto a me. Depone sul primo gradino dell'altare il piccolo cranio.

Dal vuoto della navata cade una neve soffice e grigia come cenere. Si posa lentamente sulle nostre spalle, sulla testa.

Rimaniamo a lungo così, in ginocchio, e la neve cade sempre più fitta, finché non diventiamo anche noi statue grigie, simili a quelle che ci guardano in silenzio dalle nicchie delle pareti, dalle absidi. Il fruscio della neve sui nostri corpi immobili è una predica sommessa e magnifica sulla vita e sulla morte.

Tendo la mano verso sinistra, senza guardare.

Mathieu allo stesso modo tende la destra.

Le nostre mani si trovano, nel vuoto fra i corpi.

Si uniscono. Si stringono.

Intorno a noi, il pianeta è avvolto in un immenso sudario di nuvole. Il cielo scorre muto sulle nostre teste. Le nuvole sono fatte di lacrime. Le esplosioni nucleari hanno portato in cielo milioni di tonnellate di polvere, ed è quella polvere grigia e untuosa che ricade con la neve. *Per sempre*, sussurrano le pietre maestose.

«Non può essere evitato?» chiede Uriel, con voce talmente sottile da sembrare un fruscio di foglie.

«Forse» rispondo.

Ma è a me che lo sto dicendo.

22.

All'uscita dalla basilica, ogni cosa è tornata com'era. Banchetti colorati di un mercato etnico sulla spianata, folla vociante, odore di cibo speziato, cardamomo e curry, richiami, un rumore allegro come di uccelli.

Il cielo è azzurro come un miracolo, di un azzurro araldico.

Scendiamo la scalinata con il passo incerto di chi si chiede se non ha sbagliato posto. Tra le dita di Mathieu non c'è più il teschio della bambina. Non c'è niente se non la sensazione di qualcosa di sporco, di brutto. La paura è una patina oleosa che copre ogni dettaglio, come se ciò che ho davanti non fosse la realtà ma un quadro iperrealista.

Ho un dolore alla testa, quasi un chiodo mi trapassasse la tempia.

Mi appoggio a una panchina. Il mio corpo si piega come quello di un vecchio. Vomito nel cestino della carta straccia, sotto gli occhi di un gruppo di ragazzini dalla pelle scura che subito scimmiottano i miei conati, la mia schiena piegata.

Mathieu mi aiuta a rialzarmi.

«Ehi, tutto bene?»

«Sto bene» rispondo, con una voce che smentisce la mia affermazione.

«Siediti. Calmati un attimo.»

«Non posso. Devo andare.»
«Andare dove?»
«In altri posti. E tu devi tornare a casa.»
«Non hai soldi. Dove pensi di andare, senza un euro?»
Lo guardo. Per questa domanda non ho risposte.
«Quei soldi che hai in tasca. Le lenzuola zariste. Ci tieni, sono tipo un ricordo di famiglia, o vuoi farci qualche soldo vero?»
«Penso non valgano niente.»
Mathieu scuote la testa. «Vuoi scherzare? Vieni con me. Ti porto da uno che conosco.»

Per arrivare alla bottega dell'antiquario, Mathieu segue un percorso così contorto che non potrei ritrovare la strada del ritorno senza un filo d'Arianna. Le vie in cui ci addentriamo sono sempre più squallide. La luce del sole sembra non esservi mai penetrata. Non mi sorprenderebbe imbattermi a qualche angolo in un troll, o in una foresta di funghi alti sei metri.

I ragazzi maghrebini hanno accennato a un tentativo di pedinamento, ma me ne sono liberato con un sistema antico come Gerico: il trucco degli Occhi di Fuoco.

Funziona sempre.

I quattro ragazzini terrorizzati hanno girato immediatamente al largo, lasciandoci liberi di penetrare nelle Indie Nere.

A mano a mano che ci allontaniamo dalla via principale, sembra di fare un viaggio anche nel tempo, dal Ventunesimo secolo a una città di vicoli selciati e antichi palazzi decrepiti, con le finestre sbarrate e gli androni bui in cui stazionano personaggi invisibili se non per il fumo e le braci delle loro sigarette nell'ombra, che illuminano volti cupi e malevoli. La biancheria appesa ai fili tra un caseggiato e l'altro è qualcosa che ho visto a Napoli e a Marsiglia, mai a Parigi. Sembrano vecchi stracci, più che pantaloni e camicie.

«Sei sicuro di dove mi stai portando?»

Mathieu sbuffa. «Conosco questi posti, stai tranquillo. È qui dietro l'angolo.»

Il negozio ha vetrine così luride da non aver bisogno di tende. Dietro il vetro, a malapena riconoscibili attraverso la polvere, appoggiati su un panno nero ci sono un candelabro, dei libri, una fisarmonica, oltre a oggetti più piccoli che non riesco a distinguere. L'odore di vecchio si sente fin da fuori il negozio, un misto di muffa e ruggine e sporco.

«È chiuso» faccio, indicando la porta sprangata e un cartello la cui scritta sbiadita non si legge ma il cui contenuto si può intuire, date le vetrine buie.

«Il vecchio Marius non chiude mai» replica Mathieu, battendo sulla porta due colpi così forti che mi meraviglia non la buttino giù.

«*Marius! Sono Mathieu! Aprimi!*» grida, la bocca appoggiata alla quercia nera della porta.

Da dentro risponde un grido acuto di protesta, e dopo qualche attimo i passi di qualcuno.

I chiavistelli scattano, in una sequenza complessa e rumorosa.

Nello spazio bloccato da una catena spessa un dito, un volto arcigno e diffidente appare a interrogarci.

«Mathieu? Cosa ci fai qui? Ti ho detto che non volevo avere più niente a che fare con te.»

«Ah sì, lo so. Ma qui è diverso. Non è per me, è per questo mio amico. E non sono vecchi vinili. È roba che spacca.»

L'occhio ceruleo del vecchio mi scruta.

«Strano amico.»

«È italiano. Si trova a Parigi di passaggio, ma ha qualcosa che sono sicuro t'interesserà.»

«Ah sì? Cosa sarebbe?»

«Vuoi che ne parliamo stando qui fuori al freddo?»

«Non fa freddo» replica l'uomo dietro la porta. «Almeno, io che sto dentro non ho per niente freddo.»

«E allora fa' entrare anche noi, no? Dai, che qui fuori mi si gelano i coglioni...»

Il battente si chiude.

Poi l'ultimo chiavistello viene tolto e la porta si riapre, non più bloccata dalla catenella.

«Vi ha visti qualcuno?»

«Eh dai, Marius! Non andarmi in paranoia! Chi vuoi che ci spii?»

«Tanti. La mia roba fa gola.»

«Figuriamoci. Forse ai topi. E magari neanche a quelli! Ma anche tu, in fondo, sei un mezzo topo...»

«Sì, era quello che dicevano sempre, a Dachau. *Sei come un topo, sei un parassita, come tutta la tua razza...* Ma guarda un po': io sono ancora qui, e loro invece non ci sono più!»

Dal suo petto magro e piccolo come quello di un ragazzino scaturisce una risata grassa, che si trasforma in un accesso di tosse catarrosa.

«Venite dentro, dai. Fatemi chiudere la porta.»

Chissà cosa mi aspettavo, dall'interno del negozio.

Il disordine, certo, ma non l'odore di cavolo che permea ogni cosa, uscendo in sbuffi di vapore da una pentola appesa a bollire su un antico fornello da alchimista.

E certo mi aspettavo i libroni rilegati in cuoio, con grosse e pesanti serrature metalliche. Ma non i fumetti ingialliti di Michel Vaillant e Dan Cooper, o una parete piena di *memorabilia* del baseball.

Mathieu si aggira tra la mercanzia, toccandola, prendendola in mano, curioso.

«Hai venduto qualcosa, ultimamente?»

«Macché. Gli affari non sono più quelli di una volta.»

«È da una vita che te lo sento dire. Sei pronto per l'affare del secolo?»

Il vecchio si massaggia il mento. Prima che entrassimo

stava evidentemente studiando un minuscolo oggetto sotto una luce potentissima.

«Cos'è? Un diamante?» gli chiede Mathieu.

«Macché diamante! Macché! Guarda! Guardate!»

Mi avvicino anch'io. Quello sotto la lente d'ingrandimento sembra davvero un diamante. Ma l'antiquario scuote la testa.

«Quello è un cadavere.»

«Hai voglia di scherzare?»

«Un attore famoso. Non adesso, no, ma un tempo sì. La vedova l'ha fatto cremare, e con le ceneri ha chiesto di farne quel diamante lì. E adesso vorrebbe vendermelo. Ma io non so se posso comprarlo.»

«Perché no?»

«Perché anche se in una forma diversa, resta comunque un cadavere. Il corpo di un defunto è sacro. Come si può venderlo, o comprarlo?»

«Hai venduto e comprato cose più strane.»

«Ma questo mi pone dei problemi dal punto di vista morale. Perché vedi, il valore non sta nella pietra, che è una pietra di merda, tagliata male e senza luce. Il valore qui lo dà il materiale con cui la pietra è stata fatta.»

«E quindi il corpo dell'attore.»

«Esattamente. *È quello* che in realtà io comprerei, e che un domani rivenderei. E la cosa mi crea un dilemma morale. Ho chiesto consiglio al rabbino, ma mi ha cacciato via come se fossi un *dibbuk*.»

Mathieu scuote la testa. «Ah be'. Non t'invidio. Ma noi abbiamo un buon affare da proporti. Niente cadaveri.»

Il vecchio si gratta la testa.

«Non voglio guai con la legge.»

«Macché guai. È roba pulita. Mostragliele, Gabriel.»

Tolgo dal portafoglio le dieci banconote russe.

Quando le vede, l'antiquario sbianca. Poi si ricompone rapidamente, mettendo su una faccia da poker.

«Normalmente non tratto banconote. Non sono un numismatico.»

Mathieu salta giù dal tavolo.

«Allora vorrà dire che andiamo a cercarci un numismatico.»

«Aspetta. Non correre. Ho detto *normalmente*.»

Infila una delle banconote sotto la lente d'ingrandimento. La studia a lungo, mordicchiandosi il labbro superiore.

Intanto, senza levare gli occhi dalla lente, tira giù da uno scaffale un libro dall'aspetto distrutto, rilegato in tela azzurra. Una nuvola di polvere si solleva quando l'appoggia sul bancone da lavoro.

«Dev'essere qui che l'ho visto...» borbotta tra sé, stendendo per bene una banconota e sfogliando le pagine del libro.

«No, non è questo.»

Va a prendere un altro libro, ancora più malandato del primo e privo di copertina. Lo sfoglia, umettandosi con la lingua la punta dell'indice prima di voltare le pagine.

«Ah, eccola qui! Ma no: è impossibile.»

«Che cosa?» fa Mathieu.

La testa dell'antiquario scatta in avanti, come quella di una rugosa tartaruga. Una tartaruga malevola.

«Dove le avete prese?»

«Perché?»

«Perché queste non sono semplici banconote zariste. Sono le ultime banconote emesse prima della Rivoluzione d'Ottobre. Le ultime. Non sono mai entrate in circolazione.»

«Come fai a esserne sicuro?»

«Per via della serie e del numero. Ma è la prima volta che ne vedo una. Finora per me erano solo una leggenda. Dove le avete prese?»

Mathieu si china sull'orecchio dell'antiquario, sussurrandogli: «È un'eredità di famiglia. La mia bisnonna era una contessa russa.»

Il vecchio si gratta il mento, con aria perplessa.

«Sono incredibilmente ben conservate. Non dimostrano un secolo.»

Mi rendo conto che l'entusiasmo della scoperta gli ha fatto completamente perdere di vista i trucchi del mestiere: sminuire il valore, mercanteggiare. Come se gli affari fossero passati in secondo piano.

«Le ho trovate in un libro della mia bisnonna russa» mente Mathieu, improvvisando. «*Memorie di un cacciatore* di Turgenev.»

«Un libro sopravvalutato. Per caso qualche tuo parente russo aveva un incarico nella zecca di stato di San Pietroburgo?»

«Può darsi. Anzi, mi sa proprio di sì.»

«Perché sono banconote assurdamente rare. Se fossero autentiche avrebbero un *discreto* valore.»

«Sono autentiche» taglia corto Mathieu.

«Consentimi di accertarlo attraverso un numismatico. Uno più esperto di me.»

«Quanto tempo ci vorrà?»

«Un paio di giorni.»

«No» faccio. «Io devo andare. Due giorni sono troppi.»

«Scusa, ma con chi sto trattando? Con te o con lui?»

«I soldi sono miei. Anche se è Mathieu che tratta.»

«E allora la bisnonna russa di chi era? Tua o sua?»

Marius mi fissa attentamente. Poi scuote la testa.

«Mi rincresce, ma non posso pagare per merce di cui non sono sicuro.»

«Non importa. Me le ridia.»

L'antiquario fa una smorfia di dolore, piegandosi come se l'avesse colto un mal di pancia.

«La prego, la prego. Abbia pazienza. Non sia così precipitoso» mi implora.

«Fai venire qui il numismatico» propone Mathieu.

«Non posso. È a Lione.»

«Scannerizzale e mandagliele via posta elettronica.»

Il vecchio si stropiccia le mani, nervoso.

«Non ho il computer. E poi una foto non è l'originale. Queste sembrano davvero autentiche: la stampa, la filigrana. Ma non mi fido del mio solo giudizio. Bisogna tenerle in mano, toccarle, per capire se sono autentiche.»

«Hai sentito il mio amico. Deve andar via. Mi dispiace. Vorrà dire che sarà per un'altra volta.»

Mathieu fa il gesto di raccogliere le banconote. Le mani dell'antiquario scattano a bloccarlo.

«Aspetta, aspetta, aspetta. *Aspetta!*»

I suoi occhi sono imploranti. Ansima, nel confrontarsi con l'uomo più giovane.

«D'accordo. Voglio fidarmi di voi. Ma chiaramente, se avete tanta fretta e non mi date modo di verificare, posso offrirvi un prezzo inferiore a quello che avrei pagato se questi articoli fossero stati periziati da un esperto.»

«E *quanto* esattamente puoi offrirci?»

Le dita dell'antiquario si muovono nell'aria come se premessero i tasti di una calcolatrice.

La voce gli esce di bocca in un sussurro.

«Puoi ripetere?» fa Mathieu. «Non ti ho sentito.»

«Quindicimila euro. Per tutte e dieci.»

Mathieu mi guarda, incredulo.

Io alzo le spalle.

«Va bene» fa Mathieu. «Contanti, però.»

«Non ho una cifra del genere, qui con me.»

«Sono sicuro che se t'impegni anche solo un po' la trovi. Ti diamo dieci minuti.»

Il vecchio si morde le labbra.

«Faccio una telefonata.»

Otto minuti dopo, un ragazzino undicenne, con le orecchie sporgenti come quelle del vecchio, entra tutto trafelato nel negozio, consegnando al nonno o al prozio una busta bianca piuttosto gonfia. L'antiquario gli allunga una moneta da due euro e lo congeda con uno scappellotto sulla nuca.

Poi apre la busta sollevando lentamente il lembo di chiusura incollato, come se pensasse di riutilizzarla ancora. Tira fuori i soldi e li conta. Io faccio lo stesso con i rubli. Le banconote moderne gialle e verdi passano di mano contemporaneamente alla vecchia cartamoneta imperiale.

È uno scambio che soddisfa entrambe le parti.

Mathieu batte la mano sulla spalla del vecchio, provocandogli un accesso di tosse.

«Resta inteso che se le banconote sono false, ti mando Momo» ammonisce l'antiquario, puntando un indice lungo e nodoso contro il petto di Mathieu.

«Momo non ci passa, per la porta di casa mia.»

«Momo non passa per le porte. Sfonda direttamente i muri.»

«Non avrai bisogno di mandarmelo. Sono buone.»

«Me lo garantisci tu?»

«Certo.»

«E a *te* chi lo garantisce?»

«Diciamo che me l'ha detto un angelo.»

L'antiquario scuote la testa. S'infila le banconote che ha appena comprato nella tasca della giacca elegante che indossa, un capo di taglio sartoriale, anche se vecchio e liso in certi punti fino a essere lucido. Alza il coperchio della pentola e si dedica alla sua zuppa di cavolo.

Mathieu gira su se stesso, guardando gli oggetti appesi al soffitto del negozio.

Ne indica uno.

«Quanto vuoi, per questa?»

L'occhio umido del vecchio mette a fuoco l'oggetto.

«Sai suonare anche quella?»

«So suonare *tutto*, io. Comunque non è per me. È un regalo per un amico.»

L'antiquario scioglie il nodo che lega alla trave lo strumento. Lo porge a Mathieu, che a sua volta, con un gesto cerimonioso, me lo consegna.

La tromba è coperta di polvere. Ma appena ci passo sopra la mano, l'ottone brilla alla luce come fosse oro.

«Provala» fa Mathieu.

«Non so suonarla.»

«Ti ho osservato, mentre la guardavi. Le tue labbra e le tue dita si sono mosse come se la stessero suonando. Provala, su.»

Mi porto la tromba alla bocca. Non so se la sto impugnando bene. È come se non avessi controllo sulle mie mani.

Soffio nel bocchino. Le dita volano da sole sui tasti.

Le note si alzano pure, cristalline. Un grido in musica, che riempie il negozio, facendo esplodere la luce da ogni oggetto, da ogni angolo.

L'antiquario mi fissa a bocca aperta. Gli occhi spalancati.

«Signore onnipotente...»

Mathieu batte le mani.

«Sai cosa ha detto un grande musicista, Wynton Marsalis? *Il primo musicista jazz fu un trombettista, Buddy Bolden. L'ultimo sarà un trombettista, l'arcangelo Gabriele.*»

Poi si volta verso il vecchio.

«Quanto vuoi per questo vecchio rottame?»

«Non è per niente vecchio. E tantomeno un rottame. È una Courtois. Hai sentito che suono? Millecinquecento euro.»

«*Mille*. E ci metti anche la custodia. Perché dovrebbe essere solo il *tuo* giorno fortunato?»

23.

Il luogo che scelgo per salutarci è davanti alla fermata della metro. La scalinata sembra scendere verso l'ingresso di una tomba antica. Il vento schiaffeggia una pagina di giornale, tenendola ferma a mezz'aria davanti ai miei occhi abbastanza a lungo perché io possa leggerla.

INCIDENTE NEL BALTICO è il titolo a piena pagina, sopra la foto di un enorme sottomarino russo che emerge dal mare in tempesta.

Poi il foglio viene strappato via, con un crepitio rabbioso.

«Quanto manca?» chiede Uriel.

La sua natura traspare, anche se solo ai miei occhi, sotto la pelle dell'uomo che abita. Mathieu è ancora lì, ma quasi invisibile, avvolto da vesti luminose, protetto dalla corazza di fuoco bianco. Il volto di Uriel è duro, tagliente come la lunga spada a due mani che impugna. La spada dalla lama di luce.

«Non molto» rispondo.

«Come farò a tornare a casa?»

«Devi solo scendere laggiù» dico, indicando l'ingresso della metro. «Alla fine del corridoio troverai una porta chiusa. Tu hai la chiave.»

«Tutto qui?»

«Tutto qui.»

Mathieu ritorna visibile. Uriel scompare.

La sua mano indica la piazza, l'allegria dei bambini, il vociare del mercato, l'azzurro del cielo solcato da lunghe scie bianche che s'incrociano.

È una domanda muta, a cui non rispondo.

«E tu?» mi chiede. «Tu cosa farai?»

«Devo ancora incontrare una persona.»

«Qui a Parigi? Potrei accompagnarti.»

«No, in un'altra città. E tu devi andare.»

Mathieu, *Uriel*, si stringe nelle spalle.

«Non ricordo più niente. Chi sono. *Cosa* sono.»

«Al momento giusto ricorderai. Vattene, adesso. C'è una busta, nella tasca interna del tuo giubbotto. Dentro ci sono le istruzioni.»

«Una volta le istruzioni arrivavano dai cespugli in fiamme.»

«I tempi cambiano. Ma il mittente è lo stesso. Addio, Uriel.»

«Addio. Vorrei non averti regalato quella tromba.»

Sollevo la custodia, tenendola come reggerei la testa di un nemico decapitato. Come in effetti *ho tenuto* la testa di qualche nemico decapitato.

«Ti aiuterebbe sentirti dire che il mondo non finisce?»

«In realtà no. Mi sembra solo una scusa. Una cosa che dici tanto per indorare la pillola.»

«Eppure è così.»

Mathieu ha uno scatto di rabbia. «Ma *loro* non ci saranno più. Sono loro, a rendere interessante questo posto. Senza di loro non ci saranno più passioni, poesia, arte.»

«Ci sono anche cose negative. Anche quelle non ci saranno più: avidità, malizia, sfruttamento.»

«*Bestemmie, sacrilegi, ingratitudine filiale*... È per questo che muoiono?»

«Hai un concetto piuttosto *old style* del nostro padrone.»

«È comunque un padrone.»

Preferisco non rispondergli. Guardo l'orologio. Ha la caratteristica di cambiare continuamente. Non l'ha fatto sempre, ma ultimamente sì. Ieri era un Iwc complicatissimo, con un elegante cinturino in cuoio. E un giorno ha preso la forma di un Hublot *La Clé du Temps*, una mostruosità futuristica nera e verde radioattivo che sarebbe stata bene al polso di un Alien. Oggi è un cronografo Nautica largo quasi quanto il mio polso, con il quadrante decorato da dodici variopinte bandierine da segnalazione. Un orologio imbarazzante, per i miei gusti. Una volta mi sono ritrovato al polso un orologio arrugginito degli anni Quaranta, con Topolino che indicava le ore e i minuti con le braccia. Ritardava di un minuto ogni ora. Da bambino avevo un orologio così. Me l'aveva portato uno zio dall'America. Si era rotto quasi subito. Forse era lo stesso.

«No» rispondo. «Non è un padrone. E nemmeno un padre, o una madre.»

«E cos'è, allora?»

Lo fisso dritto negli occhi.

«Lo scoprirai.»

Gli volto le spalle. Mi allontano.

«*Ehi!*»

Mathieu mi guarda con la faccia arrabbiata, le mani piantate sui fianchi.

«Te ne vai così? Mi sconvolgi la vita e te ne vai?»

«*Devo* andare.»

«Dimmi almeno dove.»

«Non lo so.»

«Cosa cerchi, Gabriel? Cosa cerchi *veramente*?»

Non ho risposte da offrirgli.

O forse sì.

«C'è una donna.»

«Una donna.»

«Sì. La cosa strana...»

«Sì...?»

«La cosa strana è che non riesco a vederla. Non sono nemmeno sicuro che esista.»

Rifletto a lungo, prima di aggiungere: «A volte la confondo con altre donne che ho conosciuto. Come se mi sfuggisse. Riesco a vederla solo di tanto in tanto, come di taglio, come un riflesso in uno specchio, che quando ti volti già non c'è più e ti domandi se non l'hai solo sognato.»

«Se sei un angelo...»

«Fa' la domanda.»

«Be', si suppone che gli angeli siano esseri spirituali. Voglio dire, un angelo e una donna...»

Sorrido. «Ho avuto molte donne, in ognuna delle mie vite.»

«Soprattutto in questa, mi sa, visto che non riesci a ricordarti la donna più importante che hai incontrato.»

«Non è così semplice. È come se avessi cancellato la sua memoria e riuscissi a recuperare solo dei dettagli di tanto in tanto, in modo casuale. È come ricostruire un puzzle senza avere la figura di riferimento.»

«Non sai nemmeno come si chiama?»

Scuoto la testa. «I due nomi di donna che mi vengono in mente più spesso sono Hélène e Sabine. Ma Sabine ora è solo un'amica, e Hélène è una ragazza che ho conosciuto molti anni fa. Non hanno niente in comune. Eppure in qualche modo si confondono. Ho in mente un caleidoscopio di fatti, di parole, di momenti. Sai come funziona un caleidoscopio?»

«Ne avevo uno, da bambino.»

«Le figure colorate che vi appaiono sono meravigliose: cristalli di neve multicolori, in continuo cambiamento. Ero incantato da quell'oggetto. Poi un giorno l'ho aperto e ho provato la più grande delusione della mia vita: era solo un tubo di cartone con tre specchietti e dei pezzettini di plastica colorata. Tutto qui.»

«Ma la magia...»

«La magia è solo un trucco.»

Il mio indice continua a disegnare figure nell'aria.

Triangoli, cerchi, spirali. Lo guardo affascinato. Sembra animato da una volontà propria.

«La donna che cerco è come la figura in un caleidoscopio. Ogni dettaglio che raccolgo mi aiuta a trovarla. Ma al tempo stesso mi confonde, crea l'illusione di altre donne, che forse non esistono nemmeno.»

Mathieu mi osserva.

«Sono certo che la troverai. Così come so che ritroverò la mia donna, dall'altra parte.»

«Non sei impaziente?»

Scuote la testa, sorridendo. «Elizabeth mi diceva sempre che non c'era nulla, *dall'altra parte*. E che se anche ci fosse stato, non dovevamo affrettarci a raggiungerlo. Diceva: *se uno di noi se ne va per primo, l'altro si goda la vita. Resti più che è possibile quaggiù, dove il cibo ha sapore e l'acqua disseta, e ci sono risate e peccati e cose che ti fanno girare la testa e battere forte il cuore*. Quindi no, non ho fretta di ritrovarla. Ammesso che ci sia, un'altra parte.»

«C'è. Non è come la gente se l'immagina, ma c'è.»

Un ragazzino nero fa una capriola all'indietro sul posto. Poi un'altra. E un'altra. La gente intorno ride.

Mathieu scuote la testa.

«Gli umani sono strani.»

«Una cosa da scrivere su una maglietta.»

«La farò stampare.»

«Ai loro occhi, sei tu quello strano.»

«Già. Un mostro, un assassino, un teppista.»

«Eppure ami. Soffri la perdita della creatura che hai ucciso. E poi canti magnificamente. Scambierei un *mostro* come te con milioni di loro.»

«*Merci*.»

«Quando suonerò la mia tromba penserò a te. Dovunque tu sia, sentirai le mie note.»

«Non vedo l'ora, in fondo. Credo sia questa, la verità. E

sono certo che in quel momento avrai la tua donna accanto. E saprai chi è, come si chiama, e cosa avete avuto assieme.»

«Sarebbe bello.»

«Portami con te» m'implora, con gli occhi da cane bastonato.

Scuoto la testa. «Non percorriamo la stessa strada.»

Mathieu spalanca le braccia.

«Almeno salutiamoci come si deve.»

Ci abbracciamo. Mi bacia sulle guance, quattro volte. È strano essere abbracciato da un uomo, sentire le sue guance ruvide di barba sotto le mie labbra.

«Addio, angelo sterminatore.»

«Addio, assassino.»

«Quando ci rivedremo, come farò a riconoscerti? Avrai le ali, immagino.»

«Le ali sono una convenzione. Mi riconoscerai. Tutto qui.»

Il vento ci sferza il viso, sembra volerci appiattire come fogli di giornale e portarci via. Mulinelli di polvere, nei quali solo io riconosco demoni e anime in pena, si alzano e si abbassano disegnando una danza macabra come quella che un tempo adornava il putrido Cimitero degli Innocenti. Questa città, come Mosca, è costruita sulle ossa.

Ci sono più persone morte che vive. E il loro numero è in aumento. Quelle viventi diventano sempre più rare.

È una battuta del *Rinoceronte* di Ionesco.

«Sicché ti riconoscerò» conclude Mathieu, con un gesto della mano che sembra un pugno all'aria.

«Ci riconosceremo.»

Gira sui tacchi e scende nella metro senza più dire nulla, bello e straniero in questo mondo e nell'altro, per sempre giovane nei suoi jeans stretti e nel giubbino di pelle troppo leggero per questo vento freddo.

Anche se non sembra rendersene conto, ogni cosa intorno a lui esulta. La polvere gioisce sotto ogni suo passo.

È bello, mi mormora all'orecchio la voce di una giovane donna.

È il tuo uomo. Come potrebbe essere altrimenti?, le rispondo, con la voce del cuore.

Mi manca il tocco delle sue mani. Mi mancano le sue labbra.

Con un gesto dell'indice e del medio, pronuncio la formula finale della liberazione.

Poche parole sussurrate, leggere come piume.

La voce alla mia destra sparisce. Torna a essere fruscio di foglie e rumore di pneumatici che schiacciano tappeti di foglie, e rumore di foglie schiacciate e il brusio lungo del mondo, infinito come un'onda.

Cosa lascerò qui? Cosa regalerò, a questa città?

Una cosa che ho in tasca. Una piccola cosa che possiedo da quando ero bambino, parte di una collezione ormai perduta. È una conchiglia fossile, mineralizzata. Sembra un gioiello, una minuscola scultura, con le sue spirali geometriche che paiono fatte di bronzo.

Depongo la conchiglia ai piedi della basilica contro un muro, fra la sporcizia portata dal vento. So che nessuno la raccoglierà, fino alla fine del mondo. È una piccola magia, essere in piena vista e al tempo stesso invisibile. Attraverso il tempo e attraverso il morire del tempo, una cosa già morta da milioni di anni attira e piega nelle sue spirali la luce del giorno. L'eterno e il transitorio, e lo spazio intermedio che è lo spazio di noi tutti, la nostra vita.

Chinandomi per deporre la conchiglia mi sono inginocchiato, e qualcuno vedendomi può aver interpretato quel movimento come un atto di devozione. Non importa. In realtà, se avessi voluto adorare qualcuno o qualcosa, non mi sarei rivolto alla chiesa e alle sue pietre, mi sarei invece voltato ad abbracciare con lo sguardo la piazza, il rumore incessante e meraviglioso del giorno, lo scorrere infinito della vita in cui siamo gocce di pioggia, parole gridate di lontano, vento che sfiora le cose andandosene altrove.

Mi allontano dall'antico tempio come ho fatto migliaia di volte nella mia vita. La morte delle città è diventata una cosa normale, per me. Ma ogni volta il dolore è lo stesso, eternamente rinnovato. Un tempo le città che distruggevo erano accozzaglie di capanne, abitate da gente incapace persino di concepire la bellezza. Allora non piangevo. Eseguivo gli ordini. Eppure poi ho pianto vedendo l'Acropoli di Atene in fiamme, e il tetto della biblioteca di Alessandria crollare in un baratro di fiamme. Ho pianto per Dresda e Hiroshima, per Mȳ Lai e Baghdad. E un giorno, in un villaggio africano che per me non aveva un nome, sono scoppiato in un pianto dirotto raccogliendo da terra una bambola di pezza, tra il fragore delle fiamme e le esplosioni sempre più vicine dei colpi di grazia.

Sapevo piangere, una volta.

Conoscevo l'arte dimenticata delle lacrime.

Sono felice di andarmene, di lasciarmi alle spalle tutto questo. Felice che sia la mia ultima corvée.

Salgo al volo su un taxi, dico: *Gare de Lyon*. La portiera della berlina Renault si chiude con un rumore morbido, soddisfacente.

Chiudo gli occhi e in un attimo volo via da qui.

24.

I treni non sono cambiati granché da quando ero bambino e mia madre all'inizio dell'anno scolastico mi portava in Svizzera, a Lugano, in un collegio che odorava di disinfettante e di cera per mobili. A Milano prendevamo il treno dalla Stazione Centrale, la stessa in cui stiamo entrando ora. Ma si può dire davvero che era la *stessa* stazione? La struttura esteriore sì, ma il tempo è passato, penetrando ogni trave, ogni pietra, mutandole infinite volte. La materia non è stabile come sembra. La solidità è un'illusione. La materia è un fiume che scorre, atomi in continuo movimento. Allo stesso modo questo corpo che abito non è quello di un tempo. La materia che lo compone è mutata, cellula dopo cellula, attimo dopo attimo. Solo la mia coscienza è rimasta, o forse nemmeno quella. Quand'ero bambino pensavo da bambino, mi comportavo da bambino. Il mio concetto del mondo era incredibilmente limitato. Non sono più lo stesso, oggi. Ora vedo le cose faccia a faccia e non più *per speculum in aenigmate.*

O almeno così m'illudo che sia.

Con uno stridio di freni e qualche sobbalzo il treno cambia binario, rallenta entrando sotto le volte di ferro e vetro della stazione.

Ho viaggiato da solo nel mio scompartimento. Come se fosse riservato per me. Tutto ciò che ho dovuto fare è stato tracciare un antico simbolo sulle due porte d'accesso del vagone. Nessuno è entrato, nessuno mi ha disturbato.

Ho viaggiato senza biglietto. Avrei potuto farlo in un vagone letto, ma ho preferito stendermi sul sedile di una carrozza di seconda classe, usando il mio giubbotto come cuscino. Presto il rollio del treno mi ha cullato in un sonno senza sogni.

Noi angeli non sogniamo. A volte abbiamo visioni, ma è solo un modo diverso di ricevere ordini o istruzioni. Del resto la nostra stessa vita si svolge tra più mondi, tanto che è difficile capire quando mi muovo nel tempo della visione o in quello della realtà. Ad esempio ora, mentre il treno perde velocità e la banchina che ci scorre a fianco si popola lentamente di fantasmi: uomini con divise della Grande guerra, eleganti signore in crinoline, hippy sgargianti, famiglie meridionali con le valigie di cartone. Tutti si muovono lentamente, come se contrastassero un flusso d'acqua. In mezzo a queste ombre le persone vere, le persone *vive*, ammesso che la distinzione abbia un senso, sembrano leggermente più solide. Ma è solo un'illusione.

Tutto è illusione.

Liberarsi dalla tirannia mentale della materia è il primo passo.

Poi viene il liberarsi dalle forme: da quelle strutture mentali che ci portano a confinare la transitorietà in spazi finiti. A vedere nella transitorietà oggetti, figure, tempo. *Tutto è illusione*. Bisogna defocalizzare, se vuoi *vedere* davvero, e non solo *guardare*. Bisogna spiazzare la realtà, coglierne l'incompletezza, l'istante in cui diviene qualcos'altro. Ogni cosa è presente in ogni attimo: il bicchiere di vetro che ho davanti, sul minuscolo tavolino estraibile del treno, è anche la sabbia che lo compone, e anche le schegge taglienti in cui si trasformerebbe se lo scagliassi contro il vetro più duro del finestrino. Una miscela di materia e tempo rannicchiata in uno stato apparentemente solido che chiamiamo realtà. Sottrarsi a questa illusione porta a un enorme potere, è il primo passo verso la liberazione dell'energia più grande dell'universo: la consapevolezza. Muovo una mano ed ecco, il bicchiere è un mucchietto di sabbia grigia, che a sua volta è stata montagna, e prima ancora frammento cosmico, polvere stellare. Una sera a Barcellona, a un concerto di Jordi Savall, i miei occhi si sono fissati sul tamburello suonato da uno dei musicisti. La musica nitida che produceva veniva dalla pelle di un animale morto. La mia coscienza ha messo a fuoco quel fatto, e in quel momento la musica che ascoltavo ha acquistato un altro senso. Al centro della musica c'era quell'animale ignoto, e la sua pelle trasformata in musica, la luce che rendeva nitida quella pelle bianca, rivelandone le imperfezioni, trame sottili come vene. Le dita del musicista percuotevano o accarezzavano il tamburello, i sonagli metallici tintinnavano. La luce li accendeva di riflessi d'oro e d'argento.

Ricordo di aver chiuso gli occhi e di aver pianto.

Li riapro sul marciapiede della stazione, che scorre sempre più lentamente al finestrino.

Un bambino sporco, vestito di stracci, sfreccia a capo chino tra i passanti, inseguito da un poliziotto. La scena è muta, come una vecchia comica. Capisco così che il bambino è solo un fantasma del passato, prima ancora di vederlo attraversare il corpo di una donna seduta su una pila di valigie. Fantasmi, fantasmi. Nessuno di loro si accorge di me che li osservo. Capita di rado. Una volta è successo, e ne rivivo ancora lo stupore: camminavo lungo un vicolo di Padova, quando incrociai un soldato a cavallo. Indossava una divisa ottocentesca, azzurra e sgargiante di alamari dorati. Ci fissammo negli occhi, e per un lungo istante condividemmo lo stesso stupore, prima che lui sparisse. Fantasmi l'uno per l'altro.

Il bambino svanisce, sostituito da qualcosa di *davvero* strano: un uccello alto poco più di un metro, con enormi occhi neri spalancati e le ali coperte di scaglie multicolori anziché di piume. Quando spalanca il becco mostra due file di dentini aguzzi. Un gruppo di studenti in eskimo, con capelli lunghi e bastoni e bandiere rosse, si sovrappone all'animale, facendolo sparire alla mia vista mentre il treno rallenta fino a fermarsi.

Scendo dal mio vagone e la scena è assurdamente normale: passeggeri in abiti di adesso che trascinano trolley neri o blu consultando gli orologi. Diretti a qualche riunione o a un appuntamento. I colori sono scuri, la gente sembra vestita a lutto, per il funerale di qualcuno. Esco nella Galleria delle Carrozze, occupata da un bivacco di profughi africani guardati a vista da un poliziotto.

Sto considerando la fila interminabile per i taxi, e la gente che sciama verso l'entrata della metropolitana, quando un'auto lussuosa e lucidata a specchio si ferma esattamente davanti a me. Un ragazzo con l'orecchino e il pizzetto scende dal posto accano all'autista e mi saluta, aprendomi la portiera della Tesla blu.

«Bentornato.»

Lo fisso.

«Ha fatto buon viaggio? Lasci che le prenda il bagaglio. Devo dire che sono molto sollevato. Eravamo tutti così preoccupati. Se non avesse chiamato saremmo impazziti pensando a cosa fare.»

«Chi ha chiamato?»

Mi guarda stupito.

«Ma *lei*. Ieri.»

Mi studio le mani. Distanti. Strane. Come se appartenessero a un altro. Mi chiedo se sono state loro a chiamare, a mia insaputa, questo ragazzo, chiunque sia.

Il sedile è morbido come un guanto. Appena chiudo la portiera il caldo mi avvolge, mi coccola, quasi fossi tornato bambino. L'auto riparte, praticamente senza rumore.

«Dove posso portarla?» chiede il ragazzo.

È come se mi avesse parlato in una lingua sconosciuta.

«A casa o allo studio?»

C'è una minuscola imperfezione della pelle, sullo schienale del sedile davanti a me. I miei pensieri si distolgono da quel punto solo per rispondere, meccanicamente, *a casa*.

25.

Milano mi è sempre piaciuta. Non certo come città. Per me è un posto che dal punto di vista fisico non esiste, ma in cui vivono le persone che frequento più volentieri. Un punto nodale d'incontri e relazioni. Per il resto, non mi piace il grigio degli edifici, la fretta della gente, l'assenza di fontane. Città borghese, città di commerci, in cui l'arte viene chiusa e protetta come il tesoro di un avaro.

Da dietro il finestrino oscurato guardo la città, e ricordo come si fosse resa silenziosa quando seppe che Verdi stava morendo. Avevano persino coperto di paglia le strade perché il rumore delle ruote e degli zoccoli dei cavalli non disturbasse il suo riposo. Una città capace di simili gentilezze non è da disprezzare.

Naturalmente non riconosco le strade. La mia memoria è sconvolta come un campo arato. Anche qui, come a Parigi, le insegne mi sembrano scritte in una lingua sconosciuta.

«Come si sente? Vuole che ci fermiamo a prendere qualcosa?»

La voce arriva dal sedile davanti a me. È preoccupata, nervosa. La voce di un cortigiano incerto se possa o meno disturbare il suo signore.

«Sto bene. Andiamo a casa.»

*

Riconosco la strada: gli alberi malaticci, che non si sono mai sviluppati come nei progetti e nei *render* al computer. Sono cresciuti in altezza, come mani protese al cielo, invece di allargare i rami a far ombra alle auto di lusso posteggiate davanti al complesso. Nonostante il garage sotterraneo a tre piani, c'è sempre qualcuno che occupa la decina di parcheggi al livello stradale. Ostentazioni di lusso, modelli che normalmente non si vedono se non sulle pagine di qualche rivista specializzata. Anche i colori sono scelti per attirare lo sguardo, come la livrea di un pavone. Sono oggetti bellissimi, che aggiungono prestigio a chi ne ha già da vendere. Ma non aumenteranno di un minuto la conta dei giorni a disposizione dei loro proprietari, corpi insignificanti che anziché essere nobilitati vengono sminuiti dalle loro automobili. Il loro lusso è una piramide che nasconde corpi inaciditi, rosi dai vermi, pronti a farsi polvere. Nomi che esplodono come bombe sulle prime pagine dei giornali d'economia appartengono a corpi effimeri, soggetti a malattia e invecchiamento come tutti. Un tempo questa gente lasciava dietro di sé palazzi, monumenti, dinastie. Ora ciò che resta – l'enormità che tramandano agli eredi – è impersonale, industriale, destinato a corrompersi.

Io ho lasciato alle mie spalle edifici grandiosi, come questo. E addirittura una città, anche se non ne vado fiero. Le sue rovine resteranno a lungo, dopo di me.

L'auto si ferma di fronte all'ingresso del palazzo. Trovare il punto d'incrocio tra semplicità e maestosità non è stato semplice. Ho riempito quaderni di schizzi, consumato infinite ore della notte, prima di tracciare con quattro colpi di matita la struttura finale.

Il palazzo è apparso sulle prime pagine di tutte le riviste d'architettura. C'è qualcosa, nella sua facciata, che induce anche il critico più velenoso a stringere i denti e chinare il capo. Io stesso non so come ho fatto a raggiungere una simile perfezione, quando ancora non sapevo chi ero, quando avevo da poco passato i trent'anni e la vita mi sembrava una musica in crescendo, un'incosciente ouverture di Rossini.

La mia casa, la mia Fortezza della Solitudine, l'ho ricavata in un angolo del palazzo. È un cubo bianco di dodici metri di lato, senza porte o finestre, incastonato di sbieco in un angolo dell'edificio più grande. È come se un pezzo del complesso residenziale avesse rotato sul suo asse di quarantacinque gradi, sporgendosi di alcuni metri all'esterno. Il bianco algido del cubo contrasta col grigio della facciata da cui sporge.

L'ingresso è sotterraneo, una rampa d'accesso nascosta agli occhi dei passanti da un gioco di muri e vetrate a specchio. È un trucco di magia che ho imparato dai manuali militari di mimetizzazione. Durante la Seconda guerra mondiale un prestigiatore inglese era riuscito a far sparire il Canale di Suez. Io non pretendo di arrivare a un simile livello d'arte. Ma qualcosa ho imparato. Scendiamo lungo la rampa e la porta blindata del garage si spalanca al segnale d'identificazione dell'auto, o forse delle chiavi che ho in tasca, e che fino a questo momento non ricordavo cosa aprissero. Ora tutto viene richiamato alla memoria, come un testo antico che risale dai sotterranei di una biblioteca, scortato su un carrello da tecnici in guanti bianchi che svolgono lentamente i teli protettivi come se dovessero svelare il Graal.

È stato così che, a casa di un miliardario a Kyōtō, mi è stato posto davanti un codice di Leonardo di cui il mondo non aveva mai avuto notizia. Il mio ospite aveva sorriso leggermente, soddisfatto dal mio stupore. Un inserviente mi aveva porto in modo discreto un vassoio con sopra un paio di guanti di garza, ma il padrone di casa aveva scosso la testa. Con un gesto mi aveva invitato a sfogliare con le mie dita nude il piccolo libro giallastro.

Così la mia pelle era entrata in contatto, attraverso i secoli, con la mano del maestro. Avevo sfiorato, con la leggerezza di una farfalla, la pergamena solcata da tratti nervosi di calligrafia rovesciata, da disegni che raffiguravano astri, pianeti, uccelli.

Nonostante le apparenze, aveva scandito lentamente il mio ospite, nel suo inglese preciso dall'accento oxfordiano, *l'argomento di questo codice non è l'astronomia, ma la religione. In particolare l'osservazione di alcuni fenomeni apparentemente incomprensibili, ai quali uno scienziato come Leonardo sente di dover dare una spiegazione.*

E quali sono, questi fenomeni?

Angeli, aveva risposto il miliardario, facendo un gesto buffo con la mano, come un ciao, come il volo di una farfalla.

C'è molto di giapponese, nella mia casa.

Ci entro da solo.

Il parcheggio sotterraneo, che potrebbe ospitare una ventina di auto, è vuoto, tranne che per la berlina blu che mi ha accompagnato qui.

Cammino fino alla porta dell'ascensore. Il ragazzo mi segue, portando il mio zaino e la custodia con la tromba. È una custodia molto vecchia, con etichette sbiadite di compagnie navali e aeree da tempo estinte.

«Pensa di passare allo studio, più tardi?»

«Forse più tardi, sì.»

La testa del ragazzo si piega in un leggero inchino. I capelli biondi e corti brillano come l'oro nella luce dei faretti all'ingresso, davanti all'ascensore che porta dentro casa. Qui tutto è marmo nero, polito a specchio. Un ingresso più adatto a un mausoleo.

Le porte dell'ascensore si chiudono, escludendo il mondo oscuro e sotterraneo e trasportandomi in pochi secondi nello spazio luminoso dell'ingresso di quella che, pur passandoci pochissimo tempo, chiamo e considero casa mia. Forse perché è la cosa più vicina alla mia anima che io abbia mai progettato.

Le luci si accendono al mio passaggio, compensando la scarsa illuminazione dall'esterno e creando l'illusione di un pomeriggio estivo. Regolando a voce i controlli potrei simulare una qualsiasi ora, in qualsiasi stagione, a ogni latitudine o longitudine del pianeta.

La luce naturale piove dall'alto, dall'enorme superficie vetrata che forma il tetto del cubo. Da nessuna finestra del palazzo soprastante si può vedere il mio tetto. Come da nessun edificio vicino. Rendersi invisibili in mezzo a tutti questi edifici, a tutti questi sguardi, può sembrare magia ma è solo frutto di un lungo studio e d'infiniti ripensamenti. Volevo essere al centro della città e al tempo stesso isolarmene. Quindi l'unica apertura della casa è verso il cielo, fatta eccezione per le lunghe feritoie verticali incise negli spigoli del cubo, tagli di vetro che portano luce orizzontale, ma nessuna immagine dell'esterno. Volevo una casa simile a me, e l'ho progettata dal nulla. Poi, una volta costruita, ho realizzato che quell'architettura esprimeva soltanto un lato del mio carattere, soddisfava solo una parte dei miei desideri, e nemmeno quella più importante. Così ho cercato altre case, in questa o in altre parti del mondo, come lo Yazıcızâde. Posti che parlassero alla mia anima, luoghi con cui intrecciare un dialogo tra materia e spirito. Spesso i miei tentativi erano vani, o duravano solo lo spazio di un giorno.

Illusioni.

Quando ho progettato questa casa l'ho fatto perché rispecchiasse la mia anima. Non ho pensato ad altri: né a una donna né a una famiglia. Ho voluto che fosse uno spazio solo mio, un mio sogno fattosi realtà.

La luce entra felice in ogni stanza, in ogni angolo. Viene dall'alto, e un sistema di specchi ne coglie anche i raggi più esili. Se i muri perimetrali della casa sono apparentemente ciechi, lo spazio interno è fatto di cristallo e magia. Ogni stanza può essere modificata spostando tratti di pavimento o di parete, a seconda delle esigenze. Ogni elemento costruttivo, verticale come orizzontale, può scorrere su binari e ruotare su cardini invisibili. Al centro della casa, come in una *domus* romana, c'è uno spazio aperto, in cui cresce un acero giapponese. Le sue foglie, cadendo nella vasca d'acqua che ha intorno, formano frasi rosse, continuamente spezzate e ricomposte dalla pioggia o dai torpidi movimenti delle tre carpe che nuotano sotto il pelo dell'acqua. L'isolamento dall'esterno è totale, ricorda quello di un monastero zen. L'idea degli spazi rimodulabili mi è venuta dai meccanismi di scena di un teatro a New York. I pochi ospiti che hanno visitato la casa sono rimasti stupiti nel ritrovarla ogni volta diversa. *È solo magia*, rispondevo alle loro domande ammirate. È un posto in cui tornare bambini e stupirsi per cose come un raggio di sole, i pigri cerchi nell'acqua disegnati dal cadere di una foglia, l'ombra di un ramo che si allunga su una splendida stampa di Hiroshige. Puoi girare per tutta la casa senza trovare nessun oggetto personale, nulla che parli di me a parte lo scarno arredo e ciò che vedi appeso alle pareti. A volte lascio che sia la casa a decidere come ricombinarsi. Do carta bianca al computer che regola la domotica, così che non so mai cosa ritroverò, al mio ritorno da un viaggio. Ogni volta, comunque, non sono mai rimasto deluso: qualunque combinazione possibile di questa casa mi soddisfa, la sento mia.

Il silenzio è perfetto.

Il mio respiro, i miei passi, il tocco delle mie dita sulle pareti sono gli unici suoni intorno a me.

I muri bianchi, il nero degli elementi mobili, danno alla casa l'aspetto di un luogo sacro.

I miei oggetti, tutto ciò che ho raccolto nel corso di una vita non lunga ma ricca, è diviso tra il caveau di una banca e un magazzino ad alta sicurezza, non lontano da qui. Potrei andarci ogni volta che ne ho voglia, e toccare con mano quello che mi appartiene. Ma non lo faccio mai. A volte mi capita di ricomprare una moneta antica, o la prima edizione di un libro, non ricordando di averne già una. Non importa. Come diceva David Bowie nel film *L'uomo che cadde sulla Terra*, «i soldi vanno e vengono, mister Farnsworth. I soldi vanno e vengono».

L'arredamento è essenziale. Un tatami, qualche coperta, un cuscino zazen. Nei sotterranei della casa ci sono altri oggetti che possono servirmi, di tanto in tanto. E il mio guardaroba, ovviamente. E poi c'è una cucina perfettamente attrezzata, la dispensa costantemente rifornita.

Sabine rimaneva ogni volta inorridita da quello che considerava uno spreco assurdo.

«I soldi sono fatti per questo» replicavo, alzando le spalle. Mi aveva regalato una meravigliosa sciarpa di seta per il mio compleanno, e quel capo d'abbigliamento, per qualche strana magia, mi rendeva noncurante e aggressivo come un adolescente.

«C'è gente che muore di fame, anche in questa città.»

«Il mio cibo non viene sprecato. Quando non è più perfettamente fresco la donna delle pulizie se lo porta via.»

Sabine aveva aperto il frigorifero Samsung grande come un armadio, arricciando il naso. È deliziosa, quando fa così.

«Anche il Bollinger se lo portano via, quando è vecchio?»

«L'ha messo in frigo? Ricordami di licenziarla.»

Diceva che casa mia le ricordava la caverna di Batman.

«La bat-caverna, vuoi dire.»

«Comunque si chiami.»

Il tedesco di Sabine è affilato come una lama. Un duello con lei è perso in partenza.

«E tutti i tuoi libri? Dove li hai messi?»

«Alcuni in caveau. Gli altri in un magazzino. Se la cavano bene anche senza di me.»

«E se hai voglia di leggere qualcosa, come fai?»

Le avevo mostrato gli schermi in grafene appesi alle pareti. Un regalo di un miliardario americano per il quale ho disegnato gli interni della casa delle vacanze a Saint Barts. Sono poco più spessi di un foglio di carta, flessibili, arrotolabili. Entreranno in commercio solo fra due anni, ma erano perfetti per questa casa.

Pronuncio ad alta voce la parola *lettura*.

Lo schermo davanti a me si accende in un istante. Appare l'immagine di una stanza da lettura, incredibilmente realistica. A destra c'è un tavolino da salotto coperto di riviste, a sinistra una rastrelliera di quotidiani, come in un club di Londra o in un caffè viennese. Punto il dito sulla libreria in fondo alla stanza.

«Arnaut Daniel.»

Appaiono una cinquantina di libri, uno di fianco all'altro. I titoli leggibili a lettere d'oro sui dorsi in pelle.

«Poesie.»

I libri si riducono a tre.

Ne indico uno.

Il software che gestisce lo schermo riconosce il mio gesto.

Appare un volumetto bianco. *Sirventese e canzoni.*

«Fare la pace» scandisco.

Il libro si apre a pagina venticinque.

Le parole appaiono a pieno schermo. Potrei ingrandirle a volontà. Lo schermo della mia camera da letto occupa quasi tutta la parete.

Bela, prendetz per nos n'Arnaut en cort
E no metatz son chantar en deves.

Ricordo una taverna in Spagna, e un ometto piccolo secco come una prugna, vestito di verde, che declamava quei versi come se li cantasse. Ricordo il silenzio in cui cadevano le sillabe, musicali come le gocce d'acqua nelle cisterne sotterranee di Granada.

«Mail» ordino.

La schermata di Google Mail si apre a fianco della pagina con la poesia provenzale.

«Inviare a Sabine Berger versi da *Bela* a *deves*.»

La mail per Sabine appare a pieno schermo.

Non aggiungo nulla, nemmeno la mia firma.

«Inviare.»

Poi batto le mani due volte, e lo schermo si spegne. Se dovessi ricevere una risposta si riaccenderebbe da solo.

«Non è la stessa cosa di avere una biblioteca» aveva obiettato Sabine.

«Hai ragione. È molto più pratico.»

«Ma se ti viene voglia di leggere e non sei qui? Come fai, quando sei in viaggio?»

Le avevo mostrato il tablet da dieci pollici che conteneva tutta la mia biblioteca.

Lei mi aveva preso in giro. «Quel coso non contiene proprio niente. Tutto sta chissà dove, da qualche parte in un server nel Nevada, o nel Nepal. Non c'è niente, lì dentro. Come nella tua testa.»

«Il tablet ha un collegamento satellitare. Non c'è luogo sulla faccia del pianeta in cui non possa collegarsi alla mia biblioteca.»

«Dimostramelo.»

Avevo raccolto la scommessa.

Aveva ventisei anni, quell'autunno. Era bellissima. Averla accanto mi faceva cantare il cuore. Percepivo l'invidia dei maschi che ci vedevano assieme.

Impiegammo sei mesi a fare il giro del mondo. Per un po' inseguimmo l'estate, ma poi ci lasciammo raggiungere dall'inverno, in posti come Sils Maria e Hokkaido.

Arrivavamo in una città, io tiravo fuori il mio tablet, l'accendevo e le chiedevo di scegliere un libro.

Funzionava sempre. In qualsiasi parte del mondo ci trovassimo. Miracoli della connessione satellitare.

Leggevamo insieme una poesia, o qualche pagina di un romanzo classico. Lei amava Vasilij Grossman e Platonov. Io avrei riletto un milione di volte *Un posto pulito, illuminato bene* di Hemingway, o le poesie di Kavafis. Poi scendevamo alla spiaggia e passeggiavamo alla luce delle stelle dell'emisfero australe o, quando scegliemmo l'inverno, camminavamo nella neve fino alle sorgenti termali in cui scimmie ridicole facevano il bagno e ci guardavano con la spocchia di miliardari a mollo nella sauna di un club esclusivo.

Il mondo sembrava nostro, e lo era. Facemmo l'amore in trentadue luoghi diversi. Eravamo due gocce di pioggia, che si posano al suolo soltanto per svaporare e tornare alle nuvole. Non avevamo pace, ed era bellissimo. Lavoravo al progetto di un'intera città. Una commissione che avrebbe gelato il sangue a uno meno stupido e arrogante di me. Il mio staff lavorava dall'altra parte del pianeta, ci tenevamo in contatto grazie alla tecnologia come se ci fossimo trovati nello stesso studio, gomito a gomito.

Nuda, Sabine si muoveva in silenzio dietro di me. La vedevo riflessa nello schermo del computer portatile, nei vetri della stanza, ma fingevo di non essermi accorto della sua presenza. Arrivava alle mie spalle e mi abbracciava. Mi baciava il collo. Le sue dita scivolavano sotto la mia camicia, cercando i peli del petto, arricciandoli, accarezzandoli.

«Un attimo e sono da te» dicevo.

Ma lei con una risatina scappava via. Io spegnevo il computer e la seguivo, fino alla stanza o alla spiaggia su cui aveva deciso di farsi possedere, quel mattino.

Ovviamente non durano per sempre i giorni del vino e delle rose.

Una sera la trovai intenta a studiare i voli in partenza per Berlino.

«C'è qualcosa che devi dirmi?» le avevo chiesto, sfiorandole i capelli.

Aveva fatto segno di no con la testa.

Il giorno prima, accendendo il tablet, non era apparsa alcuna icona di collegamento. L'apparecchio non agganciava il segnale del satellite.

CONSIDERALO UN SEGNO DEL DESTINO trovai scritto col rossetto sullo schermo del computer quando lo aprii, il mattino dopo.

Mi precipitai all'aeroporto, ma il suo volo – il primo dei tre che avrebbe preso da quell'isola nell'Oceano Indiano per raggiungere la sua città – stava già decollando.

Rimasi sulla terrazza del terminal a guardare il piccolo aereo da turismo prendere quota, finché non diventò solo un puntino nero nell'azzurro, e poi neppure questo.

Lo schermo a parete s'illumina, con un leggero scampanellio.

Una mail.

> Se leggi questa mail sei tornato all'ovile, finalmente. Dov'eri sparito? Se controlli la tua casella troverai almeno una dozzina di miei messaggi ai quali non ti sei degnato di rispondere. Posso chiamarti? Hai un numero civile o continui a usare il tuo mostro satellitare? Ma soprattutto, DOV'ERI SPARITO?!?

Aspetto, prima di rispondere.

Devo pensare.

Riflettere.

Richiamo dalla mia biblioteca un libro antico di milleseicento anni.

Leggo due versi.

Quali siano, è una cosa tra me e il mio cuore. Non intendo dividerla con altri.

Ma quando li ho letti ho preso la mia decisione. Rimangono solo poche cose da fare, poche questioni da sistemare.

Cammino lentamente lungo le stanze che la casa ha riformato, e che avevano la stessa disposizione l'ultima volta che Sabine è stata qui. Non può essere un caso. Anche se mi disturba riconoscere al termine *intelligenza artificiale* capacità intellettuali e non meramente di calcolo, la coincidenza è più che singolare.

«Fammi vedere quel giorno» dico a voce alta.

Non specifico il giorno, ma il sistema che controlla la casa comincia a proiettare sui monitor le immagini del giorno che volevo.

Sabine sembra reale, sullo schermo.

È vestita di grigio. Un messaggio? Mi diceva sempre che il mio problema era l'incapacità di vedere il grigio, all'incrocio tra bianco e nero.

Tu vedi un poliziotto, o un ferroviere, e ti dici «quello è un poliziotto, e quell'altro è uno che guida i treni». Io invece penso sempre che da un momento all'altro il ferroviere può buttare il cappello in aria e fare una capriola.

Oh, se adesso potessi vedermi, amica mia. Il brutto anatroccolo che ero non poteva nemmeno immaginare la bellezza di queste ali, la lucentezza delle mie vesti. La pura fiamma del mio sguardo, capace di incenerire i continenti. Se potessi vedere il controllo perfetto, la mia abilità nel nascondere tanta luce dentro l'argilla del mio corpo umano.

«3D» pronuncio.

Non c'è bisogno di indossare occhialetti speciali. Le immagini tridimensionali si proiettano fuori dallo schermo sottile, ricostruendo alla perfezione la luce di quel giorno distante ormai tre anni. Sabine pare davvero una presenza viva, in questa casa vuota.

La guardo camminare lungo i corridoi, passare le dita su un pannello che scivola a comporre un altro spazio, una stanza diversa. Sorride. Allungando le dita potrei toccarla. L'illusione è perfetta. Il tempo non esiste. Lei è *qui*, è *adesso*.

Sabine ha un corpo leggero, magro. Quasi niente seno. *Se ti piaccio vuol dire che in realtà ami i ragazzi*, mi ha detto una volta, la voce roca di piacere.

Penetrarla la prima volta fu una sorpresa. La morbidezza del suo corpo, la pelle levigata. Amavo la delicatezza delle sue mani, il modo in cui mi toccavano la schiena come se suonassero uno strumento.

Nello schermo, inseguita dalle telecamere mobili, sembra quasi un fantasma. Le immagini sono state riprese di notte. I droni minuscoli, poco più grandi di un insetto, l'hanno accompagnata silenziosi nel suo percorso, emettendo un fruscio leggero come quello di una piuma sfiorata dal vento.

I suoi capelli castano scuro sono lunghi, morbidi. Per un po' se li è tinti di biondo, e una volta di rosso. Fu la volta in cui mi piacque di più, a letto. Mi chiedo come siano adesso. Ma la donna che cammina negli schermi non può rispondermi. Si muove silenziosa nella casa immersa nel sonno, fino a raggiungere un'isola di luce al piano più alto della casa.

È strano vedermi, di spalle, mentre lavoro al tavolo da disegno. Uno schermo grande come la parete mostra, ingrandito, quello che sto tracciando sul foglio davanti a me.

Non è un progetto.

Non è niente di utile.

È un frattale. Una struttura replicata, sempre la stessa forma, un triangolo, sempre più piccolo, a formare una spirale. La rappresentazione grafica di un insieme numerico.

Sabine mi tocca le spalle. O meglio, non le tocca, ma è come se lo facesse, perché dalla reazione dell'uomo nello schermo capisco che ha sentito la presenza di quelle mani, e infatti me la ricordo benissimo, la sensazione delle sue dita che senza toccarmi, a un millimetro dalla mia pelle, la sfiorano, dandomi la pelle d'oca.

Non riuscivo a dormire. Ho visto le foto, dice la mia voce dallo schermo.

Sabine scuote la testa. Mi posa il mento sulla spalla. La sua guancia sfiora la mia, i suoi capelli mi accarezzano.

Non è colpa tua.

Lo so. Ma sono triste lo stesso.

Per la tua città?

Sì. Anche.

Resterà comunque.

Sì, resterà.

Ma solo nei libri, o nei filmati. Poi i libri ingialliranno e si sfalderanno, e i filmati sembreranno buffi come per noi le comiche o i cinegiornali d'epoca, con i soldati e i re che saltellano come giocattoli meccanici.

Il telegramma da Obizared giace sul pavimento, non ancora strappato in mille pezzi.

Un rettangolo grigio di carta impresso da una stampante anonima.

Niente di simile ai telegrammi che vedi nei film, con le loro sigle e le loro abbreviazioni e gli STOP. Quel messaggio era in chiaro, discorsivo, e terribilmente lungo.

CI DISPIACE,
CI RINCRESCE,
SINCERAMENTE,
DOVEROSAMENTE,
A MALINCUORE...

Il prezzo del petrolio era precipitato.

Tutto qui.

I fondi, di colpo, erano stati dirottati su cose più urgenti, su progetti più realistici.

Poi nel giro di un mese il regime era crollato. Le statue del dittatore venivano tirate giù nelle piazze, i tank scorrazzavano nelle aiuole dei parchi, tra uno sventolio di bandiere insanguinate.

E la città nel cuore del deserto, il sogno del millennio, era naufragata fra le dune di sabbia non più arginate a colpi di milioni di dollari.

Tutto era collassato nel giro di poche settimane. *Un'Atlantide a secco*, l'aveva definita il *Wall Street Journal*. I falchi nidificarono sulle altissime torri incomplete, simili a scheletri titanici. La natura si prese la rivincita. Già dopo venti giorni il vento aveva abraso il marmo, sabbiato le grandi vetrate trasformandole in altrettanti occhi ciechi, coperti da una cataratta bianca. Le reti di contenimento, l'erba geneticamente modificata, gli irrigatori a pioggia: tutto era stato inutile. La mia creazione, il mio lascito al futuro, collassò nel nulla. I giardini seccarono, i corsi d'acqua artificiali divennero strade per gli animali notturni a caccia dei topi, che di fatto furono l'unico lascito concreto del mio progetto a quei luoghi. Topi e cemento. Normalmente, in una città vera, gli edifici vuoti sarebbero stati occupati da abusivi, avrebbero reclamato una parvenza di vita. Ma non lì. Non a duecento miglia dalla città più vicina. Solo i fantasmi avrebbero potuto abitare quelle mura vuote, le strade deserte. Ma nessuno era morto in quella città. Era stato un vanto del consorzio d'imprese che l'aveva realizzata. Quindi nessun fantasma infestava le rapide rovine se non quello delle mie ambizioni frustrate.

«Cosa stai disegnando?» mi chiede Sabine, nello schermo.

«Un frattale di Mandelbrot. Un insieme di numeri complessi.»

«Detto in parole povere?»

«Queste *sono* parole povere.»

Mi guardo tracciare altri segni con mano ferma, aggiungendo apparentemente complessità allo schema ma in realtà eseguendo il programma del frattale. La matematica sembra trasformarsi in arte, ma è solo apparenza. In realtà è ancora e sempre matematica. Sulla terrazza di un albergo a Singapore un fisico americano una sera mi disse: «Un tempo pensavo che la lingua di Dio fosse la matematica. Oggi comincio a credere che sia il contrario.»

«Cioè, Dio sarebbe la lingua della matematica?» avevo replicato.

«Qualcosa del genere. Ho già in mente il libro in cui esporre questa idea.»

Con l'indice della destra, il fisico aveva tracciato alcune lettere nell'aria.

«Immagini la copertina: un foglio fitto di funzioni matematiche. E il titolo: *God Spoken Here*.»

Era troppo ubriaco per dargli retta. Ma anche per non dargliene. Così avevo annuito, brindando alla sua idea.

L'uomo che guardo, l'uomo disperato che disegna frattali nello schermo, ricordava le parole dell'ubriaco. E così le ricordo io guardando l'uomo che ricorda. Provo una vertigine momentanea. Poi Sabine, il fantasma della mia Sabine, fa una cosa che mi sconcerta. Qualcosa di cui non mi ero reso conto, quel giorno. Con il dito disegna qualcosa sulla mia schiena, senza toccarla, ma le lettere che traccia con un tocco così leggero che io non ne avevo avuto coscienza, due lettere ebraiche, *het* e *yod*, risaltano nello schermo come se emanassero luce.

חי

Chai.
Vita.

Le lettere luminose si spengono.

*

Respiro.

Ho trattenuto il fiato a lungo, come se fossi sott'acqua.

Non vedevo quella parola, quelle due lettere, da così tanto tempo.

Le ho tracciate col sangue su infinite porte, mentre le tenebre avvolgevano l'Egitto e le urla dei bambini straziavano l'aria immobile della notte.

Le ho tracciate, invisibile, sulla fronte di quanti si muovevano in fila verso la camera a gas, nel boschetto di betulle ad Auschwitz. Solo i neonati mi vedevano. Alcuni sorridevano, guardando le mie ali. Altri si ritraevano spaventati tra le mammelle nude della madre, seni svuotati dall'inedia e dalla fatica del viaggio, incapaci di dare conforto o nutrimento. Un'orchestra suonava Strauss, lontano, sull'*Appellplatz*.

In quegli anni terribili molti di noi disertarono. Vagavano per i deserti, urlando con la voce del vento, o graffiavano con unghie lunghe come pugnali il ghiaccio dell'Artide, sollevando effimeri fantasmi di vapore dalle bocche spalancate.

Sabine, nello schermo, si volta.

Ha gli occhi gonfi di lacrime.

Mi dico che sto vedendo il momento esatto in cui decise di lasciarmi per la prima volta.

Per un attimo, per un silenzioso interminabile attimo, i suoi occhi si fissano nei miei, attraverso il mare del tempo.

«Pensi ancora a lei, dopo tanto tempo» sussurra una voce d'uomo, alle mie spalle.

L'immagine sullo schermo si oscura, sparisce.

Solo un ronzio di statica.

«Sei tu» sospiro.

Non mi volto.

Lo schermo nero, come uno specchio scuro, riflette solo la mia immagine.

«Dovresti affrontare la questione vera. Il tuo *vero* problema» suggerisce la voce.

Ha un tono caldo, suadente. È la voce di un giornalista radiofonico, o di un doppiatore cinematografico.

«Non ho nessun problema» rispondo.

«Sei un caso disperato» controbatte la voce.

«Pensavo che i casi disperati fossero la tua specialità.»

«Non fino a questo punto.»

«E allora cosa vuoi da me?»

«Niente. Ti guardo mentre ti distruggi. In attesa di poter archiviare il tuo fascicolo.»

«Non hai di meglio da fare?»

«Ho tutto il tempo del mondo. Posso seguire ognuno dei miei clienti come se fosse l'unico.»

«Se lo dici tu. Adesso vuoi lasciarmi in pace? È stata una settimana del cazzo.»

«Mi dispiace. Purtroppo non posso andarmene. In realtà sono sempre stato con te. Non ti ho perso di vista nemmeno per un attimo.»

La tentazione di girarmi è forte. Ma riesco a resistere.

«Non capisco il senso di tutti questi viaggi» fa la sua voce, paziente. «Istanbul, Budapest. Mosca. Parigi... Sai benissimo che il problema è dentro di te. Non è qualcosa che hai smarrito e che devi cercare in giro per il mondo. Dovresti fermarti.»

«Forse viaggio perché mi piace.»

«Tu non fai *niente* solo perché ti piace. Sei ossessionato dal dovere. Sei una specie di samurai medievale. Se te ne vai in giro così è perché sei convinto di doverlo fare. Vorrei solo capire *perché*. Sai che penso? Che idea mi sono fatto? Che se c'è un posto dove puoi trovare una risposta, quello è la tua città nel deserto.»

Per un attimo quella verità è come un pugno alla testa. Mi fa perdere l'equilibrio. Vacillo.

«Non è la mia città. Era il sogno di un pazzo.»

«Non tanto pazzo. Non è colpa tua se il prezzo del petrolio è crollato. Le guerre oggi si combattono anche così. Fai cadere il prezzo del petrolio e le economie degli Stati che lo producono si sciolgono come neve al sole nello spazio di un giorno. Ma la tua città era bellissima. Mi dicono che si può vedere dalla luna.»

«Solo di notte. E solo se la città fosse illuminata. Ma non lo sarà mai. È solo una costosissima, inutile rovina.»

«Ma quelle rovine parleranno di te nei secoli futuri.»

Scuoto la testa.

Solo sapere che sto parlando con un fantasma m'impedisce di arrabbiarmi sul serio, mi frena.

«Conosci la cosiddetta *teoria del valore delle rovine* di Speer?» gli chiedo. «Albert Speer era l'architetto ufficiale di Hitler. Progettò la nuova Berlino monumentale che sarebbe dovuta diventare la capitale del Reich. I lavori per realizzarla non si erano interrotti nemmeno nel 1945, quando Berlino era ridotta a macerie. Devi sapere che i progetti di Speer partivano dalla consapevolezza che nel giro di qualche migliaio d'anni il Reich non sarebbe più esistito. Bisognava quindi costruire gli edifici in modo che, crollando, producessero delle belle rovine. Delle rovine *artistiche*. La scelta dei materiali e delle tecniche costruttive doveva tener conto di questa esigenza. Avrei dovuto farlo anch'io. Progettare pensando al futuro. Perché i miei edifici sono già in rovina. E non sono belle rovine. Spero che la sabbia finisca per ricoprirli del tutto...»

Mi passo la mano tra i capelli.

Sono sporchi, sfibrati. Hanno una consistenza strana, come di plastica.

Da quanti giorni non mi lavo? Da quanti giorni non dormo e non mangio?

«La sabbia non potrà mai coprire le torri» faccio, scuotendo la testa. «Ci vorrà tempo, un sacco di tempo, perché quelle crollino. Sono costruite a regola d'arte. Dureranno come le piramidi. Ma tutto il resto... Spero che sparisca al più presto sotto le dune...»

Alzo di nuovo gli occhi verso lo schermo nero. Le ombre sul mio volto scavano orbite vuote al posto degli occhi. La mia pelle è pallida, malata.

«Viaggio per compiere una missione» espiro di colpo.

«Oh. Una *missione*. Che genere di missione?»

«Distruggere il mondo. O salvarlo.»

«Distruggerlo o salvarlo? Deciditi.»

«Non so. Forse entrambe le cose. Dovevo incontrare delle persone. Fare delle cose.»

«*E ci sei riuscito?*»

Mi volto di scatto, con rabbia.

Dietro di me non c'è nessuno.

Guardo lo schermo.

È completamente buio, ma io vedo ancora la donna dagli occhi luminosi che mi guardava poco fa.

È una specie d'incantesimo. Una *possessione*, forse. Il rapporto tra noi due è cementato da cose tanto strane che se fosse un edificio crollerebbe al primo soffio di vento. Ma il nostro amore non è mai crollato.

Forse *possessione* è davvero il termine giusto.

Quando avevo ventidue anni, mi raccontò un giorno Sabine, *ero a Parigi con l'Erasmus. Vivevo da sola. I miei potevano permettersi l'affitto di un appartamento che per i miei standard di allora era enorme, vicino a Rue de Rivoli. Vuoto ma enorme, sui sessanta metri quadri, che per Parigi è tanto.*

Cosa studiavi?, le chiesi, pizzicandole il piede che sporgeva fuori dalle lenzuola.

In realtà niente. Ero iscritta a filosofia. Ma più che altro cazzeggiavo. Feste, discoteche. Cortei di protesta. Fatto sta che una sera ero annoiata e ho pagato un tizio perché mi scopasse. Ho trovato il numero su Internet, ho dato l'indirizzo a un risponditore automatico, sai, quelle cose tipo per una sveltina premi il tasto 1, per una cosa più lunga premi il tasto 2, *anche se in realtà erano molto più* politically correct *ovviamente, fatto sta che esattamente mezz'ora dopo lui era lì sulla porta. Alto, bello. Incredibilmente nero.*

Non posso crederci. Hai pagato per farti scopare? Tu? *Ma che bisogno ne avevi? Se avessi messo fuori di casa il cartello* VOGLIO SCOPARE *il tuo campanello si sarebbe fuso...*

Non chiedermi perché. So che più della cosa in sé mi è piaciuta l'idea che ero io che pagavo quel ragazzo perché facesse del sesso con me.

L'avevo guardata a lungo. Le mie dita devono averle fatto male al braccio, perché l'ho vista trasalire. Ma non ha protestato. Si è limitata a mordersi le labbra.

Sei geloso?

Sì.

Di uno che ho pagato e poi non ho più visto? Non ti conoscevo nemmeno!

Non è questo. È che... mi offende... non c'è un'altra parola per dirlo. Mi offende pensarti a ventidue anni mentre ti fai scopare da uno che lo fa per denaro.

Se l'avessi fatto senza pagarlo, ti farebbe star meglio?

Sarei geloso lo stesso. Ma sì, mi farebbe meno male.

C'è una foto di lei, nel mio studio.

Sono sicuro che c'è, che non me la sono soltanto immaginata.

Potrebbe avere ventidue anni, in quella foto? Probabilmente qualcuno in più. Gliel'ha fatta un amico fotografo maledettamente bravo. Uno che l'amava, è evidente da come ha saputo cogliere l'essenza della mia amica. E potrebbe essere Parigi, la città cui appartiene il muro coperto di graffiti a cui Sabine appoggia la nuca? Potrebbe. Come potrebbe essere qualsiasi altra città.

D'improvviso, vedere quella foto diventa indispensabile, diventa l'unica cosa che conta, che voglio fare.

26.

Sul taxi che mi porta allo studio ho il tempo per pensare agli ultimi giorni. A quello che è successo, alle persone che ho incontrato. Sono stati strani giorni. Ma gli ultimi giorni del mondo non possono che essere così.

Prima di uscire ho mangiato qualcosa, prendendolo a caso dal frigo. Dell'uva, del formaggio francese. Una fetta di pane nero. Il mio corpo si è disabituato al cibo, ma non del tutto. Provo ancora piacere per la freschezza e il sapore di quello che metto in bocca. Ma è come se mi *guardassi* mangiare. Come se i miei sensi appartenessero a un altro.

La città fuori dal finestrino sembra una sequenza di foto in bianco e nero. È una folla scura, aggrondata, quella che attraversa la strada appena scatta il verde, con un passo veloce e il cellulare all'orecchio, respirando i gas di scarico del parco macchine più obsoleto d'Europa. Per questo Paese la fine del mondo è arrivata da un pezzo. È solo troppo lenta perché la percepiscano, ma è già arrivata. È scritta sulle vetrine imbiancate dei negozi sfitti, sulle saracinesche abbassate con sbiaditi cartelli VENDESI e numeri di telefono che squillano a vuoto. Una piccola, lenta e maligna epidemia economica che lascia intatti i gusci – gli edifici come gli esseri umani – ma li svuota dentro. In certi quartieri, come questo, è più difficile percepire la morte del Paese. Si vedono ancora auto di lusso, cani di razza, donne e ragazze bellissime che portano in giro sguardi come incantesimi alteri. Ma l'odore di niente, di polvere e di ruggine, s'insinua anche qui, tra le vetrine scintillanti di costose promesse. Potrei scendere, e scrivere sul muro le parole che condannano una città.

Il tassista non mi ha badato per niente, quando sono salito. Come se non ci fossi. Continua a parlare al suo cellulare grande come un tablet, tenuto tra spalla e collo, in una posizione innaturale che lo fa sembrare gobbo. Non capisco in che lingua parli. Asiatica, si direbbe, anche se la sua carnagione è quella di un latinoamericano. Forse è solo dialetto. O un gergo.

Chiudo gli occhi.

Quello che dice il tassista filtra attraverso la mia mente fino a diventare perfettamente intelligibile.

Oh, te l'ho detto, fino a San Siro. E quando siamo arrivati mi fa senti, non posso pagarti. Non con i soldi, voglio dire...

Non m'interessa sentirlo. Ma meno ancora m'interessa guardare fuori dal finestrino. Oggi ogni cosa ha il potere di irritarmi.

L'auto si ferma finalmente davanti all'ingresso del palazzo che ospita il mio studio. Una bella ragazza dalle gambe lunghissime esce di corsa dall'atrio, troppo poco vestita, per aprirmi la portiera e pagare il tassista.

«Prenderà freddo» le dico.

«Non si preoccupi» sorride, mettendo in mano all'autista delle banconote.

La seguo fino all'atrio rivestito di marmo bianco e legno di recupero, che ho progettato a ventisei anni ed è apparso su un francobollo dedicato al design italiano.

«Come si chiama?» le chiedo.

«*Io*? Caterina.»

Sorride, i capelli brinati di pioggia. Ma sorriderebbe anche sotto una pioggia di lapilli.

«E il ragazzo che è venuto a prendermi in stazione?» le chiedo. «Uno magro, biondo?»
«Non saprei.»
«Porta il pizzetto. E un orecchino nero, tribale.»
«Ah. Allora è Tommaso.»
«Tommaso.»
Rimaniamo l'uno di fronte all'altra per un po', come due che stanno per mettersi a ballare.
«Può indicarmi dov'è il mio ufficio?»
La ragazza non riesce a trattenere un'espressione stupita. Le attraversa il volto per un attimo. Poi il sorriso torna a illuminarle gli occhi verde acqua.
«Sono piuttosto confuso. Stanco» mi giustifico.
«L'accompagno.»
L'ascensore è nascosto dietro l'angolo. Le porte si aprono con un soffio come un sospiro, e si richiudono altrettanto gentilmente. La salita è lenta e praticamente impercettibile.
Un piano, due.
Ne conto dieci, prima di percepire l'arresto della cabina.
Le porte si aprono.
«Per di qui.»
Il corridoio ha una lunga parete vetrata che dà sul Duomo. Il vetro è così perfetto che per un attimo ho l'impressione che tra me e l'esterno non ci sia nulla. L'altra parete, sul lato opposto, è una cascata d'acqua, che scivolando lungo le pietre muschiose del muro produce un suono armonioso nella lunghissima vasca ai suoi piedi, dove cinque splendide carpe *koi* nuotano placide sotto il pelo dell'acqua. Sono una *utsuri*, una *kawarimono*, una *bekko* bianca, un'*ogon* dorata e una meravigliosa *ochiba* che sembra uscita da una stampa antica. Avrei voluto anche una *tancho*, completamente bianca tranne che per un'unica macchia rossa sulla testa: una vivente bandiera del sol levante. Ma Sabine mi aveva dissuaso.

L'esercito imperiale ha fatto cose orribili, in Cina. Mio nonno era a Nanchino. L'ha visto coi suoi occhi.

I tacchi alti della mia giovane guida risuonano sul legno grigio del corridoio.

Mi apre le porte di una stanza quasi completamente buia. Poche luci illuminano alcune teche alle pareti, lasciando in penombra il resto dello spazio. Un'altra luce, lontana come un'isola, rivela il piano sgombro di un'enorme scrivania che è anche un tavolo da disegno.

La ragazza – Caterina – resta ferma sulla soglia.

Pochi passi all'interno, e la luce artificiale della stanza cresce, rivelandone i dettagli. Niente finestre. Alle spalle della scrivania c'è un'enorme tela in bianco e nero, tre metri per due. È la sarcastica *Adorazione dei Magi* di Gottfried Helnwein, una rappresentazione iperrealistica di alcuni ufficiali nazisti che rendono omaggio ad Adolf Hitler bambino, tenuto in braccio da una madonna ariana.

«Grazie, Caterina, ora può andare» sussurro.

I passi della ragazza alle mie spalle si allontanano, disciplinati. La porta si chiude dietro di lei con un soffio.

Gli oggetti nelle quattro teche luccicano e scintillano nella sapiente illuminazione, ma solo uno di essi è d'oro. È un calice massiccio, tozzo, di epoca imprecisabile. E anche quello, se lo guardi da vicino, ti accorgi che non è tutto d'oro. Il metallo prezioso avvolge e protegge una coppa di ceramica grezza, dall'aspetto primitivo.

In un'altra teca c'è un teschio che sembra uscito da un incubo: il cranio è allungato come quello dell'Alien di Giger. I denti affilati artificialmente con una lima accentuano la somiglianza. Viene da uno scavo archeologico in Ungheria. È il cranio di un guerriero unno. I cavalieri delle steppe allungavano artificialmente il cranio dei bambini, in modo che da adulti avessero quell'aspetto innaturale, mostruoso.

Nella penombra, mi avvicino alla parete di destra.

L'oggetto nella terza teca è un drappo funebre che copriva una mummia Moche. Un meraviglioso tessuto dai colori brillanti, appartenente al declino di quella civiltà sviluppatasi sulle coste settentrionali del Perù. Il rosso e il giallo sono così vivi che sembrano tinti ora, e non millequattrocento anni fa.

La mummia era quella di una giovane donna. I disegni che si alternano sulla coperta raffigurano animali marini: una razza e un mollusco bivalve. Perché abbia scelto di esporre proprio questo, tra i tanti tesori che possiedo, quasi tutti di maggior pregio, sfugge anche a me. Se qualcuno me lo chiedesse, non saprei spiegargli perché abbia scelto proprio quel tessuto preincaico. Questa stanza stupisce me per primo. È come se non fosse il mio studio, ma quello di uno sconosciuto.

Provo una sensazione crescente di fastidio, quasi di nausea, mentre mi avvicino all'ultima teca incassata nella parete nera. I miei occhi evitano di fissarsi su quello che c'è oltre il vetro. Come se non lo mettessero a fuoco.

Alla fine non posso fare a meno di guardare.

Montato su un supporto di vetro, l'osso è giallastro, poroso.

È un astragalo. L'osso di un piede. Un piede molto piccolo.

Rivedo l'attimo in cui l'ho tenuto nella mia mano per la prima volta.

Chiudo gli occhi.

La sensazione di vertigine è fortissima.

Come oscillare tra due mondi.

«È la nostra condizione umana. Oscillare tra due mondi.»

La voce viene da dietro la mia scrivania. Dalla zona d'ombra fuori dal cono di luce della lampada.

«Nemmeno qui mi lasci in pace?»

«Non posso. Non sei guarito. Finché non sei guarito non posso abbandonarti.»

«Guarito? Da cosa?»
«Dal mondo.»
Si sente una scrollata di spalle, in quella voce fantasma.
«Ti ricordi la Torre?»

Come se fosse facile dimenticarla.
La Torre era l'edificio più ambizioso del mio progetto per la nuova Obizared. Doveva essere alta 1.436 metri, un numero che corrispondeva al suo anno di costruzione nel calendario arabo. Solo che poi l'anno era slittato per le continue difficoltà tecniche, e per aggiornare l'altezza avevamo dovuto aggiungere una guglia posticcia, che guastava il disegno originale. Ma non c'era stato modo di convincere il committente a rinunciare a quell'obbrobrio. I problemi continui insorti nel corso della costruzione avevano irritato immensamente il Giovane Padre della Patria.
L'insistenza su quel numero mi aveva sorpreso.
Si supponeva che Dudarbajev fosse ateo.
Se aveva una religione, era il culto di se stesso e delle sue tre figlie.
La moglie era scomparsa nel nulla da anni.
Era vulcanico, maniacale, istrionico. Un bizzarro cocktail umorale che produceva una pioggia di miliardi ma anche capricciose condanne a morte ed esecuzioni sommarie eseguite, secondo voci correnti, da lui stesso, nelle cantine del suo palazzo, con una mazza da golf. Il momento più difficile, per me, era stato quello in cui avevo dovuto spiegargli che una torre di quell'altezza era tecnicamente impossibile, in quel luogo.
Aveva sollevato lo sguardo dal plastico di Obizared. I suoi occhi nerissimi si erano ridotti a due fessure.
La cosa più agghiacciante era la tranquillità della sua voce.
«Sta dicendo che la *mia* torre non può reggersi?»
«Tecnicamente è così.»

«Il progetto è suo. Cos'è questa novità?»

«Abbiamo effettuato nuove simulazioni al computer, con un programma appena messo sul mercato. Purtroppo abbiamo dovuto rivedere i nostri calcoli.»

Il Benevolo Protettore aveva chiuso del tutto gli occhi.

«Non m'interessano i suoi calcoli. Voglio la *mia* torre. Faccia quello che serve. Quello che è necessario. Faccia quel cazzo che crede, ma *mi dia la mia torre.*»

Non fu facile.

Per poter sorreggere la torre fu necessario scavare un pozzo profondo quasi quanto era alto l'edificio. Un lavoro immane, il cui costo avrebbe devastato il bilancio di un piccolo stato africano. Ma il denaro sembrava cadere dal cielo, sembrava una cascata perenne, sembrava l'acqua dell'oceano. *Chiedete e vi sarà dato* era l'unica regola del gioco.

«Ti ricordi la Torre?» ripete la voce.

Certo che la ricordo.

Non venne mai finita. Rimase uno scheletro vuoto, senza vetri né addobbi, una struttura simile a un corallo fossile. Il vento fischiava nelle orbite vuote della costruzione, faceva vibrare le travi d'acciaio, sprigionando fantasmi di musica, ma più spesso ululando come un'anima in pena.

La follia del mio progetto mi si svelò nella sua cruda realtà mentre salivo a piedi le scale infinite che portavano alla sommità, un mattino d'inverno, molto prima dell'alba.

«L'architetto torna sul luogo del delitto» sbuffò Sabine.

Non so perché mi fosse venuta l'idea malsana di tornare in quei posti. Organizzare la spedizione era costato una somma assurda. Le condizioni sul posto, poi, erano proibitive. Gli impianti d'aria condizionata erano solo rottami arrugginiti. Non c'era acqua.

Avremmo dovuto approfittare delle ore di fresco, prima che la struttura diventasse rovente come un ferro da stiro. Partimmo come per una spedizione in montagna, con portatori e attrezzatura di sopravvivenza. La discesa, per come l'avevamo organizzata, non sarebbe stata un problema, ma la salita si rivelò sin da subito una fatica disumana. Non eravamo nemmeno al trentesimo piano – un decimo scarso della salita – e già le gambe non mi reggevano più. Dovemmo fare una sosta, bere un tè e rifocillarci con pastiglie di sale e barrette energetiche. Ci vollero altre sei pause come quella, prima di raggiungere l'ultimo piano. Il mio cuore scoppiava. Sia per la fatica che per una strana, incomprensibile gioia di essere lassù, in quel posto che avevo visitato solo in realtà virtuale.

Arrivato in cima, chiesi che mi lasciassero solo.

Uscii sulla terrazza panoramica dell'attico: un appartamento di dimensioni mostruose, riservato al Fondatore del Partito morto sei mesi prima, trascinato nella polvere da un pick-up e poi buttato in pasto ai cani. Il sole era alto nel cielo, una fornace incandescente. Un cielo bianco, crudele. Il vento mi frustava i vestiti e la maschera del respiratore, come se volesse strapparmeli di dosso. Per uscire all'aperto dovevo muovermi contro quell'aria rovente che cercava di spingermi indietro, fra le travi nude come artigli d'acciaio. Nello scheletro irridente, nel galeone naufragato della mia *hybris*. I granelli di sabbia pungevano come aghi, come coltelli lanciati dal vento.

Mi aggrappai alla ringhiera provvisoria che cingeva il terrazzo, una struttura di tubi metallici dall'aria incredibilmente fragile lassù, in quel punto che era più cielo che terra, dove il mio sguardo poteva quasi cogliere la curvatura del pianeta.

Fu in quel preciso istante che sentii la voce.

Veniva dalle mie spalle, ma sul momento pensai giungesse da dentro di me, tanto era nitida in mezzo al ruggito del vento.

«Ti ho chiamato quassù perché vedessi» fece la voce, profonda e ben intonata. La voce di un uomo abituato a farsi ascoltare.

«Perché vedessi cosa?» urlai, nel frastuono dell'aria che mi ruggiva nelle orecchie.

«Perché vedessi che il tuo palazzo regge. E reggerà ancora.»

«Non per sempre.»

«Fra mille anni sarà ancora qui. Hai la mia parola.»

Cercai di voltarmi per fronteggiarlo, ma il vento giocava con me come un gatto col topo, impedendomi di muovermi.

«Sei il diavolo?» urlai, per sovrastare il rumore del vento. Sotto di me la città fantasma era lontana come la luna. Le strade, le case e i palazzi, minuscoli da lassù, sparivano e riapparivano a capriccio degli elementi.

La voce con cui mi rispose era sorprendentemente bassa e pacata.

«*Il diavolo*? Perché tiri fuori una stupidaggine del genere? Un uomo colto come te?»

«Una volta hai portato Gesù in cima a una montagna.»

La voce scoppiò in una risata.

«Non vorrai mica paragonarti a Gesù? E comunque qui in cima, tecnicamente, ci sei venuto da solo. Io non ti ci ho portato. Niente magie. Pura realtà. Quanta fatica hai fatto, per arrivare quassù?»

«Ma sei tu, vero?»

La voce non rispose.

«Perché non mi tenti? Perché non mi offri il mondo?»

«Ti è già stato offerto. Ma non hai saputo tenertelo. Hai perso l'occasione.»

«Questa città, vuoi dire?»

«No» rispose la voce, stupita. «Non mi riferivo a questo.»

«E a cosa, allora?»

«Non dirmi che non lo sai.»

«Non ho idea di cosa stai parlando.»

«*Cherchez la femme...*» ridacchiò quella voce odiosa.

Il vento allentò per un attimo la sua presa. Barcollando, riuscii a voltarmi.

Dietro di me non c'era nessuno.

Cercai di stabilizzare il mio respiro, di calmare il tumulto del mio cuore.

Poi gridai, per chiamare i portatori.

Accorsero trafelati. Ero stato io a ordinargli di scendere al piano inferiore. Ma ora, su quella terrazza in pieno sole, provavo il terrore di chi è stato abbandonato in una cripta infestata dai fantasmi.

«Cosa c'è, signore?»

«C'era un uomo, quassù. È sparito. L'avete visto? Dev'essere sceso per forza per le scale. *Dovete* averlo visto.»

«Non abbiamo visto nessuno, signore.»

«Balle!»

«Nessuno» ripeté il ragazzo, che si faceva chiamare, all'occidentale, *John*. I suoi occhi asiatici esprimevano una sincera perplessità.

Mi mancava il fiato. Sentivo il sangue rombarmi nelle orecchie.

«State qui fuori con me» li pregai. «Non lasciatemi solo.»

I portatori, estenuati dalla lunga salita, si accovacciarono a terra, cercando di tenersi nell'esiguo ritaglio d'ombra ai piedi della parete. Quando i miei occhi incrociavano i loro, distoglievano immediatamente lo sguardo.

Tornai ad aggrapparmi alla ringhiera.

Lo strapiombo sotto di me era inconcepibile. Nessuna montagna, nessun luogo naturale del pianeta è in grado di trasmettere una simile percezione dell'abisso come la cima di quell'ago di acciaio e cemento.

I miei occhi spaziavano senza incontrare ostacoli da un capo all'altro dell'orizzonte. L'azzurro del cielo si mescolava a quello del mare lontano. Le rare, piccole nuvole si muovevano in quell'immensità come greggi, e i miei occhi potevano credersi quasi lo sguardo di Dio.

Rimasi a lungo lassù, sospeso sul parapetto del Nulla, a considerare il mio fallimento e la rovina dei miei sogni.

Nella frescura e nell'ombra del mio studio, il ricordo di quel torrido pomeriggio sembra l'evocazione di un demone. Come quello che ho alle mie spalle. Non c'è nessun vento a impedirmi di voltarmi a fronteggiare l'essere cui appartiene quella voce suadente, tranquilla. Eppure anche adesso, anche qui, una forza superiore m'impedisce di girarmi.

«Sicché te la ricordi, la Torre.»

«Ti sembra facile dimenticarla?»

«A volte rimuoviamo i ricordi cattivi. Altre volte li circondiamo di sogni e di menzogne. Come fa l'ostrica con i granelli di sabbia. È da lì che nascono le perle, sai?»

«Lo sanno anche i bambini.»

«Ma tu l'hai mai *visto* accadere? L'hai mai visto *davvero*, come si forma una perla? Attimo dopo attimo? Io sì.»

Non ho motivo di dubitare delle sue affermazioni. Piuttosto, a ogni nostro incontro finisco per dubitare di *me*. Finisco per chiedermi se questa storia dell'angelo non me la sia inventata, se non sia solo il delirio di un folle, di un'anima impazzita che vola e sbatte come un uccello contro le sbarre di una gabbia.

«Mi ricordo la Torre e mi ricordo il nostro incontro lassù» dico.

La voce esita un attimo, prima di replicare.

«Non sono mai stato là.»

«Oh, sì che c'eri. Lassù mi hai detto che avevo rifiutato la mia grande occasione. E che non era Obizared. Hai detto...»

«*Cherchez la femme*.»
«Sì. Cosa volevi dire? Di che donna parli?»
«Non lo sai?»
«Ho avuto molte donne.»
«Dimmi un nome, Gabriel. Anzi, *pensalo* soltanto.»
Vorrei voltarmi, ma non posso.
La voce ride.
«*Sabine*» dice.
«Sì.»
«Sicuro che sia lei? Sicuro che Sabine esista?»
«Le ho scritto una mail poche ore fa. E mi ha risposto.»
«Buon per te. Ti vengono per caso in mente altri nomi di donna, Gabriel?»
«No.»
«Allora il tuo problema è più serio di quanto immaginassi» sospira la voce alle mie spalle, triste.
Mi volto. Finalmente posso voltarmi.

Un colpetto di tosse, dalla soglia della stanza.
Il ragazzo – Tommaso – esita, imbarazzato.
«Non sono entrato perché, be', sentivo delle voci. Mi sembrava che ci fosse qualcuno, con lei. Però mi è sembrato che mi avesse chiamato.»
«Non c'è nessuno. Entra.»
Si muove a piccoli passi, come se la gravità nel mio ufficio fosse superiore al normale. Indossa un completo elegante che solo uno magrissimo come lui può portare senza sembrare ridicolo. Ma quest'anno la moda vuole che i giovani vestano così, quasi fossero cresciuti di colpo dentro i loro vestiti. E quindi: pantaloni e maniche troppo corte, giacche che arrivano a malapena a coprire la schiena. Mi chiedo dove si sia cambiato d'abito.
«Siediti.»
Il ragazzo si sistema sulla poltroncina davanti alla mia scrivania. Sembra a disagio.

Per un po' ci guardiamo senza dire nulla. O meglio, io lo guardo e lui punta gli occhi più o meno nella mia direzione, ma evitando che i nostri sguardi s'incrocino.

«Hai sentito delle voci.»

«Mi sembrava.»

«Quante?»

«Due.»

«Una era la mia.»

«Sì.»

«E l'altra?»

«Un uomo. Parlava a voce alta. Ma si sentiva male, perché c'era un rumore come di vento.»

Il piano della mia scrivania è ricavato da una lastra di arenaria nera che contiene alcune ammoniti fossili. Il mio indice segue lentamente le spirali di una conchiglia, bianche sul nero come ossa su una lastra radiografica.

«A cosa sto lavorando?» chiedo.

«Scusi ma non ho capito.»

«Qual è il progetto che ho sul tavolo, in questo momento?»

Il ragazzo sembra terribilmente imbarazzato.

«In questo momento? Be', ma, niente...»

«Niente?»

«Al momento no.»

«*Al momento* vuol dire più o meno da quanto?»

Tommaso deglutisce. Si schiarisce la gola. «Più o meno da due mesi.»

Mi alzo. Vado verso l'unica parete su cui non ci siano teche.

«Come si apre, questa cosa?»

Il ragazzo con l'orecchino si alza, mettendosi al mio fianco.

Senza una parola avvicina il palmo della mano alla parete.

Il vetro nero della grande vetrata si schiarisce progressivamente, lasciando filtrare sempre più la luce esterna, fino a diventare del tutto trasparente.

Le guglie del Duomo, i tetti grigi nella foschia settembrina. Il volo di un colombo da destra a sinistra, rapidissimo, vicino. Quasi uno scoppio silenzioso.

Allungo la destra a toccare il vetro. Non è né freddo né caldo.

Poiché sei tiepido, non sei cioè né freddo né caldo,
Sto per vomitarti dalla mia bocca.

I due versetti dell'Apocalisse bruciano di una fiamma fredda. Sono umano da troppo tempo. Le mie reazioni, le mie sensazioni, prevalgono sulla mia natura. Se mi lanciassi in volo da questa finestra, adesso, probabilmente mi schianterei a terra.

«Le cose vanno così male?» chiedo.

Tommaso annuisce.

La mia voce è sottile. In una stanza meno silenziosa di questa, probabilmente non verrebbe nemmeno percepita.

«Obizared è stato un brutto colpo.»

«Le commesse americane?»

«Annullate.»

«La Russia?»

«Annullate. La crisi internazionale...»

«Capito. Da quanto tempo lavori per me?»

«Da quasi un anno.»

«Quasi un anno... Sai, non ho memoria di te.»

«Lei ha molti dipendenti.»

«Sì. Ma una volta mi ricordavo il nome di tutti. Come se foste parte della mia famiglia. La bella ragazza che mi ha accompagnato qui...»

«Caterina?»

«*Caterina.* Anche di lei non ricordavo più il nome. Ti sembra normale?»

«È solo stanco. Dovrebbe riposarsi.»

Sorrido, appoggiando la fronte sul vetro. Un sorriso amaro.

«Sì, vero? Dovrei riposarmi.»

«C'è una camera, se vuole. La sua camera. Si... Voglio dire, si ricorda come arrivarci?»

«No, ma non fa niente. Non voglio dormire. Ho bisogno d'altro. Come te la cavi, con Internet?»

«In che senso?»

«Se ti chiedessi di cercarmi una persona. Il suo indirizzo. Dove vive, insomma.»

«Non c'è problema.»

«Però non ho molti dati. Solo il nome e il cognome. E l'età.»

«Studi?»

«Architettura. A Venezia. Ed è nata in Francia. In un paese vicino a Parigi, Gisors.»

Tommaso sorride.

Lentamente, come se estraessi dei diamanti dalla parete di roccia della memoria, evoco a poco a poco una donna del mio passato, la sua vita, quello che so di lei. Perché proprio di lei, non lo so. Mi è venuta in mente, un volto e un corpo quasi dimenticati. C'è qualcosa di malsano nel cercare una donna che non vedi da così tanto tempo. La vita non fa mai regali, come cantava Jacques Brel. Cosa cerco di ottenere, con la mia curiosità? Cosa m'importa, di quella donna?

«Qualcos'altro?»

«Non stai prendendo appunti.»

«Ho una buona memoria.»

Arrossisce, realizzando a chi l'ha detto.

«Ho qualcosa d'altro» dico. «Qualcosa che penso potrà servirti.»

La mia scrivania non ha cassetti, ma il mobile alle mie spalle, nero e lucente come la corazza di uno scarabeo e quasi altrettanto stondato, ne ha parecchi, nascosti così bene da risultare invisibili. Ricordo il giorno in cui l'artigiano che aveva realizzato il mio progetto mi aveva portato qui il mobile appena finito. Avevo passato la mano sulla sua superficie laccata, liscia come il vetro. Le tecniche usate per quella laccatura erano giapponesi, antiche di migliaia d'anni. Era un meraviglioso gioco d'incastri, quel mobile. Solo l'artigiano che l'aveva costruito e io che l'avevo progettato sapevamo quali punti sfiorare o premere per aprire i vari cassetti, grandi e piccoli, nascosti sotto quella superficie nera lucidata a specchio e al tempo stesso di un buio profondo, quasi ultraterreno.

Oggi, qui, ora, poso le mani sul mobile.

Una serie di gesti in sequenza, e una sezione rettangolare si apre con uno scatto, rivelando un cassettino che contiene una cosa sola.

Raccolgo la foto e la porto alla luce con tutta la delicatezza del mondo.

La ragazza ride, sul ponte di una piccola barca a vela. Potrà avere vent'anni. Indossa un bikini verde, sull'abbronzatura dorata. È bella di una bellezza tranquilla, civile. Non ostentata.

«Tieni» faccio. «Questa può esserti utile.»

Dicono che un giorno avremo un software capace di riconoscere i volti umani. Nessuno di noi potrà più perdersi in una folla anonima: un algoritmo ancora da inventare lo scoverà in una qualsiasi foto pubblicata su un giornale, o in un'immagine scattata dal satellite, e gli darà un nome, un indirizzo e una storia. Nessuno potrà più sfuggire.

Ma il mondo di domani nasce ora. L'anonimato che un giorno non sarà più possibile è già oggi difficile.

«La troverò» fa il ragazzo. «Comincio subito a cercarla.»

Rimasto solo, avvicino la sedia alla vetrata e guardo fuori, la città ai miei piedi. È difficile sentirsi umili, seduti così. Ma è necessario. Ho conosciuto re orgogliosi dei loro domini terreni, che contemplavano tronfi le loro città come chi guarda una colonia di formiche. Coltivavano il loro orgoglio come chi nutre con i suoi stravizi un cancro. Altri guardavano in basso e piangevano, dolendosi della futilità delle loro conquiste. In punto di morte alcuni di loro si convertivano, isolandosi in qualche remoto monastero e disinteressandosi degli imperi grandi o piccoli creati a costo di tanta fatica e tante morti. Ma in un modo o nell'altro, qualunque fosse la loro scelta finale, il destino di quei potenti era lo stesso: il silenzio.

Affacciandomi al parapetto della Torre di Obizared, quel giorno, avevo contemplato lo spazio intorno a me, sentendomi per un attimo al suo centro assoluto. Una sensazione inebriante. Un'overdose d'orgoglio assurda, considerato che mi trovavo in cima al simbolo del mio fallimento.

«*Mister*, laggiù» aveva indicato il ragazzo che si faceva chiamare John. Dietro i suoi finti Ray-Ban cinesi gli occhi erano spalancati.

A una ventina di miglia a est, una scia di polvere si sollevava dal nastro serpentino della strada per la capitale. O di quello che ne restava. L'orgogliosa autostrada a otto corsie era per lunghi tratti impercorribile, interrotta da frane, coperta da alte dune. Ma il significato di quella scia di polvere era inequivocabile.

«Colonna di blindati e camion. Dalla capitale. Saranno qui tra meno di un'ora.»

Era una cosa prevista. Faceva parte delle variabili prese in considerazione.

Per scendere a piedi ci avremmo messo troppo tempo. Avremmo trovato i corazzati ad attenderci alla base dell'edificio, con le mitragliatrici spianate.

I portatori avevano aperto gli zaini, portati a spalla lassù con enorme fatica.

Mi ero addestrato a usare il paracadute a profilo alare

per due settimane, durante l'estate. Io e John indossammo le imbracature.

«Ci vediamo laggiù.»

Il ragazzo aveva annuito.

L'azzurro del cielo non mi era mai sembrato così intenso come mentre prendevo la rincorsa verso il bordo della terrazza, nel punto in cui gli uomini avevano rimosso il parapetto. Il tempo sembrò fermarsi, restringersi in un attimo preciso e acuto come una lama, e al tempo stesso parve dilatarsi, ogni passo un'eternità mentre il sangue mi rimbombava nelle orecchie, nell'attimo finale in cui il mio corpo rimase in bilico, sospeso. Per poi precipitare di colpo.

Il calcolo del vento era stato preciso. Le correnti prodotte dal gigantesco edificio mi sollevarono come una mano, spingendomi verso l'alto. Salii scompostamente, agitando le braccia e le gambe come un burattino dai fili spezzati, finché la forza di gravità non mi attirò di nuovo a sé, lanciandomi a cadere. Rotolai su me stesso, vedendo il muro della Torre sfrecciarmi intorno, finché non riuscii a ritrovare l'alto e il basso. Il sistema di apertura automatica del paracadute si attivò. Io non ce l'avrei fatta ad aprirlo. Uno scatto metallico, un doloroso strappo alle braccia e mi trovai a fluttuare nell'aria, muovendomi verso il basso in lenti giri, quasi volessi imitare i falchi che nidificavano tra le rovine e che si erano lanciati in volo sulla scia dei nostri due paracadute colorati.

La città in rovina si stendeva ai miei piedi, e da lassù sembrava un sito archeologico antico, Babele o Ur dei sumeri. Pochi anni erano bastati a trasformare il mio sogno in rovine.

Volavo sul mio impero sconfitto, invaso dalla sabbia, rifugio di creature infime. Mi libravo nel vuoto come un angelo. Risi, scoppiai a ridere, allungando il braccio come se reggessi una spada fiammeggiante. Il movimento mi spinse fuori equilibrio, minacciò di gettarmi contro la Torre.

Spaventato, recuperai l'orientamento, allontanandomi dalle pareti mortali del palazzo e puntando verso la piazza in cui avevamo lasciato le jeep. Mi lasciai trascinare dal vento, guardando la scacchiera geometrica delle strade ridiventare ciò che era: una griglia di macerie e materiali da costruzione, come dopo un bombardamento.

Era la sintesi della mia vita, pensai.

Il simbolo della mia sconfitta senza margini di recupero.

Avevo quella precisa sensazione, cadendo dall'alto, e non mi sbagliavo.

Così oggi, guardando la città dalla finestra del mio palazzo, dal cuore del mio piccolo impero in rovina, contemplo molto più che un reticolo di strade. Vedo quello che vede ogni testa coronata alla fine dei suoi giorni: la mia fine che incombe, e la vita indifferente che va avanti, coprendo con dune di sabbia ogni gloria, ogni sogno, ogni singolo momento di stupido orgoglio.

27.

Scendo a piedi.

Passando accanto alla lunga vasca mi sono chinato ad accarezzare il dorso di una carpa *koi*, la *ochiba*. Strana la sensazione di toccare quella pelle bianca e rossiccia che ricorda un disegno di foglie cadute sull'acqua. Rugosa, veloce, umida. Un *plop* e il pesce ha sollevato la testa, guardandomi per un attimo prima con un occhio, poi con l'altro. Quindi si è tuffato di nuovo sotto la superficie.

Per un po', su quella parete, era rimasta appesa una videoinstallazione di Datsu Malana. Una serie di televisori a schermo piatto, sottili come un'unghia, montati uno accanto all'altro in modo che sembrassero uno schermo solo. Su quegli schermi, una catena di venti persone fissava il vuoto. Poi la prima di loro pronunciava una breve frase verso la sua vicina di fila, che a sua volta doveva ripeterla a quella accanto. Intanto la prima persona, una giovane donna nera vestita in abiti tribali, pronunciava una seconda frase. E così via. Alla fine, dagli schermi usciva un impasto di venti voci che sconfinava, a momenti, quasi in una melodia.

Quelle persone erano tutti migranti, sopravvissuti a un naufragio al largo della Libia.

Datsu aveva battezzato l'installazione *Didone, ascolta*.

La giovane che apriva la cascata di parole recitava i versi di una poetessa nigeriana, Roli Hope Odeka.

Datsu me li tradusse in italiano:

Non mi piace cercare gli ostacoli
Stendo le mie mani per raggiungere soltanto
Ciò che posso ottenere e toccarlo forte
Guarda, o vieni con me che galleggio
Non voglio annegare
La mia vita è un galleggiare.

Le altre diciannove persone sullo schermo, mostrate a mezzo busto, venivano da altri Paesi africani. Erano incapaci di ripetere quei versi in una lingua che non era la loro. Così cercavano di imitare i suoni, che al loro orecchio sembravano sillabe a caso, e ogni ascoltatore successivo cercava a sua volta di interpretarli nella sua lingua, e così via, producendo distorsioni continue, fra tentativi di ripetere puramente il suono e gli sforzi di altri per ritrovare dentro di sé dei versi della loro tradizione nativa, perché la struttura metrica di quello che sentivano era chiara, ma era l'unica cosa che potessero capire: che quella che stavano ascoltando, all'origine, era una poesia. Finché alla fine la ventesima persona, l'ultima della fila, un maschio sulla trentina, con lunghe e sottili cicatrici sul volto, non ricavava da quelle frasi senza senso questi versi:

Avere un solo corpo,
Un solo pensiero,
Una sola conoscenza,
Una sola essenza
Avere un solo essere
È prigione.

«Sono versi di Ndjock Ngana, un poeta camerunese» mi aveva spiegato Datsu, dopo avermi tradotto in italiano anche questi. «Tutto è nato per caso. Mi ero limitato a chiedere alla prima della fila di recitare dei versi nella sua lingua. Alla fine del processo, come vede, da una poesia è nata un'altra poesia. Mi sono venuti i brividi, quando è successo, proprio sotto i miei occhi.»

La poesia tornava quindi all'origine della lunga fila di volti neri, maschili e femminili. La ragazza nigeriana cercava di interpretare i versi pronunciati dall'ultimo della fila, con voce incerta, confondendo le parole, e trasmettendole ancora più confuse al suo vicino, finché alla fine dagli schermi non usciva che una marea di sillabe senza senso, dissonanti e cacofoniche. Le labbra tumide si affannavano a trasmettere i versi, ma non facevano altro che perderli per strada, come acqua da un secchio bucato.

Avevo fatto togliere l'installazione dalla parete dopo pochi mesi.

Quelle voci avevano un effetto deprimente sui clienti, mi era stato riferito con tutta la delicatezza possibile.

Non stentavo a crederlo.

Anche su di me producevano un effetto spiacevole. Dal mio ufficio, persino attraverso la porta insonorizzata, percepivo comunque quelle voci come un bisbiglio ossessivo. Datsu aveva bloccato il volume degli schermi, così non era possibile abbassare le voci, registrate nel corso di una massacrante sessione di ventiquattro ore, che l'installazione ripeteva in *loop*. Alla fine della registrazione le voci guaivano, più che parlare. Gli occhi iniettati di sangue, le facce livide, le labbra incrostate di saliva. Ventiquattro ore senza potersi fermare, senza bere né mangiare, impegnati in quel lavoro pagato benissimo ma terribile, immersi nel mare di sillabe che si facevano isteriche con l'avanzare della stanchezza.

Le carpe *koi*, invece, piacciono a tutti.

Rialzandomi, provo uno strano senso di vertigine. Mi sembra di essere altissimo e contorto, come un orologio di

Dalì appeso a un ramo, e il ramo è la mia percezione del momento. Tutto intorno a me diventa vago, informe, pronto a mutare alle mie spalle appena sposto lo sguardo. Mi sento anch'io come se fossi stato tradotto in un'altra lingua.

Evito l'ascensore, davanti al quale provo una fitta di panico che mi afferra lo stomaco.

Le scale di servizio sono quanto di più diverso si possa immaginare dal mio studio. Cemento grezzo, pareti grigie, con cartelli d'avvertimento e strisce gialle a segnare gli scalini. Quando i lavori di ripavimentazione del Colosseo sono stati ultimati, tre anni fa, il progettista mi ha invitato a visitare l'edificio. C'ero già stato altre volte, nel corso della mia vita. L'edificio, a parte l'apprezzamento professionale per l'abilità degli ingegneri che l'avevano edificato, non mi aveva ispirato alcuna meraviglia o soggezione. Non era oggettivamente diverso da un viadotto stradale o da una stazione ferroviaria. Ma quel giorno, entrando nei sotterranei sotto il nuovo pavimento dell'anfiteatro, le mie sensazioni furono completamente diverse. Quel dedalo di corridoi, che privi di soffitto sembravano trincee della Prima guerra mondiale, sotto la copertura ripristinata riacquistavano la loro opprimente dimensione claustrofobica. Avevo una splendida hostess a farmi da accompagnatrice, succintamente vestita come un'*ancilla* romana da film *peplum*, eppure non riuscivo a scrollarmi di dosso un senso di opprimente tristezza. La finta torcia, alimentata a energia elettrica, rivelava solo pochi metri degli angusti cunicoli in cui ci muovevamo, a tratti così stretti da consentirci appena il passaggio. Il rimbombo del sangue nelle orecchie si trasformò nella mia testa in un rumore di risacca, e poi nell'urlo ritmato di una folla lontana, sopra le nostre teste, oltre il tavolato che ci nascondeva come degli insetti alla luce del sole. Era un suono terribile, che usciva dalla gola di una folla immensa, dai loro piedi battuti a ritmo sulle gradinate.

Rivoli di sudore cominciarono a scorrermi lungo la schiena. Il peso della copertura di legno e sabbia sulle nostre teste m'impediva il respiro. Il ricordo della leggenda di Teseo e del Minotauro cominciò a filtrare nei miei pensieri. L'odore del sangue e della sabbia arroventata dal sole, l'odore di ruggine e di polvere mi riempivano le narici dilatate da un istinto animale di autodifesa. Annusavo l'aria cercando di evitare un agguato. Ma la morte non era lì, non stava all'ombra di quei corridoi. Era là fuori, nel sole, sotto migliaia d'occhi pronti a godersi la vista del tuo sangue, delle tue viscere, del tuo cervello spappolato dalla mazza del Phersu.

Scendo le ultime due rampe aggrappandomi al corrimano.

«Piano Terra» dice la scritta rossa sul muro. Spingo la porta tagliafuoco.

Telecamere mi hanno seguito lungo tutto il percorso. Lo capisco dall'aria nervosa dell'uomo che mi aspetta davanti al bancone della reception, dietro il quale Caterina finge di essere impegnatissima a consultare i suoi monitor.

Le braccia dell'uomo sono conserte. Potrà avere sessant'anni, e un fisico robusto, evidentemente mantenuto con lunghe sessioni d'esercizio in palestra. Capelli cortissimi, lineamenti slavi. Occhi azzurro ghiaccio come quelli di un cane husky, che trasmettono un senso di controllo e d'intelligenza.

China leggermente il capo, per salutarmi. La mano destra si stacca dall'altra, si tende verso di me. La stretta è volutamente meno forte di quanto mi aspettassi. Mi passa per la mente il pensiero che quest'uomo dev'essere un formidabile giocatore di scacchi.

«Bentornato, signore, e i miei complimenti.»

«Per cosa?»

«Per come è riuscito a eludere i nostri controlli. E a non farsi rintracciare per tutto questo tempo.»

Mi fissa a lungo.

«La mia lettera di dimissioni è già pronta.»

Quella frase mi spiazza.

«Dimissioni? Perché?»

«Per quello che le ho appena detto. Per non aver saputo trovarla. E prima ancora per averla lasciata scappare.»

«Sono suo prigioniero?»

«No, ma io sono la sua guardia. Quello che è successo non ha scusanti.»

Sorrido, di fronte alla sua espressione da bambino testardo.

«Ma andiamo! Vuol solo dire che sono più intelligente di quanto lei si aspettasse.»

«Avrebbe potuto mettersi in pericolo. Qualcuno avrebbe potuto...»

«Ma sono tornato. *Sono qui*. Non è successo niente.»

L'uomo scuote la testa.

«E comunque chi è, lei?» gli domando.

I suoi occhi mi scrutano. Poi l'azzurro si vela, quando realizza che non lo sto prendendo in giro. Che davvero non ho idea di chi sia.

«Mi chiamo Viktor Ullmann.»

«Come il compositore.»

«Sono l'addetto alla sua sorveglianza.»

«Quando l'ho assunta?»

«L'anno scorso. A maggio.»

«Come mai?»

«Be', ho presentato il mio curriculum...»

«No, volevo dire: come mai ho sentito il bisogno di una guardia del corpo?»

«Non si ricorda? Non ricorda l'incidente?»

«Non so di cosa stia parlando.»

«La sua auto è stata spinta fuori strada. Questo, almeno, è quello che lei ha dichiarato alla polizia greca.»

«La polizia *greca*...?»

«L'incidente è avvenuto nei dintorni di Salonicco.»

«Non ricordo nessun incidente.»

«Sulla fiancata della sua auto non c'erano tracce d'urto da parte di altri veicoli. Lei comunque ha ritenuto di essere in pericolo, e mi ha assunto. Perché l'abbia fatto rimane un mistero, considerato questi scherzi che mi combina, sparendo per intere settimane...»

«Settimane?»

«Un giorno dovrà dirmi come fa. Stavolta è riuscito a svignarsela dal suo ufficio. E nessuna telecamera ha registrato la sua uscita. Ha manipolato il software? Ha un passaggio segreto? Come fa?»

«Non ho idea di cosa stia parlando» ribatto, muovendomi.

Ullmann mi segue.

«L'accompagno.»

«No. Ho voglia di fare due passi. Caterina, può chiamarmi un taxi?»

Lei guarda Ullmann, che annuisce.

La ragazza compone un numero di telefono, mordendosi il labbro.

Gli occhi freddi di Ullmann mi scrutano. «Non mi sta dicendo la verità.»

«Sono comunque il suo padrone.»

«Preferirei che usasse il termine *datore di lavoro*.»

«Come crede. Adesso però si faccia da parte, perché voglio uscire.»

«Dove va?»

«Dove mi pare.»

Mi muovo con uno scatto rabbioso.

Ullmann mi ferma semplicemente mettendosi sulla mia strada. Non alza le mani. Si limita a bloccarmi col suo corpo saldo come una parete.

«L'accompagno» ripete.

«Non se ne parla proprio. Si tolga di mezzo.»

L'uomo è visibilmente combattuto. Alla fine si sposta di lato.

«Faccia come crede. Come ha detto, il *padrone* è lei.»

S'infila la mano in tasca.

«Prenda almeno questo.»

Nella sua mano c'è un iPhone nuovo di zecca, ancora coperto dalla pellicola protettiva.

«Non lo voglio.»

«Senta, non è possibile che lei si rifiuti di avere un cellulare. Come posso proteggerla se non è mai contattabile?»

«Usi il Bat-segnale.»

«Con tutto il rispetto, non è divertente.»

«Fare il comico non è il mio mestiere. Si diverta in qualche altro modo.»

Ullmann incassa, stringendo appena gli occhi. Ma la mascella è contratta.

«Arrivederci, signor Ullmann.»

Esco sulla strada.

Fa freddo.

Mi accorgo di essere uscito senza il giubbotto. Ce l'avevo, venendo in ufficio? Dove l'ho lasciato?

Voltandomi verso il palazzo provo un senso di vertigine. Per un attimo non riconosco l'edificio. Poi la realtà riprende il sopravvento, e il vecchio edificio umbertino, con le sue cariatidi immusonite e la facciata polverosa, prende il posto della fantasia che chissà perché mi ero immaginato scendendo dal taxi, quella bizzarria alla Frank Gehry. Le finestre del mio studio sono al quarto piano, proprio dove dovrebbero essere, e sono chiuse da una tenda, e ovviamente lassù non c'è nessuna vasca di carpe *koi*, e se entrassi, ora, sono sicuro che dietro il bancone della reception non troverei Caterina.

Mi muovo per attraversare la piazza, quando una voce mi chiama.

Mi volto.

Dal portone d'ingresso esce un giovane che non conosco, un tipo insignificante, in un completo grigio misto lana.

«Architetto...» balbetta, trafelato. «Ho fatto la ricerca che mi ha chiesto...»

«Chi è lei?»

«Tommaso.»

«È uno scherzo?»

«No, scusi, mi scusi davvero. Ci ho messo più di quanto pensavo perché, insomma, perché le tracce erano fredde, per così dire.»

Ridacchia. Poi arrossisce, imbarazzato.

Fredde.

Sul sedile posteriore del taxi apro la cartelletta consegnatami dal ragazzo. Ora realizzo a chi assomigliava, il Tommaso che è venuto a prendermi alla stazione. Era quasi identico a Il'ja, un artista russo presentatomi da Oleg durante una festa a San Pietroburgo. Oleg era parecchio su di giri, come tutti, del resto. Festeggiavamo una grossa commessa straniera assegnata al *kombinat* che lui all'epoca rappresentava. *Un sacco di bella valuta pregiata, e un bel po' di roba che cade giù dai camion*, era stato il suo commento. Il comunismo tirava gli ultimi calci, ma i rituali della morente Unione Sovietica continuavano a dettare le regole del gioco, che si potevano riassumere in una sola: *fottiamoci l'un l'altro come l'Occidente ha fottuto noi.* Così tra i tanti invitati a quella festa c'erano un mucchio di dignitari del Partito, alcuni in avanzato stato di decomposizione, ma anche i loro rampolli, giovani piraña allevati nelle migliori università occidentali, pronti a lanciarsi sugli avanzi del banchetto.

E poi c'era Il'ja.

Se ne stava in disparte, in un angolo, sorseggiando un bicchiere di vodka. Osservava le cose con l'aria di chi ha già visto tutto e fa soltanto finta, per educazione, di provare ancora gioia o sorpresa per qualcosa, fossero anche le splendide fotomodelle convocate per l'occasione. Avevo già visto feste del genere alla fine di ogni impero. La decadenza dà alle nazioni un sapore dolce, come di frutta troppo matura.

Il'ja era vestito di nero da capo a piedi. Stivali Dr. Martens, jeans a sigaretta, un girocollo sgualcito sotto una giacca di velluto di ottimo taglio, forse di Yamamoto. Aveva un orecchino nero, delle dimensioni di una moneta da un dollaro, infilato nel lobo dell'orecchio destro. Mi spiegò poi che era stato ricavato da un meteorite caduto sugli Urali ai tempi dell'ultimo zar.

Aveva diciott'anni. Il quadro sotto cui stavamo l'aveva dipinto lui, disse Oleg.

«È solo un bozzetto» minimizzò il ragazzo, in tono garbatamente aggressivo.

«Il'ja vuole realizzarlo sulla facciata del Palazzo d'Inverno.»

«Sì. Ovviamente la municipalità non accetterà mai.»

Il quadro era modellato sulle architetture del Giudizio Universale dipinto da Michelangelo nella Cappella Sistina. Ma al posto di santi e dannati c'erano i protagonisti dell'epopea sovietica, ritratti in uno stile che ibridava l'originale rinascimentale con gli stilemi del realismo socialista.

«E poi ci sarà la volta, ovviamente» aveva detto Oleg, entusiasta, spruzzando minuscole goccioline di saliva sulla mia giacca. «Ci sarà Lenin che tende la mano verso il lavoratore sovietico, e la Grande guerra patriottica ritratta come il diluvio universale, e...»

Il'ja ascoltava con un sorrisetto a fior di labbra. Aveva l'aria di uno a cui non importa nulla della gloria o dei soldi.

«Da dove vieni tu?» mi chiese.

«Sono italiano.»

«Sei venuto a comprare carne fresca?» mi fece, indicando con il bicchiere una coppia di ragazzine che ascoltavano rapite un uomo panciuto e brizzolato.

«Oppure hai altri gusti? Io ti piaccio?»

«Mi piace come dipingi.»

«Allora forse vuoi comprare il mio progetto per il *Giudizio Internazionale*? Potremmo dipingerlo sulla facciata di San Pietro, invece che qui a Leningrado.»

«*San Pietroburgo*» lo corresse sottovoce Oleg.

«Stessa cosa. Allora, italiano, cosa mi dici? Lo compri, il mio progetto?»

«Non oggi. Piacere di averti conosciuto, Il'ja.»

Il ragazzo aveva scrollato le spalle con indifferenza, voltandomi la schiena.

Oleg si era scusato. «Di solito non è così *nekul'turnyj*.»

«Non fa niente.»

Il mattino dopo, scendendo nella hall del Radisson, con mia sorpresa avevo trovato il ragazzo seduto ad attendermi su uno dei divani in cuoio nero.

«Ti stai mimetizzando?» gli avevo chiesto, dandogli una pacca sulla spalla con la mia copia arrotolata del *St. Petersburg Times*.

«Leggi quella merda?»

«No. Lo prendo solo perché è in omaggio. Sei sempre così di cattivo umore, al mattino?»

«Non sono di cattivo umore.»

Il suo inglese era impeccabile, anche se dall'accento imprecisabile. Quando diventammo amici mi disse che l'aveva imparato da piccolo. I suoi genitori, entrambi docenti universitari, in casa parlavano solo inglese.

«Ma l'avevano imparato sui libri, così la mia pronuncia è *mid-Atlantic*, però nel senso che è la pronuncia di uno che vive sull'oceano, tra l'Inghilterra e gli Stati Uniti...»

«Mai stato in un Paese dove si parli la lingua?»

«No. Tu sì, immagino. Cosa ti porta in Russia?»

Era stato naturale mettersi a parlare con lui. Come se fosse normale trovarlo lì ad aspettarmi nella hall.

«Facciamo una passeggiata?» aveva proposto.

Quel pomeriggio, quando avevo chiesto a Oleg se Il'ja fosse omosessuale, la risata del mio amico aveva fatto esplodere la cornetta del telefono.

«*Il'ja?* Scherzi? È etero al mille per cento. Se è interessato a te non è per il tuo culo o per il tuo cazzo. Con tutto il rispetto, ovviamente. Dice che l'hai colpito. Dice che potrebbe essere l'inizio di una bella amicizia. Mi fa: *Oleg, se te lo chiede, digli questo, e vedrai che lui capirà.*»

Il'ja non aveva mai realizzato il suo affresco monumentale. Viveva disegnando illustrazioni per libri, in un appartamento troppo piccolo e molto malandato. Nel corridoio d'ingresso era appesa una bici da turismo giapponese, ipertecnologica, leggera come una piuma.

La sua compagna del momento passò in silenzio da una porta all'altra. Era nuda, graziosa e leggera come una ninfa.

«Vedi» disse Il'ja, gesticolando con la sigaretta accesa, «quello che noi facciamo, la cosiddetta arte, è solo frutto di consenso. I miei lavori, i tuoi, vent'anni fa non li avrebbe cagati nessuno. Anzi, i miei mi avrebbero fatto finire in un campo di rieducazione. E invece guarda adesso: *money money money*. Perché su quello che facciamo c'è il consenso del capitale, il consenso della casta al comando. Siamo gli artisti di corte del Potere. Solo che non dipingiamo o non progettiamo più per un re o per un Papa, ma per quell'immonda bestia con milioni di teste chiamata Consenso. Un tempo i musicisti avevano a disposizione un cazzo di niente, come temi su cui lavorare: il Kyrie, l'Agnus Dei, il Sanctus. E i pittori potevano dipingere solo santi e madonne. Eppure guarda la ricchezza, la bellezza di quello che hanno saputo fare, con quella varietà così scarsa. Invece noi possiamo usare tutto quello che vogliamo, possiamo usare il mondo, anzi, possiamo usare *l'universo*, e non riusciamo a cavarne nulla di buono, niente di veramente eterno. Niente che valga davvero.»

All'epoca quei suoi discorsi mi sembravano frutto di uno snobismo estremo. Ero lanciato, i miei progetti facevano tendenza. Anni dopo avrei capito che Il'ja, quel pazzo *hooligan* russo, aveva ragione. Che ho passato la vita a produrre merda. Con il corpo e con l'anima.

Diventammo amici. Litigammo spesso, ogni volta facendo la pace.

Poi ci perdemmo di vista.

Devo aver proiettato l'immagine di Il'ja su quella di Tommaso. Un'immagine che associo a un senso di rimpianto.

«Dove la porto?» chiede il tassista.

«Dove le pare.»

L'uomo si volta a guardarmi da sopra il sedile.

«Senta, signore, guardi che io qua sarei, come dire, al lavoro. Non ho mica tempo per scherzare, io.»

Mi tolgo di tasca due banconote da cinquanta euro e gliele infilo in mano.

«Guidi finché non finiscono.»

L'uomo borbotta qualcosa tra i denti, ma intasca il denaro.

«Può spegnere la radio?» chiedo.

Il taxi si stacca dal marciapiede e si dirige con tutta la calma del mondo verso il centro della città.

Apro la cartella che ho sulle gambe.

Spillati con precisione militare, cinque pacchetti di fogli stampati da Internet mi raccontano la loro storia.

Non è una storia che ho voglia di sentirmi raccontare.

Non dopo aver letto l'ultima pagina.

Hélène, ripeto, dentro di me.

Un nome che ho ritrovato da poco.

Hélène.

L'avevo conosciuta in facoltà, una mattina di ottobre. Allora non c'era l'Erasmus. Hélène studiava a Venezia con una borsa di studio. Veniva da un piccolo paese vicino a Rouen dove Monet aveva dipinto le sue ninfee.

C'è ancora il suo giardino, è bellissimo. Un giorno dovrai venire a vederlo. È veramente magico.

C'eravamo incontrati per la prima volta nel cortile della facoltà, sotto i manifesti che annunciavano assemblee e concerti. Nel mio ricordo di quel giorno i suoi capelli lunghi e biondi si stagliano sul rosso di un manifesto, Che Guevara col pugno alzato.

«Mi hanno detto che tu parli francese» mi aveva detto, con il suo accento delizioso.

«*Comme ci comme ça.*»

«Ho dei problemi con la segreteria ma non riesco a farmi capire. Siete così complicati.»

«Io e chi?»

«Voi italiani, no? Sembra che se una cosa non ha almeno due timbri non vale niente.»

«Stai generalizzando.»

«*Pardon*?»

«Stai facendo di ogni erba un fascio. Insomma, guarda me, ti sembro tipo da timbri?»

Ogni erba un fascio, aveva ripetuto lei sottovoce, come se assaggiasse per la prima volta un cibo esotico. «*Fascio* come fascista? Mussolini?»

«No» le avevo risposto ridendo.

Lei si era spazientita.

«Insomma, puoi aiutarmi o no?»

«Vediamo.»

Il problema in effetti era semplice. Ma in un'epoca ancora senza Internet e posta elettronica le comunicazioni ufficiali viaggiavano a dorso di postino.

«Manca una carta. Un certificato di residenza.»

«Cioè dove vivo? *Un certificat de résidence*?»

«Già.»

«Posso farmela mandare.»

«Sì, ma finché non arriva non ti danno il posto alla casa dello studente.»

L'impiegato dietro lo sportello aveva annuito, compunto.

Lei si era messa a piangere.

«*Et moi, en attendant, où je dors?*»

Il viso era rimasto uguale, ma la bocca tremava, e c'erano queste lacrime che le scendevano lungo le guance.

Mi ero schiarito la voce.

«Se vuoi, ho un'amica che ha una camera in più. È alla Giudecca, insomma, non è vicinissimo, ma provvisoriamente penso possa andarti bene... Cioè, non è che sia proprio una camera, credo sia solo un posto letto, perché l'appartamento è piccolo, ma è comunque una sistemazione...»

Lei mi aveva sorriso.

Dovessi portarmi qualcosa dietro, un talismano, per affrontare le fiamme dell'Inferno, sarebbe quel sorriso.

Poi mi aveva buttato le braccia al collo, baciandomi sulle guance.

«Come ti chiami?» le avevo chiesto.

«Hélène.»

«Io Gabriel. Vieni, cerchiamo una cabina e telefono alla mia amica.»

Quel pomeriggio l'avevo accompagnata all'appartamento.

Miriam, una fuori corso di Trieste, le aveva mostrato la casa.

Dalle finestre del soggiorno si vedeva la facciata di un edificio abbandonato, il vecchio Molino Stucky.

«Sembra il castello di un vampiro» aveva detto Hélène.

«È una vecchia fabbrica. Non so cosa aspettano a demolirla.»

«Archeologia industriale. Si chiama così, razza d'ignorante» aveva risposto Miriam. E poi, rivolta a Hélène, le aveva detto «al momento, con te, saremmo in quattro. La spesa la faccio io una volta la settimana e poi si divide il conto. Le pulizie si fanno a turno, ma visto che ti fermi solo per pochi giorni dammi quarantamila lire e non ti chiedo più niente e puoi stare qui fino alla fine del mese. Dopo, se non ti danno ancora l'alloggio, mi spiace ma devo mandarti via perché arriva mia cugina che studia a Padova.»

«Se studia a Padova perché viene a vivere a Venezia?» le avevo chiesto, studiando un piccione che si pavoneggiava dietro la griglia della finestrella del bagno.

«Perché mia mamma pensa che sono una brava ragazza, e vuole che gliela tenga d'occhio.»

«Una brava ragazza *tu*?»

«Sai che i genitori sono sempre gli ultimi a sapere. Allora, *Brigitte Bardot Bardot*, ti piace l'appartamento?»

«Sì! Per i soldi, va bene se ti do la metà adesso e il resto la settimana prossima? Deve arrivarmi un vaglia postale dalla Francia...»

«Non è un problema, se sei amica di Gabriel. Garantisci tu per lei, vero?»

«Se ti accontenti.»

Miriam aveva strizzato l'occhio a Hélène.

«Sta' attenta a questo qua, d'accordo? Ha la *sbatola* di un avvocato e lo sguardo da angioletto. Attenta che non ti si appiccichi troppo.»

«Cos'è una *sbatola*?»

«Vuol dire che ho la parlantina di un avvocato. È dialetto veneto.»

«*Parlantina...*?»

Miriam aveva sospirato.

«*Oh, signór...*! Andate, dai. Falle un corso di lingua. Lingua nel senso di lingua parlata. È una bella giornata. C'è un sacco di sole.»

Ed era davvero una bella giornata, con un cielo limpido e il sole che faceva brillare il marmo dei palazzi, i vetri delle bifore. Ci sedemmo sulla riva, le gambe penzoloni sull'acqua verde del Canal Grande.

«Che bello» sorrise lei, felice per ogni cosa: per il passaggio di un gabbiano a pelo d'acqua, per due gattini che giocavano all'ombra di un vicolo, per l'odore salmastro dell'aria. Teneva la testa piegata all'indietro per godersi il sole. Sulla pelle delle sue braccia brillava una peluria bionda, sottile.

Qualcuno potrebbe immaginare che gli angeli, antichi di eoni, abbiano accumulato un'esperienza tale da non stupirsi più di nulla.

Non è così.

Non è così.

L'amore ci coglie sempre di sorpresa.

28.

Il primo bacio ce lo scambiammo una sera di metà novembre, sul vaporetto che ci riportava alle Zattere dall'università. Faceva freddo, il vento sollevava schizzi d'acqua e spuma, ma noi ce ne stavamo fuori, anziché sotto coperta, per goderci lo spettacolo delle luci che una dopo l'altra, nel corso della breve traversata, si accendevano sulle rive, trasformando la città e la laguna in un paesaggio incantato.

Il bavero del suo cappotto era tirato su. I capelli mossi dal vento le coprivano a tratti gli occhi. Fu approfittando di uno di quei momenti che sollevai la destra a carezzarle la guancia.

Lei chiuse gli occhi.

La baciai.

Le sue labbra erano calde, la bocca rispose alla mia con gentilezza dapprima, e poi con gioia. Il cuore mi batteva come se volesse prendere il volo, un uccello nella gabbia delle braccia, stretto tra noi, felice e indifeso. La sera, l'aria, le luci sembrarono una cosa soltanto nostra, una cosa per noi due, un accompagnamento dei passi gioiosi di quel primo ballo insieme, la nostra danza senza musica. Nessun altro intorno, nessun mondo. Solo l'abbraccio esisteva, l'abbraccio e nient'altro.

Camminammo come in sogno dall'ormeggio del vaporetto alla casa di Miriam. Hélène era rimasta a vivere lì, perché alla fine la cugina di Miriam non c'era andata, a Padova, e il posto alla casa dello studente non si era mai liberato.

Non pronunciammo una parola.

Camminavamo fianco a fianco, tenendoci per mano, e di tanto in tanto lei si fermava, appoggiando la schiena a un muro, e ci baciavamo. Ci baciammo finché le labbra non ci fecero male, e allora lei scoppiò a ridere, e la risata le illuminò gli occhi, o forse era solo il riflesso dei lampioni, ma il cuore mi diceva che era la luce dei suoi occhi, e una gran voglia di proteggerla e di amarla mi faceva cingere le sue spalle in una stretta forte, da grande. Avevamo entrambi diciannove anni, e ci sembrava di aver già vissuto una vita lunghissima. Mentre adesso, guardandomi indietro, trovo quei momenti così lontani da sembrare indistinti, tranne che per pochi attimi.

La salutai sulla porta, e fu un saluto lungo e tenerissimo. Non ci baciammo. Rimanemmo lì a guardarci, a sfiorarci in silenzio. Le mie dita mi sembravano così ruvide, sulla sua pelle morbida.

«È tardi» disse, staccandosi da me.

Mi posò un ultimo bacio sulla fronte, chiuse gli occhi come se volesse chiuderci dentro il mio viso e si girò ad aprire la porta.

Facemmo l'amore due settimane dopo. Fu in camera sua. Miriam quella notte dormiva fuori, e le altre due inquiline erano tornate a casa per il fine settimana. Nonostante questo, Hélène mi aveva fatto entrare di soppiatto, sussurrandomi di non far rumore.

Quando le dissi una certa cosa, mi accarezzò con tenerezza infinita.

«Sul serio è la prima volta?»

«Ti sembra un dettaglio che un maschio s'inventa?»

Lei mi aveva baciato, per farmi star zitto.

Sotto la coperta ruvida, il suo corpo nudo era una fonte di stupore. Passammo minuti lunghi come ore ad accarezzarci. Di tanto in tanto lei mi guidava dentro di sé. Si muoveva lentamente, portandomi quasi sul punto di godere. Poi mi faceva uscire, e ci baciavamo. C'era odore di sale nell'aria della stanza. Veniva dai nostri corpi e dal mare sotto le finestre, ed era quasi lo stesso odore.

«Non pensare che sono una ragazza facile» sussurrò a occhi chiusi, mentre la toccavo. «Non l'ho fatto con molti. E mai così per fare.»

«Non penso niente» mentii, suggellandole le labbra con un bacio.

Fu l'inverno più magico della mia vita. Lo era allora, ed è rimasto così anche adesso. Nella memoria quei giorni sono ancora vivi, brillano come diamanti nella polvere. Non so se quello che ci legava si può chiamare amore. A quell'età, chi può dirlo? Era un misto di tante cose, un cocktail chiamato gioventù. Ogni momento era unico, e nuovo, perché lo vivevo con lei. Le nostre lunghe passeggiate lungo le calli deserte di quartieri in cui nessun turista si avventurava. Il gatto che avevamo adottato, e che dormiva ai nostri piedi.

«Come in una tomba medievale» aveva scherzato Hélène un giorno, quando la luce appena nata del mattino fasciava ogni cosa di un pallore lunare. Quel pomeriggio, nella biblioteca della facoltà, mi aveva mostrato alcune foto su un libro.

«Vedi qui? Il cagnetto ai piedi della dama significa fedeltà.»

«Ma noi abbiamo un gatto. Nero, per di più. Un gatto cosa significa?»

«La fantasia...?»

La fantasia, ripetei, baciandola e ridendo al tempo stesso.

Eravamo felici. A primavera dell'anno successivo mi

trasferii da lei, per risparmiare sull'affitto. Con un piccolo sovrapprezzo Miriam ci mise a disposizione una camera più grande e luminosa, con affaccio sul canale e un vecchio letto d'ottone che mettemmo a dura prova. Spesso finivamo i soldi già a metà del mese, e allora dovevamo ingegnarci a cucinare con quello che c'era. Il ripiano del frigo di Miriam con sopra appiccicata l'etichetta Dymo dei nostri nomi era quasi vuoto.

Hélène non parlava mai della sua famiglia, o di Gisors. Era come se la sua vita fosse cominciata lì a Venezia, il giorno in cui c'eravamo incontrati per la prima volta. M'insegnò il francese, e io l'italiano e il dialetto. Un giorno presi a prestito da un amico veneziano una barca a vela, uscimmo in mare aperto e lei mi mostrò un po' delle tecniche che aveva imparato in Bretagna, alla scuola dei Glenans. Alla fine della giornata si buttò in mare, a sorpresa, e io dovetti usare quello che mi aveva insegnato, per riuscire a tornare indietro e recuperarla.

«Sei matta?» le avevo urlato, dopo averla tirata a bordo.

«No! Vedi che l'hai capito come si fa?»

«E se non ci riuscivo?»

Hélène aveva sorriso. «Io mi fido di te.»

Il giorno in cui mi disse che l'indomani doveva tornare a casa, la cosa non doveva essere una sorpresa per me, perché era stata chiara sin dall'inizio, e non si può ingannare il calendario.

Quel giorno di fine agosto Venezia era annegata sotto la pioggia. Nuvole nere percorrevano veloci il cielo sopra il Lido. La massa scura del Molino Stucky sembrava davvero un castello abitato dai fantasmi.

L'avrei rivista anni dopo, quella vecchia fabbrica. In un telegiornale, nel 2003. Le fiamme si levavano dall'edificio, trasformato da poco in un hotel di lusso, danzavano come streghe con le ombre. Il Molino Stucky bruciava. Le immagini sullo schermo televisivo a bassa definizione dell'hotel consumavano il mio passato. Mi ero addormentato senza spegnere il televisore. Il volume era a zero, ma le immagini parlavano. Gli elicotteri, le motolance dei pompieri. Poi le immagini cambiarono, mostrando un incidente aereo in Medio Oriente. Mi ero voltato a guardare il corpo della ragazza addormentata accanto a me. Mi ero alzato senza fare rumore e avevo scostato le tende, guardando i Docklands di Londra ancora insonnoliti nella luce afona dell'alba. Le immagini del Molino Stucky in fiamme mi avevano smosso qualcosa dentro, una piccola frana di ricordi che aveva messo allo scoperto un nucleo duro, qualcosa. Avevo ripensato, dopo tanti anni, a un altro tempo, un'altra donna. Tredici piani più in basso, quasi al centro del canale, una piccola barca veleggiava incongruamente tra le sagome buie dei grattacieli, profittando della marea favorevole per scendere il Tamigi: una presenza estranea almeno quanto la mia.

Il tempo avrebbe sistemato tutto. Al risveglio i traders e le manager in carriera non avrebbero più visto la barca, e un taxi mi avrebbe portato a Heathrow. Una manciata di sterline lasciate sul comodino, un extra rispetto al prezzo concordato, avrebbero sistemato il rapporto con la ragazza, di cui già non ricordavo il nome. Lin? Lia?

Da qualche parte, lontano da lì, il palazzo stregato dei miei vent'anni bruciava, invisibile.

«Sono indisposta» mi aveva detto Hélène quell'ultimo giorno, infilandosi accanto a me nel letto. «Non possiamo farlo.»

Forse era la verità, forse no. Passammo il tempo abbracciati, distesi sotto le coperte, ad ascoltare i rumori della pioggia. Quasi non parlammo. Parlavano per noi le lacrime, e le carezze silenziose.

Il mattino dopo, alle sei, l'accompagnai alla stazione. Prendemmo un vaporetto ancora vuoto, a quell'ora. Pioveva, una cortina fitta come un velo, che a tratti nascondeva le facciate dei palazzi lungo il Canale. Ci tenevamo per mano. Io avevo un nodo nel petto, come un pugno che mi premeva le costole, un nodo di tristezza dura come un sasso. Sulla banchina della stazione ci tenemmo abbracciati finché il capotreno non passò invitando la gente a salire.

«Ti scriverò» mi disse. Io non risposi.

Sei giorni dopo mi arrivò una lettera. Era lunga due pagine, scritta sulla carta sottile che allora si usava per la posta aerea. Pressato tra le pagine c'era un fiore giallo e viola. Più che le sue parole fu quel fiore a colpirmi. Veniva dal suo giardino di Gisors. Mi ricordò il fiore che il protagonista del romanzo *La macchina del tempo* porta indietro dal suo viaggio nel futuro remoto: un fiore che ancora non esiste nella sua epoca.

Dopo la partenza di Hélène mi sembrava che niente avesse più senso. Bevevo, mi lasciai andare. Abbandonai la nostra stanza, senza prendermene una nuova in affitto. Approfittavo dell'ospitalità dei miei amici, a volte anche di sconosciuti incontrati in facoltà o, sempre più spesso, in qualche bar.

A dicembre, chiesi ai miei di mandarmi con un vaglia postale i soldi per un viaggio.

Presi un biglietto di sola andata per Parigi.

Era un inverno incredibilmente rigido, con temperature artiche e tempeste di neve. Ancora più freddo di quello di tanti anni dopo, quando ci andai con Sabine.

A volte, nella mia memoria malata, quei due inverni si confondono, si uniscono.

Il treno ci mise quasi il doppio del previsto, per arrivare alla Gare de Lyon. Nella sua ultima lettera, l'ultima di una serie di lettere sempre più rade e impersonali, Hélène mi aveva dato il suo nuovo indirizzo, a Rouen, dove si era iscritta all'università. C'era il suo numero.

All'ostello in cui mi ero fermato c'era la fila per usare il telefono. Dopo un'ora passata in piedi riuscii finalmente a usare l'apparecchio.

Dall'altra parte della linea il segnale di libero suonò tre volte, prima che una voce maschile rispondesse «*Allô*?»

Una folata di vento entrò dalla porta dell'atrio, ma non fu quella a gelarmi il cuore.

Non domandai al mio interlocutore chi fosse. Gli spiegai che cercavo Hélène. Mi disse che era uscita.

Io ci rimasi male. L'avevo avvisata del mio viaggio, nella mia ultima lettera.

«Posso lasciarle un messaggio?»

Con voce fredda ma cortese l'altro rispose di sì.

Ma io non dissi nulla.

Riagganciai, con la testa completamente svuotata. Pagai la telefonata al banco della reception e chiesi se potevano chiamarmi un taxi per andare in stazione.

«Dove deve andare?»

«A Rouen.»

«Niente treni per Rouen. O per nessuna altra parte. Non oggi. E neanche domani.»

Il portiere m'indicò, facendo segno col pollice, la piccola televisione in bianco e nero alle sue spalle. Mostrava le immagini della campagna coperta di neve, un treno deragliato, tamponamenti a catena sull'autostrada.

Quella sera provai più volte a richiamare il numero di Hélène. Ma non rispose nessuno.

Rimasi sveglio tutta la notte. All'alba infilai nello zaino la mia roba, pagai l'ostello e m'incamminai, affondando fino a metà gamba nella neve e scivolando sui tratti di marciapiede ghiacciato, fino a raggiungere un parcheggio di taxi.

L'auto montava le catene. Il loro sferragliare copriva a tratti la voce del notiziario alla radio.

Ci mettemmo una vita a raggiungere la stazione. I tabelloni non annunciavano né partenze né arrivi. Le sale d'attesa e ogni posto riscaldato erano gremiti di una massa derelitta di persone. Aspettai lì tutto quel giorno, e metà della notte, prima che i tabelloni prendessero ad animarsi di nuovo e i primi treni, affollati all'inverosimile, cominciassero a muoversi lungo le rotaie appena liberate dagli spazzaneve dell'esercito.

Fu un viaggio lungo, in un paesaggio bianco. Disegnavo simboli strani sul vetro appannato del finestrino. Appena usciti da Parigi mi addormentai, e sognai Hélène accanto a me che mi parlava, anche se al risveglio non ricordavo una sola parola di quello che mi aveva detto.

Sfoglio le pagine del dossier, che contiene solo articoli di giornale, vecchi di quasi trent'anni.

La prima pagina è il riassunto di una vita. Piccole cose, nomi che per me non significano niente, date lontane. Una foto sgranata, in bianco e nero: una classe di liceali, in posa su tre file per la foto di gruppo davanti al portone di una scuola.

Arrivo all'ultima pagina. Gli occhi non vorrebbero leggerla.

L'autostrada tra Rouen e Parigi era ghiacciata. La 2CV di Hélène si era incastrata sotto un camion. Cerco di non pensare che stava cercando di raggiungermi. Cerco di non pensare che mentre io la richiamavo il telefono squillava in una casa vuota, col suo ragazzo, o chiunque fosse quello che mi aveva risposto, all'ospedale, o all'obitorio, o in un posto di polizia.

Schegge antiche, dolore nuovo. Stringo la mano a pugno e colpisco il sedile davanti a me.

«Ehi! Cosa fa? È matto?»

Il tassista accosta l'auto al marciapiede. Una piazza che non conosco, assediata dal traffico.

Scendo, lasciando spalancata la portiera.

Il dossier cade per terra. I fogli si sparpagliano. Il vento li trascina dappertutto.

La gente mi guarda stupita, scostandosi dalla mia strada.

Qualche passo sul marciapiede e il mondo si riempie di buio, e m'inghiotte.

29.

Mi sveglio nel mio letto, a casa mia.

Una donna che non conosco mi dà le spalle. Sta telefonando. La voce è bassa, colgo una sillaba ogni tanto in quello che sembra tedesco.

La stanza è in penombra. Qualcuno mi ha spogliato e infilato in un pigiama.

Guardo la pioggia rigare i vetri del cortile interno e per un attimo la luce è la stessa di Istanbul. Una spinta leggera dell'immaginazione e potrei trovarmi là, trasportato per magia in un'altra parte dello spazio e del tempo.

La donna si volta. È pingue, squadrata. Indossa una gonna scozzese nei toni del blu e del verde e un coordinato maglietta e pullover beige.

«Si è svegliato. Bene. No, non si alzi. Stia giù.»

«Cosa mi è successo?»

«Per fortuna niente. Il tassista ha visto che era svenuto e l'ha caricata in auto.»

«E mi ha portato qui?»

«No. L'ha portata allo studio.»

«Doveva portarmi in ospedale. Com'è che mi ha portato allo studio?»

Di colpo capisco.

«È stato Ullmann, vero? Quando ho chiesto a Caterina di chiamarmi un taxi, lui e lei si sono guardati come se si scambiassero un segnale. Il tassista prendeva ordini da Ullmann. È così? Ma certo che è così... Per questo mi ha preso su quando sono svenuto... E poi invece di portarmi in ospedale come sarebbe stato normale mi ha portato da Ullmann...»

«Mi scusi, ma proprio non so di cosa stia parlando. Come si sente, piuttosto?»

Mi passo la mano sulla fronte. Mi alzo, e per un attimo mi prende una vertigine. Devo appoggiarmi al letto, per non cadere.

«Non bene» ammetto. «Mi sento molto stanco. E ho un gran mal di testa.»

«È normale, con la chemio. Prende regolarmente le vitamine?»

Per un attimo rimango senza parole.

«Cosa ha detto...?»

«Se prende le sue vitamine.»

«No. Prima. Ha detto qualcosa sulla chemio.»

«Ha saltato quattro sedute. Non va bene.»

«Quattro sedute di chemio...»

«*Cinque*, con oggi. Per fortuna, questa possiamo recuperarla.»

«Non ricordo nessuna seduta di chemio.»

Mi alzo dal letto. Mi gira subito la testa.

«Il dottor Lachner sarà qui a momenti» fa l'infermiera, aiutandomi ad alzarmi.

30.

È molto diverso da come l'avevo immaginato. O ricordato, o inventato... Non è facile trovare la parola giusta.

Il dottor Lachner è giovane. Mi si avvicina con passo elastico, da giocatore di tennis prima di una partita amichevole.

«Eccola qui, finalmente. Ma lo sa che ci ha fatto preoccupare?»

Accetto automaticamente la sua stretta di mano, forte e asciutta.

Si guarda attorno, nella mia camera spoglia.

«C'è un posto dove possiamo sederci e parlare?»

«Non c'è, ma possiamo farlo» rispondo.

Mi avvicino alla parete. Solo io so dove sono i pannelli invisibili che comandano le trasformazioni della casa. Premo qui, poi là, e due muri divisori si spostano, il pavimento della stanza accanto porta a raddoppiare le dimensioni della camera. Poi la stanza in cui stiamo scivola verso il basso, come un piano di carico.

Il dottor Lachner non deve aver mai visto queste trasformazioni, perché il suo volto esprime uno stupore totale.

«Prego» lo invito, indicandogli la nuova stanza apparsa accanto alla nostra, un soggiorno minimalista ma con due comodi divani bianchi e una sgargiante poltrona Proust di Mendini. Con un gesto della mano regolo la luce, opacizzo le pareti, compresa quella che faccio scivolare dietro di noi, isolando la stanza.

«Tutto questo è... straordinario» sussurra il medico. «Ha mai pensato di brevettarlo?»

«Ci ho pensato. Ma poi ho deciso di no. Preferisco tenermelo solo per me, questo trucco.»

Lachner sorride. «Vede che ho i miei buoni motivi per insistere, con lei?»

«In che senso?»

«Salvare un'intelligenza come la sua è importante. In questo senso, dicevo.»

«Non sono per niente speciale. È solo un trucco: cose inventate da altri, costruite da altri. Io le ho soltanto usate. Le ho trovate già pronte.»

«Anche le ostriche ci sono sempre state. Ma pensi a quanto coraggio c'è voluto al primo uomo che ne ha mangiata una.»

«Lo stesso che c'è voluto all'inventore del *cunnilingus*, in effetti. Un brindisi a quei due anonimi eroi. Che magari erano una sola persona. Vista la somiglianza tra ostriche e...»

Lachner arrossisce leggermente. «Già. Certo.»

Premo un punto sulla parete. Un pannello di vetro scorre a destra, rivelando un mobile bar.

«Con cosa lo facciamo, il brindisi?»

Lachner sbircia il contenuto del mobile. «Un Laphroaig, per me.»

Verso il whisky nel tumbler.

«Liscio?»

«Sì, grazie.»

Quando vede che tiro fuori un altro bicchiere, l'oncologo s'irrigidisce.

«Non dovrebbe. È controindicato, con la chemio.»

Mi verso due dita di liquore. Poi vado a sedermi di fronte a lui, nella mia poltrona preferita. Sembra coperta da una miriade di coriandoli variopinti. Nessun dittatore potrebbe sedersi su una poltrona simile. È una medicina per l'ego.

«Lo annuserò soltanto.»

Allungo il suo tumbler a Lachner. «Invecchiato quarant'anni. Lo apro apposta per lei.»

«Grazie.»

Lachner beve un piccolo sorso. Lo sguardo gli s'illumina.

Io annuso il mio bicchiere. È piacevole, l'aroma che si sprigiona dal tumbler di cristallo, scaldato dalla mia mano.

«Andrebbe degustato in un calice molto largo» mi scuso.

«È buono anche così.»

«Scendere in cucina è complicato. Dovrei ricompattare tre stanze, e...»

«Non dev'essere facile, vivere in questa casa.»

«Mah, in realtà è un po' come qualunque marchingegno sofisticato. Normalmente si usa solo una minima parte delle sue funzioni.»

«È come un sogno da bambino.»

«No. Il mio sogno da bambino era una casa su un albero. Questo è piuttosto un sogno da adulto.»

«È una casa meravigliosa.»

Sospiro. Annuso, gustandolo se non altro con l'olfatto, un altro po' di quel liquore imbottigliato nel 1976, l'anno in cui l'America festeggiava il bicentenario dell'indipendenza, in cui veniva lanciata la sonda Pioneer e Steve Jobs fondava Apple.

«È *più* di una casa. È la mia proiezione nel futuro. Ho disposto che alla mia morte venga sigillata per cento anni. È alimentata a energia solare e geotermica, e la ditta che me li ha forniti mi assicura che i sistemi automatici di pulizia e manutenzione basteranno a tenerla in buone condizioni per quel periodo di tempo. Idem per l'apparato protettivo. In realtà me l'hanno garantita per centocinquant'anni, ma io ho deciso che cento possono bastare.»

«Non è uno sprcco?»

«Non ho eredi.»

«Peccato.»

«In realtà no. Gli affari non sono andati nel migliore dei modi, ultimamente. Questa casa e un po' di liquidità in banca sono tutto ciò che mi resta.»

Educatamente, il dottor Lachner non commenta le mie parole.

«Stia tranquillo. Ho ancora abbastanza soldi per permettermi di pagare le sue parcelle.»

«Non pensavo a questo.»

«Dovrebbe pensarci, invece. Comunque questa casa, e tutto quello che contiene, andrà a chi la vorrà, cent'anni dopo la mia morte. Le porte si apriranno, e succederà quel che dovrà succedere.»

«Non le interessa che...»

«No.»

Mi accorgo di essere stato troppo brusco dalla reazione preoccupata del medico.

«Mi scusi. Purtroppo a volte dimentico le buone maniere. Mi dispiace. Sul serio. Non volevo interromperla. Stava per chiedermi se non m'interessa qualcosa.»

«Ma no, niente.»

«Voleva chiedermi se mi è davvero indifferente chi entrerà in questa casa, magari per saccheggiarla? Sì, le assicuro che mi è completamente indifferente.»

«Non è normale.»

«Per me sì.»

Rimaniamo in silenzio. Lachner ha lo sguardo perso nel vuoto.

«Potrei lasciarla a una fondazione. È a questo che sta pensando?»

«Come...? Ma no, no. Assolutamente no.»

«A che fondazione potrei lasciarla? A una che si occupa di architettura? O di *oncologia*, magari?»

«Non stavo affatto...»

«O forse potrei lasciarla a un'associazione di eunuchi. Sarebbe la scelta più appropriata.»

L'acero giapponese al centro della casa è illuminato da alcuni faretti che rendono nitida la percezione di ogni sua foglia. Il messaggio è chiaro: ogni cosa, per quanto piccola, è importante. Ogni dettaglio è fondamentale. Lasciate che la storia pensi di aver vinto. Lasciate che i monumenti, e i grandi uomini, si godano i loro trionfi di marmo e titoli altisonanti. Quello che fa la vita sono le cose piccole, i dettagli: i minuti della giornata, sono quelli l'eternità. Le cose che mangi, le cose che fioriscono e appassiscono, le cose che getti, un bacio, l'ultimo sorso di vino, la luce che si rifrange su un vetro e parte per l'infinito, la voce delle stelle nei radiotelescopi, il guizzo della lingua di un camaleonte, una goccia che cade da molti chilometri d'altezza. Immagina di essere quella goccia, immaginati cadere. Il mio cuore danza. Danza e si solleva e si riabbassa, come un derviscio che ruota e ruota e ruota a occhi chiusi e quel suo roteare è una preghiera. Credo in ogni minuto, in ogni istante. Gli angeli si nascondono lì, nel tempo minimo tra le grandi ere. Nei minuti, negli abbracci dimenticati. È lì che li può trovare lo sguardo di un bambino, o di un saggio. È lì che gli angeli tessono la trama della vita, intrecciando il mondo con il cielo.

«Sa, dottore? Nelle mie fantasie a occhi aperti lei a volte è uno psicanalista. O uno psichiatra. Non so come si dice. Non ne ho mai avuto uno.»

«Ah sì?»

«Sì. È anche molto diverso da... Insomma, da com'è veramente. Nella mia fantasia lei è un uomo anziano, vestito in modo formale e decisamente all'antica.»

«Davvero? Che strano.»

Le lenti dei suoi occhiali riflettono la luce. Non posso vedergli gli occhi. L'effetto continua anche quando abbassa la testa sul bicchiere.

Ma sono stanco di stranezze. Meglio fingere che tutto sia normale. Che non ci sia niente di strano in questa casa che muta forma di continuo, come nel racconto di Robert Heinlein che me l'ha ispirata, *La casa nuova*.

«Che autunno orribile» sospiro, guardando una foglia dell'acero rimasta attaccata al vetro della finestra interna. Ogni goccia di pioggia che cade la fa scivolare lentamente verso il basso. Sembra un naufrago che si appiglia a ogni cosa, per non andare a fondo.

«Ci sono state anche giornate di sole. Forse se le è perse perché era in giro. A proposito, dov'è che è stato?»

«Posso invocare la privacy?»

«Non con il suo medico. Ha preso le sue medicine?»

Vorrei alzarmi in tutta la mia sovrumana statura, intimidirlo con uno dei miei sguardi più potenti. Rilke sapeva bene quello che diceva.

Gli angeli sono tremendi.

Ein jeder Engel ist schrecklich.

Schrecklich...

Che parola agghiacciante. Il nome di un criminale nazista, una belva delle SS.

Schrecklich...

Il suono stridulo di un gesso sulla lavagna.

Vorrei alzarmi dalla poltrona, allungare un braccio verso il vetro, estroflettere un'unghia da tigre e graffiare la finestra producendo quel suono terribile.

Invece rispondo di sì, che le ho prese. *Regolarmente*, mento.

«Mi hanno detto che è stato a Mosca e a Istanbul. Spero non abbia bevuto l'acqua del rubinetto.»

«Non sono stupido.»

«Non l'ho mai pensato. È che nelle sue condizioni anche lo stress del viaggio può causare gravi danni. Ha più avuto problemi come quelli di cui si lamentava nella sua ultima visita?»

«Quali problemi?»
Il dottor Lachner mi scruta.
«Allucinazioni. Fantasie strane.»
Posa il tumbler per terra, accanto al divano. Tira fuori dalla tasca interna della giacca una Moleskine.
Il modo in cui sposta l'elastico e apre l'agenda, un modo lento, di chi ha tutto il tempo del mondo, m'irrita a morte.
«Vediamo. Ecco qui. Sognava di essere un angelo. Aveva queste fantasie a occhi aperti, di poter volare, e persino fare miracoli.»
«Volare non è già un miracolo?»
«Come? Ah, sì, certo. No, volevo dire miracoli come avere le ali, o parlare con i morti, o trasformare le cose, o viaggiare nel tempo...»
«E lei dice che non li posso fare.»
«Be', ma... *Nessuno* li può fare.»
«Così dicono. Ma la gente un tempo ci credeva. Anzi, se dicevi di non crederci potevi passare dei guai. Guai seri.»
Abbassando la testa, Lachner mi scruta, da sopra le sue lenti dell'invisibilità.
«Non mi starà per caso dicendo che lei può *davvero* volare?»
«Come tutti. Basta poterselo permettere.»
«Sì, ma... Credo che lei voglia riferirsi a qualcosa di diverso dal volare su un aereo.»
«O su un dirigibile, o con un aquilone. Sì, sto pensando a qualcosa di decisamente diverso.»
Lachner ridacchia. «Sa che le ali non basterebbero a sorreggere un angelo? A meno che non pesasse pochi chili?»
«Lo so.»
«Per non parlare del problema della muscolatura. Ha idea di quanta energia ci vorrebbe per farla alzare il volo? Di che apertura alare?»

Alzo le spalle.

«I cherubini hanno quattro ali» rispondo. «E quattro facce, per la verità. Mentre i serafini, di ali, ne hanno addirittura sei. Anche se in effetti ne usano solo due per volare.»

«Sa molte cose sugli angeli.»

«Per così poco? Potrei stupirla, se le dicessi tutto quello che so.»

«Lo faccia, allora. Sono curioso.»

Scuoto la testa. «No, non lo è veramente. Non le interessa nulla degli angeli. Le interessa sapere di me. Di come sto, di dove sono andato, e se seguo regolarmente le sue prescrizioni. Be', dottore, ho una cosa da dirle: non ho nessuna intenzione di curarmi solo per arrivare a farmi castrare da lei.»

Lachner fa un sorrisino imbarazzato.

«Non ho nessuna intenzione di castrarla. Voglio solo guarirla.»

«Castrandomi.»

«Tecnicamente l'ablazione di un testicolo...»

Prima che riesca a trattenermi, il bicchiere è già in volo. Lo scaravento con tutta la forza possibile contro la vetrata alle spalle di Lachner. Il tumbler rimbalza sul vetro infrangibile, rotolando sul tappeto. Il whisky si sparge sul pavimento, in una costosissima scia.

«Sono *due*, i testicoli che mi vuole portar via! *Due*! Tutti quelli che ho! E poi c'è la testa! Il cervello, cazzo! Per la testa cosa pensa di fare? Di tagliarmi anche quella?»

Lachner mi fissa con gli occhi sgranati.

Mi chiedo se mi sto trasformando, lì in piedi di fronte a lui, lo sguardo contratto, le mani chiuse a pugno.

Ma no, le mie mani sono mani normali, la mia testa non tocca il soffitto. Le mie gambe non sono colonne di alabastro. I miei occhi non lanciano fiamme.

Per un attimo incrocio il mio riflesso sul vetro. Un volto magro, scavato. Gli occhi sepolti in fondo a due orbite nere.

Mi sento cadere. Cerco di farlo nella ridicola poltrona multicolore, ma la vista mi va fuori fuoco. Le gambe cedono.

Cado disteso sul pavimento, ansimando.

Il dottor Lachner, vincendo la paura, viene a prendermi il polso.

«Si calmi, per favore. Cerchi di non agitarsi.»

La sua testa è circondata da un alone di luce. Ma non è luce buona. È una luce mimetica, che nasconde le sue vere intenzioni. So che non posso fidarmi di lui, che non devo.

Lui intanto si siede per terra accanto a me, si posa la mia testa sulle ginocchia, come in una rivisitazione solo maschile della Deposizione di Cristo.

«Respiri con calma, ma respiri. Si rilassi.»

La sua bocca si muove fuori sincrono con le parole che gli sento pronunciare.

È come un doppiaggio maldestro.

«Lei *crede* di essere andato a Mosca, e a Parigi, e in molti altri posti. Lo so, me l'hanno detto. Ma non è così. Non è così. È una sua fantasia. Il suo passaporto è rimasto qui, nel suo ufficio. Lei è andato solo in Svizzera, in un posto vicino a Ginevra che chiamano Casa del Buon Addio. No, non si muova. Non cerchi di andarsene. Deve guardare in faccia la verità. Lei è stato in quel posto, e lì si va solo per uno scopo. Per organizzare un ultimo viaggio. Per questo stiamo cercando di fermarla, di convincerla a non andare.»

I suoi occhi frugano la stanza. So cosa sta cercando. Ma non ci sono telefoni, in questa casa. Non visibili, almeno.

«Devo chiamare aiuto o si calma?»

Faccio segno di no con la testa.

Lachner annuisce.

È una specie di tennis giocato con gli sguardi.

«Mi calmo» mormoro infine. Ma dentro di me sento qualcosa muoversi, una bestia nascosta fra gli alberi fitti e scuri dell'anima, pronta a balzare fuori.

«Gabriel, lei è malato. *Molto* malato. Ma possiamo salvarla. Possiamo farlo a patto che ci aiuti. Non scappi più. Si lasci operare. Possiamo assicurarle ancora molti anni.»

«*Quanti*, di preciso?»

«Due. Forse tre.»

«E per lei sarebbero *molti*?»

«Allo stato attuale della ricerca. Nessuno può dire nulla sul futuro. Potrebbero scoprire...»

«Mi risparmi le profezie. Mi dica quanto posso aspettarmi *adesso*.»

Con un'agilità che gli invidio, Lachner si tira in piedi. Mi guarda dall'alto.

«Gliel'ho detto. Due anni. Probabilmente anche tre. Ma dovrà seguire le cure che le abbiamo prescritto.»

«E che faranno di me un eunuco.»

«Tecnicamente...»

«Non cerchi di indorare la pillola.»

«Va bene, d'accordo. Diciamolo, allora: eunuco. Ma questo non vuol dire che non potrà avere rapporti sessuali. Solo che non eiaculerà più.»

«E non potrò avere figli.»

Mi guarda con un'aria di sincero sgomento. «Ma lei non ha mai avuto figli. Non si è nemmeno sposato. Come mai tutta questa voglia improvvisa di una discendenza?»

«Forse non ho mai capito quanto mi mancasse finché ne avevo la possibilità. Di fare figli, intendo.»

«Oh, ma lei può ancora averne. Tecnicamente... Mi scusi... Voglio dire, lei potrebbe congelare il suo sperma e avere figli anche quando, insomma, quando il suo apparato...»

«No» sussurro, distogliendo lo sguardo dalle sue mani troppo curate, perfette. Le mani che mi castreranno.

«Mi creda, non ci sono alternative. Se non operassimo...»

«Le ho detto che ho capito. Me l'ha ripetuto così tante volte. Ho capito.»

«Le ho anche detto che fanno delle protesi praticamente perfette. E possiamo equilibrare per via farmacologica gli scompensi a livello ormonale...»

«Magnifico. Quindi *praticamente* non me ne accorgerò nemmeno.»

«Non ho detto questo. Solo che possiamo renderle le cose più facili. Non si faccia ingannare dai film che può aver visto, o dai libri che ha letto: l'asportazione dei testicoli non è più quello che era un tempo. È una semplice procedura chirurgica.»

«Anche la ghigliottina.»

«Non faccia il bambino, Gabriel.»

«Non potrò più.»

Per un momento Lachner mi guarda perplesso. Poi sorride, scuotendo la testa.

«Lei non capisce quanto sia fortunato. Solo pochi anni fa una persona con due focolai, come lei, e a quello stadio, non avrebbe avuto nessuna possibilità di cavarsela. Lei invece non solo ce la farà, ma, come le ho detto, nessuno se ne accorgerà, a meno che non sia lei a parlarne.»

Mi alzo.

Mi verso un altro bicchiere di whisky. Due dita, tre. Questa volta il dottor Lachner non dice nulla. Mi lascia fare.

«Vede, dottore, il problema è che *io* lo saprò. Saprò di essere un castrato. E non so nemmeno cantare. Sono stonato. Capisce il doppio dramma?»

Cammino verso di lui. Anche se si agita un po' sul divano, trattiene la sua paura. Ovviamente ai miei sensi angelici non sfugge l'alterazione del suo sudore. Un tempo gli esseri umani se la facevano letteralmente addosso, in nostra presenza. Potrei riuscirci anche con Lachner, se volessi. Niente trucchi o magie: mi basterebbe mostrargli il mio vero volto. Ma decido di non farlo. Troppo facile. Lasciamolo meditare su ciò che sta per fare a un corpo umano, a un essere mortale.

Fermo di fronte a lui, mando giù un lungo sorso di whisky.

Poi gli poso una mano sulla spalla, in un gesto quasi paterno.

«Grazie, ma non mi farò operare. Ho scelto un'altra strada.»

«Lei...»

«Ho il diritto di scegliere. E ho scelto.»

Inghiotto ciò che resta nel bicchiere. Ha un gusto amaro, nella mia bocca rovinata dalle medicine. Ma è il gusto delle cose proibite.

«Ora, se non le spiace, dottore, vorrei restare solo.»

«Ha perso i sensi due volte, oggi. Rischia di non arrivarci, in Svizzera. Di mancare il suo appuntamento con la morte.»

«Devo correggerla. All'appuntamento ci arriverò comunque. Anche se non dovesse essere in Svizzera.»

«Pensi bene a quello che fa. La vita non è cosa da poco.»

Come ti sbagli, vorrei dirgli. *La vita non vale nulla. Siamo semi gettati con quel gesto largo e noncurante dei seminatori che mi ha sempre fatto infuriare. Prima che arrivassero le macchine seminatrici e la loro precisione industriale, prima delle sementi ibride e resistenti a tutto, quel gesto casuale con cui il contadino spargeva il seme mi sembrava blasfemo. La vita andrebbe protetta. Dovremmo trattare ogni seme con l'amore che un avaro nutre per il suo tesoro. Ma il mondo non è così. Il mondo non ha rispetto per la vita. Per il mondo, la vita non vale un cazzo. Siamo semi dispersi al vento. Tutto qui.*

Lachner scuote la testa.

«Dovrebbe vedere uno specialista.»

«Pensavo di averlo già fatto.»

«Un altro genere di specialista.»

«Uno psichiatra, insomma. Come lei nei miei sogni a occhi aperti.»

«Ecco, appunto. I sogni non sono la mia specializzazione. Io posso fare un buon lavoro, con lei. Ma non posso fare miracoli. Posso allungarle la vita, ma non posso impedirle di buttarla via. Anche se continuo a pensare che sarebbe un peccato. Ascolti il mio consiglio, Gabriel: vada da uno specialista.»

Si alza. Si spazzola la giacca, per quello che immagino sia un riflesso automatico. Non c'è polvere, in questa casa.

Si guarda intorno, come se volesse imprimersi nella mente la stanza, la casa. Illuminato dai faretti, l'acero giapponese sembra una scultura. Ogni singola foglia è un grido di bellezza, un canto alla vita.

Lachner sospira.

«Le ripeto. Sarebbe un peccato.»

Il mio sguardo non riesce a staccarsi dalle foglie rosse pronte a cadere, a trasformarsi per qualche istante in una metafora della vita.

«Ultimamente sogno molto» sussurro.

«Come dice?»

«Sogno di essere un angelo. Incontro gente strana. Anche altri angeli. Viaggio nel passato.»

Lachner non batte ciglio.

«A Istanbul ho parlato con un gatto. Non era un sogno. Era vero.»

Nemmeno questa notizia sembra colpirlo.

«Ho comprato una melagrana di ceramica e l'ho portata a Budapest per regalarla a una bambina ungherese. In un rifugio, sotto i bombardamenti. Durante l'assedio della città nel 1944. E poi ho passeggiato lungo il Danubio con un regista inglese morto.»

Lachner mi ascolta.

«A Mosca ho incontrato un boia di stato, un ufficiale che aveva ucciso a sangue freddo centinaia di persone. E poi la bambina, diventata vecchia, ha lasciato la melagrana, rovinata dal tempo, al portiere della mia casa a Istanbul.»

Una foglia si stacca dal ramo più alto, a un refolo di vento.

«Sembrano o non sembrano le fantasie di un pazzo?»

Alzo la mano, la tendo verso il vetro. La foglia si ferma a mezz'aria. Lentamente la spingo di nuovo verso il ramo. La riattacco al legno, saldandola di nuovo alla vita.

Il dottor Lachner segue tutti i miei gesti, ma non si volta.

Così non vede la resurrezione della foglia.

Sorrido.

«Non capisco perché non riesco a compiere il semplice miracolo di guarirmi.»

Rimaniamo in silenzio, uno di fronte all'altro.

«C'è un haiku di Issa» dico. «L'ho sempre trovato splendido. Ma non l'ho mai sentito vero come in questi ultimi giorni. Dice:

C'ero soltanto.
C'ero. Intorno
Cadeva la neve.»

Chiudo gli occhi. Li riapro. Lachner è ancora lì, e non è cambiato.

«Devo andare» fa, serio. «Ma tornerò. Lei cerchi di vedere il bicchiere mezzo pieno. Si sforzi di farlo.»

Gli stringo la mano, fissandolo negli occhi. «Il bicchiere non è né mezzo vuoto né mezzo pieno. È semplicemente un bicchiere riempito a metà.»

31.

Un tempo la gente scriveva lettere. Per farlo, usava carta e inchiostro. Poi le chiudeva in una busta, e c'erano buste di ogni tipo, alcune bellissime, e ogni busta aveva il suo odore. Le buste di posta aerea avevano un bordo rosso e azzurro come la bandiera francese, ed erano leggerissime come la carta che ci andava dentro, perché il costo della spedizione aumentava con il peso. Chiusa la busta dovevi affrancarla e spedirla, e la lettera viaggiava, anche da un capo all'altro del pianeta, e allora poteva metterci dei mesi. A volte le lettere arrivavano rovinate dalle traversie del viaggio: macchiate dalla ruggine, scolorite dall'acqua salata.

Oggi comunichiamo alla velocità della luce. Da qualunque parte del globo a qualsiasi altra parte. O quasi. Ma è come in quel romanzo di Ursula Le Guin, quello in cui uno scienziato inventa uno strumento in grado di comunicare istantaneamente da un capo all'altro dell'universo. Quando la gente lo festeggia e si congratula con lui per aver inventato quella radio miracolosa, lo scienziato li guarda e chiede: *e adesso cosa vi direte*?

Come rispondi, a una domanda del genere?

Non vedo Sabine da una vita.

Mi chiedo chi le abbia detto che ero sparito.

C'è un solo modo per scoprirlo.

Richiamo la mail di Sabine sullo schermo. Detto alla casa le poche parole della mia risposta.

> Non sono sparito, come vedi. Sono a casa. Tu come stai?

Le parole svaniscono nel nulla, si sciolgono nell'universo.

I minuti passano, lenti come le gocce di pioggia che scivolano sui vetri. La visione della pioggia dalla finestra dello Yazıcızâde mi scivola sul cuore come uno straccio umido e freddo.

I minuti passano.

Non c'è risposta.

Gli occhi intanto vanno alle tante mail non aperte, evidenziate in grassetto. Ce ne sono altre sette di Sabine. Non dodici. Le è sempre piaciuto esagerare.

C'è anche una mail di poche righe. Viene dalla Casa del Buon Addio di Versoix, in Svizzera.

> Le ricordiamo il Suo appuntamento del 16 ottobre. La preghiamo di volerci inviare con congruo anticipo, a mezzo corriere o posta elettronica certificata, le Sue disposizioni relative alle ceneri. Il costo dello smaltimento, nel caso intenda siamo noi a occuparcene, è di 320 CHF, da aggiungere al preventivo inviatoLe il 22 maggio.
> Cordiali saluti.

Che giorno è oggi? Quanti giorni mancano?

Ricordo di aver letto un articolo sulle polemiche degli ecologisti svizzeri per le ceneri che finivano nel lago, disturbando i pesci.

Una parte di me, la parte con immense ali e occhi come raggi laser, la parte di me che pensa di essere un angelo, ricorda un giorno d'inverno, in Polonia. Io e Martin indossiamo cappotti pesanti. La temperatura è di venti gradi sotto zero. Camminiamo lungo la riva della Vistola, sul fango gelato che scricchiola, tagliente come un campo di lamette da barba. L'aria si congela appena esce dai polmoni, incrosta di ghiaccio le sciarpe che ci proteggono il viso.

A una svolta del fiume, Martin m'indica con un gesto del braccio una distesa bianca, che non è ghiaccio. Lì la riva del fiume sembra una salina istriana: una spianata candida, con montagnole bianche alte fino a due metri.

«*Ossa*» fa Martin. Di lui non vedo niente, nemmeno gli occhi, coperti da un paio di occhiali da sole, per difendersi dal barbaglio di questa giornata cristallina. Sembra l'Uomo Invisibile di quel film americano con Claude Rains. Ogni centimetro della sua pelle è nascosto da qualcosa.

«*Ossa?*» domando, attraverso la stoffa della sciarpa, resa umida dal mio fiato.

«Ossa e cenere. Hanno deviato il corso del fiume. I contadini polacchi le raccolgono per concimare i campi, ma non basta. E io, come sempre, devo risolvere il problema.»

Si pianta a gambe larghe. Spalanca le braccia e gira su se stesso come un derviscio.

Si trasforma in una trottola bianca, in un enorme cristallo di neve.

Bling!

L'icona di un nuovo messaggio lampeggia sullo schermo.

> Ciao Gabriel. Sto bene. Dobbiamo parlare. E poi devo farti vedere una cosa che ti piacerà. È un posto che conosci, ma voglio mostrarti una cosa che non hai mai visto prima, anche se avresti dovuto. Dimmi che sei libero e mando qualcuno a prenderti perché voglio sia una sorpresa. Tu dimmi solo che sei libero. Mi sei mancato un sacco e voglio dirtelo guardandoti negli occhi.
> Non azzardarti a dirmi di no!!!
> Sabine

Scuoto la testa. Sorrido. È come se l'avessi davanti. La voglia di incontrarla di nuovo, di incontrarla un'ultima volta, mette in secondo piano ogni cosa, compreso il destino delle mie ceneri. Come diceva, Villon? *Prendi il contante, e lascia stare i crediti...*

Ma io non ho più crediti, né tempo per esigerli. Ho solo spiccioli di giorni: ore, minuti. Ma sono proprio gli spiccioli, che non devi sprecare.

Va bene, scrivo. *Mandami a prendere.*

32.

Mi aspettavo qualcosa d'imprevisto e sorprendente, nello stile di Sabine: una limousine lunga dodici metri, una Rolls-Royce rosa, o un elefante con un baldacchino dorato.

Invece quella che si ferma davanti a me, strisciando una ruota contro il marciapiede, è una Jeep Patriot grigia vecchia di dieci anni. Ma il posto è questo e l'ora è questa.

L'autista scende, butta un'occhiata alla ruota, le dà un calcetto di prova e poi si volta verso di me, sorridendo. È un uomo dall'età indefinibile. Ha i capelli brizzolati e un fisico fiacco da pugile in disarmo.

Ci stringiamo la mano.

«Tu sei Gabriel, vero? Gabriel senza la *e*. Io sono Giulio. Tutto qui, il tuo bagaglio?»

«Tutto qui.»

Giulio apre il bagagliaio, c'infila il mio zaino e la custodia della tromba accanto a una Samsonite azzurra che ha conosciuto momenti migliori.

«Suoni la tromba? Io suonavo un po' la chitarra, da ragazzo.»

Il paraurti posteriore della jeep è rotto in un angolo.

«Hai preso una botta?» faccio, indicando lo squarcio nella plastica.

«Quella? Ah, è roba vecchia. Solo che non mi decido

mai a ripararla. Tanto prima o poi qualcuno mi tampona di nuovo. Bello, il tuo giubbino.»

«E da quant'è che aspetti che qualcuno ti tamponi?»

«Mah, non ho idea. Cinque anni? Dai, sali, che dobbiamo prendere su altre due persone.»

«Altre persone?»

«Socio, è così la filosofia del *car pooling*. Non lo sapevi, quando hai prenotato?»

«Non ho prenotato io. Pensavo che sarebbe venuto a prendermi un taxi.»

«Ah. Be', senti, io sono una specie di taxi, in fondo, no? E poi ormai qualcuno ha prenotato per te, io sono qui, e allora puoi anche non salire, però mi devi pagare lo stesso.»

Lo fisso negli occhi.

Una fitta di emicrania mi pugnala la tempia destra.

«Cosa c'è?»

«Non è niente.»

«Sei pallido come uno straccio. Siediti, dai.»

Spalanca la portiera del passeggero. Mi aiuta a sedermi.

Poi tira fuori dal cofano un frighetto portatile e mi offre una bottiglia d'acqua.

«Bevi, dai. Cosa ti è successo?»

«Un po' di debolezza. Niente. Un attimo e mi passa.»

Vedo che non riesce a distogliermi gli occhi di dosso.

«Cosa c'è?»

«Hai...»

Indica col dito la mia testa.

«Hai la parrucca storta.»

Le mie mani si affrettano, causando un disastro. La parrucca cade sul marciapiede.

«Mi dispiace» si scusa Giulio, chinandosi a raccoglierla.

«Non è colpa tua.»

«Vuoi che chiami un'ambulanza? Ti porto in ospedale?»

«No. Non ce n'è bisogno.»

«Cos'hai?»

«Niente di contagioso.»

«Ho capito. Non sono stupido. Ma lo puoi fare, il viaggio?»

Rido. La risata però suona male, come quella di uno spettro in un castello stregato.

«Dipende. Dove devi portarmi?»

«Non posso dirti dove. Segreto.»

A Sabine sono sempre piaciute le sorprese.

Guardo l'uomo negli occhi.

«Negli ultimi giorni ho viaggiato da Mosca a Istanbul, da Budapest a Parigi. Penso proprio di potercela fare.»

«Non so se devo prendermi la responsabilità.»

Fingendo una forza che non ho, mi sistemo sul sedile. Chiudo la portiera.

«Andiamo. Abbiamo già perso troppo tempo.»

In piedi accanto all'auto, grattandosi la testa, Giulio sembra l'emblema della perplessità.

«Dai, monta. Prometto che non ti vomito in macchina.»

Lui scuote la testa. Apre la portiera.

«Capirai. Quello è il meno» fa, dubbioso, allacciandosi la cintura di sicurezza.

Deve girare la chiave tre volte prima che il motore si accenda.

«Cazzo di un motorino d'avviamento. Ascolta, perché questa è bella: pochi mesi dopo che l'avevo comprata, 'sta puttana di macchina, la porto in officina, visto che è ancora in garanzia, e gli dico, guardate che il *cruise control* fa le bizze, e anche l'avviamento è messo male. Ma quelli mi rispondono che l'hanno provata e che l'auto secondo loro va bene, che non ha niente che non va. *Sarà che parcheggia in salita, sarà la batteria, proviamo a cambiarla*, insomma, ora è una cosa ora è l'altra. Finché non scade la garanzia e mi dicono che probabilmente è saltata una sonda difettosa. Un pezzo da pochi euro, ma per cambiarla devono smontare la trasmissione...»

La jeep parte con un sobbalzo. La ruota gratta di nuovo contro il cordolo del marciapiede, con un lamento animale.

«Insomma, dicevo, scusa ma questa devi proprio sentirla: per cambiare un pezzo del cazzo, del valore di che cazzo ne so, venti euro?, ci vogliono tipo sei ore di lavoro. *E allora le conviene aspettare i centoventimila chilometri*, quando va sostituita la cinghia di trasmissione. Che poi prima sono centoventimila, poi centocinquantamila, prima è un motore Audi e allora sarebbero centoventimila, poi salta fuori che invece è un motore Volkswagen e allora si può aspettare... Insomma, non si capisce più un cazzo. Intanto mi faccio scrivere una mail dalla concessionaria per assicurarmi che quando dovrò rifare la trasmissione loro s'impegnino a venirmi incontro con la manodopera, perché sono un legale e le cose mi piace metterle in chiaro e per iscritto. Poi finalmente, si fa per dire, ma insomma, finalmente arriva il momento di fare il lavoro, vado in officina e quelli mi dicono che no, che Marchionne ha dato la concessione per il marchio Jeep alla Fiat. Vado alla Fiat e chiedo un preventivo, e quelli mi dicono... Prova a dire quanto mi dicono.»

«Ma non ne ho idea.»

«Prova. Butta lì. Spara.»

«Mille euro...»

«*Due-mi-la-sei-cen-to* euro! Duemilaseicento, cazzo.»

«Guarda che non stiamo andando nella direzione giusta. Stai andando in centro.»

«Ah no. Cioè sì. È solo che devo passare a prendere le altre due clienti.»

Le raccogliamo una in Piazza Ambrosoli e una a metà di Via Ravizza. Si chiamano Carla e Anna. Una alta e magra, l'altra piccolissima e molto graziosa. Si siedono dietro, e i loro bagagli finiscono per togliere completamente la visibilità dal lunotto posteriore.

Ci presentiamo.
Giulio è contento.
«Be', ma guarda. Quando ho visto che nella richiesta di *car pooling* non c'era la tua foto, ho temuto il peggio» fa, cercando Anna nello specchietto retrovisore.
«Invece io guardando la tua mi aspettavo qualcosa di meglio.»
«Ti aspettavi uno tipo cosa? Eh? Tipo Brad Pitt, per dire?»
«Fai conto. Scusa, ma quella foto, ma quanto è vecchia?»
«Ma no. Ma dai. È che, be', l'ho tirata un po' su con Photoshop, ma non è vecchia. Avrà tipo cosa, un paio d'anni?»
«Sì. Un paio d'anni. Come no.»
«E tu, come hai detto che ti chiami, tu?»
«Carla. Guarda la strada.»
«Cosa fate voi due, nella vita?»
«*Noi due* niente» sbuffa Anna. «*Io* sono una libraia.»
«Ma dai.»
«Libri antichi.»
«Si fanno i soldi, con i libri antichi?»
«Può darsi. Io no di sicuro.»
«E tu, Carla? Tu cos'è che fai, per vivere?»
«Per mangiare, vuoi dire. Ho un bed and breakfast a Trento.»
«È per questo che hai scelto la mia jeep per il tuo viaggio?»
«Perché, tu questa la chiami una jeep? No, è che mi hanno sospeso la patente per un po'. Così la RAV4 è rimasta nel garage del mio compagno.»
«E come mai te l'hanno sospesa?»
«Indovina. Ti do due tentativi.»
«Eccesso di velocità.»
«Acqua.»
«Guida in stato di ebbrezza.»

«No.»

«Mancata revisione?»

«Ho detto due tentativi. Stop. Tieniti la curiosità. Tu invece, che lavoro fai?»

Giulio toglie la mano dal volante per grattarsi la testa.

«Bella domanda. Fino a sei anni fa ero il legale di una banca.»

«Dio, che lavoro di merda» fa Anna.

«Aspetta. Non ho finito. Sei anni fa, dopo una serie di cessioni e fusioni, la mia banca viene ristrutturata e io cambio tre uffici e due città. Un anno fa l'Abi disdice il contratto...»

«Cosa sarebbe, 'sta *Abi*?»

«L'Associazione Bancaria Italiana. Tipo una Confindustria delle banche.»

«Capito. Bella roba.»

«Di punto in bianco l'Abi ci lascia senza contratto, e nel giro di tre mesi mi trovo trasferito in una società di servizi del gruppo bancario, con sede a Milano, dove lavoro a smistare bonifici per meno di metà di quello che prendevo prima.»

«Ah.»

«Ogni volta che c'è un governo di sinistra mi prendo un'inculata. Con l'aggravante che anche li voto.»

«Perché, questo governo ti sembra di sinistra?»

«Vedi, Carmen...»

«*Carla.*»

«Vedi, Carla...»

«Vedo. Ma tu tieni gli occhi sulla strada.»

«Guarda che guido da quarant'anni.»

«Okay, però, per favore, tieni gli occhi sulla strada.»

«Comunque dicevo che quando in un partito che dice di essere di sinistra c'è il figlio di Colaninno, non puoi aspettarti niente di buono. Mi sembra di essere finito nella Fattoria degli Animali. Chiamami Gondrano.»

«In che senso?»

«Lascia perdere. Invece, parlando di cose serie, devo fare gasolio e mi sa che ho esaurito il massimale del bancomat. Non è che potete anticiparmi i soldi del passaggio?»

Carla scuote la testa, brontolando sottovoce.

Il paesaggio che scorre ai bordi della tangenziale è di uno squallore infinito: caseggiati grigi, cielo grigio, alberi che chiedono aiuto al cielo, o forse alzano i rami spogli solo in segno di resa. Su un campetto da calcio metà erba e metà fango un ragazzino magro arranca verso la porta avversaria, unico giocatore in campo, la palla mai a più di un metro dal piede, come quella di un carcerato.

Anna è la prima ad aprire la borsetta e a tirare fuori, sospirando, una banconota da cinque.

«Il resto all'arrivo. Scusa, non è per non fidarsi.»

«Grazie. Purtroppo non basta mica.»

Infilo la mano nella tasca del giubbino, pescando alcune banconote accartocciate.

Giulio fischia tra i denti.

«Ehi, ehi. Quella cos'è?»

Guardo la banconota gialla e quella viola che ho in mano.

Leggo i valori: duecento, cinquecento.

Alzo le spalle. «Sono soldi.»

«Non ho mai visto una banconota da duecento euro. E tantomeno da cinquecento. Ero convinto che nemmeno esistessero davvero.»

«E sì che lavori in banca...» lo canzona Carla.

«*Lavoravo*. E comunque lo stipendio me lo accreditano in conto. Dove viene prosciugato subito. È come versare un secchio d'acqua nel deserto. Senti, facciamo così. Il tuo passaggio costa venti euro, tu prestami questi duecento. Quando faccio gasolio ti do il resto, okay?»

Alzo le spalle.

Lui infila le due banconote nel taschino della giacca, assieme ai cinque euro di Anna.

Il traffico è scarso, sulla tangenziale. Un tempo, a quest'ora, in una giornata così, le auto sarebbero state in colonna. Adesso invece sfrecciano in entrambe le direzioni come su piste di decollo sgombre. I pochi camion hanno targhe e scritte straniere.

«Dio, che tristezza. Capisci perché mi piace il Trentino?»

È stata Carla a sussurrarlo, fissando l'enorme parcheggio vuoto di una fabbrica abbandonata.

«Mancano solo i cespugli che rotolano» sospira.

«Costa troppo importarli.»

«Non so come fai a essere così cinico. Dopo quello che ti è capitato.»

«Poteva andarmi peggio. E comunque può andare peggio a tutti. Quando avevo la tua età vivevamo nel terrore della guerra atomica. Oggi ci sono nuove paure, ma il messaggio è sempre quello: non lamentarti, perché può andare peggio. *Molto* peggio.»

«Amen» fa Carla. Poi batte le dita sul mio schienale. «E tu? Che lavoro fai, tu?»

«Architetto.»

«Wow. E come mai viaggi con il *car pooling*?»

«Gli ha fatto uno scherzo una sua amica» fa Giulio. «Lui è abituato a farsi scorrazzare in limousine.»

«Sul serio?»

«Ma no» mi schermisco. «E comunque sì, è stata un'amica a farmi questo scherzo. Io di solito volo.»

«Ha l'elicottero personale» ride Giulio.

«No. Volo con le ali. Sono un angelo» mi esce di bocca. Con una parte del mio cervello mi ascolto stupito. Sono davvero le mie labbra, ad aver detto questo? E come mai gli altri non ridono?

Anna strabuzza gli occhi. «'Sti cazzi. Un angelo.»

«Un *arcangelo*, in realtà.»

«Ah.»

«Nella mia sacca ho una tromba. Se vuoi vederla...»

Lei scuote la testa.

«Devo suonarla il Giorno del Giudizio. L'ho già suonata altre volte. A Gerico, per dire. Non era questa, era un'altra tromba, comunque ecco il concetto è che io suono e qualcosa di brutto succede.»

«Trombi tutti con la tromba» scherza Giulio. Ma in fondo ai suoi occhi colgo una forte preoccupazione. Non per il Giorno del Giudizio, ma per il matto seduto alla sua destra.

«Non mi credete» faccio, con una voce che non è più la mia.

Mi volto verso Anna.

«Tu stai andando a Brescia per comprare una partita di libri da uno svuotacantine. Ti ha detto che ha trovato dei libri interessanti. È vero. Anche se *interessanti* non è la parola giusta.»

«Ma tu come...»

«Uno di quei libri è l'*Hypnerotomachia Poliphili*, nell'edizione originale di Manuzio del 1499. Ti farà vedere anche una scatola con alcuni diari e quaderni scritti a mano. Comprali. Sono gli appunti e una prima stesura di un romanzo scritti dal console francese a Trieste, Marie-Henri Beyle.»

«Stendhal...»

Annuisco. «*Stendhal*, sì. Il romanzo è inedito. Causerà una tempesta nel mondo culturale francese, e non solo. È un romanzo erotico, ambientato nell'antica Grecia.»

«Mi stai prendendo in giro. Cioè, è uno scherzo. Qualcuno ha organizzato tutto questo. Mi state filmando. Tipo *Candid Camera*.»

«Ti dico di no.»

Restiamo a lungo in silenzio.

«Sai anche come si chiama, lo svuotacantine che devo incontrare?»

«No. Ho visto solo i libri.»

«Hai visto *solo* i libri...»

«Sì.»

Gli occhi verdi di Anna brillano.
«Hai idea di quanto varrebbe, quell'edizione dell'*Hypnerotomachia Poliphili*?»
«Sì.»
«Sei una specie di sensitivo?» chiede Carla.
«No. Te l'ho già detto: sono un angelo.»
«Come no. E io sono la strega di Biancaneve.»
«La strega di Biancaneve è solo il personaggio di una favola.»
Mi sembra di sentir parlare un bambino. Solo che chi parla sono io.
«Anche gli angeli sono personaggi delle favole» commenta Carla.
Mi volto. Un dolore, una fitta, mi prende sul lato destro del petto.
«Io sono reale.»
«Ha anche la parrucca» fa Giulio.
«La parrucca? *Perché* hai la parrucca?»
«Scusa amico, non avrei dovuto dirlo.»
Anna alza gli occhi dal suo smartphone.
«Altro che angelo. Io lo *so* chi sei. È vero che è un architetto. È uno famoso. Guardate.»
Carla legge ad alta voce il mio nome sullo schermo del suo tablet.
«Hai progettato tutte queste cose? Sul serio? Anche quella città pazzesca, quella nel deserto... Ho visto il servizio su *Focus*...»
«Sì.»
Il clacson lacerante di un'auto in sorpasso fa rientrare Giulio nella corsia di destra.
«*Cazzo*...» sibila.
Carla lo fulmina con gli occhi.
«Guarda la strada!»
Anna scuote la testa. Mi fissa in modo strano, quasi con dolcezza. «Sei diverso dalla foto.»

«Ho perso un po' di chili.»
«Come mai?»
«Cancro.»
«Scusami.»
«Non sei stata tu.»
«Adesso capisco...»
«Capisci cosa?»
«La storia dell'angelo...»
«Guarda che quello è vero.»
«Stai scherzando.»
«No. È tutto vero. Ero un architetto, ed ero convinto di essere umano. Invece ho scoperto che la mia umanità è solo una maschera, e che sono un angelo. Mi hanno chiamato qualche settimana fa.»
«Chi ti ha chiamato?»
Mi stringo nelle spalle. Mi dico che mi sono già sbilanciato troppo con questi sconosciuti.
Giulio suda. È chiaramente preoccupato. Forse teme che io gli salti addosso, afferrando il volante e mandando la jeep a schiantarsi. Ovviamente potrei. Come potrei estrudere gli artigli e mozzargli mani e testa, e con gli stessi artigli squarciare il tetto dell'auto e volare via.
«Non rallentare» gli dico. «Continua così. Non vi farò del male.»
Essere un angelo vuol dire non avere nemici naturali. L'idea che noi lottiamo contro i diavoli, per esempio, è una cosa del tutto inventata. Nessuno di noi ha mai combattuto un demone. Come noi, hanno la loro nicchia, nell'ecologia soprannaturale. E fanno, francamente, un lavoro che io non vorrei mai fare.
«Puoi lasciarmi giù a Brescia?» chiede Carla, con una voce sottile e tremante.
«Ma hai prenotato un passaggio fino a Verona» risponde Giulio.
«Ho cambiato idea.»

«Ma perché...»

«*HO CAMBIATO IDEA, CAZZO!*» urla la ragazza, rossa in volto.

«Okay, okay. Non c'è bisogno di urlare.»

Abbassa gli occhi sul volante. Di tanto in tanto mi guarda di sottecchi.

«Hai paura di restare solo in auto con me» gli dico, facendo in modo che soltanto lui possa sentirmi.

Le due ragazze si paralizzano. Rimangono perfettamente immobili, come due statue.

Giulio fa una risatina nervosa. Gocce di saliva gli escono dalla bocca e volano sul cruscotto polveroso.

«Io nemmeno ci credo, agli angeli.»

«Meglio così. Allora non hai motivo di agitarti. Ti chiedo solo di portarmi dove devi portarmi. Sono troppo stanco per volare.»

Giulio ridacchia, guardando nel retrovisore e vedendo le due ragazze con gli occhi spalancati nel nulla, la bocca aperta.

«Mi dici come fai, socio? Ma soprattutto, m'insegni il trucco? Mi farebbe comodo, delle volte...»

«Non c'è nessun trucco. E non si può spiegare. Un pesce non riuscirebbe a spiegarti come fa a respirare sott'acqua. Tra un po' dovrò svegliarle. Non fa bene, trascorrere troppo tempo così.»

«Peccato.»

«Va così. Mi spiace.»

«Se mettessi su un corso per insegnare questa cosa diventeresti milionario.»

Sorrido.

Con la punta dell'indice disegno un simbolo nella polvere del cruscotto.

Poi guardo Giulio negli occhi.

Percepisco la sua paura, anche senza bisogno di sentirne la traccia molecolare nel suo sudore.

Completo il disegno, un semplice mandala di linee curve.
Cancello così da quest'auto gli ultimi chilometri, i venti minuti appena passati.
Il tempo non è una freccia. È un circolo, un uroboro, una continuità compresente.
Cancello con le dita il mandala disegnato nella polvere.
Il tempo si riavvolge, fremendo come un cesto di foglie, come le scaglie di un serpente.

«*...e comunque può andare peggio a tutti noi*» fa Giulio. «Quando avevo la tua età vivevamo nel terrore della guerra atomica. Oggi ci sono nuove paure, ma il messaggio è sempre quello: non lamentarti, perché può andare peggio. *Molto* peggio.»
«Amen» fa Carla. Poi batte le dita sullo schienale della mia auto.
«E tu? Che lavoro fai?»
«Architetto.»
Da lì in poi il dialogo prende un'altra piega. Il sentiero della realtà si biforca.
«Sei uno famoso? Cioè, può darsi che abbia visto in giro qualcosa di tuo?»
«No, non credo proprio.»
«Gli affari non vanno bene, eh?» sorride Anna, comprensiva.
«Perché?»
«Perché, se ti andassero bene, minimo viaggeresti su un Frecciargento, in prima classe.»
«O su una limousine» la corregge Giulio. «Tu mi sembri più il tipo da limousine. Dove stai andando?»
«Non ne ho idea.»
«*Non ne hai idea*? In che senso?»
«È una lunga storia.»
So che non è educato rispondere così, ma Anna non replica.

«E tu?» chiede a Giulio.

Lui fa una smorfia. «*Pordenone...*»

«Perché lo dici così? Fa proprio tanto schifo?»

«Una volta non era male. Ora è brutta e in miseria. Piena di negri e di altra merda del genere.»

«Com'è che li hai chiamati?» urla Carla.

«Ma...»

«*COM'È CHE LI HAI CHIAMATI*?»

«Okay, scusa se non sono politicamente corretto, ma...»

«*Politicamente corretto*? Sei uno stronzo razzista, ecco cosa sei!»

«Dovresti vedere...»

«*FAMMI SCENDERE! FERMA LA MACCHINA E FAMMI SCENDERE*!»

«Ehi, matta, lascia stare la maniglia! Sei scema? Apri la portiera a centotrenta all'ora?»

«Fermati! Fermati subito!»

«Solo se ti calmi!»

«Dai, non fare la matta» la supplica Anna. La jeep ha sbandato pericolosamente a sinistra, scatenando ululati di clacson dalle auto sulla terza corsia.

«Manca mezz'ora a Brescia. Ma se vuoi scendere prima, fai pure, cazzo. Per poco non ci facevi ammazzare. Al prossimo autogrill mi fermo perché siamo quasi in riserva, e tu fai quel cazzo che vuoi, scendi, resti, decidi tu. Ma non farmi più un cazzo di scherzo del genere.»

«Hai finito coi cazzi?» fa Anna, sarcastica.

«E tu, l'hai finita di urlare?»

«Sei sicuro di essere tagliato per questo mestiere?» gli chiedo, sorridendo. Ho assistito a commedie meno divertenti, a teatro. E di questa, oltretutto, posso riscrivere il copione. Tanto vale pronunciare anche qualche battuta.

«È la prima volta che lo faccio, e solo perché le cose non buttano mica bene» mi risponde lui sottovoce, approfittando del fatto che le due donne sono impegnate in un loro confabulare sottolineato da gesti esagerati, come un dialogo tra sordomute. «Sono sotto col conto, fuori fido, e la paga è metà di quella di prima. Non so perché te lo dico, anche perché non sono affari tuoi, ma te lo dico lo stesso: sono alla canna del gas. Se puoi fare qualcosa per il mio conto corrente...»

«Mi dispiace. Non è il mio settore.»

«Lo immaginavo. Figurati se per una volta mi capitava una botta di culo. Dovrei cercarmi un altro lavoro, mi sa. Teoricamente sarei qualificato, ma chi cazzo assume uno sopra i cinquanta? Le aziende cercano fighetti e fighette laureati alla Bocconi, pronti a lavorare sedici ore al giorno e magari anche a farti un pompino quando ne hai voglia. Cazzo, non è più roba per me. Anzi, non è *mai stata* roba per me.»

«Mi dispiace.»

«L'hai già detto. Ho capito. Tanto non puoi farci niente. Il mondo è diventato una cosa come quella degli adoratori di Kālī, sai, quel carro enorme trainato dai fedeli che travolgeva e schiacciava la folla.»

«Uno Juggernaut.»

«*Quello*. Esatto. L'economia, la politica, sono diventate così. Hai presente tutto il casino che è nato quando quel pilota tedesco ha mandato l'aereo a sbattere contro una montagna? Centocinquanta morti. Tutto un casino, alla televisione e sui giornali. Tutti scaturiti. E intanto lasciamo che un coglione che nessuno ha eletto mandi il nostro Paese a sfracellarsi contro la montagna della realtà e nessuno protesta, nessuno lancia un allarme.»

«È un punto di vista interessante.»

«Non sei d'accordo?»

«Sì e no. Non m'interesso di politica, ma credo che le cose non siano così semplici come tu le vedi. Il nostro presidente del consiglio è senz'altro un coglione, ma il progetto per smantellare questo Paese non è nato con lui.»

«Vero. Ma lui sta accelerando le cose. Lui e il suo consulente economico, un israeliano della McKinsey, figuriamoci. Roba da non credere. Roba da fantascienza.»

Il volto di Giulio s'indurisce.

Stringe i denti, la voce gli trema. «A volte mi viene voglia di andare a Roma e piantargli una pallottola in testa, a quello stronzo.»

Scuoto la testa. «Non cambierebbe nulla. Prima di lui ce n'era un altro, e prima un altro ancora. Le cose vanno così e tu non puoi farci nulla. Hai detto bene: è uno Juggernaut. Puoi solo cercare di saltare a bordo. Altrimenti devi accettare il fatto che potrebbe schiacciarti da un momento all'altro.»

«È così anche per te?»

«Come architetto, vuoi dire? Sì. Non progetto più niente da una vita. Non ho nuove commesse. Presto dovrò licenziare i miei dipendenti.»

«Quanti ne hai?»

«Sai che non lo so? Curioso, vero? Ti direi sedici, ma non ne sono sicuro.»

«Eh già. Sei un artista, tu. Sedici è un bel numero, però. Uno studio grosso, il tuo.»

«Ne avevo venticinque, fino all'anno scorso.»

Carla si sporge dal sedile posteriore.

«Scusate se disturbiamo il vostro dialogo così interessante, ma vi informo che abbiamo appena passato una stazione di servizio.»

«Ho visto. Ma quella non va bene. C'è un Ip tra venti chilometri.»

«Perché non ti andava bene?»

Giulio nicchia.

«Allora?» insiste la ragazza.

«Perché faccio la raccolta dei punti Ip. Ti danno uno sconto su Amazon, e altre cose.»

Carla torna a sedersi, sbuffando.

«Alla prossima fermati.»

*

Mentre Giulio fa il pieno di gasolio, mi sgranchisco le gambe sul piazzale dell'autogrill. Anna e Carla sono andate in bagno. Io non ho voglia di entrare in quella trappola per viaggiatori. Le mani in tasca, respiro l'aria ripulita dalla crisi.

Nuvole grigie di pioggia si trascinano lungo l'azzurro del cielo come stracci per la polvere. Cerco di decifrare le scritte sulle fiancate dei Tir, tutti stranieri. L'autogrill è come un porto del passato, a cui attraccano camion grandi come navi. Non hanno bandiere, perché la nuova Europa senza confini non vuole più Stati, eserciti o inni nazionali. Ma ancora non ci capiamo l'un l'altro, non riusciamo a vederci, a conoscerci. A fare i primi passi per diventare davvero uniti.

«Stai pensando a qualcosa di profondo?» fa Giulio.

Ha parcheggiato l'auto in mezzo ai camion.

«Mah. Forse sì. Pensavo all'Europa.»

«Ti va di farti un caffè?»

«No, grazie. Tu vai, non farti problemi.»

«Così mi faccio anche cambiare duecento euro. Per restituirti la tua parte.»

Faccio un gesto con la mano, per dire che non ha importanza.

«Allora vado. Vuoi che ti porti qualcosa?»

«No, grazie. Non ho bisogno di niente.»

«Neanche una bottiglia d'acqua?»

«L'acqua va bene. Grazie.»

«Naturale o gassata?»

«È lo stesso.»

Posso ricordare il tempo in cui tutto questo non esisteva.

Un tempo in cui l'uomo era una presenza rara e di poco peso sulla faccia del pianeta.

Il verde e l'azzurro dominavano. La natura gioiva. I frutti cadevano maturi, senza che nessuno li raccogliesse. La presenza umana era leggera come un minuscolo graffio sulla fiancata di uno di questi camion. Vista dallo spazio, la Terra di notte era buia. Nessuna città era grande abbastanza da emanare una luce visibile da lassù.

Un uomo piccolo e tarchiato, con un maglione grigio che gli evidenzia la pancia, si arrampica fino al posto di guida del suo Tir. La targa è turca. Vorrei dirgli di portare i miei saluti a Istanbul, ma immagino che non capirebbe. E poi potrebbe venire da tutt'altra parte, magari dall'Anatolia, e non aver mai visto la città d'oro sul Bosforo. La città in cui il mio ultimo viaggio ha avuto inizio.

Le due ragazze escono dall'autogrill, venendomi incontro.

«Non sei entrato» fa Carla.

«Ho preferito starmene qui. Si sta bene, qua fuori. C'è un'aria quasi di primavera.»

Lei mi guarda storto. «Siamo in autunno.»

«Ma l'aria è comunque dolce.»

«Contento tu. Il tassista razzista dov'è?»

«Non credo che si possa definire tassista» la corregge Anna. «È entrato nell'autogrill.»

«Meno male che non l'ho visto» commenta Carla. «Probabilmente sta cercando il bagno per i bianchi.»

«Non è così male, in realtà. Ha i suoi problemi. E la gente non reagisce sempre allo stesso modo.»

«Questo è poco ma sicuro.»

«Vuoi davvero scendere a Brescia?» le chiedo.

«Sì. Non mi va di viaggiare con lui fino a Verona. Ovviamente gli pago solo metà passaggio.»

Giulio esce dall'autogrill, le mani indaffarate a reggere tre bottigliette d'acqua. Gli vado incontro per aiutarlo.

«Ah, grazie. Ecco qua la tua acqua. Te l'ho presa frizzante. Invece non avevano da cambiare. Facciamo alla prossima fermata, ti va bene?»

«Nessun problema.»

Le due donne lo guardano con aria schifata.

«Penso che puoi dirgli addio, ai tuoi duecento euro» mi fa Anna all'orecchio, mentre saliamo in auto.

Alzo le spalle.

«*I soldi vanno e vengono, mister Farnsworth. I soldi vanno e vengono...*» faccio, lasciandolo spiazzato.

Quando Carla gli ha detto che vuole scendere anche lei a Brescia, e che gli pagherà solo metà del prezzo concordato, Giulio è rimasto inaspettatamente zitto. Ha alzato le spalle, continuando a guidare in silenzio.

Nell'auto c'è una tensione che si taglia con il coltello. Nessuno di noi apre bocca. Solo il rumore della strada sotto le ruote, il fischio leggerissimo dell'Esp che corregge l'assetto dell'auto. Ogni tanto un colpetto di tosse, che accentua il disagio.

Le ragazze scendono davanti alla stazione ferroviaria di Brescia. Giulio scarica dal bagagliaio le loro valigie.

Un passaggio di mano di banconote stropicciate. Nessun saluto. O almeno non per lui.

«Ciao» mi fa Anna. «Fai buon viaggio. Spero che alla fine tu possa trovare quello che cerchi.»

«Non sto cercando nulla.»

«Siamo tutti alla ricerca di qualcosa, Gabriel. Magari anche solo di sapere cosa stiamo cercando. Oddio, questa era proprio pesante...»

«No. È molto bella, invece. Grazie. Fai buon viaggio anche tu, Anna. Ti auguro di aver fortuna, con il tuo rigattiere. A volte le cose preziose si nascondono nei luoghi più impensati.»

Anna sorride. Fa un gesto con la mano, come se spazzasse via qualcosa.

«Troppa profondità, troppa profondità. Almeno per me. Stammi bene, architetto. All'occhio.»

«Anche tu.»

Mi bacia sulle guance. Carla accenna un saluto frettoloso con la mano libera dal suo trolley.

«Andiamo» sbuffa Giulio, aprendomi la portiera.

33.

Ora che siamo rimasti soli, Giulio sembra un'altra persona. Il resto del viaggio è piacevole, rilassato. Quasi mi dimentico di prendere le medicine, affascinato dalla musica che lui mi propone, cambiando un cd dietro l'altro.

Mando giù le mie quattro pastiglie, aiutandomi con un sorso d'acqua dalla bottiglietta quasi vuota.

«Questo devi assolutamente sentirlo. Almeno un pezzetto. Sono musicisti del Mali che eseguono *In C* di Terry Riley.»

Conoscevo già il pezzo di Riley, ma l'effetto ottenuto dalla strana strumentazione e dagli ancora più strani arrangiamenti è straordinario.

«Forte, vero?» fa Giulio, allungando l'indice verso il tasto di Stop.

«No. Lasciala.»

«È molto lunga. E alla fine stufa, credimi. Senti questo, invece. Si chiamano The Unthanks, e la canzone che ti faccio sentire è *Died for Love*. Ascolta.»

Pianoforte e violini m'incantano già alle prime note.

La voce della cantante è chiara, esprime una purezza che fa risaltare ogni verso.

Il testo mi dà i brividi.

L'ho ascoltata molte altre volte, questa canzone. In molti posti diversi, da voci che non esistono più, uscite da gole che sono polvere da secoli. È una ballata popolare inglese. Parla di una donna sedotta da un marinaio, che resta incinta e poi perde il bambino. È un lamento d'amore e di perdita, straziante e seducente.

«Bella, vero?» fa Giulio, quando è finita.

«Sì.»

Non c'è altro da aggiungere. Non voglio che si accorga del groppo di pianto che ho in gola.

«Sai, Gabriel...»

Non lo forzo in alcun modo a continuare. Nemmeno con lo sguardo. Ogni cosa a suo tempo.

«Sai, Gabriel, penso... Penso che se dovessi incontrare Dio e convincerlo... Insomma, se dovessi dirgli un motivo, uno solo, per cui la razza umana va risparmiata e non distrutta... Penso che gli direi *la musica*. E non dico solo Beethoven, o Bach. Dico *tutta* la musica. La ninnananna che una madre canta al suo bambino per calmarlo... Le canzoni d'amore, magari stonate... *Tutta* la musica. Ecco un buon motivo, gli direi. Se mai incontrassi Dio. La musica.»

«Penso che tra noi due sarò io il primo a incontrarlo.»

«Non dirlo neanche per scherzo. La medicina va forte, di questi tempi. Vedrai che ce la farai.»

«Se non sai neanche cos'ho.»

«Posso immaginarlo. Ovvio, non so dove e a che stadio, ma quello che hai è abbastanza chiaro. Sai, dicono che si possa vincere anche solo con la forza di volontà. Che qualcuno ce l'ha fatta.»

«Si dicono tante cose.»

«Vero. Ma, come diceva quello, la fede smuove le montagne.»

«*Quello*.»

«Aspetta. Ti faccio sentire una cosa.»

Fruga nel vano sotto il bracciolo e poi mette su un cd che conosco bene. *Joy in Spite of Everything*, di Stefano Bollani.

Sax e piano riempiono l'abitacolo dell'auto come una marea di gioia.

Easy Healing, s'intitola il brano.

Sorrido. Scuoto la testa ma sorrido.

I ritmi quasi africani, la ricchezza sognante delle armonie, mi fanno chiudere gli occhi. Il sole entra dal finestrino, il riscaldamento dell'auto funziona che è un piacere. La neve imbianca le cime più alte, ed è con quell'immagine di bianco contro l'azzurro, colori di una gloria araldica, che scivolo nel sonno.

«Chi è Layla?» mi chiede il mio traghettatore per il Nulla, in uno dei rari risvegli che interrompono il mio stato letargico.

«Non lo so.»

«Hai pronunciato quel nome, nel sonno. Più volte. Penso che ti sia venuta in mente la canzone di Eric Clapton.»

«Che canzone?»

«Ma *Layla*. Non puoi non conoscerla. Mi dispiace di non averla qui, sennò te la farei sentire.»

Giulio comincia a canticchiare, perfettamente intonato.

«*Layla, you've got me on my knees. / Layla, I'm begging, darling, please. / Layla, darling, won't you ease my worried mind?*»

«Non la conosco.»

«Ma dai. Ma se è famosissima!»

«Mai sentita.»

«Layla non è mica un nome comune.»

«Immagino.»

«Mia mamma, quando ero piccolo, mi raccontava una storia dove c'era una Layla. Non so dove l'avesse sentita. È una storia ebrea, l'ho scoperto anni dopo, ma mia madre non era ebrea. Vuoi sentirla?»

«Raccontamela.»

«Dunque, allora, gli ebrei pensano che Dio abbia un

albero, in Paradiso. L'albero delle anime. È lì che crescono le anime di tutti gli esseri umani. Quando le anime sono mature, cadono giù nel *Guf*, il deposito delle anime, dove rimangono finché non arriva per loro il momento di nascere. È da lì che vengono le anime di tutte le persone che hanno vissuto e vivranno sulla Terra. Gli ebrei credono che quando l'ultima anima sarà scesa, il mondo finirà.»

«*Gli ebrei credono...?*»

«Be', okay, voglio dire che è quello che dice il Talmud, mi pare. Non so se adesso ci credono o meno, non è che anch'io badi molto alla Bibbia, o al Vangelo. Comunque c'è questa storia che ti sto dicendo. Aspetta, che arrivo al punto. C'è un angelo, chiamato Lailah, che è l'angelo del concepimento. Quando un essere umano viene concepito, Dio manda Lailah a prendere un'anima e a metterla nel ventre della madre. Per nove mesi, Lailah veglia l'anima e le insegna tutta la Torah. Accende una lampada, perché il bambino o la bambina che deve nascere veda ogni cosa. Lailah mostra all'anima il Paradiso e l'Inferno, e ogni singolo istante della vita che avrà. Poi però, prima che il bambino nasca, l'angelo spegne la lampada, e pone il dito sul suo labbro. È questo che fa piangere il bambino, quando viene al mondo. In quell'istante l'anima dimentica tutto quello che Lailah gli ha insegnato. Tutto. È per questo che abbiamo quel segno sul labbro.»

«Credo si chiami arco di Cupido.»

«Io lo chiamo fossetta. Quello, comunque. È il segno del dito dell'angelo del concepimento.»

«Una bella storia.»

«Aspetta. Non è finita.»

«No?»

«No. Sai, Lailah è un angelo guardiano. Veglia sull'anima che ha aiutato a nascere, per tutti i giorni della sua vita. E quando viene il tempo in cui quell'anima deve lasciare il mondo, Lailah va da lei e le dice: *Ti ricordi di me? Mi rico-*

nosci? È venuto per te il tempo di andartene. Sono venuto a portarti via da questo mondo.»

«Allora non è solo l'angelo del concepimento. È anche l'angelo della morte.»

Giulio mi guarda, perplesso.

Poi sussurra: «Non ci avevo mai pensato.»

Chiudo gli occhi, godendomi il sole sulla pelle. Immagino un angelo che mi racconta tutta la mia vita.

Ma soprattutto quelle parole.

Ti ricordi di me? Mi riconosci?

Poi devo essermi riaddormentato, perché le prime parole che ho sentito sembravano far parte di un altro dialogo. Come quando ti perdi una parte di un film e non capisci le battute.

«Sai, Gabriel, giuro che non sono mica sempre stato così. Una volta ero pieno di belle cose. Pieno, ma proprio pieno, giuro. Amavo la vita. È lei che mi ha tradito, quella puttana. Sembrava una strada lastricata d'oro e invece era la coda per il cesso.»

Forse non parla nemmeno a me. Forse parla a se stesso, e avere qualcuno accanto è solo una cosa che lo aiuta a raccontarsi, a buttar fuori le cose.

«Uno non diventa come me se la vita non lo prende a calci sul muso. Trovi un lavoro, e quegli stronzi te lo rovinano. Ti sposi, metti al mondo due figli, e non fai nemmeno in tempo a rendertene conto che sono già grandi e se ne vanno per i fatti loro. Poi tuo padre muore, tua madre invecchia e ha bisogno di assistenza, tu e tua moglie diventate praticamente due fratelli e va già bene se fate sesso tre volte all'anno. Al *check up* il dottore t'infila una sonda di metallo su per il culo e fa degli strani versi con la bocca mentre detta all'infermiera lo stato della tua prostata. Dei versi come se masticasse merda, e tu stai a sentirlo e cerchi di capire, dalle cose incomprensibili che dice e dal tono con cui le dice, se mangerai il panettone a Natale o se devi pensare a prenotarti il loculo. Scusami, lo so che non dovrei dirti queste cose, ma voglio essere brutalmente sincero: la vita è davvero una scala corta e sporca di merda. Garantito. Lo sai che adesso, in certi posti, i morti non stanno sottoterra per più di dieci anni? *Dieci anni*, cazzo. Ma ti sembra possibile? In dieci anni devi ancora cominciare a decomporti. Lo so perché qualche anno fa ho assistito a un'esumazione. Una cosa da brividi. Tiravano su un ragazzino morto quando avevamo tredici anni. Lo conoscevo. Ero lì per caso, sembra uno scherzo del destino. Ero lì per visitare la tomba di mio padre, e vedo la scavatrice e la gente, nella parte vecchia del cimitero. Vado a vedere e stanno tirando fuori il piccolo Ermanno. L'ha tirato sotto un camion militare, nel 1971, o nel 1972. Nessuno mi dice di girare al largo, forse pensano che sono uno di famiglia, o un amico, cosa che in effetti ci stava, perché anche se non eravamo amici lo conoscevo, giocavamo a pallone assieme. Insomma, per farla breve, tirano fuori la bara, l'aprono, e dentro c'era l'Ermanno, uguale a come l'avevano seppellito. Cioè, *quasi* uguale, d'accordo, perché si vedeva che era morto, e aveva i denti scoperti e il buco degli occhi, come si chiamano, le *orbite*, sì, le orbite vuote, d'accordo, ma per il resto era intatto, con i suoi calzoni corti e la giacca buona, quella della cresima. Io lo guardavo e non riuscivo a credere che stavo guardando il mio amico. Non riuscivo a credere che me lo ricordavo ancora, con la sua voce e tutto, anche come marcava stretto, e una volta per stopparmi mi buttò contro una siepe e mi graffiai tutta la faccia...»

Non conosco la musica che esce dagli altoparlanti. Qualcosa di dolce e triste, spagnola ma con influssi orientali.

«Pensavo che lui della vita non sapeva un cazzo, eppure non era meno vero di me. Pensavo che vivere o non vivere, in fondo, non fa differenza. Alla fine la somma di tutto è comunque zero.»

Vorrei potergli dire qualcosa di consolante, qualcosa che lo tiri su. Ma cosa posso dirgli? In realtà ha ragione. La vita è un ponte tra due rive che non esistono, un percorso sospeso nel vuoto. L'immagine che mi viene in mente è quella di Philippe Petit, l'acrobata che nel 1974 attraversò su una corda il vuoto tra le Twin Towers. Solo che nella mia mente il funambolo cammina lungo una corda tesa sul nulla.

«Cos'è questa musica?» faccio, aprendo del tutto gli occhi.

«Parlavo da solo, vero? Come un vecchio coglione. Dormivi.»

«Mi sono appisolato un attimo.»

«È Jordi Savall. Una ninnananna bretone.»

«È molto bella.»

«Questo disco l'ha inciso con la sua famiglia. La moglie e i due figli. Tutti musicisti. La moglie è morta pochi anni fa. Lui da allora è cambiato.»

«L'ho sentito in concerto a Barcellona, nel 2007.»

«Io a Pordenone, due o tre anni fa.»

«Ma dai.»

«Un concerto splendido. Savall era tecnicamente perfetto. Ma molto distaccato. Triste. Ha eseguito anche questo pezzo, per ricordare i morti della Siria. Almeno credo fosse la Siria. Faccio fatica a star dietro a tutti questi massacri.»

Guardo fuori dal finestrino. Stiamo costeggiando delle basse montagne butterate da cave, come cicatrici bianche.

«Siamo quasi a casa» sospira Giulio. «Cioè, io sono a casa. Tu non so. C'è un posto che consideri casa?»

«Il cielo.»

«Il *cielo*?»

«Credo di sì. Può sembrare strano ma è così.»

«Il cielo. Tra tante che ne ho sentite, questa è la più strana.»

Rimaniamo in silenzio per un po'. Il cielo che ho in mente è diverso da questo, ma in fondo potrebbe anche essere questo, l'azzurro regale che incorona i monti bianchi di neve.

«Chissà come sarà, l'inverno?» si chiede Giulio. Gli umani lo fanno da sempre. È qualcosa che forse non sparirà mai, nemmeno quando saranno in grado di controllare il tempo, o vivranno su pianeti senza stagioni.

«Non ci sarà un inverno.»

Non ho fatto in tempo a trattenere le parole.

Lui mi guarda.

«In che senso, non ci sarà?»

«Nel senso che il mondo finirà prima.»

«Sciocchezze.»

Il viso di Giulio, in certi punti, è mal rasato. Avrei dovuto accorgermene, prima di accettare un passaggio da lui. Anche le borse sotto gli occhi sono terribili. Mi chiedo se non dorma, o se il suo problema sia l'alcol. Potrebbero essere entrambe le cose.

Alza le spalle. «La fine del mondo non è una cosa collettiva.»

La sua voce è bassa, le parole lente e meditate.

«La fine del mondo è una cosa individuale. Viene per me e per te. A volte per molte persone insieme, tipo quando un pilota fuori di sé si suicida assieme a centocinquanta passeggeri, o un idiota si fa saltare in aria nella sala d'attesa di un aeroporto o in una stazione della metropolitana. Ma è comunque una cosa individuale. La fine del mondo, come la pensi tu, semplicemente non esiste. È una cazzata.»

«Non è quello che dicevano i nostri padri.»

«I *nostri padri*? Mio padre non si è mai fermato a pensare a qualcosa di più profondo o di più lontano del lavoro del giorno dopo. È così che va avanti, il mondo. È il lavoro di noi formichine senza nome che permette ai filosofi di studiare per la gloria. *I nostri padri*... Sai che ti dico? Si fottano, i padri.

Quelli che dici tu. Avevano torto su un sacco di cose. La Terra è piatta, dicevano... Il modo migliore per accendere il fuoco è strofinare due bastoncini... Sai chi fa progredire la razza umana? Sono i *figli*. Sono loro che provano soluzioni nuove, che tentano strade mai prese prima. E i tuoi figli, se glielo chiedi, ti diranno che la fine del mondo è una cazzata.»

«Non ho figli.»

«Da come lo dici sembra che ti dispiaccia. Io ne ho due, e nessuno dei due crede in Dio, né tantomeno nel Giudizio Universale. Sono come me. Convinti che la fine sia un'esperienza singola, che ognuno di noi dovrà vivere da solo. E andarsene da solo, prima o poi. Niente Cristo in trono. Né diavoli né angeli. Niente trombe del giudizio. Sarebbe molto scenografico, okay, ma no, grazie. Non sarà così. E non cercare di convincermi del contrario.»

Rimaniamo in silenzio per una ventina di chilometri. L'auto fila lungo l'autostrada semideserta, costeggiata dai gusci vuoti di mille fabbriche abbandonate.

Giulio batte una pacca sul volante.

«Sai che ti dico? Ti accompagno alla tua destinazione, come dicono i navigatori satellitari. Non mi sembra bello scaricarti a Pordenone.»

«E quale sarebbe, questa destinazione? Perché non me l'hai ancora detto.»

«Valvasone.»

Chiudo gli occhi. Un sorriso mi distende le labbra.

«Valvasone...» ripeto, assaporando quel nome.

Sabine riesce sempre a sorprendermi.

«Non occorre che mi accompagni fin là. Da Pordenone posso prendere un taxi.»

«Ma dai. Tanto non ho niente da fare in città. Sono venti minuti di strada. Cosa vuoi che sia?»

«Non so che dire. Grazie.»

«Figurati. Tanto, non è che ho davvero un posto a cui tornare. Non so più neanche qual è, casa mia. L'economia tardo liberista mi ha trasformato nell'Ebreo Errante. Il bello è che tutto questo non entrerà mai nei libri di storia. Siamo una pagina che può venire strappata senza che si perda nulla. Con tutto il nostro agitarci e fotterci e tremare di paura per il domani.»

Mi guarda un po' più a lungo. Non devo essere un bello spettacolo. Ispirare pietà è un'esperienza terapeutica, per uno come me. Ma è anche sconcertante.

«Hai qualcuno che ti ospita, lì?» mi chiede, sottovoce.

«Un'amica. Non so se mi ospita lì o da qualche altra parte. Le piace fare sorprese.»

«Cosa ci fa a Valvasone?»

«Non ne ho la minima idea.»

Esita un po', prima di chiedere: «Lei lo sa come stai?»

«Sa che non sto bene.»

«Quindi mi sa che stavolta la sorpresa gliela fai tu.»

«Già.»

«Fai bene, a cercarla. Dovremmo tutti cercare qualcuno che amiamo, in certi momenti.»

«In realtà con Sabine le cose non sono così semplici. Non saprei dire se è da una vita che ci cerchiamo o che fuggiamo l'uno dall'altra.»

«Uno strano rapporto. D'altra parte anch'io ho avuto un paio di storie così, da ragazzo. Ma sono appunto storie da ragazzo. Alla nostra età dovremmo cercare un rapporto diverso. Almeno, io la vedo così.»

«Sono troppo vecchio per crescere. Ti spiace se mi tolgo questa?»

«No, figurati.»

Sospirando, mi tolgo dalla testa la parrucca.

I miei capelli, quelli veri, sembrano la lanugine di un uccellino appena nato. Fragili, incolori. La parrucca tra le mie mani, invece, sembra un cagnolino da compagnia.

«Non è poi così terribile» commenta Giulio, guardandomi. «Potresti raderti a zero. Tanti lo fanno.»

«Mi sentirei strano.»

«Parrucca stile Andy Warhol, giubbotto alla Steve McQueen, occhiali come quelli di Warren Zevon... Ti manca solo il cappellino di Peter Pan. Non si può restare giovani in eterno, non credi?»

«Non ne ho nessuna intenzione. E nemmeno la possibilità, a questo punto.»

«Sai qual è il problema? Che ci hanno dato l'illusione che resteremo giovani per sempre. Non è così. I nostri genitori lo sapevano. Non occorre andare all'indietro di chissà quante generazioni. Loro crescevano. Passavano attraverso le stagioni della vita con naturalezza. Noi invece viviamo nell'illusione di un'eterna giovinezza, fino al giorno in cui ti svegli e di colpo ti scopri vecchio.»

«Sei un filosofo.»

«Ma no. Solo uno sfigato consapevole.»

«*Sfigati consapevoli.* Fa un po' Alcolisti Anonimi.»

«Tipo. E la nostra droga era l'illusione dell'eterna giovinezza. Per fortuna ne siamo usciti.»

Ma dal modo in cui lo dice non sembra la consideri davvero una fortuna.

«Sai, Gabriel, è bello parlare con te. Tu mi ascolti. Non mi guardi come se fossi matto, per quello che dico.»

«Neanche tu.»

«Vedi, cazzo, è come se fossimo rimasti in pochi, a parlare la stessa lingua. Come se viaggiando per una lunga notte fossimo arrivati in un paese straniero.»

«In un certo senso è così. Solo che abbiamo viaggiato nel tempo. Accumulando esperienze che speravamo un giorno ci avrebbero insegnato a volare. Invece ci stanno trascinando a fondo.»

«*Wow.*»

La strada da Pordenone a Valvasone è diversa da come la ricordavo. La musica che esce dallo stereo, Rufus

Wainwright che canta un sonetto di Shakespeare, è perfetta per questo viaggio che è insieme un ritorno e un addio. Le fabbriche abbandonate, i centri commerciali dai parcheggi vuoti, gli alberi immersi in una nebbia sottile. La strada è la stessa, io sono lo stesso, ma ogni cosa è cambiata. Mi sciolgo nel silenzio dei luoghi, lasciandomi assorbire dalla tristezza che emanano, alla quale aggiungo la mia. Quanto tempo è passato, e in fondo così poco tempo. Su scala cosmica, il tempo di un battito di ciglia.

«Dove ti lascio?» mi chiede Giulio.

Arrivare nel posto in cui sono nato è un'esperienza strana. È come riavvolgere un vecchio nastro, per ascoltare una canzone che non ricordi più. Ogni strada, ogni casa, mi sussurrano una storia. E al tempo stesso mi dicono che non appartengo più a questo posto, che sono diventato un estraneo.

Ogni cosa sembra la stessa. Ma non lo è.

«Non lo so. Quando ti hanno contattato per concordare il mio passaggio non ti hanno detto niente?»

«No. Solo che dovevo portarti a Pordenone. E lì dovevo dirti che la tua meta finale era qui.»

«Fammi scendere in piazza, allora. Troverò Sabine, in qualche modo. Una come lei non passa inosservata.»

«Sicuro?»

«Sicuro. Grazie per il passaggio.»

«È stato un piacere.»

Mi rimetto in testa la parrucca, spostandola perché calzi bene.

Scendo. Le gambe per un attimo mi tradiscono. Sono rimasto seduto troppo a lungo.

Giulio scende anche lui, tira fuori dal bagagliaio il mio magro bagaglio.

Poi si guarda intorno.

«Dove diavolo sono finiti tutti?»

Piazza Mercato è deserta. Ci sono alcune auto parcheggiate, ma non si vede anima viva.

Giulio si stringe nelle spalle, come se avesse un brivido di freddo.

«No, ma dico, ma ti pare possibile? Sembra quell'episodio di *Ai confini della realtà*, quello dove gli astronauti tornano sulla Terra e la città è deserta.»

«Non l'ho presente.»

«Fossi in te non mi fermerei dopo il tramonto, da queste parti.»

«Ci starò attento.»

Ci stringiamo la mano.

«Come dicono i francesi, *à la prochaine*» mi saluta, sorridendo.

«Alla prossima. Abbi cura di te, Giulio.»

«Anche tu.»

Voltandomi, faccio per andarmene.

Lui mi chiama indietro.

«Ehi! Non dimentichi niente?»

Tira fuori di tasca quattro o cinque banconote spiegazzate.

«I tuoi soldi. Il resto.»

Guardo con una strana repulsione quello che ha in mano.

«Tienili. A me non servono.»

«Non scherzare.»

«Insisto. Tienili.»

«Ma no...»

Per tagliare corto la discussione, gli faccio un segno di saluto con la mano e poi, con un sorriso, gli volto le spalle.

Se mi girassi, so che non lo vedrei più.

Lo so come so dove Sabine mi aspetta, dove devo andare. Lo so senza bisogno di chiedere a nessuno.

Sono entrato nel magico mondo di Oz.

Lei mi aspetta al castello.

34.

La prima cosa che mi chiedo è cosa lasciare, in questo posto che mi ha dato tanto.

Non ho più niente di prezioso in tasca.

Niente monete antiche, niente libri rari.

Eppure questo luogo lo meriterebbe, qualcosa di prezioso. Di unico.

Ci penserò quando sarà il momento di andarmene.

La strada che porta al castello è una galleria di ricordi. Ne scelgo uno: uno soltanto, quello più vivo. Sotto quel portico, dopo una festa di carnevale, ho dato il mio primo bacio. Non ho bisogno di chiudere gli occhi o di sforzarmi, per ricordare la sensazione delle labbra di lei sulle mie: morbide, nervose. Fresche. E poi la bocca che si apre, le lingue che si cercano.

Sento ancora il calore del suo corpo e la forza del nostro abbraccio, dopo così tanto tempo.

In quella casa laggiù, invece, viveva una ragazza che amavo da lontano, in segreto. Non ho mai trovato il coraggio di dirglielo. Nella memoria è rimasta bellissima, nella memoria niente può più toccarla.

Le strade sono cambiate. Curate, pulite, le case medievali accuratamente restaurate sembrano in grado di resistere per sempre al tempo.

La piazza del castello, e l'edificio imponente che la domina, sono molto diversi. Non c'è più, al centro, il monumento ai caduti in guerra, sormontato da un'aquila di bronzo dalle ali spiegate. Il grande spazio liberato respira, si apre al cielo. Anche il castello è stato ripulito dalla patina del tempo, diventando meno lugubre e minaccioso. Guardandolo, mi sento al tempo stesso attratto e respinto. Un giorno, in un'intervista, quando mi chiesero cosa pensassi dei castelli, e quale fosse l'approccio giusto da seguire nel loro restauro, risposi che per me i castelli erano simboli dell'oppressione del passato e che avrebbero dovuto essere tutti rasi al suolo. Poteva sembrare una sparata. Ma dentro di me lo pensavo davvero, quello che avevo detto.

Guardandolo ora, ingentilito dai restauri che hanno recuperato quel che di bello l'edificio offriva alla vista, il castello non m'ispira più gli stessi sentimenti di un tempo. Il disagio che provo, avvicinandomi all'edificio, nasce invece dal silenzio intorno a me.

Da quando sono sceso dall'auto non ho visto anima viva, nemmeno un'auto passare. Strano, anche se non più di tante cose strane che ho visto ultimamente.

I miei passi risuonano sul selciato, minacciosi come quelli di un pistolero da film western.

Attraverso il ponte sul fossato. Il cortile interno, raccolto intorno al pozzo, è buio. Le imposte sono tutte chiuse, attraverso di esse non filtra alcuna luce. Un tempo noi ragazzini credevamo che la grata che chiudeva il pozzo fosse stata messa lì per impedire a chissà quale creatura delle tenebre di sbucare all'aperto, e che le sbarre che chiudevano le cantine fossero quelle di una prigione. Il castello occupava uno spazio immenso nella nostra fantasia.

Fa freddo, all'ombra. Le pietre sembrano roccia, l'intonaco neve. Il castello diventa una montagna, come nei nostri giochi infantili in cui ogni cosa poteva diventarne un'altra, e i carri armati fatti con scatole di cartone erano minacciosi più di un tank vero. Col cuore in gola preparavamo agguati, ed eravamo marines americani o il Settimo Cavalleggeri.

Forse, pensandoci, potrei risparmiarlo, questo castello, che non è stato una severa nutrice ma un compagno di giochi, un vecchio che ha raccontato a noi bambini una storia di quelle che accendono la fantasia e che non ti scordi più.

Uscendo dal cortile interno mi accorgo che una porta a destra del ponte è aperta. Da sotto filtra una luce. Non mi ero mai accorto che ci fosse, quella porta. Salgo due scalini, attraverso un piccolo cortile restaurato e sono davanti alla porta.

Busso, la mano che trema.

35.

In un primo momento penso d'essermi sbagliato.
La donna che ho davanti, la giovane donna che mi ha aperto la porta, non può essere lei.
Poi Sabine fa un passo indietro, la luce l'illumina meglio, e sul suo viso appaiono i segni del tempo. Segni che non sminuiscono, ma anzi accentuano la bellezza del suo sguardo, la luce del sorriso.
«Gabriel...»
Poso a terra i bagagli e l'abbraccio. Da principio rimane rigida. Poi si arrende e risponde al mio gesto, abbandonandosi alla stretta delle mie braccia.
«Dio, se mi sei mancato...»

Fa freddo, in questa stanza grande e spoglia. C'è un camino, ma ha l'aria di non essere mai stato acceso dopo il restauro dell'edificio. Alcune sculture in metallo, allineate lungo le pareti, sembrano la rielaborazione moderna di modelli medievali: un grifone alato, un cavaliere...
Sabine, accovacciata, prepara il tè su un fornellino da campo. Poi lo versa in due tazze metalliche, lo smalto rotto in più punti.
È strana, la naturalezza di questo ritrovarsi, dopo tanti anni.
«Latte, Gabriel? Zucchero?»

Sembra rifugiarsi in queste domande banali per non affrontare davvero il momento dell'incontro, le domande a cui ha già una risposta.

«Né latte né zucchero.»

«Già. Come avrò fatto a scordarmelo.»

Pare nervosa. Nei suoi gesti c'è qualcosa d'impacciato. È come una bambina alle prese con un lavoro da grandi.

«Quelle cosa sono?» chiedo, indicando due porticine di legno scuro e antico.

Sabine si alza, va ad aprire le ante.

«Un wc medievale» sorride, mostrandomi il sedile di legno forato e, sotto di questo, il buco nel muro, da cui entrano spifferi gelidi.

Scuoto la testa.

«Fine di un mito. Quand'ero piccolo, pensavo che questi buchi nel muro servissero a far cadere le teste decapitate.»

«E invece no. Mi dispiace.»

«Piuttosto primitivo.»

«Ma anche molto efficiente. E non c'era mai bisogno dell'idraulico.»

Torniamo a sederci accanto al fornello da campo.

«Come sei finita qui, Sabine?»

«Al tuo paese, vuoi dire?»

«Non è più il mio paese.»

«Ma è dove sei nato.»

«Non è il mio paese» insisto.

Sabine mi passa la tazza.

Poi, con la sua, accenna un brindisi.

«Al nostro ritrovarci.»

Alzo la tazza smaltata.

«Allora, ti decidi a dirmi cosa ci fai, qui?»

Lei alza le spalle. Nel suo camice bianco, sembra un medico. Ma il camice è macchiato di un arcobaleno di colori, e non ha uno stetoscopio al collo ma quattro pennelli che sporgono dal taschino.

«Lavoro.»

Fa un gesto con la tazza, a indicare le pareti della stanza. Ci sono alcuni affreschi, alle pareti: fregi ornamentali, simboli araldici.

«E per pura coincidenza lavori nel paese in cui sono nato.»

Sabine alza le spalle.

«Fa freddo» dico.

«Ho una stufetta, ma l'accendo solo di notte. Non fa poi così freddo. Basta farci l'abitudine.»

La luce, fuori, sta rapidamente calando. Attraverso i vetri antichi della finestra – vetri preindustriali, ondulati, che deformano leggermente le cose – la prima stella della sera appare in un cielo color blu scuro.

«Non mi dire che dormi qui.»

«Certo.»

«Fa un po' *Un'estate in campagna*, non trovi?»

«Cioè?»

«Quel film con Kenneth Branagh, quello dove lui fa il restauratore di affreschi.»

«Vuoi dire *Un mese in campagna*. E guarda che il restauratore era Colin Firth. Comunque la mia sistemazione è un po' meno scomoda della sua. Il castello è stato restaurato da poco, e non manca proprio niente.»

«A parte il riscaldamento.»

«Brontolone.»

Poi però sembra pentirsi di avermi chiamato così.

«Se hai freddo posso darti una coperta.»

Penso sia il suo sguardo compassionevole che mi fa arrabbiare.

«Non sono un bambino. Posso fare a meno della tua coperta.»

Lei ha un sussulto, ferita dal mio tono.

«Scusami. Non intendevo offenderti.»

Mi manca il respiro, qui dentro. Volevo tanto incontrarla un'ultima volta, e ora la sua presenza mi schiaccia, mi soffoca.

«Stai male?»

Le faccio segno di no, ma la smorfia che mi attraversa il viso mi smentisce.

«Cos'hai, Gabriel?»

«Niente. Non è niente.»

Le sue mani mi cingono le spalle. Mi stringe a sé. Il suo viso affonda nella mia spalla. Sento le sue lacrime bagnarmi la guancia.

Le accarezzo la schiena. Affettuosamente, ma anche distrattamente. Come farei con un cane.

Lei si accorge della mia distanza.

«Che cosa ti succede, Gabriel?»

«Sto morendo.»

Lei non dice nulla. Mi sembra però che la sua testa annuisca, nell'abbraccio in cui mi tiene stretto come se non volesse lasciarmi andar via.

Rimaniamo così stretti a lungo, prima che lei sussurri *vieni con me* e mi porti via tenendomi per mano.

Impossibile non pensare a Orfeo ed Euridice, mentre dietro i suoi passi percorro i corridoi vuoti e freddi. Ma i personaggi sono rovesciati: è Euridice a portarmi via, a cercare di strapparmi a... *a cosa?* Alla morte? All'ombra che sale lungo i muri?

Attraversiamo sempre più veloci, rapidi come il vento, un'infilata di stanze dai soffitti altissimi, di saloni affrescati e altre stanze che invece sono una serie di sgabuzzini opprimenti. Legato alla mano di Sabine come un aquilone volo attraverso il castello, salendo verso l'alto. Le scale di legno scricchiolano sotto i nostri piedi in corsa. Mi manca il fiato.

Arrivati in cima alle scale, Sabine mi dà una spinta.

A bocca aperta per lo stupore cado all'indietro, chiudendo gli occhi perché sto per farmi male.

Invece cado su un materasso.

Sabine, senza lasciarmi il tempo di muovermi, si butta su di me, bloccandomi sul letto. Le sue braccia e le gambe puntate come sbarre.

Poi il suo corpo si posa sul mio, delicato e imperioso al tempo stesso. Le sue mani mi spogliano, e in pochi attimi anche lei è nuda, e scivola su di me, accarezzandomi con le dita calde e con la lingua umida. La mia erezione è immediata, potente. Chiudo gli occhi, ansando ancora per lo sforzo della corsa, e mi lascio trasportare dal calore e dall'odore della sua pelle nuda e sudata. Lei non mi lascia muovere. Mi blocca le mani, mi tiene aperte le gambe con le sue. In questo momento è lei la più forte. È lei che dà il ritmo al nostro amplesso, che mi fa entrare e uscire da lei, ogni volta meno libero di muovermi, finché sono i suoi muscoli a contrarsi intorno al mio cazzo, ogni volta più grosso e duro, a eccitarmi fino a che esplodo dentro di lei, venendo a fiotti rabbiosi.

Nella poca luce che ancora filtra dalla finestra i suoi occhi sono grandi, neri.

«Hai abbastanza caldo?»

Annuisco. «Ora sì.»

Ci teniamo abbracciati sotto tre strati di coperte, nessuna particolarmente calda o troppo pulita. Ma, assieme al calore del suo corpo, producono il miracolo di farmi star bene.

Una lampada a gas ci consente di guardarci, di ritrovarci.

Con tutta la delicatezza possibile Sabine mi toglie la parrucca, la posa a fianco del materasso.

Poi mi bacia la fronte, le tempie, la sommità del capo, morbida di lanugine come quella di un bambino.

Piango, in silenzio.

Lei sa, e io so, che per questi momenti non ci sono parole. Che solo il silenzio può accompagnare certi gesti.

«Quando l'hai saputo?» sussurro.
«Un mese fa.»
«Un mese...»
«Ho scelto di non cercarti. Non subito, almeno. Ho immaginato che avessi bisogno del tuo tempo, di sentirti libero di fare ciò che sentivi di dover fare.»
«Invece avresti dovuto cercarmi.»
«Ma tu, ti saresti fatto trovare?»
Alzo le spalle.
Sabine sospira.
«Poi sei sparito. Nessuno sapeva dov'eri finito. All'inizio mi ripetevano che eri in viaggio per lavoro, ma poi hanno dovuto ammettere che non sapevano dov'eri andato. Mi hanno chiesto se *io* lo sapevo.»
«Nessuno lo sapeva.»
«Dove sei stato?»
«Un po' qui e un po' là. Sulle tracce del passato.»
«Quindi sei stato a Parigi.»
«Sì.»
«E a Venezia?»
«No. A Venezia ancora no.»
Per un attimo il suo sguardo si appanna. Forse è uno scherzo della luce, ma il suo volto cambia, come quando una nuvola passa davanti al sole.
«È a Venezia che è cominciato tutto, non credi?»
«Forse. Ma devo ancora andarci. Penso che sarà l'ultimo posto dove andrò.»
«Potremmo andarci insieme» sussurra.
Non le rispondo.
Sappiamo entrambi che questo viaggio è solo mio.
«Ci andremo insieme» insiste lei, con un tono così deciso che non ho cuore di deluderla.
Restiamo abbracciati. Ho paura di muovermi, di staccarmi, anche se di poco, da lei.
«*L'ultimo* posto però sarà in Svizzera, vero?»

Non le rispondo.
«In quella clinica orribile» sospira.
Una goccia di pioggia batte sulla finestra.
Un'altra.
Sembrano dita che picchiettano il vetro.
C'era la pioggia fuori dalle finestre anche quel pomeriggio.
La pioggia, e un muro grigio senza finestre, sormontato da una grondaia blu scuro. Le nuvole sopra il lago erano di un grigio diverso, quasi plumbeo. Si muovevano veloci, facendo del giorno notte. Seduto nell'anticamera fredda ascoltavo i rumori dell'edificio: i passi ovattati lungo il corridoio, una tapparella che veniva chiusa. Le dita indifferenti della pioggia sul vetro.
Tac. Tac. Tac.
Negli angoli della stanza, volti dipinti ci fissano dall'alto, curiosi. Sono quasi invisibili, ai margini della luce della lampada a gas.
La mano di Sabine mi passa sulla fronte.
«Ho la febbre?» le chiedo.
«No. Sei fresco.»
«In questi giorni mi è sembrato di avere sempre la febbre.»
Dovrei essere io a stringerla tra le braccia. Invece è lei a proteggermi con il suo corpo nudo.
Ricordo un mattino di gennaio, in Polonia. Martin fece fermare la colonna dei prigionieri. Mise la mano sulla spalla di una donna che si teneva stretto al seno un bambino di forse un anno.
C'erano quindici gradi sottozero. I prigionieri erano nudi. Noi ufficiali indossavamo cappotti imbottiti di pelo, e nonostante questo morivamo di freddo. La pelle di quella gente era grigia, dall'apparenza minerale. Sembravano statue. Statue che in qualche modo riuscivano a muoversi.
Martin tirò a sé la donna, la staccò dal gruppo, che ri-

prese la sua marcia lungo la cosiddetta *Himmelfahrt Straße*, il corridoio di filo spinato camuffato con rami di pino che portava alle camere a gas.

Facendomi segno di seguirlo, Martin trascinò per la spalla la donna con il bimbo. Il gruppo di prigionieri – quasi tutti donne e bambini – ci passava lentamente accanto, una massa grigia e tremante. L'*Himmelfahrt Straße*, la Strada per il Cielo, era lunga novanta metri. In quei giorni, nell'arco di ogni ventiquattr'ore sfilavano lungo quel corridoio trentamila persone.

Martin passò a fianco della camera a gas, una delle tredici del campo.

Svoltammo l'angolo, e ci apparve una visione infernale.

Su una fossa avvolta dalle fiamme c'era una struttura enorme, costruita con rotaie di ferrovia. Una griglia per ciclopi, lunga più di cento metri, sulla quale bruciavano i cadaveri dei prigionieri gassati. Migliaia di cadaveri. Il tanfo di carne bruciata era insopportabile. Le fiamme altissime si alimentavano del grasso uscito dai corpi.

La donna si tirò indietro spaventata, puntando i piedi nudi sul terreno ghiacciato. Era giovane, poteva avere al massimo venticinque anni. Martin la strattonò per il collo, come se fosse un cane. La portò fin sull'orlo della fossa. Lì la lasciò, estraendo contemporaneamente dal fodero la pistola. Parlandole in polacco, chiese alla donna di dargli il bambino. Lei si rifiutò. Stringeva a sé il suo piccolo come se potesse ancora proteggerlo, come se le sue braccia nude fossero ancora in grado di salvarlo. Martin allora le disse che se avesse gettato suo figlio tra le fiamme lui l'avrebbe lasciata vivere.

«Tanto per lui non fa nessuna differenza. Anzi, soffrirà meno.»

Lei scosse la testa. Tremava.

Martin le si avvicinò con calma, spostò leggermente il bambino sul petto della donna, e poi sparò. La pallottola attraversò la testa del piccolo, devastandola, e colpì al cuore la madre, che si accasciò al suolo come una bambola di pezza.

Poi chiamò due russi, e ordinò loro di gettare i corpi nel fuoco. Quando i prigionieri ebbero eseguito l'ordine, li congedò con un calcio ciascuno.

«Hai visto?» urlò, indignato, puntando la pistola sui corpi che si contorcevano tra le fiamme. «Fino all'ultimo non capiscono. Fino all'ultimo si ostinano a non capire.»

Avevo ritrovato Martin tre anni dopo la fine della guerra, a Düsseldorf.

L'orgogliosa Germania di un tempo non esisteva più. La città era un mare di rovine, un paesaggio lunare.

Martin non sembrò affatto stupito di vedermi, anche se sussultò quando mi materializzai alle sue spalle all'improvviso, mentre stava infilando la chiave nella porta di casa, uno dei pochi edifici rimasti più o meno intatti lungo quella strada di periferia.

Dopo una breve esitazione, mi aveva fatto entrare.

Il mio vecchio amico viveva da solo, in un appartamento minuscolo, quasi senza arredamento. Nessun libro, nessuna foto. Né una radio né un giornale. Martin aveva la sola compagnia dei suoi ricordi. Non posso dire che fosse una bella compagnia.

Fui rapido, con lui. E penso che me ne fosse grato.

Non cercò di difendersi. In silenzio, si tolse il cappello e la cravatta. Si sbottonò la camicia sgualcita, come in certi film si vede fare ai condannati alla ghigliottina, durante il Terrore.

Neanch'io pronunciai una parola mentre le mie mani stringevano la sua testa in una morsa metallica. I suoi occhi color della pioggia fissarono i miei finché le ossa delle tempie non cedettero, e la luce dell'intelligenza svanì per sempre dal suo volto.

Una morte pietosa. Né giusta né ingiusta.

Eravamo cresciuti insieme, in quel quartiere operaio, in una delle mie vite più tristi. Se fossimo stati umani, avremmo pensato di essere amici. Ma non era così.

Con gesti calmi, sparsi per terra e sui pochi mobili il contenuto della preziosa tanica di benzina da cinque galloni che avevo nascosto accanto alla porta d'ingresso. Poi tirai fuori dalla tasca del cappotto uno zippo e accesi il fuoco, la pira funebre di Martin.

Immagini terribili balzarono su dalla memoria.

I cadaveri sulla griglia di Treblinka sembravano danzare nelle fiamme.

I corpi riprendevano vita.

Quello di Martin, invece, non si mosse. Si limitò a cambiare, a diventare un feto rattrappito su se stesso, un feto carbonizzato, nell'utero ruggente delle fiamme.

Tac.
Tac.
Tac.

Quanto tempo è passato?

La luce grigia che viene dall'esterno è quella dell'alba.

«Parlami della clinica, Gabriel...»

Scuoto la testa.

«Parlami della clinica.»

«Quale clinica?»

«Lo sai.»

Mi stringo nelle spalle.

«Cosa vuoi che ti dica?»

«Dimmi quello che mi hai già detto, tanto tempo fa.»

«Aspettavo.»

«Va' avanti.»

«Aspettavo fuori dalla porta. In corridoio. C'erano delle riviste su un tavolino, e questa mi sembrava la cosa più terribile, che ci fossero delle riviste.»

«A cosa pensavi?»

«Pensavo che ero ancora in tempo per fermare tutto. E...»

«E...?»

«E invece cominciai a sfogliare la rivista. Aspettando.»

«Pioveva.»

«Sì.»

«Era estate, Gabriel. Il tempo delle ciliegie, come dicevi tu. Come in quella vecchia canzone che mi cantavi. Era estate, ma la pioggia cadeva ogni giorno. Le ciliegie marcivano sui rami.»

La pioggia rigava il vetro, disegnando un paesaggio in continuo mutamento. Guardavo le gocce che scendevano, si staccavano dall'alto e scivolavano giù, inglobando altre gocce, cambiando direzione...

«Sentivo come un grande freddo dentro» sussurro.

Le sue dita mi percorrono la schiena, come se leggessero un testo a rilievo. Sfiorano le cicatrici delle ali, quattro lunghi rilievi frastagliati. Un giorno gli umani decisero che gli angeli avevano due ali soltanto, e noi ci uniformammo, adattandoci alla loro mutata visione della nostra essenza. Le nostre forme più antiche erano bizzarre, avrebbero spaventato gli uomini nuovi che cominciavano ad avere la potenzialità di cambiare il mondo a loro immagine.

Le lunghe dita di Sabine hanno il potere di curarmi.

Azazel, il più cinico tra noi, definiva quel tipo di contatti con gli umani *pet therapy*.

Ma funziona.

Sento il dolore delle cicatrici, il residuo bruciante della mutilazione, calmarsi, recedere nell'ombra dell'incoscienza.

Poi le sue dita mi passano sul cuore, cancellando antichi ricordi. Mi tengono stretto, come se volessero trattenermi a terra.

Il suo corpo nudo aderisce al mio come una seconda pelle, una pelle umana, incredibilmente liscia per una donna che deve avere...

Non riesco a calcolare la sua età. Per noi il tempo ha poca importanza, è una misura trascurabile. Nessuno, versandosi un bicchiere d'acqua, ne pesa il contenuto, o ne misura il livello. Il tempo trabocca dalla nostra coppa, i secoli trascorrono veloci come nuvole in corsa nel cielo. Ricordo il deserto fuori dalle rovine di Ninive. Rimasi così a lungo a osservare il movimento delle dune che, quando posai di nuovo lo sguardo sulle rovine, il volto di un dio senza più nome era stato completamente consumato dal vento.

Siamo creature a cinque dimensioni. Il tempo è sotto il nostro sguardo, sempre. Possiamo muoverci nel passato come nel futuro. Gli umani ci fanno pena, per la loro incapacità di seguire altre vie che non siano la strada a senso unico che li porta dalla nascita alla morte, dall'oggi al domani. Altre volte li invidiamo, per il dono dell'inizio e della fine, qualcosa che a noi è precluso.

«Basta malinconie» sussurra la donna che amo, la donna il cui corpo è come un fiore reciso, la cui bellezza prima o poi svanirà. La donna fatta di carne e sabbia, di fango e luce.

Mi volto verso di lei, sottraendomi alle sue braccia.

Mentre lo faccio, un raggio di sole fende le nubi, accendendo l'azzurro dell'occhio velato dai capelli. Un giorno questa bellezza si scioglierà. L'occhio è fatto in gran parte d'acqua. Perciò svanirà. Resteranno soltanto le orbite vuote. Ma in questo momento è il più prezioso dei gioielli.

«Hai ragione» le dico. «Basta malinconie.»

Ci alziamo in piedi, uscendo da sotto le coperte come farfalle dal bozzolo. L'aria è fredda sulla nostra pelle nuda, ma il sole entra glorioso dalle finestre, attraverso vetri antichi di secoli, dalla superficie irregolare, che deforma le immagini dell'esterno.

«Perché non c'è nessuno, per strada? Non ho incontrato nessuno, venendo qui.»

Sabine alza le spalle. Con un movimento elegante si china a raccogliere i suoi vestiti sparsi sul pavimento. Raccoglie anche i miei, me li passa.

«Ti sbagli. C'è un sacco di gente, per strada» sussurra. Quella risposta tardiva suona fuori sincrono, forzata come se recitasse una battuta.

Mi affaccio alla finestra. In effetti ci sono auto in movimento, e persone che camminano. Eppure ho la sensazione, che non so spiegare, che quella fuori non sia la realtà. Che quello che ho davanti, quello che succede oltre il vetro della finestra, sia solo un film.

Ci rivestiamo in silenzio, dandoci le spalle.

«Hai fame?»

Scuoto la testa.

«Neanch'io. Vieni, ti faccio vedere una cosa.»

I suoi piedi nudi fanno meno rumore dei passi di una gatta, mentre si muove svelta per la stanza raccogliendo i suoi vestiti. È sempre stata così leggera.

«Non sbirciare.»

Ma come posso obbedirle, quando il suo corpo è rimasto quello che amavo?

«Non guardo» le mento, sorridendo.

Il suo corpo è snello, ma le curve sono quelle di una dea greca. Ecco a che cosa potrei paragonarla. A una statua antica. Quand'ero ragazzo, un'estate, partecipai a un campo archeologico estivo a Kourion, sull'isola di Cipro. Avevamo scavato per due settimane senza trovare niente d'interessante, quando sentimmo Yael gridare.

Lavoravamo sotto dei teloni di plastica, per proteggerci dal sole d'agosto. Uscimmo dalle nostre trincee di scavo e corremmo verso il punto da cui era venuto il grido.

Yael, un giovane archeologo che insegnava all'università di Tel Aviv, aveva gli occhi rossi di pianto, ma rideva come un demente.

Continuava a ripetere qualcosa in una lingua che non conoscevo. Poi gridò in inglese: *It's a goddess! It's Diana!*

Quello che emergeva dalla sabbia e dai sassi era il volto di una giovane donna. Un bellissimo volto di marmo, liscio e caldo di sole.

Un occhio, un tratto della chioma, le labbra, la morbida guancia.

L'emozione di quella scoperta mi commuove ancora, dopo tutti questi anni. È diventata qualcosa di magico, una pietra preziosa che brilla in mezzo alla sabbia e al fango del passato.

La bellezza intatta di Sabine è quella dell'antica dea riemersa dall'oblio dei secoli, la giovane dea che poi si rivelò davvero essere Diana. Nella luce fredda dell'alba la carne sembra marmo, il corpo pare scolpito da un artista.

«Non stai sbirciando, vero?»

«No.»

«Sei un bugiardo. Smettila, dai. Aiutami invece a chiudere il reggiseno.»

Strano come certi gesti ne evochino immediatamente altri. Come la vita si rapprenda e metta radici attorno a singole, intense epifanie. Mentre allaccio con dita sempre più sicure il reggiseno di Sabine, quell'evocatrice *madeleine* di pizzo, isole di memoria prendono vita da vecchie foto sbiadite: i lunghi pomeriggi dedicati all'amore, il fresco della stanza in penombra, il suo corpo nudo e abbronzato sul bianco delle lenzuola. E il sole fuori, a combattere con le cicale.

Questa donna è stata la mia compagna per buona parte della mia vita. Ma allora perché ricordo solo pochi frammenti dei nostri giorni insieme, come fotogrammi di un film senza una trama?

Le mie mani si posano sulle sue spalle.
«Sei bella» le sussurro all'orecchio.
Lei si sottrae al mio abbraccio. Ma nel suo occhio ho colto la pagliuzza d'oro di un sorriso.
Il tempo, se ha avuto un effetto, l'ha resa più parca di gesti affettuosi, quasi che i sorrisi e la tenerezza fossero diventati qualcosa da nascondere, come il tesoro di un avaro.
«Andiamo» fa. «Devi assolutamente vedere una cosa.»

La sala in cui mi fa entrare è imponente, e gelida come una ghiacciaia. Dobbiamo esserci passati ieri sera, mentre Sabine mi portava al nostro giaciglio improvvisato. Ma non ho ricordo di averla vista.
«Ti piace?»
Indica la parete di fondo, completamente coperta da un affresco. Anzi, da più affreschi, di stile e di mano evidentemente diverse.
«La prima volta che ho visto questa stanza ero disperata. Volevo lasciare l'incarico.»
Da un tavolino da campo imbrattato di vernice prende un album di foto. Lo apre.
«Vedi com'era? Tre strati d'intonaci sovrapposti, e sotto quelli due strati principali di affreschi, uno del Trecento e uno del Quattrocento.»
La foto in bianco e nero mostra una parete di mattoni, con una porta murata. Tracce di disegni, quasi impercettibili, occupano la parte destra della parete. Un albero, o comunque qualcosa di verde, sembra un'infestazione vegetale che tende i propri viticci sui pallidi affreschi.
«Ho capito subito che la parte interessante era quella trecentesca. Lo strato superiore era puramente decorativo, banale. Ne abbiamo restaurato solo alcune parti, così che rimanesse evidente lo stile. Ma è stato facile convincere la Soprintendenza regionale che lo strato che valeva la pena recuperare era quello sottostante.»

Mi mostra un'altra foto. Tre figure di donna, due che reggono strumenti musicali e quella al centro, incoronata, che porge un elmo da crociato a un cavaliere in ginocchio. Il cavaliere ha lunghi capelli rossicci, raccolti in una treccia. Sembra il bassista di un gruppo rock, è la prima cosa che mi viene da pensare.

«Guarda com'erano, prima» fa Sabine.

La foto che m'indica, a destra dell'altra, mostra le tre dame prima del restauro: i volti sono feriti da macchie bianche. L'affresco sembra una foto strappata e rimessa insieme ma priva di alcune parti.

«Era una tecnica normale. Quando il pittore doveva stendere un nuovo affresco su uno precedente scavava delle tacche con il martello, in modo che il nuovo strato d'intonaco su cui avrebbe dipinto potesse restare attaccato alla parete.»

Guardo la foto: la deturpazione delle figure. Le macchie bianche sembrano la neve del tempo, scesa a coprire il passato.

Ma poi eccole lì, sulla parete, le immagini, nuove come se fossero state appena dipinte, magnifiche. E questa è opera di Sabine.

«Sono affreschi incredibilmente interessanti. Di buona mano, ma non è questo l'importante. Raccontano una storia, e dovevano raccontarla chiaramente agli occhi dei contemporanei. Ma a noi non dicono più nulla. È come se avessimo perso la chiave di lettura. Non sappiamo più decifrarli.»

M'indica la parte più a sinistra del dipinto. Un asino seduto in cattedra, vestito in abiti ecclesiastici, sembra intento a insegnare qualcosa a un giovane lupo, che regge tra le zampe un abbecedario.

«È chiaramente un'allegoria. Ma di cosa?»

«Nessuno ha provato a interpretarla?»

«La chiave è nelle didascalie. Ma sono incomplete, e per di più sono scritte in un volgare misto, veneto-lombardo. Alcune parole sono chiare, come questa, *ASINO*, o queste, *QUI SCOMENCA A TIGNIRSI BON.* Ma il senso è assolutamente incomprensibile.»

Le accarezzo il braccio.

Con la mano indico l'affresco restaurato.

«Come fai...?»

«Vuoi sapere i dettagli tecnici? Prima di tutto devi analizzare le tecniche usate per dipingere l'affresco. E poi i pigmenti.»

Le sue dita percorrono la parete come quelle di un pianista su una tastiera cromatica.

«Ocra rossa. Ocra gialla. Blu oltremare, molto costoso. Malachite. Polvere di carbone...»

Sorride.

«Niente incisioni. Niente tracce di spolvero. L'artista ha dipinto a mano libera. Una volta compiuta la mia ricognizione preliminare ho scelto la metodologia d'intervento. Prima di tutto dovevo pulire le superfici. Dopo diversi tentativi ho trovato la soluzione migliore. Per togliere la patina ho usato Desogen diluito in acqua. Poi ho risciacquato la superficie con acqua demineralizzata. Diverse volte. Un sacco di volte, in effetti. E quando non bastava , tipo con le velature di sali, ho usato una soluzione acquosa al trenta per cento di bicarbonato d'ammonio. Ti annoio?»

«Assolutamente no. Sono affascinato.»

«Lo sapevo. Sei sempre stato un tecnico, sotto la falsa apparenza dell'artista.»

«Sono stato questo e quello. Ma in questo momento sono un turista affascinato dalla sua guida.»

Lei liquida le mie parole con un gesto irridente.

«Tu non sei un turista. Non qui. Tu *appartieni* a questo posto. Vivevi a fianco di questo affresco, giorno dopo giorno, anche se forse non l'avevi mai visto. Condividevi il suo spazio.»

«E adesso tu l'hai restaurato. L'hai riportato alla sua bellezza originaria. Sapresti fare lo stesso con me?»

Sabine mi guarda come farebbe con un bambino. Con aria un po' tenera e un po' severa.

«Faccio restauri, Gabriel. Non miracoli. E poi cosa c'è che non va, in te?»

«Guardami.»

«Se vuoi farti compatire, hai scelto la persona sbagliata. Sono abituata a vedere la bellezza, sotto i danni del tempo.»

«Tu per mestiere ridai bellezza alle cose che non l'hanno più. Perché non puoi farlo con me? Perché non puoi portare indietro il tempo anche per me?»

Lei mi accarezza il viso. Percorre con le dita le mie guance, la linea del naso. Mi chiude le palpebre, con la delicatezza di una madre.

«Io non ridò bellezza a niente. Non posso tirare indietro le lancette del tempo. Posso soltanto riparare un po' i danni, cercare di conservare qualcosa. Come vedi, i piedi del cavaliere sono coperti da quel disegno decorativo. E lì la mia arte si ferma. Lì sotto non c'è più niente. Il tempo genera nuove forme da materiale antico, nuova bellezza da cose ormai morte. Il tempo muta le cose, e conservare il passato è impossibile. Anzi, se proprio vuoi saperlo, secondo me è sbagliato. Se qualcuno, su mio suggerimento, ha deciso che l'affresco trecentesco era più interessante di quello rinascimentale, non vuol dire che la sua, che è poi la mia, sia stata la decisione giusta. Solo che è stata presa, e per il bene o per il male è irrevocabile. Il tempo è così.»

«Niente miracoli, quindi.»

«Niente miracoli. Niente resurrezioni. Mi spiace.»

Le sue dita si sollevano dal mio volto. Mi chiedo se la tenerezza dei suoi gesti non servisse in realtà a valutare lo stato del reperto, i danni subiti. La possibilità di un restauro.

«Vuoi che ti racconti la storia affascinante di come ho stuccato l'affresco usando calce idraulica Lafarge? Vuoi ascoltare la storia appassionante delle tre settimane passate a riempire le cavità con malta Plm-Al? No, vero?»

«No» faccio, solennemente.

Il suo sguardo si vela, per un attimo. Un velo di malinconia.

«Ti ricordi Inverness? Quella sera d'agosto?»

«Quale sera?»

«Passeggiavamo. Sul piazzale del castello c'era un violinista che suonava *The Bonnie Banks O' Loch Lomond*. E c'era una ragazzina che ballava.»

Di colpo tutto torna chiaro.

Come un'esplosione di memoria.

La ragazzina si era staccata dal gruppo dei suoi amici e aveva cominciato a ballare una giga. La sua pelle era diafana, i capelli corti e rossi. Aveva ballato, e in quella sua danza era sola, era tutto. L'avevamo guardata incantati, stupiti da quel piccolo miracolo di grazia e leggerezza. Lei non aveva mai alzato gli occhi. Teneva le mani dietro la schiena, e lo spettacolo era tutto nei suoi piedi che si alzavano e si abbassavamo veloci, percuotendo la terra come un tempo l'avevano percossa gli zoccoli dei fauni, quando la bellezza era un dono divino e il tempo stesso era un dio.

«Me lo ricordo» sussurro.

«Quello è un momento nostro. Nostro, e nessuno ce lo porterà mai via.»

Lo dice con un tono così accorato che per un attimo provo pena per lei.

Ma poi il suo sorriso spazza via tutto.

«Usciamo.»

Mi prende la mano.

«Aspetta» le dico.

Guardo l'affresco.

Indico un articolo incollato su una pagina dell'album fotografico.

«Qui dice che nessuno sa interpretare l'affresco.»

«Non con certezza.»

«Ma io lo so, cosa raffigura.»

«Alcuni studiosi pensano che questa scena con le tre donne e il cavaliere rappresenti l'istruzione del cavaliere nelle arti liberali.»

Sorrido. «E la parte centrale dell'affresco?»

«La vita del cavaliere. Cresce, gioca, studia. Poi forse, lassù, alla sommità dell'albero, cominciano i problemi economici. Conta i soldi su un tavolo vuoto, sotto gli occhi preoccupati di una donna.»

«E lì? In quella scena?»

«Questa? Nessuno è ancora riuscito a interpretarla. Forse la Morte, che consegna una sentenza di condanna al personaggio delle altre scene.»

Chiudo gli occhi. La mia mano disegna una figura geometrica nell'aria. Un 8 disteso.

«Non è la Morte, Sabine. È un re. Chi ha interpretato l'affresco doveva avere in mente *Il settimo sigillo*. Invece doveva pensare a un film molto più recente: *Le crociate*, di Ridley Scott. Pessimo film, tra l'altro. Questo è Baldovino, il re crociato di Gerusalemme. L'uomo di fronte a lui è lo stesso cavaliere che riceve il dono di un castello dalla regina al centro delle tre dame. Vedi l'elmo crociato? E il ramo di palma? Com'è possibile che nessuno abbia notato che il volto del re non è bianco, ma è coperto da una maschera? E guarda: un braccio del re è nascosto sotto il mantello. Re Baldovino di Gerusalemme era conosciuto come il Re Lebbroso. Il suo volto era perennemente coperto da una maschera, e aveva un braccio atrofizzato. Il destro.»

«Ma qui è il braccio sinistro a essere nascosto.»

«Però il re tende una pergamena al cavaliere. Probabilmente la nomina a feudatario. Nel Medioevo ogni cosa assumeva una valenza simbolica. Porgere un'investitura con la mano sinistra non sarebbe stato appropriato. La sinistra era la mano del diavolo. Una mano impura. Lo è ancora, fra i musulmani.»

Mi allontano di un passo dall'affresco. Guardo la maschera bianca di Baldovino, re di Gerusalemme.

«Sei sicuro di quello che dici?»

Scrollo le spalle.

«È un'interpretazione come un'altra. Le sabbie della Storia hanno già inghiottito tutto.»

«Pensi alla tua città. A Obizared.»

«Anche. Ma penso soprattutto a noi due. A come ci siamo persi prima ancora di esserci incontrati veramente. A quello che avremmo potuto avere insieme.»

«È andata così, Gabriel. Inutile annegare nei rimpianti.»

Sabine mi abbraccia. Ha un buon odore. L'odore della vita. Io puzzo invece di medicine e stanchezza.

«Che senso ha tutto questo?» le sussurro all'orecchio.

«Tutto cosa?»

«Il lavoro che hai fatto qui. Tutto il tempo, la cura meticolosa. Mesi della tua vita sprecati su pochi metri d'affresco...»

«Certi artigiani medievali passavano tutta la loro vita su un singolo elemento decorativo di una cattedrale. A volte anche più di una vita: spesso il loro lavoro veniva completato dai figli, o dai nipoti.»

«E di nessuno di loro sappiamo più niente.»

«È un'ossessione, la tua. Che cosa importa, essere ricordati? Godi il momento, afferra la vita. Non lo diceva anche quel tuo poeta arabo?»

Sorrido. «Quale?»

«Quello del kebab del cuore.»

Ridiamo assieme. Sento che ride dai movimenti della sua testa contro il mio petto.

«A proposito di kebab, andiamo a mangiare qualcosa» propongo.

«Non ho fame. Torniamo a letto, invece. Ho freddo.»

36.

Da bambino, quando avevo la febbre, vivevo giornate così. Dimenticato dagli adulti, restavo sotto le coperte a guardare il soffitto, stupendomi del disordine che avevo in testa, un disordine come quello di certi giochi di prestigio, dove si fanno ballare dozzine di piatti sulla punta di un bastone, o si lanciano palle e clave che orbitano come pianeti. Così guardavo i miei pensieri volare intorno a me e assumere forme diverse, nitidi e al tempo stesso irreali: pensieri cangianti, enormi bolle di sapone che danzavano nell'aria. La stanza diventava più grande o si restringeva a ogni nuovo respiro. Alle tempie battevano tamburi africani, l'alito caldo della febbre veniva dalle savane. I libri sul comodino sembravano vivi e pronti a correre, o a spiccare il volo.

Così mi sento adesso, disteso sotto le coperte con Sabine, abbracciato a lei. Forse ho davvero la febbre. Di certo non ho un grande controllo sui miei pensieri, che fuggono da tutte le parti, come se giocassero a nascondino. Non faccio in tempo a prenderli che sono già andati da un'altra parte.

È bello, tornare bambino.

Prima d'infilarci di nuovo sotto le coperte, Sabine mi ha chiesto cosa avevo, nella custodia. Ha intravisto la curva dorata dello strumento.

«Non sapevo che suonassi la tromba.»

«Neanch'io.»

«Ma la sai suonare, sì o no?»
«Credo di sì.»
«E allora fammi sentire qualcosa.»
Avevo portato lo strumento alla bocca, ridendo. Subito le mie dita si erano come attaccate ai tasti, le mie labbra aderivano perfettamente all'imboccatura della tromba. Era come se avessi sempre fatto solo quello. Suonare la tromba. Una specie di seconda natura. Le note uscirono brillanti, naturali.
Sabine batté le mani.
Era come se fosse Miles Davis, a suonare con le mie dita. Ero il primo a stupirmi per la cascata di note che usciva dallo strumento, spezzando l'aria fredda del mattino e ricomponendola in una musica pura, stregata.
Il silenzio caduto dopo l'ultima nota fu scuro e profondo.
Abbassai la tromba.
C'erano lacrime, negli occhi di Sabine.

«Così la suonerai per annunciare il Giorno del Giudizio» sussurra, come se mi avesse letto nel pensiero.
Seduta per terra, si spazzola i capelli lunghi e neri, guardandosi in un piccolo specchio da viaggio.
«Sarà davvero il giorno tremendo che si dice? Voglio dire, cosa può esserci di più brutto della morte? E allora, che si muoia da soli o in tanti, forse è meglio morire in tanti, no? O comunque non è peggio.»
«La cosa brutta, credo, è che dopo di te non rimane più nessuno. Immagina il pianeta silenzioso. Solo il rumore delle foglie, e dell'acqua. Gli animali che tornano a occupare le strade, le città che crollano giorno dopo giorno...»
«Gli animali non sentiranno la nostra mancanza. Questo è sicuro.»
Un'immagine mi attraversa la mente. Veloce, elusiva. Riesco ad afferrarla per un soffio.

«Un gatto ricorderà la carezza di una bambina sul suo collo. Rimpiangerà le dita che gli frugavano il pelo.»

«*Un gatto*. Meglio di niente, immagino.»

«Salperemo verso il nulla. Dimenticati dal mondo, che lentamente cancellerà ogni traccia della nostra presenza. Ci porteremo dietro i nostri corpi. Al suono della mia tromba le nazioni crolleranno, le torri cadranno, gli oceani si asciugheranno.»

«Questa non voglio proprio perdermela.»

«Non te la perderai. Non potrai.»

«Il mio uomo che asciuga gli oceani.»

«Non sarò più il tuo uomo.»

«Sarai sempre il mio uomo.»

Quelle parole mi gelano il cuore.

«Non dire *sempre*» la imploro. «Non dirlo mai.»

«Sempre. Sempre. Sempre.»

«Ti prego.»

Lei resta immobile. Proprio come una statua.

Poso le mani sulle sue spalle. La sostanza non è che illusione, una forma apparentemente solida dell'energia. Non c'è niente di vero, in ciò che percepiamo. Fortunati i ciechi, che non si nutrono d'illusioni.

Sento le lacrime nei suoi occhi senza bisogno di vederle. Le sento scorrere come vene d'argento lungo le sue guance.

Chiedi alla luce se una gemma è pura,
Se ben tinta di porpora è una lana;
Al giorno chiedi se una donna vale.

Le parole di Ovidio tornano alla memoria, e così i gesti, i momenti di quel lungo pomeriggio passato a Mamaia, vicino a Costanza, nei luoghi in cui Ovidio era stato esiliato fino alla morte. Sabine mi aveva portato fin lì dicendomi di essere stata ispirata da un sogno. La Romania era molto cambiata dall'ultima volta che l'avevo visitata: un salto di soli dodici anni, ma vasto come la distanza tra due universi paralleli. La città balneare mi sembrò comunque incredibilmente brutta, e il clima uggioso non faceva che peggiorare la mia reazione al posto e alla gente. Pareva una periferia italiana degli anni Settanta, un luogo uscito da un romanzo di Pasolini.

Sabine disse al tassista, in tedesco, di raggiungere un certo posto di cui non capii il nome.

Dopo una corsa di una decina di minuti attraverso quartieri sempre più orrendi, l'autista aveva fermato il taxi sull'argine malandato di un canale, bordato da un filare di pioppi. Sull'erba grigia e stenta sbocciavano i colori dei sacchi d'immondizia, una sconcia fioritura di plastica.

Tra il tassista e Sabine si era aperto un concitato dialogo fatto soprattutto di gesti, come quello con cui il ragazzo aveva indicato più volte un gruppo di roulotte in uno spiazzo, disposte in cerchio come carri dei pionieri in un film western. Un esile filo di fumo usciva dal camino di una delle roulotte, e quel fumo perfettamente verticale era l'unica nota di movimento nell'azzurro pallido del cielo. Il tassista aveva sbattuto la portiera, chiudendosi nella sua Audi.

«Cos'avevate da discutere?»

«Non vuole lasciarci qui» aveva risposto Sabine, scrollando le spalle e incamminandosi lungo l'argine. «Alla fine si è convinto. Dice che rimane ad aspettarci. Però non ci accompagna.»

«Non ci accompagna dove?»

«Laggiù.»

L'accampamento sembrava abbandonato.

Non si vedevano segni di vita, a parte quell'unico filo di fumo.

C'era un cane magrissimo, legato all'ombra sotto una delle roulotte. Quando c'eravamo avvicinati si era alzato sulle zampe scheletriche. Mi aspettavo che ci abbaiasse contro. Invece si era messo a girare in cerchio, come se inseguisse la sua coda. Le mosche, infastidite dal movimento, si erano alzate in volo dalle piaghe sulla sua schiena, finché il cane non si era fermato di nuovo, lasciandosi cadere a terra sotto la scalcinata roulotte. C'era qualcosa di tragico, nei suoi occhi liquidi e tristi. Occhi che mi ricordavano qualcosa. *Qualcuno*.

Il suono dei nostri passi nel silenzio mi metteva a disagio. Non pronunciammo una sillaba. Come se stessimo visitando un mausoleo.

Alla fine, con un cigolio per nulla impressionante, la porta della roulotte da cui usciva il fumo si aprì di un quarto e rimase così, come una specie d'invito.

«Entriamo?» sussurrò Sabine.

«Entro prima io.»

Dentro la roulotte faceva buio, e c'era odore di corpi, odore di sesso. Più una serie di altri odori meno gradevoli, e su tutto le tracce pesanti di un profumo femminile da poco.

«*Vine în, nu stați pe ușă*» fece una voce d'uomo, dal buio.

«Mi dispiace, non parlo la sua lingua.»

«Entra, entra! Non stare sulla porta! Fatti vedere. Parlo io la tua lingua.»

Mano a mano che i miei occhi si adattavano alla penombra, mi si svelavano i dettagli di una scena assurda. Metà della roulotte era occupata da un immenso letto, e nel letto c'era l'uomo più grasso che avessi mai visto. Una montagna vivente di grasso. Indossava una vestaglia di broccato bordeaux più grande di uno spinnaker. Una ragazza nuda che non poteva avere più di diciott'anni stava aggrappata al pancione dell'uomo come a una zattera di salvataggio, e una di poco più vecchia e altrettanto nuda sembrava dormire al suo fianco.

«Cosa vuoi?»
Scossi la testa.
Avrei dovuto chiamare Sabine, ma non me la sentivo.
«Cosa vuoi da me, italiano?»
«Non sono io che ti cerco.»
La faccia dello zingaro si fece immediatamente sospettosa.
«Ti manda qualcuno? Chi ti manda, *gadjo*?»
«Sono io che ti cerco» rispose Sabine, mettendo piede nella roulotte.
Sabine è una viaggiatrice. È abituata a situazioni estreme, e certo quello non era il posto più brutto in cui io e lei fossimo stati. Eppure, vedendo cosa c'era sul letto, un fremito di disgusto le increspò il labbro superiore.
«Allora? Cosa volete? Chi siete?»
Sabine aprì la borsetta.
Lo zingaro spalancò gli occhi per la paura. Il corpo elefantiaco sussultò sul letto, facendolo vibrare come una scossa di terremoto.
Sabine tolse dalla borsetta un oggetto e lo lanciò sulle coperte, ai piedi dello zingaro.
Era un libro di poche pagine, con la copertina azzurra.
Gli occhi dell'uomo si strinsero a fessura. Ma solo per un attimo. Poi sorrise.
«È un regalo? Grazie, ma non so che farmene. Non so leggere. Se proprio vuoi farmi un regalo, salta qui sul mio letto. È un materasso ad acqua. Americano.»
«Mi sembra che il tuo letto sia già troppo affollato.»
«Ma *tutte* vogliono venire a letto con me. Tu non vuoi?»
«Non oggi. Magari ci faccio un pensiero. Come mai parli italiano?»
«Romeni e italiani sono fratelli. Stessa razza, noi e voi. Quasi la stessa lingua.»
«Mi sembra una bella cosa. Comunque io sono tedesca.»
Lo zingaro si grattò oziosamente la pancia villosa. Il suo

pene, di ragguardevoli dimensioni anche a riposo, spuntava dal nido di peli del pube.

«Ho imparato a Roma. E in altri posti. Visto che non t'interessa il mio cazzo, cosa vuoi da me? Ti decidi a dirmelo?»

«Hai detto che non sai leggere. Ma forse conosci chi ha scritto questo libro.»

Sulla copertina non c'era il nome dell'autore. Solo il titolo in romeno, *Cere Lumina*. Era un'edizione chiaramente da poco, artigianale.

Lo zingaro alzò le spalle, provocando uno tsunami nel letto. Le due ragazze distese al suo fianco scoppiarono in una risata.

«Te l'ho detto, che non leggo. Perché dovrei conoscere uno scrittore? Se non mangio carne, cosa m'importa di conoscere un macellaio?»

«Qualcuno a Bucarest mi dice che questo poeta potresti conoscerlo.»

«Bucarest è piena di bugiardi.»

«Me l'hanno detto anche qui a Costanza.»

«Anche Costanza è piena di bugiardi.»

«E tu, invece, *tu* sei sincero.»

«Certo. Di chi puoi fidarti, se non di uno zingaro?»

Fece un cenno brusco alle ragazze. La meno giovane delle due arraffò il libretto e glielo porse.

Il premio fu una pacca sul sedere nudo.

«Leggimi cosa c'è scritto.»

La ragazza ridacchiò. Poi prese a leggere, in romeno. Leggeva cantilenando, come se avesse davanti un libro di filastrocche per bambini.

La seconda sonora sberla sul culo le strappò un *ahi* di stupore e dolore.

«Leggi con più passione. Mettici il cuore. Studi all'università, cazzo!»

La ragazza era splendida. Sotto un cespuglio di capelli ricci e nerissimi, gli occhi brillavano altrettanto scuri.

Mi faceva pensare a una giovane cerva, a un animale del bosco.

Lesse di nuovo quelli che dovevano essere i versi di una poesia, per come li recitò.

Lo zingaro schioccò la lingua, soddisfatto.

«Ah, sì. Che bella poesia. Davvero bella. Grazie per il tuo dono, allora. Lo gradisco. Anche se avrei preferito il dono del tuo corpo.»

Infilò l'indice tozzo sotto il mento della ragazza nuda. La tirò a sé, infilandole la lingua in bocca per un lungo, disgustoso bacio. Ma il disgusto sembrava solo mio, perché la ragazza-cerbiatta gradì il bacio. Le sue natiche fremettero, mentre il corpo vibrava di piacere alle carezze dello zingaro. La giovane si distese sul pancione dell'uomo, cominciò a muoversi a ritmo.

Mi voltai verso Sabine.

Era rimasta anche lei a bocca aperta, vedendo che i due stavano scopando, senza nessun ritegno, sotto i nostri occhi.

A bocca aperta, ma non indignata. Sembrava piuttosto affascinata dai movimenti sinuosi dei due corpi, dal modo in cui la bella ragazza traeva piacere dal corpo sfatto del vecchio. Sfatto sino a un certo punto, perché il suo nerbo virile sembrava insaziabile come un giovane lupo. E infatti presto anche la seconda ragazza si unì al gioco, stuzzicando l'uomo con la lingua e dando contemporaneamente piacere con le dita all'altra ragazza. Guardai Sabine, imbarazzato. Lei scosse la testa, ma con l'aria divertita.

«Quando hai finito, ti resterà abbastanza energia per darmi udienza?»

Lo zingaro scoppiò a ridere, ansando. «Tutta l'energia che vuoi. Intanto, se vuoi che il tempo passi più in fretta, vieni qui con noi. Unisciti a noi. Anche il tuo amico è il benvenuto.»

Contemporaneamente, mentre parlava, sollevò il corpo

della ragazza riccioluta e lo staccò da sé. Con un movimento al tempo stesso rapido e premuroso, afferrò ai fianchi l'altra ragazza, quella più giovane, e se l'accomodò sul cazzo, le cui dimensioni erano notevolmente aumentate. La ragazza si lasciò impalare su quella verga di carne dura, gemendo di piacere e di dolore al tempo stesso.

Lo zingaro cominciò a muoversi con più foga, aumentando il ritmo delle spinte. Di tanto in tanto cambiava ragazza, e il suo pene ogni volta sembrava farsi più grosso e più duro.

Alla fine toccò alla bella lettrice accogliere nel grembo la sferzata di sperma con cui lo zingaro venne, chiudendo gli occhi e gridando come un animale.

Avrei voluto gridare anch'io, scopare anch'io, urlare al cielo del soffitto il mio desiderio frustrato.

Rimasi a guardare finché gli occhi dello zingaro non si chiusero. Le sue mani enormi e irsute posavano sulle natiche sode delle due ragazze. I loro respiri si sincronizzarono in un unico respiro, come se fossero una persona sola.

Aspettammo fuori dalla roulotte che l'uomo si svegliasse dalla sua pennichella.

Il pomeriggio era di una luminosità angosciante. Il cielo aveva il colore opalescente di una perla. Di tanto in tanto, in quella desolazione verticale, un corvo attraversava lo spazio silenzioso, gracchiando. Ogni rumore echeggiava in quella vastità deserta come uno sparo. I campi all'orizzonte avevano il colore della polvere.

Il cane scheletrico dormiva all'ombra della roulotte, un occhio aperto a fissarci senza vederci, quasi fosse di vetro. Le costole magre scivolavano sotto la pelle a ogni respiro.

Avevamo spostato anche noi all'ombra della roulotte due sedie pieghevoli da picnic.

Aspettavamo.

Il cerchio delle roulotte vuote formava una specie di

miserabile Stonehenge, notai, scuotendo il capo. L'assurdità del nostro essere lì mi stordiva.

Il tempo sembrò rapprendersi come grasso in fondo a una pentola. Denso e vischioso, dal sapore estraneo. Le tende delle altre roulotte erano tutte tirate. Eppure qualcosa dentro di me mi diceva che non erano vuote. Avevo l'impressione, a tratti, che qualcuno ci osservasse, da dietro la plastica incrinata e graffiata degli oblò. Oppure, mi dissi, gli invisibili occupanti di quelle case nomadi attendevano il tramonto per uscire all'aperto.

Sabine si era addormentata. Un alito di vento, di tanto in tanto, le sfiorava la guancia, accarezzandole i capelli. Io rimanevo sveglio, a guardarla. Non pensavo a nulla. Stare con Sabine mi ha sempre fatto lo stesso effetto, un torpore benevolo e sicuro, come quando da bambino facevo il bagno nella vasca piena d'acqua calda e profumata. O quando mi addormentavo sul divano, davanti al televisore Phonola in bianco e nero, e mio padre mi prendeva in braccio per portarmi nella mia cameretta. Sabine mi dà lo stesso senso di protezione e benessere.

Le mosche ronzavano intorno alla testa del cane, camminandogli sulle palpebre chiuse. Curiosamente non ci molestarono.

Potevano essere passate due ore, quando la porta della roulotte si aprì, cigolando, e i passi pesanti dello zingaro fecero scricchiolare gli scalini metallici.

Scese grattandosi la schiena.

«I vestiti sono una rottura di coglioni» brontolò, saltando dall'ultimo scalino come Neil Armstrong sul suolo lunare.

Lo guardammo a bocca aperta.

Indossava un frac vecchio ma ancora elegante. *Antico*, sarebbe stata la definizione giusta. Completava la *mise* un cappello a cilindro, assurdo sulla sua testa come un elefante in cima a un palo della luce.

«Cosa c'è? Non avete mai visto un abito da cerimonia?»

«Che cerimonia?»

«Gentile signora, la vita è tutta una cerimonia. O almeno è così che io penso. La seduzione, ad esempio, è la forma cerimoniale più complessa e perfetta. È come una danza antica, fatta di passi apparentemente casuali ma in realtà minuziosamente codificati...»

«Davvero ha imparato per strada il suo italiano?»

Lo zingaro sbuffò, con un sorriso strafottente. «*Mein Deutsch ist noch mehr verfeinert. Por no hablar de mi castillano. Ou même de mon français, que j'ai appris de la bouche de Ronsard.*»

«Lei mi stupisce, signor...»

Un gesto di taglio con la mano. «I nomi non hanno importanza. Un uomo non lo conosci dal nome, ma da altre cose. Dalla stretta di mano, per esempio. Dal modo in cui guarda le cose.»

Lo zingaro andò a prendere un'altra sedia e la collocò di fronte a noi. Era una sedia da bar in alluminio. Mi chiesi come avrebbe potuto reggere il suo peso.

Prima di sedersi la girò con lo schienale verso di noi.

«Dove hai trovato quel libro?» chiese a Sabine. «Pensavo non ce ne fossero rimaste più di copie in giro.»

«Infatti è raro. Anzi, ti chiedo di restituirmelo, dopo.»

«Dopo cosa? No, che non te lo restituisco. Me l'hai regalato. Adesso è mio.»

«Non ho mai detto che te lo regalavo. L'hai pensato tu.»

«*Ahhh.* Mai discutere con una donna. Tienitelo, va bene. Tienitelo. Però allora devi darmi qualcos'altro in cambio.»

«In cambio di cosa?»

Lo zingaro fece un sorriso furbo. Strizzò l'occhio. «Di quello che so sul libro. E sul suo *autore*, si dice così, no?»

«Che cosa sai di lui?»

L'uomo schioccò le dita.

Il cane balzò su dall'ombra come spinto da una molla.

Lo zingaro alzò il braccio. Puntando l'indice verso terra

fece il segno di un cerchio. Il cane cominciò a girare su se stesso.

Un altro gesto, stavolta verso l'alto. Il cane scheletrico prese a saltare e poi, a un altro comando, a camminare su due zampe, prima in avanti e poi all'indietro.

Lo spettacolo, malgrado tutto, era affascinante. Se l'animale fosse stato più sano, e il suo addestratore più presentabile, sarebbe stata un'attrazione degna di un circo. Ma così la cosa aveva un tono grottesco. Il divertimento sconfinava nel disgusto.

«Non è così per tutto?» fece lo zingaro, con l'aria truce.

«Cosa...?»

«So cosa stai pensando. Che il nostro piccolo spettacolo ti disgusta.»

«Come puoi sapere cosa sto pensando?»

«Lo so e basta. Anche quello fa parte dello spettacolo.»

Voltandomi verso Sabine, mi resi conto che lei non badava a noi. Come se non ci sentisse. Guardava il cagnolino fare le sue piroette e salti sul posto.

«Non ci sente» rise lo zingaro. «E non ci vede. Potresti trasformarti, per me?»

«Come...?»

«Trasformarti. Farmi vedere come sei veramente.»

«Non so cosa vuoi dire...»

«Oh, andiamo. Lo sai benissimo. Dove hai nascosto le ali?»

«Tu sei pazzo.»

«Può darsi. Però ti ho riconosciuto. Chi sei, del magico *Flying Circus*? Michele? Gabriele? O, aspetta, aspetta, aspetta: sarai mica uno degli Angeli Caduti?»

Ci fissammo a lungo negli occhi.

Alla fine sorrisi, facendo un segno di resa con la mano.

«Gabriele.»

«Gabriele! Addirittura! Che piacere conoscerti.»

Lo zingaro fece un movimento strano con la sinistra. Il

cane esitò solo un attimo. Poi sollevò le zampe anteriori e cominciò a danzare sulle altre due, come una grottesca ballerina. Ogni movimento di quella danza innaturale doveva costargli una fatica enorme. Eppure l'impressione era quella di una grande leggerezza.

«Lo sai cos'è la sprezzatura? È l'arte di far sembrare facili le cose difficili. Tu, io, quella bestia lì, siamo tutti maestri di sprezzatura. Tu progetti edifici alti fino al cielo e fai sembrare naturale che si reggano, sfidando le leggi della fisica. In realtà la cosa funziona solo grazie alla tua arte, alla tua tecnica. Eppure il risultato, quello che i mortali vedono, sembra qualcosa di facile, di naturale. Solo tu e pochi altri sapete che non è così. Ma non lo dite. Anche quello fa parte del gioco.»

«Tu *sai* chi sono.»

«So chi sei adesso. Conosco il tuo nome e quello che hai fatto, anche se materialmente non ho visto nessuno degli edifici che hai progettato.»

«Sei uno di noi?» chiesi sottovoce.

Lo zingaro scoppiò a ridere.

Si tolse dalla testa il cilindro, lanciandolo in aria.

A due metri da terra il cappello si trasformò in un maestoso corvo nero, che spiccò il volo.

«No. Non sono uno di voi. Sono un mortale anch'io. Ma la mia poesia piaceva agli dei, che mi hanno concesso certi doni. Sapevo che avrebbero tentato d'imbrogliarmi, ovviamente. Fa parte della loro natura. Ma avevo molti amici avvocati, in un'epoca in cui quella professione era anch'essa quasi un'arte magica. Uno di loro mi confezionò un contratto perfetto. Un contratto a prova di Dio, come lo definì. Poveretto. È morto da così tanto tempo che di lui non è rimasta nemmeno la polvere. Si è dissolto nel nulla.»

Sotto i miei occhi increduli, il cane, ritto sulle zampe posteriori, cominciò a ballare un indiavolato *can can*.

«Comprendi, naturalmente, l'ironia del far ballare il *can can* a un cane...»

«Smettila, per favore. Sta soffrendo.»

«Sta *morendo*, se è per questo. Che te ne importa? Alla tua amica lo spettacolo piace. E il cane morirebbe lo stesso. Lascia che la sua morte serva a qualcosa, anche se solo a divertirmi. Un tempo, in un'altra vita, quel cane era un uomo malvagio. *Molto* malvagio. Un tedesco. Era ufficiale in un campo di sterminio, in Polonia. Sai che hanno ucciso molti zingari, in quei campi? Anche molti della mia famiglia. Così ho chiesto agli dei, *datemi un giocattolo*. E loro mi hanno dato Martin.»

Il suo sguardo era duro, quasi crudele, mentre pronunciava quelle parole che non mi stupirono affatto. Avrei dovuto riconoscere subito lo sguardo del mio vecchio amico negli occhi di quell'animale sofferente.

«Lascialo in pace. Fallo smettere.»

Lo zingaro scosse la testa.

«Non scrivo una buona poesia da così tanto tempo. Quel cane, con la sua morte, potrebbe ispirarmene una.»

«Una poesia non vale la morte di un animale.»

«Molti animali muoiono per fornire un pasto. Muoiono per trasformarsi in merda. Quel cane, forse, si trasformerà in qualche buon verso. Secondo me può dirsi fortunato. E poi Martin era davvero una brutta persona. È giusto che la paghi.»

«Ti prego. Se non per lui, fallo per me.»

Lo zingaro mi guardò a lungo, con espressione indecifrabile. Poi fece un gesto, come una specie di punto interrogativo. Il cane rallentò di colpo il ritmo della sua danza. Ricadde a terra ansante.

«Perché la tua amica mi cerca? Cosa vuole da me?»

«Non lo so.»

«Io credo che voi due siate qui per sentire un discorsetto sull'amore.»

«Da chi? Da *te*?»

«Perché no? Un tempo ero considerato un maestro dell'argomento. Adesso svegliamo la bella addormentata, d'accordo?»

Lo zingaro ci guidò fino a una delle roulotte più scalcinate del cerchio. Era grande, anzi *enorme*, e un tempo doveva essere stata molto bella, ma quel tempo risaliva quantomeno alla caduta del Muro. Ora la vernice era scrostata, i finestrini resi quasi bianchi dal tempo.

Sabine si lasciò condurre docilmente, un'Euridice smarrita che si affida passiva alla mano del suo amante per tornare nel mondo dei vivi. C'era una luce strana nei suoi occhi: una luce opaca. *Forse i morti hanno sguardi così*, ricordo di aver pensato.

Dentro, la vecchia roulotte sembrava ancora più grande.

La luce era poca, e filtrava dai finestrini con una densità acquatica. *Profonda e misteriosa*, furono le parole che mi vennero alla mente. Riuscivo a cogliere solo qualche dettaglio, degli oggetti che avevo intorno.

Mentre i miei occhi si adattavano lentamente alla penombra della roulotte, cominciavo a capire cosa avevo intorno.

«È un'armatura, quella?»

«Sì.»

«Antica? Medievale?»

«Più antica ancora. Un cavaliere catafratto, dell'epoca di Valente. E quella laggiù, invece, era di un cavaliere turco. Una distanza di oltre mille anni. Vedi differenze? Differenze *reali*, intendo?»

Non si aspettava, evidentemente, una risposta. Si chinò ad aprire uno scrigno. Scostò in malo modo alcune pezze di stoffa intessuta d'oro, e tirò fuori una bottiglia verde, senza etichette, dalla forma irregolare.

La stappò coi denti.

L'aroma che si sprigionò dalla bottiglia toglieva il fiato.

«Questo whisky è stato imbottigliato quando Napoleone Bonaparte era ancora un bambino. Apprezzalo quanto merita.»

Tolse dallo stesso scrigno tre bicchieri che per via dell'aspetto – e poi, quando ebbi il mio in mano, anche del peso – sembravano d'oro massiccio.

«Non saranno adatti a questo liquore, ma sono comunque dei bicchieri da re. In senso letterale. Appartenevano a Decebalo. O almeno così mi è stato detto.»

Usò una delle stoffe preziose per pulire il bicchiere dalla polvere.

«Ti piace?»

Alzai il bicchiere alla luce. La base era decorata con un meraviglioso motivo di cavalli e mostri alati. Grifoni. Gli occhi degli animali erano pietre preziose: rubini, granati.

«È splendido.»

«Te lo regalo. Ne ho di più belli. Bevi, adesso. Dimmi cosa ne pensi.»

Versò il liquore. Luccicava come oro fuso.

Vedendomi incerto, bevve lui per primo dal suo bicchiere, decorato con figure che non riuscivo a decifrare. Mostri per me senza un nome.

«Non voglio avvelenarti. Bevi, dai.»

Obbedii.

Il gusto di quel liquore vecchio di secoli, almeno se dovevo credere alle parole dello zingaro, era al di là di ogni descrizione. Respirava in bocca come una creatura viva. Sapeva del calore di estati antiche, e d'inverni grigi come acciaio, e della torba in cui giacciono gli eroi, e della malinconia delle cose andate. Era l'essenza di ogni paradiso perduto, dall'Eden ad Avalon.

«Non ho parole» ammisi. Ed era la pura, semplice, brutale verità.

«Svegliamo Sabine?» chiese lo zingaro, strizzando l'occhio.

«Come fai a sapere il suo nome? Non te l'abbiamo mai detto.»

«Io so un sacco di cose. Se smetti di fare domande te ne dico qualcuna, se vuoi. Ma prima svegliamo la tua amica.»

Alzò l'indice della destra.

Sabine emise un sospiro. I suoi occhi si spalancarono per lo stupore, come se si rendessero conto solo in quel momento del posto in cui ci trovavamo.

«Bentornata» fece lo zingaro, con un leggero inchino. Tutta la volgarità e la brutalità che aveva mostrato a letto erano svanite, lasciando il posto a una raffinatezza d'altri tempi.

«Non le offro un whisky, che è una bevanda inadatta a una signora di rango. Invece ho un ottimo sherry, che vorrei assaggiasse.»

«Si produce ancora, lo sherry?» sorrise Sabine, ancora un po' intorpidita, come se si fosse appena svegliata dal sonno.

«Non questo. Lo assaggi.»

Versò due dita di quel liquore da una bottiglia anonima, in un bicchiere di vetro soffiato.

«Murano, Sedicesimo secolo.»

Un delfino dorato, raffigurato nel modo bizzarro dell'epoca, che lo faceva sembrare un mostro marino, costituiva il fusto del bicchiere, di un rosso sangue che ammaliava lo sguardo.

«È bellissimo.»

«È stato fatto come regalo della Serenissima al sultano di Costantinopoli.»

«Ho persino paura di toccarlo.»

Lo zingaro, senza pronunciare una parola, prese il bicchiere dalle mani della mia donna e lo scagliò contro la parete della roulotte.

Sabine non credeva ai suoi occhi.

«Perché l'ha fatto?»

«Perché quel bicchiere non ha nessun valore. Lasciamo che siano uomini e donne di minor vaglia a curarsi di simili orpelli. Oro, dipinti preziosi, conquiste terrene: tutto questo non conta nulla, agli occhi di chi davvero sa.»

«Di chi sa *cosa*?»

Lo zingaro riempì con infinita cura un bicchiere diverso ma altrettanto prezioso del primo. Versò nuovamente due dita di liquore.

«Di chi sa dove tutto inizia e dove tutto finisce. Di come la vita principia nel nulla, e nel nulla si scioglie. Crediamo di vivere, e invece veniamo soltanto digeriti. Questo è il segreto della vita.»

«Piuttosto deprimente, come segreto.»

«Com'è, il suo sherry?»

Sabine sorseggiò il liquore. «Davvero buono.»

«Purtroppo non può vantare l'età del whisky che ho servito al suo amico. Lo Xeres è un vino, non un liquore. Niente storia, purtroppo.»

«È comunque buono. E questo bicchiere...»

Si interruppe, fissando la trama delicata del calice in vetro soffiato.

Lo zingaro scoppiò a ridere.

«No, no: stia tranquilla: non voglio rompere anche questo. Glielo lascio. È un mio regalo. L'importante è che si ricordi che un bicchiere serve semplicemente a bere qualcosa. Il materiale di cui è fatto, persino l'arte prodigata per realizzarlo, non contano nulla rispetto alla sua funzione.»

«Lei non beve?»

«Devo tornare di là. Le ragazze hanno ancora bisogno dei miei servigi. Bere, purtroppo, nuoce alle prestazioni.»

«Non trova che siano un po' troppo giovani, per lei?»

«Scusi se non posso dirmi d'accordo con lei, bella signora. Nella mia vita ho fatto l'amore anche con donne di dodici anni. E, per inciso, non erano vergini...»

«Non la definirei *donna*, una bambina di dodici anni.»

«Lei ha dei pregiudizi, ma è così bella che la perdono volentieri. Quando avrà la mia età capirà che ogni cosa va valutata con il metro del tempo.»

Posai il bicchiere su un tavolino di fattura orientale, intarsiato d'ebano e avorio.

«Vogliamo tornare a parlare dell'argomento che c'interessa?» feci.

«Lo stiamo facendo. Non c'è niente che m'interessi di più dell'argomento donne.»

«Anche l'autore di quei versi sembra pensarla così.»

«È una cosa piuttosto comune, bella signora. Com'è l'Italia, di questi tempi?»

«Le ho già detto che non sono italiana. E poi dipende da cosa intende con *questi tempi*.»

«Manco da quel Paese da molto tempo.»

«Allora non potrebbe che trovarlo peggiorato.»

«Ah, ma allora aveva ragione il mio amico Pier Paolo. L'ultimo poeta dell'Italia antica.»

«Ha conosciuto Pasolini?»

«E chi non lo conosce?»

«Sia serio.»

Lo zingaro fissò Sabine con occhi quasi teneri.

«L'ho conosciuto, sì. Lui parlava della fine del mondo antico, il mondo contadino, e dei suoi riti e delle sue divinità. Una sera era seduto proprio lì, dove adesso è seduto il suo amico, e mi parlava delle lucciole che non c'erano più, e di come i ragazzi italiani non sono più belli, perché si sono lasciati corrompere dentro.»

«Da quanto tempo manchi dall'Italia?» gli chiese allora Sabine, sottovoce, passando dal lei al tu.

Lo zingaro sospirò. Scosse la testa.

«Da tanto di quel tempo. Secoli. Millenni... L'Italia che ho lasciato non esiste più se non nei miei sogni.»

«Hai scritto tu quelle poesie?»

«No!» ringhiò lo zingaro. «Io le ho soltanto recitate, ad

alta voce. Le ho recitate ovunque, in ogni posto in cui sono stato. Qualcuno deve averle trascritte e pubblicate, senza il mio consenso.»

«Sono molto belle» sussurrò Sabine, con voce tenera.

«Ero convinto di aver distrutto tutte le copie.»

«Quella che ti ho dato è l'ultima.»

«Sei sicura?»

«Sì.»

«Allora mi dai una grande responsabilità.»

«Te lo ripeto: non ti ho mai detto che te lo lascerò.»

Lo zingaro si versò una quantità esagerata di whisky in un calice enorme. Poi lo trangugiò quasi d'un fiato. L'ansia da prestazione sembrava essere stata messa da parte.

«Per il povero Prometeo» sospirò, «Zeus escogitò la tortura di un avvoltoio che continuamente gli divorava il fegato, che però si riformava subito. E questo per l'eternità. Quanto più compassionevole fu di lui che di me. Il mio fegato, per quanto io lo maltratti, si riforma e guarisce spontaneamente. Ma io non ho un avvoltoio a cui dare la colpa. Sono io stesso il divoratore del mio fegato. Sono l'avvoltoio di me stesso.»

Un rutto bilioso gli uscì dalla bocca. Un sentore acido, come di vernice, impestò la stanza.

«Perché sei venuta a cercarmi?»

«Per capire.»

«Solo per questo? Per *capire*? Sei venuta nel posto sbagliato. Io non capisco niente. E poi cos'è che vorresti *capire*?»

«Be', per cominciare vorrei capire perché scrivi...

«Ti ho già detto...»

«Va bene: allora dimmi perché senti la necessità di *recitare* quelle poesie.»

«È una domanda stupida. Perché gli uccelli sentono la necessità di volare? O i pesci di nuotare?»

«Mi stai dicendo che la poesia ti è necessaria come l'acqua a un pesce o l'aria a un uccello?»

Lo zingaro scoppiò a ridere. «La *poesia*? Non me ne importa nulla, della poesia. È solo una conseguenza. Un effetto collaterale, come direste voi. No, signora: quello che m'interessa, quello di cui non posso fare a meno, è l'amore.»

Scosse la testa.

«È la mia vita. E la mia maledizione. Un poeta persiano, qualche tempo fa, ha scritto una cosa bellissima. Ha scritto che mai aveva potuto innamorarsi *senza dover gustare il kebab del suo cuore*. Il kebab del suo cuore, capisci? Fantastico. *Fantastico*. Non avrei potuto dirlo meglio. Anche per me è così. Mangio il mio cuore. Ogni volta. E vi assicuro che mi succede spesso. C'è così tanta bellezza femminile, nel mondo. Impossibile resistere al suo richiamo.»

«Mi pare che tu interpreti in modo piuttosto riduttivo il richiamo della bellezza.»

«Cosa...? Ah, tu dici per quelle due ragazze, di là. Ma io le amo. Giuro. Son loro che non mi amano, e dunque l'unico uso che posso farne è a letto. Capisci? Non è colpa mia, se sono solo due splendide ninfe da monta. Ma l'amore... L'amore non dipende dal sesso.»

Si versò un'altra dose di whisky da stroncare un gigante.

Gli occhi di Sabine luccicavano, quando gli fece la sua domanda.

«In una delle tue poesie dici che l'amore può vincere la morte...»

«*Superare* la morte.»

«Sì. Giusto. Superare la morte. Lo credi davvero?»

«Certo. Potrei accompagnarti qui attorno e mostrarti quelle che a te sembrerebbero semplici cose, o animali, e invece sono fanciulle e donne che ho amato. Vivono ancora qui con me. Posso accarezzarle, ricordarle, amarle e... E farle vivere ancora, di tanto in tanto.»

«Ma allora stai dicendolo, che l'amore può vincere la morte!»

«Dico che l'amore può *fregarsene*, della morte. È infinitamente superiore. È un sasso gettato nell'acqua del tempo, che genera cerchi infiniti, che arrivano lontanissimo e persistono, anche se sempre più leggeri. Alla fine non comunicano più con gli occhi, ma direttamente col cuore. Il cuore può percepirli, sentirli vivi e quindi *renderli* vivi. L'amore è il modo in cui ci beffiamo del tempo.»

«È un miracolo, insomma.»

«Non più di quanto lo siano l'acqua e l'aria, o la luce.»

Cadde il silenzio, nella stanza in penombra. Faceva freddo. O forse era l'ombra di qualcosa d'invisibile e sinistro, a scivolare su di noi.

Lo zingaro guardò Sabine con uno sguardo di un'intensità assoluta.

«So cosa vuoi chiedermi» la supplicò. «Ti prego di non farlo.»

«Ma se te lo chiedessi, lo faresti?»

«Se tu me lo chiedessi? Sì. Credo di sì. Ma dovrei chiederti qualcosa in cambio.»

«Posso pagarti.»

«Quello che mi chiedi non è una cosa che si può pagare con il denaro.»

«E con cosa vorresti essere pagato, allora?»

Lo zingaro non rispose. Si limitò a rivolgere uno sguardo eloquente sul seno di Sabine, e poi sui suoi fianchi.

«Vuoi me?»

L'uomo annuì.

«Ehi, ehi, aspetta un momento...»

«Zitto, Gabriel. Esci di qui.»

«Forse dovresti chiedere al tuo amico se anche lui è d'accordo» fece lo zingaro, sornione.

Sabine scosse la testa. «Questa è una cosa che decido da sola.»

Mi fissò teneramente. Non avevo mai visto una simile espressione nei suoi occhi: un senso di bisogno, di urgenza. *Lasciami fare*, diceva quello sguardo. *Lasciami fare*.

«Ti prego, Gabriel. Lasciaci soli. Se mi vuoi bene, se davvero mi ami, lasciaci soli.»

Scesi le scale della roulotte come un automa.

Altrettanto meccanicamente chiusi la porta, consegnando Sabine a quel mostro.

Cercai di non pensare a cosa avveniva, dietro quelle pareti sottili. Ma evitare di pensarci rendeva solo più viva l'ansia, stimolava la mia immaginazione come un attizzatoio ravviva il fuoco.

«Vieni» dissi al cane, vedendo che mi fissava con occhi colmi di niente. Guardandolo bene, non trovavo più niente di Martin, in lui. *Gli zingari sono tutti bugiardi.*

Poi di colpo mi tornò in mente che quella frase l'avevo sentita tante volte, dalla voce di Martin.

Ma no, che stupidaggine. Non c'era traccia d'intelligenza, negli occhi di quel cane sull'orlo della morte per fame.

Mi girai verso l'uscita dal campo. Sentii i passi leggeri e sghembi dell'animale dietro di me.

Fra le roulotte si apriva un sentiero, nella direzione opposta a quella da cui eravamo venuti. Portava a un pioppeto, sull'argine di un canale. L'acqua aveva tracimato, formando un piccolo acquitrino.

Mi diressi là. Ma in qualche modo, o almeno così lo percepivo, era come se fosse l'animale dietro di me a indicarmi la strada.

Sul bordo dell'acquitrino cresceva un folto di canne, che ondeggiavano al vento producendo un fruscio simile a quello di persone che a teatro sussurrano tra loro prima che si apra il sipario.

«Non voltarti» sussurrò una voce, così sottile che per un attimo mi chiesi se non la stessi solo sognando.

«Non guardare.»

Non riconobbi, lì per lì, la voce. Aveva un tono meccanico, come la voce di un navigatore satellitare. Non aveva accento, ma solo questo tono artificiale che la rendeva non identificabile.

«Mi hai trovato, alla fine.»

«Martin...?»

«Sei riuscito... a trovarmi...»

«Non ti cercavo.»

Per un po' il silenzio occupò lo spazio tra di noi, la distanza che si distillava in tempo.

«L'eternità è così... *lunga...*»

L'ombra di una risata passò nell'ombra, facendo stormire le piante. Le foglie di un salice sull'altra riva del canale emisero un fruscio come un sospiro.

«La tua donna... sta scopando con lo zingaro... Spero che la cosa... non ti faccia soffrire...»

Riflessa sull'acqua, la mia immagine tremolava, indistinta. Un insetto alato dalle lunghissime zampe si posò sulla superficie del canneto, muovendosi poi come se pattinasse.

Tracciò sull'acqua una esse. Poi un'altra.

«Si diventa bravi... a usare le cose... anche se non puoi... più toccarle...»

L'insetto volò via.

«Non voltarti» ripeté la voce, sottile come la vibrazione di una corda di violino. «Non voltarti.»

Era il suo mantra, la sua preghiera, il suo passaporto, compresi, per il mondo dei vivi. L'illusione poteva reggersi solo su quell'incertezza dei sensi. Non avrebbe sopportato la cruda luce del giorno, la prova di uno sguardo diretto. Spesso, al mattino, facendo jogging nel parco a pochi isolati da casa, mi ero fermato a guardare il piccolo miracolo delle gocce di rugiada appese a una ragnatela. Sembravano gioielli: collane di luce. Ognuno di quei minuscoli globi rifletteva la mia immagine, precisa e al tempo stesso indecifrabile. Ma era un miracolo effimero come quella voce.

«Che cosa cerchi quaggiù? Il mondo sta per finire.»

Alzai le spalle.
«La tua donna...»
«Lo so. Sta scopando con lo zingaro. L'hai già detto. Non è la mia donna.»
«Mi piace un sacco. Anch'io me la scoperei. Pensi che riuscirei a farla godere? È una che grida, quando gode? E tu, *tu* sai farla godere?»
«Pensavo che i morti fossero...»
«Più spirituali?»
«Meno stronzi. Più intelligenti. Il mondo è cambiato, mentre tu ti grattavi le pulci.»
La voce del fantasma sale di un tono. Diventa quasi il grido di un rapace.
«Non sono sempre stato così. Quando lo zingaro mi ha trovato ero una moneta d'oro.»
«Una *moneta*? Come può, un'anima, incarnarsi in una moneta?»
«Avevo sensibilità. Percepivo il tocco delle mani che mi toglievano dal raccoglitore per accarezzarmi, per pulirmi con uno straccio morbido come il culetto di una bambina. Di', Gabriel, te la ricordi quella bambina, a Varsavia?»
«No.»
«Se dici di no vuol dire che *te la ricordi*. Negare non serve. E poi non era un peccato, dai. Sarebbe morta lo stesso, ed era così bella. Non dirmi che non ti ricordi la bambina di Varsavia...»
«Ho detto di no!»
«Peccato. Io me la ricordo. Mi viene ancora da leccarmi le labbra.»
«Smettila.»
«Cazzo, no! Mi resta solo questo. Il ricordo, il rimpianto. La voglia di tornare a essere me stesso.»
«Saresti un vecchio immondo. Ne ho conosciuti, di vecchi così. Fanno pena.»
Il cane ringhiò, alle mie spalle.

«*Fanno pena*? E io, cosa faccio? Non ti faccio pena, io? Hai idea di cosa vuol dire, servire lo zingaro? Hai idea di quante botte, di quante torture ci vogliono per obbligare il corpo di un cane a fare certi movimenti? Hai idea di quanto faccia male, muoversi sulle zampe posteriori?»

«No, e non m'interessa. Torna da dove sei venuto.»

«Da dove sono venuto? Magari.»

«Perché non sei rimasto nella tua moneta?»

«Perché non potevo!»

Una foglia si staccò da un salice, planando lentamente nell'aria morbida di polline e di luce. Una volta ho visto un fantasma, nel pulviscolo di una stanza antica. Ero bambino, e nessuno mi ha creduto.

«Lo zingaro mi ha rubato. Ho sentito le sue mani ruvide, un tocco orribile, così diverso dalla gentilezza del mio padrone. Mi ha preso e mi ha *morso*, cazzo. Mi ha *morso*, per sentire se ero davvero d'oro. E poi mi ha ficcato in una tasca lurida, sotto un fazzoletto incrostato di muco. E intanto cantava sottovoce una canzoncina in latino. Un latino di merda.»

«Il tuo padrone non si è accorto di niente?»

«Era fuori. Era via per due giorni. Maledetto giudeo.»

«Come fai a sapere che era ebreo?»

«Me l'ha detto lo zingaro. Quando mi ha svegliato e mi ha costretto a entrare nel corpo del cane. Un cane orribile. Per un attimo l'ho visto, prima di entrarci. Orribile.»

«Sto per voltarmi, Martin.»

«No, cazzo! Non farlo! Aspetta!»

«Questa conversazione non ha senso.»

«Aspetta! Dimmi almeno che il mondo sta per finire! Lo dicevi sempre, in Polonia! Hai cambiato idea? Era solo una bugia?»

Lentamente, molto lentamente, mi voltai. Il lamento di Martin diventò un guaito, un uggiolare pietoso.

Gli occhi del cane erano gonfi di lacrime.

Mi fissava con uno sguardo pietoso. Non c'era niente, in lui, che mi ricordasse il mio scellerato amico, se non quegli occhi da animale, dentro i quali brillava un'anima prigioniera.

Mi chinai su di lui. Lo sollevai senza fatica. Era così leggero.

Quando il mio volto e il suo muso furono alla stessa altezza, lo guardai a lungo. Il cane ricambiò il mio sguardo. Per un attimo riuscii a cogliere i suoi pensieri.

Ancora... Ancora... Ancora...

La parola si ripeteva, ossessiva, penetrante.

Con la sinistra mi portai il piccolo corpo tremante contro il petto, lo tenni lì, in un abbraccio al quale non poteva sottrarsi. Con l'altra mano strinsi il fragile collo dell'animale. Lo torsi con forza, un colpo secco. Morì in un attimo. Sentii la vita abbandonare quella carne magra, l'anima liberarsi come fumo sporco da una candela.

La terra lungo l'argine era morbida, intrisa d'umidità.

C'era una discarica, lì vicino. Trovai tra i rifiuti un pezzo di lamiera che poteva andare. Lo usai per scavare. Mi tagliai le mani in più punti, e il lavoro non fu facile. Richiese molto tempo, ma il tempo non era una cosa che mi mancasse. Quando la fossa mi sembrò abbastanza profonda, vi deposi il corpo leggero del cane. Poi lo coprii, usando le mani nude. Le ferite si riempirono di terra. Stando così chinato vidi che sulla superficie dello stagno c'era una patina oleosa, dei colori dell'iride.

Le mie lacrime cadevano nella terra, confondendosi con quell'umore denso e odoroso.

«*Sit tibi terra levis*» sussurrò una voce, alle mie spalle.

Mi voltai.

Lo zingaro aveva l'aria triste.

«Mi mancherà, quella bestia. Mi faceva compagnia.»

«Non mi pare che la compagnia sia un problema, per te.»

Un sorriso. Un gesto stanco. «Le donne non sono una

gran compagnia. A volte si ha bisogno di un amico. Quel cane è stato la cosa più simile a un amico che ho avuto, ultimamente.»

Raccolse la saliva e sputò sulla tomba.

Quel gesto, per qualche ragione, non mi offese.

«Quando l'ho trovato era una moneta d'oro» disse lo zingaro.

37.

«Prima che affrontiamo altri discorsi, lasciami dire una cosa: non l'ho sfiorata con un dito.»

«Hai sentito cos'ha detto, no? Non sono cose che mi riguardino.»

Lo zingaro ridacchiò. «Sì, certo...»

«Dov'è, adesso?»

«Riposa.»

Sedevamo sulla sponda del canale, le gambe penzoloni sull'acqua. Come due bambini.

Una gigantesca nave portacontainer passava lentamente, muovendosi da destra a sinistra, a meno di duecento metri da noi. Era una cosa surreale, vedere quell'enorme massa metallica solcare apparentemente i prati come se fossero un mare.

«C'è un altro canale, laggiù. Non lo vedi ma c'è. La magia a volte è solo un trucco.»

«*A volte.*»

«A volte, appunto. Anche se dici che non t'interessa, ci tengo a ripetere che non l'ho nemmeno sfiorata. Nemmeno con un dito. Ma per onestà devo avvertirti che ci sono forme d'intimità diverse da quelle poche che conosce la gente comune. Parlare, condividere un segreto, è una di queste. Ed è quello che abbiamo fatto. La tua compagna è stata mia in un modo più intimo di quanto tu possa immaginare.»

«Dov'è finito, il tuo accento?»

Scosse la testa. «Ho dovuto cambiare tanti accenti.»

«Una vita lunga.»

«Lunghissima. Intensa. Di una varietà insopportabile. Potrei passare giorni solo a descriverti gli odori che ho sentito. L'odore di ogni donna che ho avuto, per dire. L'odore del cibo che ho mangiato. A volte buono, altre volte disgustoso. Li ricordo tutti. Sono tutti qui dentro» fece, battendosi l'indice sulla tempia.

«*Siete tutti qui dentro...*» sussurrò.

Poi la sua faccia si fece improvvisamente triste. «Una vita così lunga è intollerabile. Dopo un po', ogni cosa ti stufa. Ti annoia.»

«Non le donne.»

«Uh, le donne... Non giudicare da quello che hai visto. Era tutta scena. Sì, il sesso mi piace ancora, ma non sono mai stato attaccato al sesso di per sé. Mi piaceva la conquista. E ormai non posso più esercitare quell'arte. Sarebbe ingiusto. Disonesto. Come pescare con la dinamite. E poi, sai come si dice: vista una, viste tutte. Io potrei dire: viste un milione, viste tutte...»

«Un milione?»

«Non le ho contate. Tante, comunque. Record del mondo, di sicuro.»

Raccolse un sasso. Lo bilanciò nella mano e poi lo lanciò. Il sasso rimbalzò tre volte prima di affondare, producendo una serie di cerchi nell'acqua.

«Sabine ha fatto male a cercarmi. Io non ho soluzioni. Non ho niente, per voi. Uno come me non è buono per dare consigli. Guarda un po' come vivo. Guarda il disordine che ho intorno. Ma sul serio accettereste un consiglio, da me?»

L'ultimo cerchio si dissolse. L'acqua dell'alzaia tornò perfettamente immobile.

«Vuoi davvero un consiglio? Scegli la vita. Non la mia,

non questo immondo dono di giorni e di anni, questo ergastolo senza possibilità di liberazione. Scegli la vita che ti è data, e non chiederti se sarà lunga, o felice. Godila mentre accade. Cogli l'attimo.»

«Ho trovato consigli più profondi nei Baci Perugina.»

«Ah ah! Ti do ragione. D'altra parte non è che sulla mia roulotte ci sono insegne pubblicitarie. Non sono mica Bob Aggiustatutto. Non vi ho promesso un cazzo di niente, non mi sono vantato di nessun potere. Soprattutto, non sono venuto io a cercarvi.»

Raccolse un altro sasso. Lo lanciò in aria, stavolta.

Il sasso non ricadde.

«Perché non lo vuoi, questo figlio?»

La domanda piombò tra di noi, più pesante di qualunque sasso.

Alzai le spalle. «Non siamo pronti.»

«Non è un buon motivo.»

«Stiamo bene così.»

«Potreste stare meglio.»

«Preferiamo non correre rischi.»

«*Preferite* o *preferisci*?»

«È lo stesso. Certe decisioni si prendono in due.»

Una libellula verdeazzurra danzava sul pelo dell'acqua. Le sue ali sembravano fatte di luce. Si muoveva con assoluta grazia, e quella sua danza, per un attimo, mi sembrò reggere la trama di tutto: di quel momento, di quel posto, e di come c'eravamo arrivati, e di come ne saremmo ripartiti.

«Sabine è malata» sussurrai.

Lo zingaro non disse nulla. Si limitò ad annuire.

«La gravidanza, con la sua malattia, è un rischio che non voglio correre. Se la perdo, non mi rimane più nulla. Non esisto più.»

Le lacrime cominciarono a scorrere dai miei occhi.

«Ci sono state altre donne, prima di lei» fece lo zingaro.

Lo guardai con odio. «Certo. Non milioni come te,

brutto stronzo, ma più d'una. Non serve che me lo ricordi. Ci sono state, ma non erano Sabine.»

«Se dovesse andarsene, ti resterebbe qualcosa di lei.»

«Non voglio *qualcosa* di lei. Voglio *lei*.»

Lo zingaro si voltò a fissarmi con uno sguardo che mi riportò alla mia infanzia. Mio padre mi guardava così, quando doveva farmi quello che chiamava *un discorso serio*.

«Ascolta, Gabriel. Tanto tempo fa, in un paese molto lontano da qui, ho visto una cosa. C'era un giardino, e in quel giardino c'erano due piante. Il padrone di casa mi disse che tutte due le piante erano malate. Avrebbe voluto tagliarle, ma partì per un viaggio, e quando tornò vide che le due piante si erano attorcigliate l'una all'altra, e così riuscivano a sopravvivere.»

Mi posò una mano sulla spalla. Quel contatto inaspettato non mi riuscì sgradevole.

«Tu e Sabine siete come quelle due piante.»

«Cosa ne sai?»

«*So quello che so*. So dei tuoi problemi. Del fatto che fino a qualche tempo fa non eri nemmeno sicuro di poter generare. E Sabine mi ha detto della sua malattia. Non fare quella faccia. Chiamare le cose col loro nome non le peggiora. E non porta sfortuna. Siete due piante malate, che si sono strette l'una all'altra per resistere al vento, per far capire al loro padrone che non doveva tagliarle. Che doveva dar loro un'altra possibilità.»

«Molto poetico. Ma anche poco realistico. Diciamo che siamo riusciti a sorreggerci a vicenda per un po', ma non abbastanza da generare un'altra pianta. O da ingannare il nostro padrone.»

Lo zingaro fece un gesto di scherno con la mano. «Il padrone è lontano. Non si occupa di noi. Possiamo fare come se non ci fosse.»

Si alzò. Lo fece con un movimento così fluido da farmi invidia.

«A volte è meglio non far vedere troppo di cosa sei capace» sorrise, divertito dal mio stupore. «Dai, vieni con me.»

Si voltò indietro, a guardare l'argine, e il mucchio di terra smossa sotto cui riposava Martin.

Sospirò.

«Non sarà facile, trovare un altro cane come quello. Devi smetterla di ammazzarlo, il tuo amico.»

Tornammo alla roulotte.

Sabine dormiva sul divano, raggomitolata sotto una trapunta. Non si mosse quando entrammo. Aveva il viso sereno, rilassato. Dormiva come una bambina.

Mi è sempre piaciuto guardare il sonno degli altri. Vedere come sono quando non hanno il controllo sulle loro espressioni, sui loro sogni. Quando sono davvero se stessi.

Sabine di solito, nel sonno, aveva la fronte aggrottata, i pugni chiusi. Ora invece la pelle della sua fronte era distesa, in pace.

Lo zingaro si versò da bere. Non me ne offrì. Il liquore era verde, emanava un aroma speziato.

«Non ne fanno più, di questa roba. Quindi scusa se non lo condivido.»

«Ne faccio volentieri a meno.»

«Beato te. Io è un'eternità che cerco modi diversi di sballare, e quasi mai ci riesco. Sembra che sia diventato immune a qualsiasi droga.»

«Io non ho la tua fortuna.»

«No. Ma ne hai altre. Vivi nel tempo, per esempio. Per te un giorno, o un'ora, hanno un senso. Non sono solo segmenti di tempo senza valore, destinati a ripetersi infinite volte. L'eternità è una prigione, amico mio.»

Bevve un sorso di quel liquore verde. «Una prigione» ripeté, sospirando.

Fece uno schiocco soddisfatto con le labbra.

«Buono. Almeno i sapori, quelli li sento ancora. Anche se il piacere non è più lo stesso.»

Lo guardai. Stava cambiando sotto i miei occhi. I lineamenti grossolani, la barba di due giorni, erano solo un camuffamento per un uomo giovane e bello. Il naso si stava assottigliando, gli occhi passarono dal marrone scuro all'azzurro. Il corpo era più snello, più tonico. Gli abiti dello zingaro gli pendevano addosso a pieghe, come una toga romana.

«Non dire a nessuno quello che stai vedendo» mi fa, strizzando l'occhio. «Non sono ancora pronto per aprire una clinica estetica.»

«Chi sei?»

«Non l'hai ancora indovinato? Ti do un indizio. Vivo qui da duemila anni. *Duemila*. Ed è un cazzo di posto. Non è Roma, questo è poco ma sicuro. E nemmeno Baia. Questa città era brutta già duemila anni fa, e da allora non ha fatto che peggiorare. Per quanto possa sembrarti incredibile, ora è un paradiso, rispetto anche solo a cent'anni fa...»

«Sei...»

«Non dire il nome. Pensalo e basta. Fatto? Adesso pensa a un numero da uno a dieci. No, dai: sto scherzando. Sì, sono io. E non siete nemmeno i primi a trovarmi. C'è stato quel giovanotto inglese, lord Byron, e prima ancora il cardinale Bessarione. Persone interessanti. Visite rare, ma memorabili.»

«Hai più di duemila anni.»

«Duemilatrentacinque.»

«E vivi qui da allora.»

«Non posso muovermi. Fa parte del pacchetto. Devo restare qui fino alla fine.»

«Alla fine di cosa?»

«Del mondo, immagino. D'altra parte gli antichi dei sono morti, e così le ninfe, e le altre creature magiche che un tempo popolavano il mondo. Se ne sono andate in silenzio, spegnendosi come candele. Senza rumore, senza che nessuno se ne accorgesse. Sono sopravvissuto alla caduta dell'Olimpo e di Costantinopoli, alla morte di Giove e di Elvis Presley. Se il mondo durerà abbastanza, sopravvivrò anche al tuo dio e ai suoi servi.»

«Che servi?»

«Gli angeli. Creature senza carattere, esseri privi di bellezza.»

«Sei l'unico a pensarla così.»

«Forse perché li ho visti. Conversazione pessima, senso dello humour inesistente. Dei bulli armati di spada, guardie del corpo di un dio che si comporta come un padrino della mafia. Tu non hai niente da spartire con loro.»

«Non riesco a credere alle mie orecchie.»

«Fai come vuoi. Torniamo a bomba, adesso. Si dice ancora, *tornare a bomba*? Il mio italiano è un po' arrugginito...»

«Si dice ancora, ma non è più molto usato.»

«Ci avrei scommesso.»

Bevve un altro lungo sorso del suo veleno verde.

«*Fatelo, questo figlio*. O figlia. Vi farà bene. Vi salverà. Tutti e due.»

«Mi dicono che nei tuoi libri insegnavi tecniche per *non* fare figli.»

«Nel vostro caso sarebbe un delitto, non farne.»

«Può darsi. Ma non spetta a me decidere. Lo decideremo insieme. Lei cosa ti ha detto?»

«Non posso riferirtelo. Segreto professionale.»

Si grattò la testa.

«Oh, al diavolo. Vuoi la verità? Ecco la verità: anche Sabine non è convinta. Ha una paura fottuta.»

«Quindi dovrei essere *io* a convincerla? Io, che non sono convinto per niente, dovrei convincerla?»

Ovidio alzò le spalle.

«Sei l'unico che può farlo, a parte lei stessa. E lei è più orientata verso il no.»

Non capivo.

«Perché è venuta a cercarti?»

«Ha letto una cosa.»

«Cosa?»

«Una cosa che ho scritto. Un paio di versi. Una poesia, insomma. Okay, l'ho ammetto: li ho scritti io, quei versi. Scrivo poesie da più di duemila anni. È un vizio che non ho mai perso. Una specie di linea di continuità. Altrimenti penso che sarei impazzito.»

«Potevi bruciarle. Se non volevi essere scoperto.»

«Immagino di sì. Ma ho bisogno di un pubblico. Non posso farci nulla. E poi...»

«E poi...?»

«E poi forse volevo essere scoperto. Non avevo più voglia di nascondermi. Come ha detto un poeta cristiano, *non si accende una lampada per nasconderla sotto il moggio*.»

«Non è un poeta. È...»

«È quel che è. Voi cristiani ci avete tolto tanto. Questo mondo così orribile è colpa vostra.»

«Heidegger pensava che fosse colpa degli ebrei.»

«È la stessa cosa. Voi cristiani siete una specie di Ebrei Senza Frontiere. Avete esportato tabù e nevrosi, corrotto la terra con i commerci e l'industria.»

«Heidegger, l'hai mai incontrato?»

«Smettila. Guarda che so chi era. Non pensare di cavartela parlando dei massimi sistemi. Stavamo parlando di te e Sabine.»

«Cosa dicevano, quei versi? Quelli per cui siamo venuti qui?»

Sbuffò platealmente.

Poi chiuse gli occhi e recitò a memoria:

Viene una luce che non è dal cielo
Ma dal grembo, orizzonte sfinito...

La poesia era breve.

Una ventina di versi.

Quando lo zingaro ne ebbe pronunciato l'ultima lucente sillaba, capii perché Sabine si fosse convinta a trascinarci in quel viaggio.

«Bella.»

«In romeno rende meglio.»

«È molto bella lo stesso.»

«Non è stato facile adeguarsi al gusto moderno. Già è stata un'impresa adattarsi alla rima. Per non dire del metro libero. Il sonetto, invece, quello mi piace. Ne ho composti di belli in inglese.»

«Non dirmi che eri tu, il vero William Shakespeare.»

«No. Macché. Per qualche motivo incomprensibile, come sono spesso i motivi degli dei, pare che non possa allontanarmi dal mio luogo d'esilio. Avrei voluto far visita ai grandi poeti del passato, che poi è il mio futuro, ma ho dovuto accontentarmi delle visite occasionali che questo o quel poeta mi hanno fatto, venendo in qualche modo a sapere della mia arte. Tony Harrison e Philip Larkin, per esempio. Paul Celan. Ottimi poeti. Però continuo a pensare che la rima sia una stronzata.»

Ce ne restammo a lungo in silenzio, guardando la donna addormentata sul divano. Sabine sembrava così solida. Così viva. Dentro di lei, invisibile, germogliava una promessa. Ma, altrettanto invisibile, si era incistata in lei anche la sua condanna.

«L'eternità è una fregatura, quando non puoi darla a quelli che ami» sussurrò il poeta, ammirando i bei lineamenti distesi nel sonno, il pallore di marmo della pelle.

«Sabine non sa chi sei» disse poi.

Non era una domanda.

«No. Non lo sa» annuii.

«Resterebbe a bocca aperta, se lo scoprisse.»

«Penso di sì.»

Ovidio sospirò.

«Sai che non posso fare niente per lei.»

«Neanch'io.»

«Gli dei non sono diventati meno crudeli» scosse la testa il poeta.

«No. Si sono solo ridotti di numero. Sai, io servo uno strano padrone. Un *dio geloso*, come gli piace definirsi. Abituato a dominare i suoi fedeli con la folgore e la carestia. A distruggere le città con colonne di fuoco, senza distinguere i buoni dai cattivi.»

Ovidio fece una smorfia. «I *giusti* dagli *ingiusti*, vuoi dire. Perché il tuo dio se ne frega della bontà d'animo. Esige obbedienza, pretende il rispetto delle regole. I nostri dei erano capricciosi, ma potevi sempre sperare in un loro atto di grazia, magari per pura simpatia, o per la bellezza di un corpo mortale...»

Il suo sguardo si soffermò sulle palpebre chiuse di Sabine, immobili nel sonno come nella morte.

«Fra i miei dei ne avresti trovato sicuramente uno disposto a fare un miracolo per la tua donna. A salvarne in qualche modo l'anima, il ricordo. Il tuo dio, invece, adora le pire sacrificali, la vita che si riduce in polvere.

«Non è proprio così.»

«Non hai mai provato l'impulso di mandarlo affanculo?»

«Stavi per dire *al diavolo*, vero?» sorrisi.

«Sì. È vero.»

«Sai che probabilmente il diavolo non esiste?»

«So che ai miei tempi non c'era.»

«Neanche adesso. A volte crediamo d'imbatterci nel Male con la emme maiuscola, ma non è niente di soprannaturale. È qualcosa che produciamo noi, che nasce da noi. È merda che esce da noi. Non c'è nessun mostro con le corna. Come non c'è l'Inferno.»

«Mi fa piacere. E allora dove vanno, i cattivi, quando muoiono?»

«Non ne ho la minima idea.»
«Ma per dire, uno come Martin, secondo te, non lo meriterebbe, l'Inferno?»
«Assolutamente.»
«Cioè sì?»
Le mie labbra si piegarono in una smorfia. «Sì. Forse se lo merita. Ma l'Inferno non c'è. Le anime viaggiano come treni nella notte, alcune lente, con un sacco di cambi e deviazioni, altre più veloci. Ma nessuna anima arriva da qualche parte. Non esistono stazioni.»
«E la terra è un binario morto...»
«Non potevi descriverlo meglio.»
«Ma che splendido posto. Che terribile, splendido posto.»
Il poeta allungò la mano verso Sabine, col gesto di chi accarezza qualcosa di prezioso. Ma non la sfiorò nemmeno: le sue dita passarono a qualche millimetro dalla pelle, dal sonno chiuso come una rosa.
«Sarà sempre bella.»
Scossi la testa. «Non per molto. Presto il dolore la renderà brutta. La malattia la scaverà come un guscio vuoto. Il suo corpo l'ha tradita. La sua bellezza ha i giorni contati. E da te non ha avuto la risposta che cercava.»
Ovidio mi fissò con occhi severi. «Cosa ne sai?»
«Le hai risposto?»
Lui rimase in silenzio.
Lo guardai. E per la prima volta lo *vidi*.
Era bello. In lui non c'era più niente dello zingaro. Aveva il volto di un ragazzo. Un ragazzo vecchio di duemila anni. Un sorriso accattivante.
«Solo il futuro vi darà la risposta» sussurrò. Poi chiuse gli occhi. Nello spazio di un minuto, Ovidio sparì e al suo posto riapparve lo zingaro.
Un'espressione del romanzo *Solaris* mi è rimasta impressa da quando avevo vent'anni: *l'era dei miracoli crudeli*.

Sotto il mio sguardo, in quella sordida roulotte stracolma di tesori, avvenne un miracolo crudele, una metamorfosi oscena: i bei lineamenti del giovane sembrarono sciogliersi come cera, gli occhi si fecero acquosi. I capelli si diradarono, stinsero fino a un grigio cenere. I muscoli sparirono sotto pieghe di carne pallida. Il ventre lievitò oscenamente.

«*Sic transit...*» ridacchiò lo zingaro, facendomi l'occhiolino.

Portai via da lì Sabine come Orfeo aveva riportato la sua sposa dall'Ade. Ancora assonnata, lo sguardo perso nel nulla.

Tornerà normale, mi aveva promesso il poeta. Immagino sia rimasto a guardarci dalla porta della roulotte. Ma potrebbe anche non averlo fatto. In duemila anni, chissà quante volte avrà vissuto momenti come quello. Ci si abitua a tutto. E l'abitudine genera noia.

Mi trascinai dietro Sabine tirandola per la mano, una mano fredda, inerte. Mi seguì *muta, con passo lieve*, per usare le parole di Rilke. Al nostro passaggio la terra risuonava, percossa come da passi di bronzo. Squarciavamo il tessuto del tempo, una cosa da angeli, o da creature del passato. Il cielo si fece opaco come un antico specchio arrugginito. L'erba era grigia, malata. La nave ci precedeva, solcando apparentemente la terra, terribilmente lenta e solenne. Sembrava si muovesse di pochi metri l'ora, come se dovesse scavarsi la strada nell'erba col suo peso, un titanico aratro.

A ridosso dell'argine vidi un'auto ferma al lato della strada, i finestrini ermeticamente chiusi, il motore acceso.

Era il nostro taxi. Un'altra cosa di cui mi accorsi era l'altezza del sole nel cielo grigio feltro.

Era impossibile, ma il sole occupava la stessa posizione di quando eravamo scesi dall'auto.

La mano di Sabine, intanto, si era svegliata nella mia, come un animaletto appena uscito dal letargo.

Quando arrivammo all'argine, Sabine mi camminava a fianco, con una naturalezza che non mi sentivo d'interrompere con domande.

Il finestrino dell'autista si abbassò lentamente, silenzioso.

«Avete fatto presto» disse l'uomo. «Non avete trovato chi cercavate?»

«No» rispose Sabine, montando in auto.

«No» confermai, guardando il cerchio di roulotte abbandonate, alcune coperte dal muschio, altre crollate sulle ruote sgonfie. I rampicanti e alcuni stenti alberelli crescevano nel cerchio.

Un singolo filo di fumo si levava dritto verso il cielo.

«Non c'è nessuno, laggiù. Ci riporti in città.»

38.

Qualcuno bussa alla porta del castello. Un bussare discreto, ma nello stanzone vuoto rimbomba come un tuono.

«Chi può essere?»

«Non ne ho idea» sussurra Sabine. Distesa accanto a me, ha il volto riposato, la pelle tonica come una ragazzina. Com'è cambiata, da quel giorno in Romania, quando la luce evidenziava il pallore della pelle e il nero sotto gli occhi, il gonfiore malato delle palpebre. È un piccolo miracolo, al quale il mio corpo risponde con gioia.

Sospiro. «Vado a vedere chi è.»

«Okay.»

Indosso i jeans e il maglione, e a piedi nudi scendo le scale. Le piastrelle sono gelide.

I colpi alla porta smettono per un po' e poi riprendono.

Apro, e l'uomo sulla soglia ha un sussulto, vedendomi apparire.

«Buongiorno.»

Esita un attimo, prima di ricambiare il saluto.

«Buongiorno. Scusi, ma mi aspettavo... Sabine c'è?»

«È di sopra.»

«Sono passato a salutare, visto che parte. Forse avrei dovuto telefonare.»

«Entri. Le chiamo Sabine. Io sono Gabriel» faccio, tendendo la mano.

«Piacere. Io sono Marco. Sono il sindaco.»

«Lieto di conoscerla, signor sindaco.»

«Marco e basta, la prego. Niente cerimonie. Sabine non sta bene?»

«Sta riposando. È stata sveglia fino a tardi, ieri notte.»

«Capisco. Bene, allora. Volevo solo prendere gli accordi per l'auto. A che ora deve passare per portarla in stazione.»

«Non so. Meglio che parli con lei. Entri, non stia lì sulla porta.»

Il giovane sindaco entra.

«Spero che non abbiate avuto freddo. Ha dormito qui anche lei, stanotte?»

Mi chiedo da cosa lo deduca. Poi intercetto il suo sguardo, puntato sui miei piedi nudi.

«Non dovrebbe andare in giro scalzo. I pavimenti sono freddi.»

Sale i primi gradini delle scale che portano di sopra.

«È piuttosto giovane, per essere il sindaco» faccio.

«Macché giovane. Ho passato gli anta.»

Girandosi sul terzo scalino indica gli affreschi.

«Sabine ha fatto davvero un bel lavoro. Le piacciono, questi affreschi?»

«Molto.»

Dall'alto, la voce di Sabine chiede: «Gabriel, chi era?»

«È il sindaco.»

Si sente un *merda* soffocato, e poi la lampo del sacco a pelo, e i passetti veloci con cui Sabine si affretta a rastrellare i suoi vestiti sparsi per la stanza.

«Le diamo il tempo per rassettarsi, cosa dice?» sorride il sindaco, ammiccando.

«Meglio, sì.»

«*Gabriel, Gabriel...*» riflette il sindaco. «Perché mi sembra di averla già vista?»

«Sono nato qui. Ma me ne sono andato tanti anni fa.»

Il viso dell'altro s'illumina di colpo. «Ma certo! Come ho fatto a non riconoscerla? Lei è famoso!»

«Magari una volta. Oggi molto meno.»

«Lei è il nostro concittadino più illustre. Sa che è una vita che volevo invitarla a tenere una come si chiama, una *lectio magistralis*, o un incontro, comunque qualcosa da fare qui, dove è nato...»

«Non so. A chi vuole che interessi?»

«Sta scherzando?»

Sabine scende le scale, togliendomi d'impaccio.

«Ciao, Marco! Grazie per essere passato. Sei carino a venirmi a salutare.»

«Figurati. È un piacere.»

«Gabriel si è presentato?»

«Sì. Una bella sorpresa. Ma allora voi due vi conoscete.»

«Da tanto tempo. Siamo amici.»

«Magnifico. Pensa un po'. Ma che bella cosa.»

«Il ritorno del figliol prodigo» commento.

«Ora che è tornato, non la lasceremo stare lontano troppo a lungo. Deve tornare a trovarci.»

«Sono ancora qui.»

«Deve tornare. Assolutamente. Me lo promette?»

«Va bene» faccio, ma non devo sembrare troppo convincente, perché il sindaco si volta verso Sabine.

«Lo chiedo anche a te. Convincilo a venire.»

«Ci proverò.»

«Comunque ho già deciso di tornare» dico.

«Ah sì? Splendido. E quando, quando? Le farò preparare un'accoglienza indimenticabile.»

«Molto presto» rispondo. E tiro fuori dalla tasca dei jeans un foglio spiegazzato.

Lo porgo al sindaco.

Lui lo apre con estrema cautela, come se fosse un papiro antico.

Lo studia. Poi fa un sorriso confuso.

«Non capisco...»
Sabine gli toglie delicatamente il pezzo di carta dalle dita. Lo studia. Poi me lo restituisce, sgomenta.
«Gabriel...»
«È la mia tomba. Le piace? L'idea mi è venuta qualche giorno fa, a Parigi. Vede? Solo il mio nome, e l'anno di nascita e di morte. Per gran parte dell'umanità, ad esempio nell'Africa rurale, il giorno di nascita è solo una data convenzionale, quella in cui un pubblico ufficiale passa per il villaggio e registra i nati dopo il suo ultimo passaggio, magari un anno prima. E poi odio vedere la gente che leggendo una lapide cerca di calcolare gli anni e i mesi di vita di chi c'è sepolto sotto. O peggio ancora quando si sente qualcuno dire *Ah, ma allora era dei Gemelli...*»
«E quel simbolo?»
«Il Pesce. Il simbolo dei primi cristiani.»
«Pensavo fosse la croce.»
«No. Era questo. O il Buon Pastore, con la pecorella smarrita sulle spalle. La croce è venuta dopo. Molto dopo.»
Guardo il disegno. La semplicità è tutto.
Lo accartoccio e l'infilo di nuovo in tasca.
«Bando alle tristezze. Comunque vede che prima o poi ci tornerò, qui.»
«Be', sì, okay. Ciò non toglie che preferirei ci tornasse da vivo...»
«Farò il possibile. Sabine, abbiamo qualcosa da offrire al sindaco?»
Ma lui sembra a disagio.
«No, grazie. Non disturbatevi. Ero solo venuto a vedere a che ora vi serve il passaggio per la stazione.»
«Ho il mio treno alle cinque, ma Gabriel non ha il biglietto. Quindi dovremo partire un attimo prima.»
«Se vi mando l'autista alle quattro e mezza va bene?»
«Benissimo.»

«D'accordo, allora. Quattro e mezza. È stato davvero grandioso incontrarla, Gabriel.»

Alzo le spalle.

«Guardi che ci conto, sul fatto di vederla qui. Vivo, non in una scatola.»

«Eviterò le fabbriche di conserve.»

Ci stringiamo la mano. Ha un'aria simpatica, franca. Per un attimo mi chiedo se non dovrei dirgli che il mondo sta per finire. Ma decido di no. Leggo nella sua mente che ha due figlie piccole.

«Arrivederci, allora.»

«Arrivederci» rispondo.

Lui e Sabine si abbracciano.

«Gran lavoro.»

«Sono contenta che ti sia piaciuto.»

«A presto, allora.»

«A presto.»

«Dovevi proprio prenderlo in giro così?»

Sabine è contrariata. *Parecchio* contrariata. Sulla sua scala delle tempeste da uno a dieci, l'ago sta pericolosamente puntando verso il dieci.

Infila le cose nel suo zaino come se caricasse proiettili in un mortaio.

«Non l'ho preso in giro.»

«Ah no? Ne sei proprio sicuro? A me è sembrato di sì.»

Sbuffo.

So che così sembro infantile, ma non posso farci nulla.

«Non mi andava di parlare del mio paese natio, e di quant'è bello tornarci. Anche perché non è vero. Tornare qui mi costringe a fare i conti con la mia mortalità.»

«Si è visto. Tra tutte le cose belle che hai progettato e costruito, dovevi proprio fargli vedere la tua tomba?»

«È la mia opera definitiva.»

«Ma non hai sempre detto che volevi essere cremato, e

che le tue ceneri dovevamo seppellirle su quell'isola greca, come si chiamava?»

«Kardamyli. Non è un'isola. È un posto nella penisola di Mani. Lì si è fatto seppellire Bruce Chatwin.»

La guardo.

Capisco finalmente che mi sta prendendo in giro.

«Sai benissimo di cosa parlo.»

Sabine scoppia a ridere. «Certo che lo so. Ci sono anche stata. Con quell'italiano ricchissimo, com'è che si chiamava?»

«Non ne ho idea.»

«Ah già. Vero che non puoi. L'ho conosciuto a Milano, a un convegno sui restauri della Domus Aurea.»

«Che è a Roma. Allora perché il convegno era a Milano?»

«Non mi ricordo. Ci sarà stato sicuramente un buon motivo. Forse lo sponsor. Insomma, per fartela breve, salta fuori che questo Gianarturo, o Giambattista, è un mecenate, e ha uno yacht...»

«Due cose che di solito si abbinano.»

«E insomma, ci propone di fare una vacanza in barca nel Peloponneso.»

«Il *ci* sarebbe a dire tu e chi?»

«Ma io e Vittorio. Quel fotografo di Torino. Ma sì che te ne ho parlato. Ma poi che c'entra? Praticamente era due vite fa. Comunque, Gianarturo...»

«...*O Giambattista*...»

«No, guarda, era Gianarturo. Sono praticamente sicura. Comunque, per farla breve, voliamo ad Atene, c'imbarchiamo su questa barca, come la chiamava lui, che in realtà è un meraviglioso Friendship Sloop di cinquanta piedi, del 1910. Te ne saresti innamorato. E insomma, per arrivare al dunque, partiamo dal Pireo e raggiungiamo la penisola di Mani, dove salta fuori che il tizio ha una casa, in un posto che si chiama Kardamyli. E allora mi è venuto in mente che tu me ne parlavi, e ho chiesto se era il posto dove avevano seppellito le ceneri di Bruce Chatwin. Il nostro ospite non ha idea di chi sia, però s'informa, e un mattino, col fresco, partiamo con la jeep e raggiungiamo un posto a una decina di chilometri da lì, un villaggio con un nome tipo Kokori, e lì c'è questa piccola, ma veramente piccola chiesetta che si chiama Aghios Nikolaos, e Nikos, la nostra guida, ci mostra una macchia di fiori e ci dice che le ceneri di Chatwin sono sepolte lì, ai piedi del muro di quella chiesetta minuscola, tipo la chiesetta di Barbie. Era un posto con un silenzio incredibile, di una bellezza... be', sai quando si dice una bellezza essenziale? E c'era un falco, che volava in cerchio sopra la collina...»

Sta ancora raccontandomi di Kardamyli mentre carichiamo i nostri bagagli sull'auto del comune.

«Dove stiamo andando?» le ho chiesto, mentre chiudeva la porta.

«Vieni con me. Non fare troppe domande.»

Regge su di sé un armamentario di zaini e borse sufficiente per una spedizione in Africa. Quando mi ero offerto di darle una mano mi aveva preso in giro.

«Sono più forte di te. Tu pensa a portare la tua tromba. Altrimenti il Giorno del Giudizio ti tocca suonare il *Dies Irae* con il clacson.»

Prima di uscire ci eravamo fermati a guardare per l'ultima volta gli affreschi: il cavaliere crociato, le dame. La bellezza e il mistero di una scena che il tempo aveva reso indecifrabile, per tutti tranne che per me.

«Mi mancherà» aveva detto Sabine, avvicinando le dita alla guancia rosea di una delle ragazze dipinte. Poi aveva tirato indietro la mano, con un sorriso nervoso.

«Andiamo, dai.»

*

L'autista della Fiat Punto è un ragazzo di colore sui vent'anni. Snello e robusto, ha caricato le nostre cose nel bagagliaio come se fossero piume.

Mentre sale in auto scorgo tre lunghe cicatrici alla base del suo collo. Una, più profonda delle altre, prosegue sulla guancia. Sono ferite d'arma da taglio, come quelle che s'intravedono sotto i corti capelli crespi. Raccontano una storia. Mi piacerebbe poterle interpretare, ma ogni mio potere sembra latitare, da quando ho ritrovato Sabine.

«Sami, non sapevo che ci accompagnavi tu. Fantastico. Così posso salutarti.»

Gli occhi bianchissimi dell'autista ricambiano lo sguardo di Sabine.

«Sono contento anch'io.»

«Sami viene dal Ruanda. Ha una storia incredibile.»

Annuisco, ma senza crederci. Quando vivi abbastanza a lungo – o troppo a lungo, a seconda dei punti di vista – nessuna storia è davvero incredibile.

«Dove stiamo andando?» le chiedo.

«Lo scoprirai. Voglio farti conoscere un posto e una persona speciali. Il posto è casa mia. La persona... Be', la vedrai.»

La nuca del ragazzo è nerissima, soprattutto per contrasto con il colletto della camicia. C'è una storia anche nel bianco immacolato di quella camicia, nella piega affilata dei pantaloni. Nel modo rigido e distaccato di sedere al posto di guida.

Guardo la piazza, attraverso il finestrino posteriore. È diversa da come la ricordavo. È come se fosse stata addomesticata. Abbellita, ripulita. Certi edifici antichi sembrano nuovi. La patina del tempo e della decadenza è stata rimossa come dalla mano di un chirurgo plastico. Non riconosco nessuna delle persone che passano. Nessuna di loro mi evoca dentro qualcosa. Perfetti sconosciuti. Un bambino ci guarda, da sotto un porticato. Ho un senso di *déjà vu*.

«Posso chiederti un favore?» mi sento dire a Sami.

«Prego.»

«Se c'è tempo, vorrei vedere un posto.»

«Abbiamo tempo, dottoressa?»

«Certo, Sami. Al limite prendiamo il treno dopo. Se non è un problema per te.»

«Nessun problema. Dove vi porto?»

39.

Nella mia memoria datata, il Viale della Rimembranza era costeggiato da due lunghi filari di cipressi. Sotto ogni albero c'era una lapide a sezione triangolare. Su ognuna delle due facce rivolte alla strada c'erano un nome e le date di nascita e di morte. Soldati delle due guerre mondiali. Cognomi familiari: per tre morti, quasi all'inizio del viale, erano il mio. Da bambino, ogni volta che passavo di qui, leggevo uno dopo l'altro quei nomi, le date. Li ripetevo a memoria. Molti di quei ragazzi erano sepolti in luoghi lontanissimi: un'*amba* eritrea, un villaggio in Grecia, una fossa comune nella steppa russa. Alcuni giacevano sul fondo del mare, contadini friulani finiti come Phlebas il Fenicio. Ripetere quei nomi dentro di me mi sembrava un modo per riportarli a casa. Oggi so che era una cosa sbagliata, che i morti devi lasciarli andare. Ma da bambino uccidevo formiche col martello, decapitavo i fiori e ripetevo a memoria i nomi dei morti.

Oggi non c'è nemmeno un albero. Solo i cippi coi nomi dei defunti.

«Dove sono finiti, i cipressi?»

Sami scuote la testa. «Un grande temporale. Tanti anni fa. Io l'ho sempre visto così, il viale.»

«Anch'io» fa Sabine.

La guardo. «Sei già venuta al cimitero? A fare cosa?»

«Scherzi? Ma a vedere l'affresco!»

«Che affresco?»

«La Madonna del Parto. Di Piero della Francesca.»

La guardo a bocca aperta.

«Non c'è nessun affresco» le faccio, sorridendo.

«*C'è*.»

«Ti ricordo che *sono nato* qui. La cappella è moderna. Non so quanti anni abbia, ma penso non più di venti.»

«Eppure c'è. È per questo che tanti turisti vengono qui. Pensavo che anche tu volessi venirci per questo.»

Scuoto la testa. «L'ho visto, quell'affresco. In Toscana, a Monterchi. E sono riuscito a vederlo nella cappella del cimitero, prima che lo spostassero in una specie di museo. Ma era il cimitero di Monterchi.»

Sabine sorride paziente. «È sempre stata qui.»

Anche Sami annuisce.

Guardo incredulo il muro del cimitero.

«Mi state prendendo in giro.»

«Vieni a vedere coi tuoi occhi.»

Sami parcheggia l'auto in un piccolo spiazzo a fianco del cimitero.

Il posto mi lascia sconcertato.

«Cos'è, quello?» chiedo, indicando un cancello zincato a destra del muro.

«È il cancello della discarica.»

«La discarica...» ripeto, senza capire il senso di quella parola.

«L'hanno fatta qui perché non dava fastidio a quelli del posto.»

«Vicino al cimitero.»

«Sì. I suoi abitanti non hanno aperto bocca. Non esiste niente del tipo *Not In My Graveyard*. Andiamo, allora? Non abbiamo molto tempo.»

Scendiamo dall'auto. I nostri passi sulla ghiaia fanno un rumore sgradevole. Come un risucchio di fango.

«Vi aspetto qui» sorride Sami. «Quello che c'è lì dentro, io l'ho già visto.»
Sabine mi prende sottobraccio. «Andiamo, su.»

L'ultima volta che ricordo di essere stato qui, più di vent'anni fa, il cimitero era un quarto di quello che è adesso. La città dei morti è cresciuta. Non è il Père-Lachaise, ma è comunque grande.

Entrando dal vecchio cancello in ferro battuto mi assalgono i ricordi. Una ragazza che mi piaceva aveva accettato, per sfida, di passare una notte lì dentro, in compagnia di due amici più grandi. Il giorno dopo mi aveva proposto di passare anch'io una notte con lei fra le tombe. Arrossendo, le avevo detto di no.

La sua tomba è dove la ricordavo, a sinistra del vialetto. Nella foto, Laura è rimasta la stessa. Il ciuffo di capelli neri, il volto piccolo, un sorriso da bambina. La 500 su cui viaggiava, guidata da un idiota, si era schiantata contro un albero sulla Napoleonica, una notte d'inverno.

Riconosco altri volti, nelle foto. Camminare verso la cappella è come percorrere un lungo corridoio nel passato. Le tombe più antiche, vicine al cancello d'ingresso, sono corrose dal tempo, le scritte sbiadite. Gli ovali con le foto color seppia sono lattiginosi, opachi. Ritratti di fantasmi.

Quando chiedevo ai miei dove finissero i *morti vecchi*, quelli le cui lapidi corrose dalla pioggia e dal muschio stavano appese al muro, mi rispondevano che dopo qualche tempo, per far posto ai morti nuovi, i resti di quelli vecchi venivano messi nell'ossario.

L'ossario era una tomba enorme, nella parte più antica del cimitero. Mi faceva impressione pensare che lì sotto giacessero, alla rinfusa, le ossa dei miei antenati, di quelli il cui nome non avevo mai saputo.

Mentre cammino verso la cappella del cimitero, il tempo sembra fermarsi. I miei passi si fanno lenti e faticosi, come sotto una forza di gravità più pesante. E c'è un punto, me ne rendo conto muovendomi, un punto alla mia sinistra che il mio sguardo evita, un punto che non voglio guardare. C'è mio padre, sepolto laggiù, ma non è la sua tomba, quella che non voglio vedere. È una tomba più recente, in mezzo a quelle ancora coperte solo di terra, prive di lapide.

«Cos'hai, Gabriel? Sei strano.»

La voce di Sabine mi coglie di sorpresa.

La sua mano mi afferra il braccio.

«Sei pallido. Siediti.»

Sedermi dove? *Su una tomba*?

«No. Non è niente. Va bene.»

La sua presa sul mio braccio è forte.

«Andiamo. Non possiamo approfittare troppo di Sami.»

Ci muoviamo di nuovo verso la cappella. Quando alzo lo sguardo, rimango a bocca aperta.

Davanti a noi non c'è più l'edificio moderno, ma la vecchia cappella, quella che ricordo dagli anni della mia infanzia. Il giorno dei morti le sue porte si aprivano, e tiravano fuori un piccolo armonium nero, per accompagnare il coro stonato delle anziane che intonava il *Victimae Paschalis Laudes* o *In Paradisum*. Lì dentro tenevano i morti prima della sepoltura, e Pauli *Bichìn* spaventava noi ragazzi minacciandoci di chiuderci dentro. Uno di noi raccontava di averlo visto spezzare con la pala le gambe di un cadavere mummificato, per farlo stare in una bara più piccola. Avevo sempre paura, di Pauli *Bichìn*, Paolo il becchino.

Le mie gambe si bloccano. Si rifiutano di andare avanti.

«Cosa c'è?»

La voce di Sabine è dolce e paziente, ma il suo sguardo, quando alzo gli occhi, è duro, sospettoso.

«È tardi» faccio, tentando di controllare il tremito della mia voce. «Andiamo.»

«Siamo arrivati fin qui. Se non vuoi entrare, da' almeno un'occhiata da fuori.»

La porta nera della cappella sembra una bocca spalancata. La luce illumina solo il pavimento della navata.

«È là. Lo vedi?»

Ma io non voglio vedere. Non voglio ammettere un simile sconfinamento della realtà, un miracolo che non posso controllare.

Eppure i miei occhi, pur rifiutandosi di vedere, non possono fare a meno di registrare i colori dell'affresco, ai margini della luce. Di riconoscere le figure: i due angeli che sollevano la tenda damascata, quasi fosse un sipario, e al centro dell'affresco la Madre di Dio con la mano posata sul ventre gravido.

Trattengo il fiato.

«Sei arrivato fin qui...» sussurra Sabine.

Scuoto la testa.

«È una copia.»

«Perché dovrebbe essere una copia? È l'unica Madonna del Parto dipinta da Piero.»

«*Non può essere qui.*»

«Ma la vedi. È lì. È sempre stata qui.»

Mi giro di scatto. Rosso di rabbia.

«*Andiamo via.*»

Quando vedo che si prepara a insistere, le lancio uno sguardo implorante.

«Andiamo, Sabine. *Per piacere.*»

Di tutti i tradimenti che hanno formato il nostro amore, che l'hanno rafforzato e reso quello che è, questo è l'ultimo che mi aspettavo. Quello che fa più male.

Un tempo, semplicemente sollevando il braccio, avrei fatto piovere fuoco su questa aberrazione. Ma il tempo dei miracoli sembra finito. Sono un giocattolo dalle batterie scariche, un pupazzo rotto. Dio mi ha scartato, gettato dalle scale in questo posto senza senso, senza legge. Sono lo sceriffo ubriaco a cui hanno tolto la stella. Ridotto a svuotare le sputacchiere, a strisciare nel fango.

Le cicatrici delle mie ali bruciano. Il cancro che mi divora i testicoli brucia. Ho il cervello in fiamme.

Sollevo il braccio.

La mano di Sabine lo ferma, lo stringe.

Ci muoviamo, io goffamente, lei pronta ad anticipare ogni mio tentativo di fuga, con gesti sempre più confusi, finché non ci ritroviamo stretti in un abbraccio silenzioso. Sento le sue labbra muoversi, ma non una sola sillaba giunge al mio orecchio. La mia amata ha capelli morbidi, su cui premo le labbra. Sanno di miele e di grano, e di polvere della strada.

«Non lasciarmi. Non andartene via. Non lo sopporterei.»

Sussurro qualcosa.

«Non ti sento» fa la sua voce accorata.

«*Devo* andarmene.»

«No, non devi.»

Mi afferra per le spalle. I suoi occhi si fissano nei miei.

«Ci sono posti da cui non puoi andartene. Persone che non puoi lasciare.»

«Tu non capisci...»

«Sei *tu* che non capisci. Gabriel, ascoltami.»

E poi mi dice quella cosa, che sul momento non capisco, ma che poi illumina i giorni appena passati, la mia fuga insensata attraverso l'Europa.

«Ascoltami, amore mio: *devi scegliere i posti da cui non te ne vai.*»

Durante il breve tragitto fino alla stazione di Casarsa, Sabine continua a tenermi la testa appoggiata alla spalla, la mano nella mia. È un contatto che mi dà conforto. Stringo quelle dita fragili e nervose come da bambino stringevo la corda del palloncino comprato alla sagra di San Pietro.

Era sempre un palloncino rosso. Sentivo la sua leggerezza tendere verso l'alto, inquieta, e dovevo frenarlo, tenerlo giù, e le mie piccole dita sudavano non per lo sforzo ma per la paura di perderlo.

Sono quel palloncino.

Sono leggero.

Voglio volare.

Voglio staccarmi da terra e allontanarmi dalle voci dei morti, dal coro di sospiri che sale da ogni zolla di ogni campo, da ogni angolo di questo pianeta, sospiri e sussurri che diventano una sola voce fragorosa, assordante.

Voglio andarmene, grida ogni cellula del mio corpo. Ma le dita di Sabine mi trattengono qui, mi legano alle cose con un laccio d'amore e di rimpianto.

Incontro lo sguardo di Sami, nel retrovisore. Gli occhi bianchissimi del ragazzo hanno dentro una domanda. Ma io non ho risposte. Glielo dico con il mio sguardo. Lui torna a fissare la strada.

C'è un senso di ritorno, in questo tragitto. Ho percorso questa strada tante volte, da ragazzo. In bicicletta, poi in auto. Il negozio di libri più vicino era a Casarsa. Per i dischi, invece, dovevo andare a Codroipo. Tornavo a casa con quelli che per me erano tesori. Le poesie di Kavafis, i racconti di Hemingway. Il primo disco degli Smiths.

Gli alberi che incrociamo sono gli stessi di quand'ero ragazzo. Solo più alti, più vecchi. Saranno ancora qui quando io non ci sarò più. La fine del mondo non è per loro. Non è per i pesci, o i microbi, o gli uccelli. La fine del mondo è dentro di noi, colpirà solo chi sa anticiparla, prevederla. La morte non la vivi, puoi solo immaginarla. Prima che accada non c'è, e quando accade non ci sei più tu. Penso alla morte come alle porte rotanti di un grande hotel. Dentro o fuori. O tu o lei. Ho questa immagine in testa, delle porte che girano, e tu che entri nel meccanismo, ma, quando la porta si apre sull'esterno, tu non ci sei più.

Appoggio a mia volta la testa sulla spalla di Sabine. C'è conforto, in questo contatto. Due corpi in viaggio, due amici che si sono ritrovati poco prima che il mondo finisca. Quanta luce, alla fine del buio.

Il treno arriva nel momento in cui mettiamo piede in stazione. Appena il tempo di stringere la mano a Sami e dobbiamo salire a bordo.

«Hai tu il biglietto?»

«No» risponde Sabine, ridendo. «Non servono biglietti.»

Lo scompartimento è vuoto.

Per un attimo provo un senso di vertigine. Il treno è vecchio, uguale a quelli che prendevo da ragazzo: una littorina, come la chiamavamo, dai sedili scomodi e consumati. È come se una mano mi afferrasse per scaraventarmi nel passato, con tutte le sue sensazioni, odori compresi.

La mano di Sabine stringe la mia.

«Dove mi stai portando?» le chiedo.

«Vedrai. Voglio che sia una sorpresa.»

«Un'altra? No, ti prego.»

«Non dire no. Questa ti piacerà. Vedrai.»

Poso la testa sullo schienale della poltrona. Una volta non lo facevo mai. Gli schienali del treno erano così sporchi. Questi, invece, sono assurdamente puliti. Si vedono ancora i segni della stiratura sulle stoffe che coprono i poggiatesta. È come se il vagone fosse stato appena tirato fuori dalla teca di un museo. O come se facessimo parte – il treno, noi, la pianura che scorre al finestrino, la cerchia di montagne in lontananza – di un gigantesco diorama.

«Sono così stanco» sussurro.

«Riposati. Chiudi gli occhi. Ti sveglio io quando siamo arrivati.»

«Sono giorni che non mi fermo. Che non mangio, o non mi faccio un bagno. Giorni e giorni che non mi tolgo nemmeno le scarpe.»

Sento le lacrime scorrermi sulle guance. Lacrime umane.
Sabine mi accarezza il viso.
«Riposati, amore mio. Chiudi gli occhi.»
«Dove stiamo andando? Dove va, questo treno?»
«Chiudi gli occhi. Non pensare. Arriveremo presto.»

40.

È mai sceso il sole, durante questo strano, lunghissimo pomeriggio? Il treno va veloce, lo scorrere delle rotaie è continuo. Eppure sembra che non si muova affatto. Pare avvolto da legami invisibili, da giganteschi elastici che lo tirano indietro. Il tempo a volte è così. Fermammo il sole per Giosuè, perché potesse far strage degli amorrei. E ricordo certi giorni, lungo certe viuzze di Praga, in cui il tempo pareva scorrere lento come miele. Perché il tempo è soggettivo. Le ore, i minuti, semplicemente non esistono. Sono solo una convenzione.

Mi sembra passata un'infinità di tempo da quando quella macchia di pioppi è apparsa all'orizzonte, e invece è ancora lì, malgrado il treno si muova, e la massicciata scorra sotto i miei occhi. E così il brutto campanile in lontananza. Le cose vicine si muovono, mentre quelle lontane sembrano ferme. Le nuvole, poi, non cambiano mai, come se fossero dipinte su un fondale.

Sono così stanco che a un certo punto mi addormento, e cedere a questa debolezza umana mi fa capire quanto in basso sono caduto. Mi sono a tal punto assuefatto agli umani da essere diventato come loro. La mia anima si è fusa con il corpo, scambiandosi luce e cicatrici, respiro e battiti delle mie ali invisibili. Sono diventato un ibrido, un mostro. Non ho più un posto dove tornare.

Nel dormiveglia, la voce suadente di Sabine m'interroga, mi fruga teneramente l'anima.
«Quando rinasci, rinasci coi tuoi ricordi?»
«Non sempre» rispondo attraverso le labbra semichiuse.
«Non sempre?»
«A volte nasco senza ricordi, e a risvegliarli è qualcosa che mi succede, o qualcosa che sento: una parola qualunque, detta per strada da uno sconosciuto, eppure quella parola mi risveglia.»
«E in questa vita? Che cosa ti ha svegliato, in questa vita?»
Scuoto la testa.
«Non ricordo.»
«Non ricordi o *non vuoi* ricordare?»
Per un attimo la voce di Sabine è diventata quella del dottor Lachner. E in quell'attimo l'ho riconosciuta.
È la mia.
Apro gli occhi di colpo.
Ho il capo posato sul suo grembo. Le sue mani mi abbracciano, o forse mi tengono fermo.
Il paesaggio fuori dal finestrino è cambiato, ma il sole non si è spostato di un millimetro.
«Non ricordi o *non vuoi* ricordare?»
La fisso negli occhi. La sua voce è tornata normale, non è più la mia. Ma la domanda non è una di quelle a cui io voglia o possa rispondere.
«*Non lo so.*»
Invece lo so benissimo. È lì dietro l'angolo, la verità. Solo che non voglio girarlo, quell'angolo.
Passiamo sotto un cavalcavia dell'autostrada. Le auto sono bianche o nere, o grigie. Nessun colore squillante. La terra è avvolta nell'autunno come in un sudario. Per un attimo appare qualcosa di rosso, come una macchia di papaveri, sul bordo di un canale. Ma è solo una recinzione di plastica.
Alla fine lo dico.

Evito di guardarla negli occhi. Evito di pensare al gelo delle sue mani.

«È stato quando mi hanno detto che eri morta. Che non ce l'avevi fatta. Che non solo il bambino, ma anche tu non c'eri più.»

Il silenzio, in cui la verità cade come una goccia limpida e fredda.

«Non dici niente?» le chiedo.

Sento il suo corpo immobile contro il mio. Il suo seno si muove come se respirasse, ma è solo un trucco. E così il colore delle sue guance. Un trucco, solo un trucco.

Stavo in quella sala d'attesa, e sui vetri scorreva la pioggia.

Vidi arrivare la dottoressa da lontano, e capii subito che era lì per me. Mi guardò incerta, attraverso la distanza del corridoio. Si morse il labbro. Reggeva in mano una cartella chiusa.

Sua moglie, disse.

Non è mia moglie.

Non sappiamo ancora cosa può essere successo. Mi dispiace...

Le dispiace?

Non riusciamo a capire.

«Nemmeno io, Sabine. Non capivo cosa stavo facendo lì in piedi, a parlare con una dottoressa, a parlare di te che eri morta per quello che doveva essere un intervento di routine. Un aborto non è l'asportazione di un cancro. Ne facevano anche quindici al giorno, in quella clinica.»

«Forse volevo morire» sussurra lei. E sento che, dicendolo, sorride.

«Avrei voluto essere morto io, quel giorno.»

Lei non risponde. Le sue dita mi accarezzano i capelli, come si fa con un bambino.

«Siamo quasi arrivati. Pazienza, amore mio. Fa' il bravo. Giuro che non manca molto.»

41.

La stazione di Venezia è deserta.

Nessun movimento, nessun suono.

I treni sui binari sembrano fermi da anni, i finestrini incrostati di polvere, i tetti bianchi di guano. Il vento sfoglia giornali ingialliti nel chiosco abbandonato, fa tintinnare le collanine di vetro. Nel grande atrio, le porte di legno del bar sbattono leggermente, producendo una specie di stanco alfabeto Morse. La stazione, assurdamente, è tornata com'era quando ci andavo da studente. Nessun segno delle ristrutturazioni più recenti.

Seguo Sabine tenendola per mano. O forse è lei che tiene me. La seguo come un palloncino legato alla sua mano fredda. I suoi passi non lasciano traccia nella polvere che copre il pavimento. Mucchi di polvere, dune di polvere, contro gli angoli. Il tabellone immobile annuncia per l'eternità treni che non partiranno e non arriveranno mai. Le maschere di cartapesta nelle vetrine sogghignano. Un foglio di quotidiano rotola sul pavimento, le parole dei titoli che sembrano un caleidoscopio monocromatico, scomponendosi e riformandosi a ogni colpo di vento: GUERRA, ANSIA, ORA, BERING. La luce entra da fuori attraverso i vetri lattiginosi, come in un acquario. Sabine spalanca la grande porta e il Canal Grande è davanti a noi, e gli edifici antichi gridano *luce*.

«Vieni» sussurra Sabine.

Si muove verso il pontile dei vaporetti. Nessuna delle barche all'ormeggio sembra in condizioni di navigare. Una chiatta è affondata in mezzo al canale, la prua rossa e nera puntata verso l'alto come un pugno. Altre barche, sott'acqua, pendono dalle bitte d'ormeggio come cadaveri impiccati.

La città è deserta come la stazione. Senza la folla che nei miei ricordi le animava giorno e notte come un fiume umano, le calli sembrano cupe, minacciose, un dedalo d'ombra e freddo che la luce del sole non penetra. Sabine si muove sicura. Abbiamo lasciato i bagagli nel treno, a parte la mia tromba, ma la cosa non sembra preoccuparla. Ci muoviamo leggeri come piume, senza rifletterci nelle vetrine. Passiamo come il vento, o forse portati dal vento. Gli antichi palazzi non sembrano aver sofferto la scomparsa dell'uomo. Non è come la visione della piazza di Saint-Denis devastata dalle esplosioni atomiche. Qui tutto sembra pronto ad accogliere di nuovo gli esseri viventi, se mai decidessero di tornare. Solo se guardi più attentamente puoi cogliere le ferite e le cicatrici di un lungo abbandono: gli edifici crollati, bruciati, invasi dalla vegetazione di quelli che un tempo erano curatissimi giardini privati. Le finestre dai vetri rotti, le imposte divelte che pendono nel vuoto. Uno squero sventrato dal fuoco sembra un enorme dente marcio.

Sabine mi guida in silenzio lungo calli e strade che non conosco, alcune così strette da non consentire il passaggio a più di una persona, strade come cunicoli bui, finché alla nostra sinistra non appare di nuovo la laguna, e l'isola squadrata di San Michele, il cimitero della città. Un gonfiarsi di nuvole nere incombe qualche chilometro oltre l'isola, dalla parte del mare. A tratti un lampo illumina la pancia di quel nuvolame, lo squarcia, silenzioso nella distanza. Il rombo del tuono, quando finalmente arriva, è sommesso e pacifico come le fusa di un gatto.

Sabine si ferma sul molo delle Fondamenta Nuove, lo sguardo fisso sul muro del cimitero, oltre il quale le cime dei cipressi formano un secondo muro verde. Quel verde scuro è l'unica nota di colore nel bianco e nero dello scenario immobile.

L'acqua gonfia di alghe come matasse di capelli morti sciaborda contro il molo.

«Cosa c'è?» sussurro a Sabine, vedendola immobile.

«Niente. Dobbiamo andare.»

«Andare dove?»

«Dove tutto è cominciato. Vieni! Dobbiamo fare in fretta.»

42.

Attraversiamo la città da nord a sud, lungo strade che un tempo brulicavano di gente. Sabine cammina veloce, quasi correndo. Di tanto in tanto si volta per vedere se sono ancora dietro di lei. C'è come una febbre, nei suoi occhi. Una febbre fredda. Oltrepassiamo bar e ristoranti dai tavolini rovesciati, il pesce e la frutta che marciscono dietro le vetrine o negli acquari putridi. I negozi di souvenir fanno paura, con le loro maschere dagli occhi vuoti. Sono dappertutto, le maschere: dozzinali o bellissime, maschere enormi da coccodrillo e giraffa e leone, cartapesta gloriosa, e altre invece di plastica. Milioni di maschere, e nessun volto per indossarle. L'aria è immobile. Il vento che frustava la stazione non riesce a penetrare in questo dedalo di viuzze dai nomi antichi. I mattoni trasudano buio, tempo, abbandono. Sbuchiamo, senza preavviso, in Piazza San Marco, e la sua desolazione mi dà le vertigini. Batto le ali, d'istinto, come davanti a un agguato di nemici invisibili. Ma non ho più ali, non ho più niente, nessuna corazza, tra me e le cose che gridano la tremenda verità.

Il mondo è morto.

Ho mentito a Oleg.

E a Mathieu.

Ho mentito a me stesso.

La fine è venuta senza di me, senza bisogno che suonassi la tromba che ora mi pesa in fondo al braccio.

Sto per lasciarla cadere, quando Sabine comincia a correre verso il fondo della piazza, verso la laguna, e io non posso fare altro che seguirla, correndole dietro, stringendo la custodia nella destra, e in qualche modo il suo peso non mi rallenta, la musica racchiusa nell'ottone lucente brilla attraverso la stoffa, intona un canto di velocità e di forza.

«Sabine!» grido, ma lei non rallenta.

«*Sabine!*»

I miei polmoni sembrano sul punto di prendere il volo. Gli antichi vichinghi squartavano il petto ai monaci per estrarre i loro polmoni. Una volta estratti, li rovesciavano sulle spalle del prigioniero, con un movimento solo, e lo scopo del gioco era evitare che i polmoni si staccassero, così da formare due ali rosse sopra le spalle della vittima.

L'Aquila di Sangue, la chiamavano.

Sul bianco della neve, faceva un effetto grandioso.

Dio, ammesso che ci fosse, guardava senza dire nulla. Così come guardava dall'alto i massacri di Passchendaele e Verdun e l'orrore di Treblinka.

«Sabine!» grido una terza volta, correndo sempre più veloce. Il mare in fondo a Piazza San Marco ha il colore del piombo, una sfumatura di grigio vicina a quella del cielo.

Sabine rallenta, si ferma.

Si volta verso di me indicandomi qualcosa, in alto.

Il leone alato sulla colonna è scomparso. Al suo posto c'è una piccola creatura pelosa.

Un gatto.

«Sai che Venezia è la città dei gatti?»

La voce del bambino arriva dal basso.

Può avere otto o nove anni. Capelli biondi, occhi scuri, luminosissimi.

Sorride, indicandomi la cima della colonna.
Il gatto non c'è più.
«Un tempo i gatti veneziani erano potentissimi. Inviavano ambasciatori in tutte le città del mondo. I gatti viaggiavano sulle navi. I marinai pensavano che i gatti fossero sulla loro nave solo per prendere i topi, ma la verità è che le navi andavano dove i gatti ordinavano al loro capitano di andare.»
«Come facevano a dare ordini al capitano?»
«Di notte. Sussurravano all'orecchio degli umani. Entravano nei loro sogni.»
Mi chino sulle ginocchia, fino ad avere gli occhi all'altezza di quelli del bambino.
«Tu come fai a saperlo?»
«Me l'ha detto un gatto.»
«Ah sì? E che gatto era? Tigrato, nero?»
«Era un gatto da sogno. Non aveva colore. Cioè, poteva avere il colore che voleva.»
«Capisco.»
Gli occhi furbi del bambino mi guardano di sottecchi.
«*Capisci* o *dici* che capisci solo per farmi contento?»
«*Capisco*. Ho parlato anch'io con un gatto.»
«*Qui*? Allora poteva essere il mio gatto.»
«No. Non qui. In una città molto lontana.»
«E come si chiama, questa città?»
«Istanbul.»
Istanbul, ripete il bambino, sottovoce, assaporando la parola.
«Quel gatto aveva gli occhi verdi. È strano, ma non mi ricordo il colore del pelo. Però gli occhi erano verdi. Di questo sono sicuro.»
«Era un gatto simpatico?»
«A modo suo.»
Mi volto a cercare Sabine. Credo di vederla riflessa in una vetrina, sotto il porticato.

«Cosa ti ha detto, il gatto?» chiede il bambino.
«Mi ha detto anche lui che Venezia era la città dei gatti.»
«È vero» ride.
«Ma io ho letto da qualche parte che quello sulla colonna non è un leone, ma un drago cinese.»
Il bambino scoppia a ridere. «Ma no che non è un drago! È un gatto. Un gatto imperiale.»
Guardo la cima della colonna. «Comunque adesso non c'è più. Pare che sia volato via.»
«Eh già» fa lui, con una buffa espressione adulta sul visino gentile.
«Cosa fai qui da solo?»
«Non sono solo. C'è un sacco di gente, non vedi?»
Alzo lo sguardo.
I rumori, le voci, mi arrivano addosso come un fiume in piena.
Centinaia di persone affollano lo spazio intorno a noi. Turisti che sciamano per la piazza scattandosi *selfie* con quei bastoncini idioti che sembrano la moda del momento. Il loro vociare è insopportabile.
Il bambino sorride.
«La vedi, adesso, la gente?»
«Sì, la vedo.»
«Ti fa paura?»
Scuoto la testa. «No.»
«Non devi aver paura. È tutto a posto. Non ti succederà niente.»
«Come fai a dirlo?»
«Non ti succederà niente» ripete, con una serietà da adulto.
Mi guardo attorno, incredulo. La folla sembra reale. Ma in qualche modo capisco che non lo è. Poi la verità mi colpisce come un pugno allo stomaco.
Ci sono migliaia di persone intorno a noi, ma sono tutte copie di cinque o sei persone, cloni vestiti con abiti diver-

si, ma che sono solo infinite repliche di uno stesso modello: donna asiatica sui vent'anni, ragazzo bianco con lentiggini, uomo anziano, donna anziana, bambino dodicenne di colore...

Individuo altri quattro tipi umani. Non di più. Dieci persone, replicate innumerevoli volte. E sembra che, a mano a mano che il tempo passa, il loro numero aumenti. Ma non la loro varietà. È assurdo vederli in fila per entrare nella basilica, centinaia di fotocopie in carne e ossa, distribuiti in modo che nessun clone sia a contatto diretto con un altro esemplare del suo tipo. È una disposizione precisa che deve seguire una logica matematica.

«Selim dice che col tempo diventerò più bravo. Che col tempo imparerò a far meglio le cose» sussurra il bambino.

«Selim...?»

«Lui ti conosce.»

«È vero. Ma tu come fai a conoscerlo?»

«Andiamo?» fa il bambino, senza rispondermi.

Allungo una mano. Tocco la spalla di un passante, un ragazzo. È reale. La carne è elastica e calda. Non è un'illusione.

Il ragazzo sorride e si allontana senza dire nulla.

Cerco Sabine tra la folla colorata, ma non riesco a vederla.

«Non posso andarmene. Non vedo la mia amica. Devo cercarla.»

«Cerchi Sabine? Vieni. Ci aspetta.»

«Conosci anche Sabine?»

Il bambino ride.

«*Conosci Sabine*?» gli grido, mentre si allontana tra la folla, in direzione della laguna.

Prima che sparisca, m'immergo anch'io nella calca vorticante, i cui movimenti circolari imitano, me ne rendo conto solo adesso, il moto di un sistema solare, o una strana, enigmatica danza.

Continuo a voltarmi, di tanto in tanto, sperando di vedere Sabine dietro di noi. Ma non c'è. E a me non resta che seguire il bambino misterioso. È facile, seguirlo. Il suo piccolo corpo fende la folla come una nave rompighiaccio, aprendo un corridoio nel quale m'infilo, seguendolo a tre passi di distanza.

Arrivati all'imbarcadero, il bambino fa un cenno con la mano. A quel segnale un magnifico motoscafo Riva, rombando, accosta al molo.

Al timone c'è un cinquantenne grassoccio, con un buffo cappello da ammiraglio, di quelli che compri ai banchetti di souvenir. Quando un colpo di vento malandrino glielo fa volare via dalla testa, lo riconosco.

«Giulio!»

«Ciao, socio. Chi non muore si rivede. Hai bisogno di un passaggio per l'altra parte?»

Senza una parola, il bambino salta sul ponte in mogano tirato a cera dell'Aquarama Special.

«Dai, su. Sali» mi fa.

«Ma ce l'hai, la patente nautica?» chiedo a Giulio.

«No. Neanche tu, penso. E allora?»

«Cambio domanda. Sei sicuro di saperlo guidare?»

«Si dice *pilotare*. Sì, sono abbastanza sicuro. E comunque in questo momento sto solo sognando. Nei sogni puoi fare tutto. Salta su, dai.»

Il sedile odora di buono, di cuoio scaldato dal sole. Il sentore di salmastro e la luce sono una gioia per i sensi. Appoggio la custodia della tromba accanto a me.

Giulio stacca il motoscafo dal molo con una manovra precisa, elegante. Accelera, e il Riva punta la prua verso l'alto, sfrecciando sull'acqua verso l'isola della Giudecca.

Il bambino ride, quando la spuma delle onde prodotte dai due potenti motori Chrysler gli arriva sul viso.

È felice, e un po' di quella felicità giunge anche a me, strappandomi un sorriso.

Una mano si posa sulla mia spalla, mi accarezza.

Apro gli occhi. Mi volto. Sabine ha un fazzoletto attorno ai capelli, e un paio di occhialoni da sole anni Sessanta. È bellissima.

Non le chiedo come o quando è salita a bordo. Non ci sono risposte credibili. Quindi non le chiedo nulla. Mi limito a un sorriso, che lei ricambia. Le nostre mani fredde si stringono, sul sedile scaldato dal sole. Il Riva sembra volare sull'acqua, puntando dritto verso una chiesa bianca.

«Ti ricordi la mia casa?» sussurra Sabine.

«Sì.»

«Te la ricordi davvero? È lì che tutto è cominciato. È lì che ti ho conosciuto. Ci tornavi in ricordo di Hélène, e invece, un giorno, ci hai trovato me.»

«Sì.»

«Andiamo lì, Gabriel. Torniamo a casa.»

Il motoscafo piega a dritta, sollevando un'onda alta quasi due metri. Sfreccia parallelo al molo, fino a fermarsi a un pontile d'ormeggio a poca distanza dalla casa di Sabine.

«Siete arrivati» sorride Giulio.

«Sei bravo, a guidare una barca.»

«A *pilotare*. Non sapevo neanch'io di esserne capace.»

«Ti devo qualcosa?»

«Ma no. Facciamo un conto unico con i soldi che dovevo restituirti per il passaggio in auto. E poi la barca non è mica mia. Si vede che nei sogni non c'è la proprietà privata.»

Prima di scendere, ci stringiamo la mano.

«Addio, allora. Io torno dall'altra parte.»

«Dall'altra parte?»

«Laggiù. Sull'altra riva» mi fa, indicando Piazza San Marco, di nuovo deserta. «C'è un sacco di gente che aspetta di essere traghettata. Immagino sia una specie di lavoro. Ma sono arrivato da poco, devo ancora capire come funzionano le cose, qui. È il sogno più complicato che ho mai fatto. E vorrei avere un cappello serio. Non una di queste cinesate che volano via al primo soffio di vento. Aveva ragione MacArthur. Dovevamo bombardarli con le atomiche nel 1950.»

«Dovev*amo*?»

«Be', gli americani.»

«Sei sempre il solito.»

«Alla mia età è difficile cambiare. Ciao, architetto. Quando suonerai la tua tromba, ricordati di me.»

Scendo, appoggiandomi al legno caldo della bitta d'ormeggio per reggermi in equilibrio. I motori del Riva passano dal borbottio a un ruggito preistorico. Due getti d'acqua paralleli sollevano il motoscafo come se avesse le ali. Il bolide s'impenna e vola via in direzione dell'altra riva. Lentamente il rumore diminuisce, fino a sparire del tutto.

Il silenzio del molo deserto è assoluto. Un silenzio da chiesa.

Mi guardo intorno, smarrito e al tempo stesso in perfetta sintonia con questo momento.

Curioso come la memoria riporti in vita sensazioni che sembravano perse per sempre. La mia mano sfiora il muro della casa e ritrova la sua superficie grezza, ruvida come carta smeriglio. I polpastrelli si coprono di una polvere bianca.

Hélène, mormoro.

Sabine si volta. Non è più lei: è Hélène.

Forse lo è sempre stata.

Poi il suo volto ritorna normale, ritorna a essere il volto della mia amica. È mai esistita, Hélène? O è stata solo una delle tante incarnazioni dell'unica donna che amavo, e che ho perduto?

Una mano, piccola e calda, s'infila nella mia. Sabine mi prende l'altra. Camminiamo insieme verso la casa. Davanti a noi incombe la massa scura e minacciosa del Molino Stucky.

«È bruciato di nuovo...» mormoro.

«In che senso, *di nuovo*?» fa Sabine.

«Lo Stucky. È bruciato.»

Lei fa una faccia stupita. «*È sempre stato così.*»

Sto per replicare che non è vero, ma la sua espressione è così sincera da disarmarmi, lasciandomi senza parole.

Camminiamo verso l'ombra dell'edificio bruciato, tenendoci per mano.

43.

Nel soggiorno di Sabine c'è ancora il muro fatto di *goti de fornasa* sovrapposti. Un muro di colore e di luce. Mi ha sempre attratto il mistero di questi oggetti fatti dai maestri vetrai per un uso quotidiano, con una sprezzatura totale. Lo so che poi sono diventati dei pretesti commerciali, delle cose dozzinali. Ma uno su mille ha quella bellezza misteriosa delle origini, quella verità che brucia come una fiamma nel buio, alla fine della strada.

È così che mi sento: alla fine della strada.

Ho salito le scale lentamente, passivamente. Le mani di Sabine e del bambino misterioso mi trascinavano come immagino le guardie ne abbiano trascinati tanti al patibolo, remissivi e impauriti, ma in qualche modo già al di là della paura, già con un piede nella casa dei morti.

Fa freddo, in queste stanze dalle imposte chiuse.

Fuori, invece, di colpo si è fatto caldo, un caldo da fornace. La luce entra di taglio attraverso le fessure delle veneziane, illuminando crudelmente gli oggetti coperti di polvere, i teli bianchi che proteggono i mobili, il pulviscolo che danza, le ragnatele che avvolgono la solitudine di queste stanze.

Eppure Sabine sembra felice nel mostrarmi la casa. Così felice che le cose ritornano nuove, la polvere scompare, la luce fiorisce.

«Quello l'abbiamo comprato assieme, ti ricordi, al mercatino di Asolo. Tu hai fatto una scena da vero attore per farti scontare il prezzo, sembravi davvero un marito arrabbiato per le manie della moglie. L'antiquario quasi si scusava con te, e alla fine ci ha fatto uno sconto di quanto...?»

«Non mi ricordo.»

«Mi pare più di ventimila lire.»

«Cosa sono le lire?» chiede il bambino, accarezzando il vaso dorato di Cenedese.

«Una moneta di una volta.»

«Come i marchi?»

«O i franchi, sì.»

O gli euro, vorrei aggiungere. Ma non apro bocca. Guardo incantato come il semplice tocco di Sabine trasforma gli oggetti da vecchi in nuovi, come una luce che resusciti. E la luce ci segue davvero per le stanze, come se fosse lei, o questo bambino, a emanarla.

Saliamo al piano di sopra, solo io e lei. La casa ha quattro piani, tutti molto piccoli. È una casa alta e stretta. La donna che l'ha venduta a Sabine era anziana, non poteva più affrontare ogni giorno otto rampe di scale. Era andata a vivere sulla terraferma, a Mestre, e Sabine aveva avuto la casa per metà del suo valore.

Sabine amava questa casa.

Era la sua vita.

Nello studio al terzo piano, la scrivania è sotto la finestra che dà sulla laguna. Il campanile di San Marco domina i tetti, in fondo a uno scenario fatto di luce, come un dipinto.

C'era sempre musica, in questa stanza oggi silenziosa. L'impianto Bang & Olufsen non c'è più, così come sono sparite le pile di cd di Steve Reich, Terry Riley, Takemitsu, Golijov. La scrivania è coperta da un telo bianco su cui la polvere ha formato uno strato spesso.

«Se avessi avuto degli eredi si sarebbero affrettati a venderlo, o a venirci ad abitare. Ma, come sai bene, non avevo eredi.»

La voce di Sabine è triste e leggera al tempo stesso. Uno scherzo di clarinetto, come quello del vecchio disco di Thea King che ci piaceva tanto, quel concerto di Crusell.

«Siamo stati felici, qui» sussurra.

«Sì. Forse è l'unico posto in cui sono stato davvero felice.»

«E allora *perché*?»

Poso un dito nella polvere.

Disegno un'onda. E, sotto quella, due altre onde uguali.

«Ricordi quando abbiamo fatto quell'esperimento? Io guardavo la carta e tu dovevi indovinare che cosa c'era disegnato sopra. Le onde, un cerchio, o una stella.»

«Tu non indovinavi mai.»

Sorrido. «E tu, invece, indovinavi sempre. Era come una magia. Bastava che io guardassi la carta e tu mi dicevi subito qual era. Non ti sbagliavi mai.»

«Sì che sbagliavo.»

«Quasi mai.»

«Avrei dovuto accettarla, la scommessa di un figlio.»

«Nessuno dei due ne era convinto. Ci bastavamo. La nostra felicità era perfetta. Eravamo una coppia anche quando non ci vedevamo per anni. Era come se fosse il nostro destino, stare insieme.»

Un'espressione malinconica passa nello sguardo della mia amica. «Eravamo così legati, un tempo.»

«Lo siamo ancora.»

Altrimenti non sarei qui.

Siamo soli, nello studio.

Di sopra c'è la camera da letto. Nessuno di noi due ha voglia di salirci. Siamo ormai al di là di queste cose, finalmente l'ho capito. Nel silenzio, i nostri pensieri si toccano, si sfiorano, fuggono. È una danza complicata, quella che stiamo facendo, intorno a un vuoto che evitiamo di riempire, o anche solo di guardare. La verità ci ferirebbe. Forse ci farebbe sparire, come bruma al mattino. Ma è necessaria.

«Credo sia il momento di trovare una spiegazione» faccio, toccando il braccio di Sabine.

«Sì, credo anch'io.»

«Puoi parlarmene, adesso?»

«Sì. Posso parlarne, adesso.»

«Perché l'hai fatto, Gabriel?» chiede Sabine, dolcemente.

Alzo le spalle.

Lei scuote la testa. «A volte era come se ti vedessi, in quella stanza grigia, mentre di là un medico prepara la siringa che ti lascerà sul comodino, come un biglietto per la morte. Se sono tornata credo sia per dirtelo, che in quel momento ero accanto a te.»

«Non ti ho vista.»

«Ma c'ero. Potrei descriverti quella stanza. Mi chiedo che genere di persona orribile abbia potuto immaginare una stanza del genere, così spoglia e cupa.»

«Non ci ho fatto caso.»

«Eri così solo. Avrei voluto parlarti, ma tu non mi sentivi.»

«Ricordo solo che c'era una stampa di Brueghel, sulla parete. Un paesaggio invernale. È l'ultima cosa che ricordo. Gli alberi, la neve. I paesani che si affrettano a tornare a casa. Il fumo dai camini...»

«Ho visto la tua cenere affondare nel lago. Come tè che si scioglie nell'acqua. Per un attimo hanno formato la figura di un pesce... E prima ancora avevo visto il tuo corpo bruciare nel forno crematorio della clinica. Hanno usato una bara di cartone. Quanto te l'hanno fatta pagare?»

Alzo le spalle. «Non lo so. Non mi sono occupato dei dettagli. C'era un avvocato, per questo. Io ho solo firmato delle carte.»

«Perché l'hai fatto?»
«Ero malato.»
«Niente che non si potesse curare.»
«A un certo punto mi ero immaginato che il tumore mi avesse colpito i testicoli.»
«Freud sorriderebbe, a sentirtelo dire.»
«Lo so. In realtà era al cervello. Il dottor Lachner...»
«Esiste davvero?»
«Sì. Anche se nella mia mente è diventato una figura confusa. Non si chiama così, però. Il nome devo averlo preso dal passato. C'era un impiegato della facoltà di architettura, che si chiamava così. Un uomo anziano, terribilmente dignitoso, come un funzionario austroungarico. Zoppicava. Aveva un bastone da passeggio magnifico, con una testa di lupo in argento...»
«E la tromba? La fantasia dell'angelo?»
Sabine sorride. La luce l'attraversa. In certi momenti, come adesso, sembra fatta di pulviscolo, o di qualcosa di ancora meno consistente. Immagino che la mia sostanza non sia diversa.
Poso l'indice nella polvere della scrivania. Disegno un cerchio, accanto alle onde.
«Credo venga da un vecchio sceneggiato televisivo che ho visto da piccolo. C'erano un angelo e un bambino, e l'angelo diceva che doveva suonare la tromba il Giorno del Giudizio. La fantasia delle ali tagliate, immagino mi sia venuta per le cicatrici dell'incidente in Grecia. Le cicatrici sulla schiena.»
«Quell'incidente. Sei stato tu, vero? Hai cercato di ucciderti.»
Faccio segno di sì con la testa. Potrei aggiungere tante parole, a quel gesto. Ma sarebbero false. Anzi, peggio: sarebbero inutili.
«C'era così tanta luce. Il golfo di Salonicco era una meraviglia. Il pensiero di te e, be', di te e del bambino, di voi

due nella terra, mi ha colpito come un pugno. Ho sterzato, ho puntato l'auto verso il ciglio della strada. Volevo lanciarmi in tutto quell'azzurro. Ho urlato di paura e di felicità, quando l'auto è uscita di strada. Ma si è fermata pochi metri più sotto. C'era un dosso, tra la strada e l'abisso. Dopo aver capottato più volte, l'auto si è fermata lì.»

«Cos'hai pensato, in quel momento? Mentre lanciavi l'auto nel vuoto?»

«Ho pensato che l'auto era a noleggio. E che aveva un'accelerazione del cazzo. Però non è bruciata, questo va detto. E gli airbag hanno funzionato. Purtroppo.»

Sabine mi accarezza le tempie, la fronte.

«Mi dispiace» sussurra.

«Che cosa?»

«Non averti lasciato andare. Avrei voluto, ma non sapevo come fare.»

«Non devi dispiacerti. È stato bello, rivederti. E vedere...»

Perché ora lo so chi è, quel bambino.

«È bello, vero?» sorride Sabine.

«Sì. Sembra molto intelligente.»

«Lo è. Tutto questo l'ha fatto lui.»

«Tutto cosa?»

«*Tutto.*»

La guardo a bocca aperta.

«Non l'avevi capito? È stato bravissimo. Ha preso i miei ricordi, e i tuoi, e quelli delle persone che abbiamo incontrato quando eravamo ancora sull'altra riva. Li ha presi e li ha uniti insieme. Non sempre è stato preciso. D'altra parte è un bambino. Un bambino che non ha mai visto il mondo vero.»

«È straordinario.»

«Sì.»

Scosto le tende dalla finestra.

Ho imparato da pochi attimi a farlo col pensiero. Il

gesto del braccio era superfluo. Non è toccandole, che muoviamo le cose. Era solo un aiuto mentale, che non mi serve più.

La polvere ha coperto di nuovo i segni che avevo tracciato sul piano della scrivania. Sono un alone sempre più debole, come se sotto i miei occhi trascorressero in un momento giorni interi, settimane, anni.

«E adesso dove andiamo, da qui?» chiedo.

Sabine non risponde.

Alzo lo sguardo alla finestra.

Il Molino Stucky è lì dov'è sempre stato, ma non presenta alcun segno d'incendio. È magnifico, si erge orgoglioso come il giorno della sua inaugurazione, con la sua impronta architettonica più baltica che mediterranea.

«Com'è possibile?» mormoro.

«Non devi chiederlo a me.»

Quando mi vede esitare sorride, indicando la scala verso il basso.

«Chiedilo a tuo figlio.»

Guardo la donna che ho davanti. La donna che credevo di conoscere. C'è in lei qualcosa d'indefinibile, me ne rendo conto solo ora. Il suo volto muta, come se fosse fatto di tanti volti. Non riesco a vederla davvero. È come se l'avessi sempre conosciuta, ma al tempo stesso non l'avessi mai incontrata prima. È Sabine, e al tempo stesso è Hélène, ed è la ragazzina del mio primo bacio, è la sconosciuta intravista al finestrino di un treno di passaggio.

Sorrido anch'io, aprendo le labbra a pronunciare il suo nome.

«*Lailah*.»

44.

Le pietre della strada sono calde, sotto un sole quasi estivo. Una lucertola corre sul muro scabro.

Il bambino è accoccolato, si muove a scatti, come una buffa ranocchia.

Alza la testa, al rumore dei miei passi.

«Vieni a giocare?» sorride.

«A cosa?»

«Alle biglie. Giocavate anche voi alle biglie, vero? So che ce n'era una che ti piaceva più delle altre. Che nome aveva?»

«Non davamo un nome, alle biglie. Non ricordo di averne avuta una preferita.»

Ma le parole non mi sono ancora uscite del tutto di bocca e già ricordo, ricordo benissimo. Era una biglia più grande delle altre, screziata di verde e di rosso, e di giallo, con tre minuscole bolle racchiuse all'interno del vetro.

«Allora, giochi con me?»

M'inginocchio accanto a lui.

È un movimento rallentato, come se la gravità si fosse ridotta.

Il bambino allunga una mano verso di me, il pugno stretto stretto.

Quando apre la mano, sul suo palmo c'è la mia biglia colorata, identica a com'era il giorno in cui l'ho persa, giocando in spiaggia. Avevo pianto, per quella biglia perduta.

«Sei stanco?» mi chiede.
«No.»
«Mamma mi ha detto che quando diventate vecchi i vostri muscoli si stancano prima.»
«Non sono così vecchio.»
Raccolgo dalla sua mano la biglia. La sensazione tra le dita è di una pesantezza anomala.
«Come si gioca?» chiede il bambino.
«Non lo ricordo più.»
È vestito, me ne rendo conto solo adesso, com'ero vestito io il primo giorno alle scuole medie: pantaloni corti al ginocchio e giacca dello stesso tessuto Principe di Galles. Una cravattina lunga e stretta, una camicia col colletto dalle punte arrotondate.
«Ti ho già visto. A Istanbul.»
Fa segno di sì con la testa.
«E anche a Budapest. Eri anche in quel rifugio, vero?»
«Sono sempre stato con te. Giochiamo, adesso, papà?»
Quella parola mi stringe la gola, e poi il cuore.
«Insegnami come si gioca.»
Sorrido. «Si colpisce la biglia così, vedi?»
Gli mostro la posizione delle dita. Il colpo.
Lui impara subito.
«C'erano molti modi di giocare con le biglie. Noi giocavamo così. Si disegna un cerchio...»
Con un sasso scuro graffio la pietra, disegnando un cerchio quasi perfetto.
«...e poi ognuno dei giocatori cercava di buttare fuori dal cerchio le biglie degli altri. Ma stando attento che la sua non uscisse dal cerchio. Bisognava calcolare bene i colpi.»
«Mi piace. Giochiamo, allora?»
Lo guardo.
In quel momento mi sale dentro un'onda di rimpianto, e volti e nomi degli ultimi giorni, e l'intera mia vita, sem-

brano un paesaggio visto dall'alto, silenzioso e reso astratto dalla distanza. Tutto il dolore del mondo si è concentrato in un punto, che si allontana veloce da me.

Do un colpo alla mia biglia, facendola rotolare fin quasi sul bordo del cerchio. Un vecchio trucco che non ricordavo più, ma che evidentemente le mie dita ricordano.

L'indice del bambino colpisce la sua biglia, scagliandola con forza inaspettata contro la mia. Ma un attimo prima dell'impatto le due sfere si allontanano, spinte da una forza invisibile. Girano in tondo per un po' e poi si fermano, entrambe ancora nel cerchio.

Il bambino alza gli occhi. Si fissano nei miei. In quel lungo, silenzioso contatto di sguardi, mi perdo, galleggio alla deriva, spinto da una nostalgia assurda per un luogo senza nome, un luogo lontano.

Si rialza. Mi tende la mano, aiutandomi a tornare in piedi.

«Sta per venire buio. Dobbiamo andare.»

«Dove?» gli chiedo. «In casa?»

«No, non in casa. Da un'altra parte.»

«Devo andare a cercare Sabine.»

«Mamma ci aspetta già là. È partita prima di noi.»

Mi accorgo solo adesso che le sue piccole dita tranquille non hanno mai lasciato la mia mano.

«Devi scegliere un posto, papà.»

«Che posto?»

«Devi scegliere il posto da cui non te ne vai. La tua porta per tornare in questo mondo. Tra tutti i posti che hai visto, tra tutti quelli che hai amato, devi sceglierne uno. Uno solo. Non sentirai il bisogno di tornarci, ma se dovesse capitarti sarà lì che tornerai.»

Una giostra d'immagini si affolla nella mia mente, quando penso agli ultimi giorni. Alle persone che ho visto, ai luoghi che ho conosciuto. A questo mondo terribile e meraviglioso da cui è così difficile staccarsi.

Mosca, Parigi, Budapest. Istanbul. Il sorriso triste e sfrontato di Mathieu, la paura di Oleg per sua figlia. Selim. János...

«Mi fai sentire qualcosa?»

Abbasso lo sguardo. Non ho capito cosa mi ha chiesto.

«Con la tromba» sorride mio figlio, indicando la custodia che per tutto questo tempo mi sono portato dietro.

«Se la suono, il mondo finirà.»

«Chi te l'ha detto?»

«È scritto.»

«Magari no. Magari è solo un altro brutto sogno che hai fatto.»

Lo guardo. Cerco di trovare nei suoi lineamenti qualcosa di familiare, ma non ci riesco. Gli occhi, forse, gli occhi sono quelli di mia madre. Ma c'è molto di Sabine, in questo bambino.

«Fammi sentire come suoni.»

Meccanicamente, faccio scattare le serrature della custodia. Le tromba brilla come fosse d'oro, alla luce del sole.

«Bella!»

«Sì. È molto bella. Me l'ha comprata un amico.»

«Mathieu.»

«Sì.»

«Lui è in pace, adesso. Non riusciva a staccarsi dai ricordi. Adesso è libero. Libero di ritrovare la sua donna, se vuole. O la sua musica.»

«*Libero*» ripeto sottovoce. Che parola nuova e meravigliosa.

Porto la tromba alle labbra. La riabbasso.

«Cosa succede, se invece il mondo finisce?»

«No, che non finisce» risponde mio figlio, e in quel momento è lui il grande e io il piccolo, il bambino spaventato da mille domande.

«Suona, e il mondo non finirà. Suona, papà. Suona, Gabriel.»

Rifletto un po', su che brano suonare. Mi viene in mente Miles Davis, ma poi scelgo qualcosa di più semplice e incantevole nella sua perfezione.

Le prime note di *Stella by Starlight* escono incerte, fragili. Poi l'aria dei miei polmoni compie la magia, e dalla tromba escono note purissime, squillanti, come non avrei mai pensato di poterne creare.

Non ho mai suonato prima quel brano reso famoso da Chet Baker, ma ogni nota è lì, sulla punta delle mie dita, al momento giusto, quasi fosse la musica a suonare attraverso di me, a usarmi come uno strumento.

Suono a occhi chiusi.

Suono per la vita che ho avuto, per le cose che ho fatto. Per ogni attimo della mia vita. Suono per le persone buone e le persone cattive che ho incontrato, per i sogni infranti e le promesse non mantenute. Suono per i momenti di solitudine e per le ore di gioia, per ogni piuma caduta dall'ala di un passero, per il volo imponente dei bombardieri nel cielo, per i grandi leviatani che seguono le fredde correnti sommerse. Suono per i morti senza nome di Butovo e per l'anima di Martin, e per Mathieu che s'incammina verso la sua donna, lungo le rive di un lago immobile. Sogno le architetture del futuro, ascensori di cristallo che portano alla Luna, campi di grano che coprono l'Islanda, razzi per Marte, monasteri buddisti in Cina, vecchi funzionari di partiti che devono ancora nascere, il vagito di una bambina, la trama di un tappeto vecchio di mille anni, e infine un volto perfetto, di un essere che potrebbe essere un ragazzo come una ragazza. Nessun segno di decadenza fisica, nessun'ombra sotto i suoi occhi. Un volto di una bellezza assoluta.

Gli occhi di quella creatura così bella da essere al di là della bellezza sorridono, le labbra si schiudono a pronunciare parole che sono un sigillo, l'addio.

Suono tre note acute, un grazie per quelle parole. Tre

note che completano il sigillo, il coperchio sul vaso di Pandora.

L'ultima nota si trascina a lungo, prima di spegnersi.

Riapro gli occhi.

Mi guardo attorno.

La laguna è calda e vibrante di vita: i motori, il suono della folla – una folla vera – che percorre la riva lontana come un fiume di colore, il volo dei gabbiani sulla scia dei battelli.

«È questo, il posto» dico, aprendo le braccia.

«È anche il mio posto» sorride il bambino, lasciandomi la mano. «E quello di mamma. Sono contento che l'hai scelto anche tu. Andiamo, adesso.»

Si volta verso la riva. S'incammina verso tutta quella luce, quello scintillio di anime e di giorni.

«Non sei arrabbiato, con me?» grido, prima che possa sparire.

Mio figlio mi guarda. Sorridendo, scuote dolcemente la testa. Poi mi mostra la sua mano aperta.

«Prima di andartene, devi lasciare qualcosa anche qui.»

«Ma non ho più niente. Ho le tasche vuote. Non ho più monete, o libri preziosi. Non ho più niente. Ho dato fondo a tutto.»

Il bambino si allontana.

Sento nascermi dentro una gran rabbia, una grande paura di essere abbandonato qui.

Per la prima volta da tanto tempo, i miei occhi si gonfiano di pianto.

Sollevo il braccio e lancio la tromba nell'acqua. Un guizzo dorato, e l'acqua verde della laguna l'inghiotte.

«Ho solo i miei ricordi» sussurro.

«Lasciali qui.»

Mi chino, come se davvero deponessi un fardello per terra.

In quel momento, abbassandomi, vedo che la custodia della tromba non è vuota.

C'è un oggetto, sul fondo, avvolto nella carta di un quotidiano turco.

Svolgo il pacchetto, riconoscendolo.

L'oggetto che appare alla luce del sole è la melagrana di ceramica comprata nel negozio di souvenir di İstiklâl Caddesi pochi giorni fa, in un'altra vita. La tengo tra le dita, e in quel momento il cuore salta un battito, perché quella che ho in mano non è la melagrana nuova, appena comprata: i colori sono sbiaditi, e ben visibili i danni del tempo: i graffi, le scheggiature, la vernice butterata. Questa è la melagrana che un'anziana sconosciuta aveva lasciato per me al portiere dello Yazıcızâde: la vecchia melagrana da poche lire che ha attraversato settant'anni, un oggetto sfuggito al fuoco dell'assedio di Budapest, alle tempeste della storia e a chissà quanti altri pericoli. Qualcosa che ha viaggiato dall'oggi a ieri ed è tornata, un Lazzaro d'argilla.

C'è così tanta vita, in questo oggetto, che emana luce, nella già tanta luce del pomeriggio.

Una lacrima scivola lenta lungo la mia guancia. Cade nel cerchio tracciato sulla pietra calda, che l'assorbe in un attimo.

Ora la mia lacrima, svanendo, entra a far parte per sempre della pietra.

Poso la melagrana per terra, spingendola verso l'ombra, finché non sembra sparire nel muro antico della casa.

Mio figlio sorride, accenna di sì col capo.

Solo ora, guardandolo, mi accorgo che sotto il suo naso non c'è nessuna fossetta. Nessun arco di Cupido.

I suoi occhi sono profondi e scuri come l'acqua di un lago.

La sua mano si apre in un gesto d'invito.

Lo seguo, senza più chiedere.

Senza guardare.

Un altro passo e saremo nella luce.

Stampato da
Grafica Veneta S.p.A., Trebaseleghe (PD)
per conto di Marsilio Editori® in Venezia

EDIZIONE

10 9 8 7 6 5 4 3 2 1

ANNO

2016 2017 2018 2019 2020